Bernd Storz

quadratisch
käuflich
tot

Über dieses Buch

Während Francesca Molinari ihren Mann Andreas zur Ausstellungseröffnung in einer renommierten Stuttgarter Galerie begleitet, kommt in der Schokoladenfabrik Ritter Sport im beschaulichen süddeutschen Städtchen Waldenbuch unter mysteriösen Umständen ein bewährter Produktionsmitarbeiter ums Leben. Die Kriminalhauptkommissarin, die eben erst vom K1 der Polizeidirektion Reutlingen zum Landeskriminalamt in Stuttgart versetzt wurde, muss ihre erste nähere Begegnung mit der Welt der Kunst jäh beenden – und wird mit ihr bei ihren Ermittlungen mehr konfrontiert, als ihr lieb ist.

Nicht nur ist ein wertvolles Gemälde des italienischen Malers Antonio Calderara aus der Wohnung des Ermordeten verschwunden, der jede Mittagspause im Museum Ritter nebenan verbrachte und als ein Kunstbesessener gilt. Auch ein zweiter Fall im Zusammenhang mit der Entdeckung eines bisher unbekannten Bildes von Piet Mondrian führt sie und ihren bewährten Kollegen Tomislav Özcan immer tiefer hinein in eine Parallelwelt, in der nicht nur das organisierte Verbrechen mehr Millionen verdient als mit Menschen-, Drogen- und Waffenhandel.

Und dann droht auch noch Francescas eher harmonisches Familienleben mit ihren Kindern Lisa, Silvio und Salvatore diesmal aus den Fugen zu geraten.

Nach „Mord im Outlet“ (Oertel + Spörer 2013) ist dies der zweite Fall für das beliebte Ermittlergespann mit der aus Kalabrien stammenden Kommissarin Francesca Molinari und ihrem türkisch-kroatisch-deutschen Kollegen Tomislav Özcan.

Bernd Storz lebt als Schriftsteller und Universitätsdozent für Drehbuch und Szenisches Erzählen in Reutlingen. Bisher sind von ihm fünf Kriminalromane erschienen, darüber hinaus TV-Drehbücher, Hörspiele, Bücher und Essays zur zeitgenössischen Kunst, Lyrik und Bücher zur Geschichte. Uraufführung des Theaterstücks „Ein Deal à la Hitchcock“ im September 2014 (Torturmtheater Sommerhausen).

Bernd Storz

quadratisch käuflich tot

Oertel + Spörer

Dieser Kriminalroman spielt an realen Schauplätzen. Alle Personen und Handlungen sind frei erfunden. Sollten sich dennoch Ähnlichkeiten mit lebenden oder verstorbenen Personen ergeben, so sind diese rein zufällig und nicht beabsichtigt.

Postfach 16 42 · 72706 Reutlingen

2. Auflage 2015

Titelbild: Bettina Mehmedbegović
Umschlaggestaltung: Oertel+Spörer Verlag,
Bettina Mehmedbegović
Satz: Uhl + Massopust, Aalen
Druck und Bindung: CPI books GmbH
Printed in Germany
ISBN 978-3-88627-364-5

Der Tag, an dem seine Tochter verschwand, begann mit einer geringfügigen Irritation, die Joachim Guhl ratlos machen sollte. Als wäre er noch nicht ratlos genug. Hätte er gewusst, in welche Situation Melinda geraten würde, hätte er alles beiseitegestellt, was ihn bedrängte, und versucht, das Heft des Handelns in die Hand zu nehmen und ihr auf irgendeine Art beizustehen. Aber Guhl war ahnungslos wie seine Tochter selbst.

Am späten Donnerstagvormittag – eine Nachbarin würde später bezeugen, dass es kurz nach 11 Uhr gewesen sein musste – war er nach einer qualvollen Nacht, in der er versucht hatte, seine Frau umzustimmen, in seine Wohnung zurückgekehrt. Noch immer war er aufgewühlt von stundenlangen, zermürbenden, dann wieder hoffnungsvollen Gesprächen. Er hatte sich den Mittwoch und Donnerstagvormittag extra freigenommen, um zu reden und die Nacht ein letztes Mal mit ihr zu verbringen – in ihrer neuen Wohnung. Im Ergebnis waren seine Bemühungen dann aber doch vergeblich gewesen. Zumindest sah es im Moment so aus.

Er ignorierte zunächst das Bild an der Stirnwand seines Wohnzimmers, war es doch letztlich verantwortlich, sogar in hohem Maße, für den Scherbenhaufen, den er nach fünfundzwanzigjähriger Ehe hinterlassen hatte.

Ein Calderara, *il mare* 1961, Öl auf Leinwand, 73 x 120 cm. Seit drei Jahren hing das Gemälde solo auf der weiß gekalkten Wand, ohne Schnickschnack darum herum. Das hatte er durchgesetzt. Aber wieviel Kraft hatte es ihn gekostet, seine Frau davon abzuhalten, links oder rechts davon noch irgendetwas von ihrem Krimskrams dazuzuhängen. Auch über die Höhe der Hängung hatten sie sich gestritten. Ein Bild bedeutete für ihn ein körperhaftes Gegenüber. Seine Vorstellung orientierte sich an dem Bezug, den das Bild zu den Maßen seines Körpers herstellte. Eine imaginäre waagrechte Linie, die sich durch die Bildmitte zog, musste sich auf Brusthöhe befinden, sodass sein Blick mit leichtem Gefälle hinabschweben konnte.

Er ging schnell an seinem Bild vorbei direkt ins Schlafzimmer. Vielleicht auch, um dem Impuls zu begegnen, nach dem Steakmesser zu greifen, das noch von seiner gestrigen Mahlzeit auf dem Esstisch lag, die Klinge links oben in den kühlen Himmel einzustechen und dann mit der Schneide diagonal herunterzuratschen bis ins blassgrüne Meer.

Guhl warf seine Jacke über den Stuhl, streifte die Schuhe ab, entfaltete die Decke, die er am letzten Morgen ordentlich aufgeschüttelt und zusammengelegt hatte, und umfasste mit seinen Blicken einen Moment lang gedankenverloren die leere Hälfte des Ehebetts, wo nur noch die rohe Matratze lag. Er legte sich auf seine Seite. Nicht, um zu schlafen, sondern um auf das leere Weiß der Schrankwand zu starren.

Es mussten nun wohl sechsundzwanzig Jahre her sein, dass er *il mare* zum ersten Mal in einer Ausstellung begegnet war. Seine spätere Frau hatte ihn damals ins Alte Rathaus in Reutlingen geschleppt. Sie war von Anfang an der Meinung gewesen, er müsse sich bilden und könne mehr aus sich machen, als sein Leben lang als Betriebsschlosser zu arbeiten – ein Beruf, für den heute gar nicht mehr ausgebildet wurde …

200 000 war auf der Preisliste gestanden – D-Mark, wohlgemerkt. Kein Thema für seinen Geldbeutel, schon gar nicht für jemanden, für den – bis auf die Tatsache vielleicht, dass sein Vater in seiner Freizeit Landschaftsaquarelle gemalt hatte – Kunst ein leeres Blatt bedeutete. Bis zu jenem Tag.

Auch heute noch konnte er nicht in Worte fassen, worin diese Faszination bestanden hatte. Eine unsagbare Anziehungskraft war von dem Bild ausgegangen – ein Sog. Ein Sog, den die Farben in Gang setzten. Doch das allein konnte die Magie von *il mare* nicht begründen. Schließlich waren Gemälde meistens farbig …

Vielleicht war sein Verhältnis zur Kunst einfach erblich bedingt, sagte er sich. Sein Vater war Malermeister gewesen und hatte seinem Hobby gefrönt, bis der Tod ihm den Pinsel aus der Hand nahm. Aber vielleicht verband er mit diesen stillen, pastellgrünen Farbflächen die Erinnerung, wie er als Fünfjähriger im Mittelmeer seine ersten Schwimmzüge erlernt hatte – das unfassbare Erlebnis, dass das salzige Wasser seinen Körper trug?

Damals, vor sechsundzwanzig Jahren, hatte er sich eingestehen müssen, dass er sich dieses Gemälde nie würde leisten können. Im Laufe der Jahre war seine Spur im Hintergrund seines Gedächtnisses verschwunden. Erst im neuen Jahrtausend war er im World Wide Web wieder auf seinen Calderara gestoßen. Den Namen der Galerie, die das Bild dem Reutlinger Kunstverein damals als Leihgabe zur Verfügung gestellt hatte, musste er jedoch unbewusst aufbewahrt haben. Irgendwie hatte er ihn gespeichert, denn beim Surfen war er ihm plötzlich wieder eingefallen. Nur dass sich dann herausgestellt hatte, dass *il mare* inzwischen von der Düsseldorfer Galerie in die Hände einer Stuttgarter Kunsthändlerin gewandert war, die das Bild schließlich für 200 000 Euro angeboten hatte. Euro. Das Doppelte.

Konnte man es als Besessenheit bezeichnen? Eine Besessenheit, die so weit ging, Haus und Hof und Weib und Kind zu versetzen, nur um ein einziges Bild zu erwerben? Gut, andere Leute leisteten sich Zweitwohnungen, Zweitwagen oder Luxusküchen. Aber konnte Kunst süchtig machen? Durfte der Blick auf ein Kunstwerk den Blick auf die eigene Frau verdrängen? Und warum war er nicht selbst Künstler geworden? So wie Calderara, der sein Ingenieurstudium abgebrochen hatte, um sich den Rest seines Lebens um nichts anderes zu kümmern als um seine Malerei.

Antonio Calderara, geboren 1903 bei Mailand, gestorben in Vacciago am Lago d'Orta im Jahre 1978 – Joachim Guhl hatte die Lebensdaten im Kopf. Am Ortasee war der Maler nach und nach zur Abstraktion übergegangen, soviel er wusste. Ein offenbar Unbeirrbarer, im Geiste verwandt mit Piero della Francesca, Mondrian, Malewitsch, Albers. Eine Photographie, schwarz-weiß, die er aus einem Ausstellungskatalog kopiert und eingerahmt ans Kopfende seines Bettes gehängt hatte, wies Calderara im Alter von siebzig Jahren als einen bäuerlichen Charakterkopf aus mit kräftig sprießendem, unförmigem grauem Schnauzbart, ein Großvatertyp, der – so stellte er es sich vor – abends nach getaner Arbeit von seiner offenen, dem See zugewandten Galerie aus Pfeife rauchend die wechselnden Lichtstimmungen des Sees betrachtete. Niemand hätte hinter diesem Menschen einen Revolutionär der modernen Kunst vermutet, der einmal gesagt hatte: „Maß, Harmonie, Gleichgewicht, Licht, das alles ist …" *Tempo – Spazio – Luce*. Diese Worte wünschte sich Guhl als Inschrift auf seinem Grabstein. Vielleicht sollte er sie sich einmal aufschreiben und im Umschlag mit seinem Testament hinterlegen …

Plötzlich schlug Guhl mit der flachen Linken auf die Matratze. Dann führte er die Hand zum Mund und schob die unteren Schneidezähne unter den Nagel seines Zeigefingers. Er durfte seiner Vorstellung mit dem Steakmesser nicht nachgeben. Dass sich das Bild Anfang des Jahres als Fälschung erwiesen hatte, war nicht dessen Schuld. Und wenn es auch eine Fälschung war, so war sie doch so meisterhaft, dass sie ebenso gut hätte von Calderaras Hand sein können. Gab das Bild nicht in jeder Hinsicht den Geist seines ursprünglichen Schöpfers wider, so gelungen, dass selbst eine ausgewiesene Expertin, die einst über Calderara dissertierte, den Schwindel nicht durchschaut hatte? Warum sollte man sich den Genuss von seinem Wissen verderben lassen?

Auf der anderen Seite: Betrug war Betrug. Eine Kopie blieb eine Kopie. Eine Fälschung eine Fälschung, die die horrende Investition wertlos machte. Rein theoretisch – flog ihn ein perfider Gedanke an – könnte man die Fälschung ja weiterverkaufen. Sicher tummelten sich auf dem Kunstmarkt noch andere Leichtgläubige wie er. Aber die Kreise, die als Adressaten in Frage kamen, wussten natürlich inzwischen auch, dass selbst namhafte und ehemals vertrauenswürdige Kunsthistoriker und viel gefragte, hochgehandelte und hoch bezahlte Gutachter Echtheitszertifikate ausgestellt hatten für Gemälde, die sich bei materialtechnischen Untersuchungen als Fälschungen erwiesen.

Joachim Guhl kam sich vor wie ein Spieler, der am Roulettetisch alles auf die Endziffern seines Geburtstags gesetzt und alles verloren hatte. Er atmete tief ein und legte die Hände flach auf den Bauch. Entspannen. Loslassen. Hatte seine Frau nicht tausendmal versucht, ihm ein Mehr an Gelassenheit beizubringen? Doch plötzlich schoss ihm eine Vorstellung ins Hirn, eine Vorstellung, die auf eine halbbewusste Wahrnehmung zurückging, als er vorhin an seinem Calderara vorbeigegangen war.

Er sprang auf, hastete ins Wohnzimmer, stellte sich vor das Bild und kniff die Augenbrauen zusammen. Keine Frage – seine Erinnerung hatte nicht getrogen. Das Bild hing schief. Links. Zu tief. Oder rechts, zu hoch. Vielleicht nur einen Zentimeter. Es drang ihm in diesem Augenblick ins Bewusstsein, dass er als Pedant bekannt war, dass seine Pedanterie so weit ging, in anderen Wohnungen Bilder gerade zu rücken. Dass er für diese Eigenschaft belächelt, von gut meinenden Bekannten als *Zwängler* bezeichnet wurde. Und seine Tochter hatte ihn mal an einem Geburtstag sogar mit einem Sketsch von Loriot auf Youtube aufgezogen – *Das Bild hängt schief* –, in dem der Protagonist in einem Wartezimmer versucht, ein Bild gerade zu hängen, und damit eine Katastrophe einleitet.

Doch *il mare* – kein Zweifel! – hing nicht ganz gerade. Er versuchte, den Film in seinem Kopf zurückzuspulen. Um 17 Uhr 30 hatte er gestern seine Wohnung verlassen, da er sich um 18 Uhr mit seiner Frau treffen wollte. Wann hatte er sein Bild zum letzten Mal gesehen – *bewusst* betrachtet? Gestern. Unmittelbar, bevor er den Flur betreten und sich seine Jacke vom Garderobenständer geschnappt hatte. Um sich zu sammeln, hatte er sich noch einmal vor das Gemälde gestellt und – diesem Bild im Stillen einen Vorwurf gemacht. Aber er hatte es nicht berührt.

Vorsichtig schob er den Kopf dicht an die Wand, hob das Gemälde mit der rechten Hand leicht an und stützte es seitlich mit der Linken, um einen Blick auf den Nagel zu erhaschen. Er hatte die Angewohnheit, seine Bilder direkt mit dem Rahmen auf zwei möglichst weit auseinanderliegende Stahlnägel aufzusetzen und nicht die dafür angebrachten Ösen zu benutzen, weil ihm diese Art der Hängung mehr Spielraum für Korrekturen ließ. Das Bild saß links, wie gehabt, mit dem Rahmen auf dem Nagel, also musste es rechts in der Öse hängen, anders war das Gefälle nicht zu erklären. Seine Prüfung auf der rechten Seite bestätigte seine Vermutung.

Er zog die rechte Seite des Bildes aus der Verankerung und ließ den Rahmen einfach auf den Nagel gleiten. Damit wäre die Welt wieder in Ordnung gewesen, aber er konnte sich nicht vorstellen, dass er so nachlässig war, diesen Fehler nicht schon lange bemerkt zu haben. Im Gegenteil, er war sich sicher, dass das Bild gestern, als er die Wohnung verließ, noch auf beiden Nägeln mit dem Rahmen gehangen hatte.

Melinda war die Einzige, die einen Schlüssel zu seiner Wohnung besaß. Für den Notfall. Aber warum sollte seine

Tochter auf den Gedanken kommen, zwischen Mittwochnachmittag und Donnerstagvormittag seine Wohnung aufzusuchen – sie, die so selten einmal zu Besuch kam? Und dabei das Bild von seiner Stelle zu rücken? Vielleicht war sie versehentlich daran gestoßen und hatte es – sorgfältig wie sie war – wieder sauber aufhängen wollen und dabei einen Fehler gemacht. Dieses leichte Gefälle nahm vielleicht nur ein geschultes Auge wie das seine wahr.

Er ging zurück ins Schlafzimmer, um sein Handy aus der Jacke zu fummeln – doch er griff ins Leere. Er tastete seine Jeans ab – vergeblich. Hatte er es im Flur abgelegt, auf dem Wohnzimmertisch? Küche, Bad und Arbeitszimmer hatte er seit seiner Rückkehr noch gar nicht betreten. Er warf einen Blick aufs Bett – nichts. Unter den Kissen vielleicht?

Als er sämtliche Zimmer vergebens abgeklappert hatte, beschloss er, das Festnetz zu benützen, wählte die Nummer seiner Tochter, legte jedoch beim ersten Tonsignal wieder auf. Er kam sich plötzlich lächerlich vor. Was sollte er sagen? Ob sie in seiner Wohnung gewesen war? Dann würde sie sich nur wieder kontrolliert fühlen.

Aber *il mare* hing bis eben noch schief. Konnte es sein, dass ihm dieser eine Zentimeter Divergenz bisher einfach nicht aufgefallen war, weil er – innerlich zu sehr beschäftigt mit den Trennungsabsichten seiner Frau – nicht mehr so genau hingesehen hatte?

„Schokolade?“, fragte Francesca, strich sich über die schwarzen, glatten Haare und prüfte den Sitz ihres kurzen Pferdeschwanzes.

Andreas antwortete mit einem spöttischen Lächeln.

„Ich dachte, du bist auf Diät?“

„Schokodiät!“ Mit einem lasziven Augenaufschlag grinste sie ihren Mann vom Beifahrersitz aus an, schob sich hemmungslos einen Riegel zwischen die Zähne und begann, genussvoll zu lutschten.

Der Volvo hatte die kugelförmigen Dellen, die der Hagelschlag im Juni des letzten Jahres auf seiner anthrazitfarbenen Karosserie hinterlassen hatte, offenbar locker weggesteckt. Jedenfalls ließ das wohlige Brummen des Motors darauf schließen, vermutete Andreas, stemmte die Hände gegen das Lenkrad, drückte seinen Rücken in den cremefarbenen Sitz und schwenkte auf die rechte Fahrspur, um einem Audi-Fahrer Platz zu machen, der mit 180 Stundenkilometern auf der Aichtalbrücke vielleicht noch seinen Flieger in Stuttgart-Echterdingen erreichen wollte.

„Ich weiß es wirklich zu schätzen, dass du mitkommst, so fast mitten in der Woche, und obwohl du mit Kunst ja nun wirklich nichts am Hut hast“, säuselte er und legte seine Hand auf das Knie seiner Frau, die ihm die Hand prompt wieder ans Lenkrad heftete. Im nächsten Moment schon spürte er die Berührung eines zärtlichen Fingers an seinen Lippen, dem ein würfelförmiges Stück folgte, das in seinen Mund geschoben wurde und dann, nachdem er mit einem ersten Biss die köstliche Schokoladenhülle geknackt hatte, sich seiner Zunge als eine cremige Offenbarung erwies.

Andreas schloss die Augen.

„Vorsicht!“, rief sie schrill. „Da staut sich's!“

„Vanille-Mousse“, grunzte er.

„Ja, und obwohl du mir von deinem Künstlerfreund nie was erzählt hast ...“, knüpfte Francesca an seine Bemerkung an.

„Entschuldige, Frau Hauptkommissarin!“

Andreas streckte beide Arme hoch. Francesca stieß einen spitzen Schrei aus. Wie konnte man bei 120 Stundenkilometern einfach die Hände vom Steuer nehmen?

Mit einer ausgreifenden, lässigen Bewegung – was hast du denn, es ist doch nichts passiert – fanden Andreas' Hände wieder zum Lenkrad zurück.

„Frisst du irgendwelchen Frust in dich rein?", fragte er.

Francesca knüllte die Schokoladenverpackung in die Seitenablage.

„Am Montag hatte ich meinen ersten Arbeitstag beim LKA. Oder schon wieder vergessen?"

„Ich sagte doch schon, Frau Molinari, ich weiß das zu schätzen, dass du trotzdem mitgekommen bist." Andreas lächelte sie an. „Aber waren die ersten Tage denn so schlimm?"

Francesca wandte den Blick ab. Interessierte es ihn wirklich? Durch das Seitenfenster sah sie auf die Ebene der Filder, endlose Felderreihen, auf denen im Herbst das berühmte Filderkraut geerntet werden würde. Nach ihrem letzten großen Fall in Metzingen, der wegen der Entlarvung der Aktivitäten der Chinamafia als *Mord im Outlet* für überregionale Schlagzeilen gesorgt hatte, war die Erste Kriminalhauptkommissarin beim K 1 der Polizeidirektion Reutlingen in diesem Jahr schließlich zum Landeskriminalamt Baden-Württemberg in Stuttgart versetzt worden. Oder sollte man sagen: berufen? Aber ihr Mann war nicht einmal auf die Idee gekommen, ihre Beförderung irgendwie zu feiern. Mit einem Gläschen Sekt wäre es ja schon getan gewesen.

„Organisierte Kriminalität. Die Abteilung wirkt gut aufgestellt", erwiderte sie sehr leise.

„Und welcher Bereich?"

„Ist noch nicht entschieden. Aber die Kollegen sind alle sehr nett."

„Und dass sie deinen Türken gleich mitbefördert haben … Bleibt er denn an deiner Seite?"

„Du meinst Özi?"

„Wie heißt er eigentlich richtig?"

„Tomislav von seiner kroatischen Mutter und Özcan von seinem türkischen Vater. Ihm passt sein Spitzname Özi allerdings überhaupt nicht. Er lässt sich lieber mit Tommy anreden. Aber wenn er nicht da ist, sagen alle Özi."

Francesca ließ ihren Blick über das Profil ihres Mannes gleiten. Ein vollbärtiger Oberstudienrat Ende dreißig – Deutsch und Geschichte – am Kepi, dem Johannes-Kepler-Gymnasium in Reutlingen, beurlaubt, Hausmann, der sich um ihre Kinder kümmerte: Lisa fünfzehn, Silvio zwölf, Salvatore fünf, fast sechs. Sie unterdrückte den Impuls, mit ihren zum Kamm gespreizten Fingern durch seine Mähne zu fahren.

„Eifersüchtig?", fragte sie stattdessen.

Aus der Fassade seines Gesichts purzelte ein knappes Lächeln.

„Wie könnte ich dir deinen Türken nicht gönnen? Immerhin hat er dir das Leben gerettet."

Francesca konnte es bis heute nicht nachvollziehen, wie das Gerücht, ihr Partner Tomislav Özcan habe mit einem finalen Rettungsschuss auf dem Metzinger Kelternplatz ihr Leben gerettet, in die Schlagzeilen geraten war. Aber einmal Schlagzeile immer Schlagzeile. Selbst ihr eigener Mann glaubte an die veröffentlichte Unwahrheit.

Außerdem war das auch so ein Punkt. Er hörte einfach nicht richtig zu.

„Ich sage das jetzt zum letzten Mal: Ich hatte Tomislav zu mir in die Mordkommission geholt, ein halbes Jahr vor dem Outlet-Fall. Ich brauche jemanden an meiner Seite, auf den ich mich absolut verlassen kann. Es ist rein beruflich."

„Okay, okay … Wahrscheinlich steht er sowieso auf Türkinnen …"

„Ja, vielleicht, keine Ahnung."

„Du weißt eigentlich kaum was über ihn, stimmt's? Über sein Privatleben …"

„Er singt im deutsch-türkischen Chor, besucht VHS-

Kurse, zieht nach Dienstschluss aber auch gerne mal durch die Kneipen und er kennt sich hervorragend in der Szene aus. Also in der Reutlinger Szene. Aber vielleicht erzählst du mir mal endlich ein bisschen was von deinem Künstlerfreund, damit ich nachher bei der Ausstellungseröffnung nicht völlig ahnungslos dastehe.“

Bereits am späten Vormittag dieses Tages hatte Melinda Rosenfeldt einen Putzangriff auf ihre neue Wohnung ausgeführt. Auch das Klingelschild hatte sie ausgewechselt und war froh darüber, sich vor einigen Jahren entschieden zu haben, den Nachnamen ihrer Mutter anzunehmen. Rosenfeldt – klang das nicht besser als Guhl?

Die weiße Tür zu ihrem Badezimmer enthielt einen Rahmen mit einer ziselierten Glasfassung. Zwei orangefarbige, luftige Gardinenstoffe säumten den Durchgang. Von ihrem Clubsessel aus gesehen fügte sich alles harmonisch zu einem gestalterischen Ganzen, musikalisch unterlegt von Jamie McCullums *I'm All Over It*, dessen Rhythmen ihren Körper in Schwingungen versetzten, sodass sie nun aufsprang und ihre Arme ausstreckte, um sich im Kreis zu drehen. Sie war sich bewusst darüber, dass dieser Augenblick der erste in ihrem Leben war, in dem sie sich ganz dem Gefühl hingeben konnte, Herr ihrer selbst zu sein. Sie öffnete die Badezimmertür, machte mit einer Tanzbewegung auf dem Absatz kehrt und setzte sich wieder. Nun kam auch der neue große Wandspiegel ins Spiel mit seinem breiten, fliederfarbenen Rahmen, der für ihren Geschmack genau an der richtigen Stelle hing.

Wieder stand sie auf, ging ins Bad, öffnete auch das große Fenster, das von der Decke bis auf die Höhe ihres

Bauchnabels herabreichte. Frühsommerliche Juniluft, die ihr ein sanfter Wind unter der hochstehenden Sonne entgegenfächelte. Endlich konnte sie sich etwas leisten! Eine Zweizimmerwohnung in einer erst kürzlich fertiggestellten, anonymen Wohnanlage. Sie atmete durch und ließ ihren Blick über das maßlos gelb blühende Rapsfeld gleiten bis zu den dunkelgrünen Nadelbäumen der Schönbuchausläufer am Horizont.

Was aber, wenn sie ihre neue Adresse ausfindig machten? Vielleicht sollte sie das Klingelschild wieder abschrauben! Dem Mann mit dem braunen Lederhut war alles zuzutrauen. Mirko mit seinen Kuschelhaaren. Einmal hineingefasst in seine Haarwolle und nie wieder. Wenn er denn wirklich Mirko hieß …

Sie hatte der Bauträgergesellschaft die Miete im Voraus bezahlen müssen, das heißt, ihre Mutter hatte die Miete für den Juni übernommen und ihr Geld für die Einrichtung geliehen. Am Montag würde sie ihre Stelle im Kunstmuseum antreten – und heute war erst Donnerstag. Also noch vier Tage Zeit, um ihre Wohnung weiter einzurichten.

Alles würde gut werden. Auch wenn sie erst einmal vier Wochen auf ihr erstes Geld warten müsste. Aber ein sicherer Verdienst wenigstens und endlich einmal etwas Regelmäßiges. Diesmal würde sie das durchhalten, egal wie es laufen würde mit ihrer neuen Stelle. Durchhalten *müssen*. Mit ihren vierundzwanzig Jahren. Ohne Ausbildung. Und jetzt endlich ein Job. In einem Museum! Danke, Papa. Danke, dass du *mich* ausgehalten hast. All die Jahre. Abi hingeschmissen, abgetaucht. Berlin, Amsterdam. Gekellnert und Pakete ausgefahren und geputzt – und davor das Jahr auf der Alm in der Schweiz. Ihr versteht das nicht. Ich musste das ausprobieren, ich musste *mich* ausprobieren. Dieser Waldenbuch-Mief, wie könnt ihr den ein Leben lang aushalten? Aber okay, jetzt bin ich wieder da. Und das mit der *Nicht mal eine Postkarte* tut mir leid.

Andreas strich sich mit dem Handrücken über die Stirn, während er die Straße souverän im Blick behielt.

„Matthias? Ja, was soll ich sagen?", begann er, auf Francescas Frage einzugehen. „Wir sind in dieselbe Klasse gegangen. Ins List-Gymi. Wir hatten uns aus den Augen verloren, bis er in den Neunzigern…"

„Ach, jetzt weiß ich, wen du meinst", unterbrach sie ihn. „Ist das der mit den Türen?"

Tatsächlich erinnerte sie sich vage an eine Ausstellung im Reutlinger Kunstmuseum mit Werken des Freundes ihres Mannes, der Türen aus Abbruchhäusern und Scheunen abbürstete, mit Druckfarben bestrich und großformatige Holzschnitte anfertigte, deren Maserung ein expressives Farbenspiel entfaltete. Das musste allerdings schon über zehn Jahre her sein. Francesca legte die Stirn in Falten und sah ihren Mann von der Seite her an, auf dessen Gesicht nun wieder ein spöttisches Grinsen erschien.

„Was ist?", wollte sie wissen.

„Ich wundere mich nur, dass du dir ausgerechnet das mit den Türen gemerkt hast."

„Na ja, die hatten was für mich. Nur viel zu groß, um sie irgendwo aufzuhängen."

„Aber sprich ihn bloß nicht drauf an. Über diese Phase ist er längst hinaus!"

Francesca verzog den Mund. Immer diese Ängstlichkeit, in ein Fettnäpfchen zu treten! Doch anstatt ihm Vorhaltungen zu machen, fragte sie:

„Und in welcher Phase befindet er sich zur Zeit?"

„Seitdem er in Berlin ist, macht er Holzobjekte. Ich hab dir doch die Einladungskarte mit der Abbildung extra auf deinen Schreibtisch gelegt oder ist die wieder in einem deiner Papierstapel verschwunden?"

Wums, das saß! Sie wusste, dass sie ihrem Mann mit ihrer Tendenz, sich auszudehnen und überall in der Wohnung kleine Nester anzulegen, auf die Nerven ging. Entschlossen griff sie sich eine weitere Packung aus ihrer Handtasche und öffnete sie mit einem Knack an der Stelle des praktischen Knick-Packs.

Andreas ließ einen Seitenblick auf das dunkelgrüne Quadrat fallen.

„Ah, Ganze Mandel!?“, lächelte er.

„Mein letzter Ladetag“, erklärte Francesca trocken. „Ab morgen gibt’s nur noch Ananas und Rumpsteak. Auch wenn du vielleicht denkst, ich habe das nicht nötig bei meiner Figur.“

Wenn sie mich nur in Ruhe lassen!

Ein Luftzug bewegte die Gardinen sanft. Sie schlenderte in die kleine Einbauküche. Auf der marmorierten Ablage lag eine Packung Lucky Strike. Ihre Fingerspitzen nestelten an der Plastikumhüllung. Nein! Auch mit dem Rauchen musste jetzt Schluss sein! Kurzerhand warf Melinda die Packung in den Müll.

Ach ja, das Badfenster, die Flecken. Sie hatte doch beim Baumarkt den blauen Eimer besorgt. Sie zog den Eimer unter der Spüle hervor, stellte ihn ins Spülbecken, ließ heißes Wasser einlaufen. Gab eine halbe Flasche Essigreiniger hinzu. Ihr Handy vibrierte ratternd auf der Ablage unter dem Hängeschrank. Sie musste ihren Code eingeben, dann war das Klingelzeichen plötzlich weg und sie blickte auf das grüne Nachrichtensymbol. Es enthielt einen roten Marker. Sie hörte ihre Mailbox ab. Der Anrufer hatte keine Nachricht hinterlassen. Papas Nummer. Aber warum sprach er nicht? Wenn es wichtig wäre, hätte er ja draufsprechen können. Sollte sie zurückrufen und ihm sagen, dass sie gestern im Haus war? Sie bückte sich zum Mülleimer, um die Zigarettenpackung wieder hervorzuholen, öffnete sie, zog eine Zigarette heraus, schob die Packung in ihre Jeans und klemmte sich die Kippe zwischen die Lippen.

Jemand, der im Türrahmen stand, blies ihr Rauch zu.

Sie fuhr herum. Der Mann mit dem braunen Lederhut!

„Feuer?"

Den Bruchteil einer Sekunde starrte sie Mirko entsetzt an. Wie war er hereingekommen? Panisch packte Melinda den Eimer und schleuderte dem Eindringling das heiße Essigwasser ins Gesicht.

Maisgelbe Kugelkerzen in amphorenartigen Glasgefäßen säumten den geschwungenen Treppenaufgang aus dunklen Granitplatten, der durch den parkähnlichen Garten zu der mehrstöckigen Villa in der Birkenwaldstraße hinaufführte. Auf halber Höhe schlang Francesca ihren Arm um die Hüften ihres Mannes, brachte ihn sanft zum Stehen und drehte sich mit ihm um, dem Tal zu. Ohne die Berührung seiner Frau zu erwidern, ließ Andreas es geschehen.

Das ist auch so was, dieses Hölzerne, dachte Francesca, vollführte jedoch mit der Linken eine ausladende Geste, als liege ihr von der Halbhöhenlage aus ganz Stuttgart persönlich zu Füßen. Der Ausblick auf den Talkessel war grandios.

In diesem Moment bohrte sich der Klingelton ihres Handys in ihren Gehörgang. Sie verzog den Mund.

„Kannst du das Ding nicht ausmachen?", nörgelte Andreas.

„Ich muss erreichbar sein, das weißt du doch!", gab sie zurück, fummelte das Gerät umständlich aus ihrer

Handtasche und warf einen Blick auf das Display. „Lisa“, erklärte sie und nahm das Gespräch an. „Sie will wissen, wie lange sie die Pizza in den Backofen tun muss…“, erläuterte sie für Andreas.

„Ich denke, deine Mutter ist bei den Kindern?“

„Ist offenbar was dazwischengekommen.“

„Steht doch auf der Packung. Hinten!“, schulmeisterte er.

Francesca verdrehte die Augen und antwortete: „Lisa hat selber ’nen Teig gemacht!“

Andreas gab ein Brummen von sich und Francesca erklärte ihrer Tochter geduldig, worauf sie zu achten habe. Dann beendete sie das Gespräch.

In der tief stehenden Abendsonne, es blieb gerade noch eine Stunde vom Tag, flackerten die Laternen an den Straßenzügen: kleine, orangefarbene Punkte. Einzelne Fensterreihen des hellen Quaders der neuen Stadtbibliothek leuchteten wie rechteckige, gelbliche Lampions. Lichterketten glommen an riesigen Kränen der zahlreichen Großbaustellen, an ihren Spitzen blinkten rote Sicherheitslampen. Die Hochhäuser der Uni in der Keplerstraße und der seitlich angefressene Rumpf des Hauptbahnhofs schoben sich aus matt schimmerndem Dunst. Vom Frauenkopf her lugte der Fernmeldeturm aus dem Wald, von Degerloch her der Fernsehturm. Im Nordosten schweifte der Blick über das Neckartal bis zu den blauen Höhenzügen des Schurwalds.

„Dies alles ist mir untertänig, begann er zu Ägyptens König. Gestehe, dass ich glücklich bin!“, rezitierte Andreas feierlich.

Um zu verhindern, dass ihr Oberstudienrat sich noch weiter dem *Ring des Polykrates* hingab, verschloss Francesca seinen Mund mit der Handfläche, sodass gerade noch ein „Schiller“ zwischen ihren Fingern hervorbrabbelte und die Ballade damit, kaum hatte sie begonnen, ein jähes Ende fand.

„Einfach nur schauen, einfach nur aufnehmen!“, forderte sie und ließ ihren Verschluss wieder von seinen Lippen gleiten. „*Du* bist doch eigentlich der Genießer-Typ von uns beiden!“

Andreas atmete durch und gab sich Mühe, sich dem Weichbild der Stadt schweigend hinzugeben. Doch nach wenigen Sekunden schon ergriff er ihre Hand.

„Ich glaube, wir sollten dann mal ...“, rechtfertigte er sich mit einem Blick auf seine Armbanduhr.

Er drehte seinen schweren Körper wieder Richtung Villa und zog seine Frau mit sich, weiter den kerzengesäumten Treppenaufgang empor, Stufe um Stufe, bis sich nach den letzten Eschen, Douglasien und einer mächtigen Edeltanne ein imposantes Jugendstilportal in ihren Blick schob, aus dem nun gedämpfte Stimmen und Swing hörbar wurden.

Beim Klang der Musik hauchte sie wie aus dem Nichts ein Anflug von Melancholie an.

„Was hast du?“, fragte er sofort und suchte ihren Blick. Wie bei manchen Paaren, schien auch er ein seismographisches Gespür für plötzliche Stimmungswechsel zu haben. Doch Francesca winkte nur ab.

Diesmal war es Andreas, der stehen blieb, um den Sitz seiner Krawatte zu prüfen. Francesca hatte die plötzlich aufziehende Traurigkeit beiseitegeschoben und grinste ihn spöttisch an. Sie hatte ihren Mann bisher dreimal in ihrem Leben mit Krawatte gesehen. Zum ersten Mal bei ihrer Hochzeit, aber schon nach der Trauung hatte er seine Krawatte auf dem Kirchvorplatz gelockert und auf der Fahrt zum Festessen ins Handschuhfach des Wagens gestopft. Die beiden anderen Gelegenheiten, glaubte sie sich zu erinnern, waren Beerdigungen, zu denen er sich die schwarze Krawatte von einem befreundeten Kollegen geliehen hatte. Das eine Mal hatten sie einen seiner früheren Schulkameraden zu Grabe getragen und das letzte Mal einen ihrer Onkel aus ihrer weitverzweigten kalabrischen Familie.

Andreas bat seine Frau, die Autoschlüssel in ihrer Handtasche zu verstauen, dann sah er wieder auf seine Armbanduhr und Francesca entdeckte die Schweißperlen, die sich auf seiner Stirn gebildet hatten.

„Was ist?“, fragte sie. „Du musst doch keine Rede halten!“

„20 Uhr 25“, murmelte er, „gerade noch pünktlich!“, und zog sie mit sich.

Vor dem Jugendstilportal trafen sie auf eine große, gebogene, rostige Eisenplatte. Sie stand aufrecht in einem mit Kies bedeckten Beet.

Francesca ließ einen zweifelnden Blick über die Skulptur gleiten.

„Zählt dieser Schrott hier auch zur modernen Kunst?“, entglitt es ihr.

Andreas warf ihr einen düsteren Blick zu und bat sie um Zurückhaltung.

Zwei junge blonde Frauen in anthrazitfarbenen Kostümen säumten den Eingang. Sie lächelten den neuen Besuchern entgegen und boten ihnen auf silbernen Tabletts Getränke an. Links Aperol-Sprizz in geeisten Gläsern, deren Ränder Orangenzesten zierten, rechts Champagner.

„Danke, ich muss noch fahren“, sagte Andreas höflich und auch Francesca gab zu verstehen, Orangensaft oder Wasser seien ihr lieber.

Sofort stellte die Dame mit dem Aperol ihr Tablett auf einem marokkanischen Mosaiktischchen ab, um in den Tiefen der Halle zu verschwinden, deren Architektur jeglichen Hinweis auf Jugendstilelemente vermissen ließ, wie Andreas registrierte – ein eher nüchterner Bauhausstil. Francesca hingegen nahm bereits eine hochgewachsene, schlanke Mittfünfzigerin im schwarzen Business-Kostüm und mit bordeaux-farbigen High-Heels-Sandaletten in den Blick, die sich von einer Gruppe plaudernder Gäste löste und eilig auf sie zuschritt.

„Warten Sie bitte einen Moment!“, flüsterte die Frau mit dem Champagnertablett ihnen zu. „Frau Sarowsky legt Wert darauf, ihre Gäste persönlich zu begrüßen!“

Sofia Sarowsky, dachte Francesca. Das war also nun die namhafte Stuttgarter Kunsthändlerin, die am künstlerischen Erfolg des einst unbekannten Reutlingers Matthias Erkenbrecht nicht ganz unschuldig war.

Andreas zückte seine Einladungskarte, aber da war die Galeristin schon bei ihnen und wechselte ihren opulenten Kunstkatalog in die Linke, um die Rechte frei zur Begrüßung zu haben. Ihr Blick streifte die Einladungskarte – sie winkte gönnerisch ab – und ließ ihn über Francescas eng anliegendes, weißes Sommerkleid gleiten, über dem sie eine hauchdünne, offene Strickjacke in Türkis trug.

„Beautiful!“, hauchte Sofia Sarowsky anerkennend. „Transparenz ist wieder ganz groß im Kommen diesen Sommer!“ Die große Frau strahlte Francesca durch ihre markante, schwarzgeränderte Brille von oben herab an.

Francesca zwang sich zu einem Lächeln, dachte jedoch: Und mein eigener Mann hat noch kein einziges Wort über mein Kleid verloren – während Andreas sich geschmeichelt in die Brust warf, als sei die Wirkung des Kleides *sein* Verdienst.

Nun wandte Sofia Sarowsky sich ihm zu.

„Haben Sie meinen neuen Serra bemerkt?“

Andreas legte die Stirn in Falten.

„Na, kommen Sie!“, reagierte die Kunsthändlerin mit gespielter Empörung. „Richard Serra! Die Eisenskulptur vor der Tür!“

Richard Serra, natürlich, fiel Andreas ein. Der bedeutendste lebende Bildhauer der USA …

„Sicher unbezahlbar“, räusperte er sich.

„Ach“, meinte Sarowsky schmunzelnd. „Kommt ganz auf Ihren Kontostand an …“

Die Blonde vom Eingang reichte ihnen das Wasser in

einfachen Gläsern. Sie erinnerten Francesca an die leeren Senfgläser, die sie zu Hause für die Kinder benutzte – ein glatter Stilbruch.

„Molinari“, stellte sich Andreas vor.

„Ach, Sie beide sind das!“, stieß die Kunsthändlerin entzückt aus. „Matthias erwartet Sie schon sehnsüchtig!“ Sie wandte den schwarzen Bürstenhaarkopf und sah sich in der imposanten Halle in der Menge der geladenen Gäste um, die sich grüppchenweise um Stehtischchen scharten und plauderten. Andreas folgte ihrem Blick, konnte seinen Schulfreund aber nirgends ausmachen.

Da betrat ein weiterer Gast den Raum: Ein hagerer Mann mit langen grauen Haaren, die er zu einem Pferdeschwanz gebunden trug. Sofia Sarowsky stürmte ihm – soweit ihre High Heels das zuließen – entgegen, begrüßte ihn mit Küsschen-Küsschen, fasste ihn am Ellbogen und nötigte ihn, sich mit dem Ehepaar Molinari bekannt machen zu lassen.

„Herr Doktor Holbein!“, stellte die Galeristin ihn vor. „Einer unserer gewichtigsten Sammler!“

Spontan reichte Andreas ihm die Hand.

„Holbein. Der Jüngere oder der Ältere?“, fragte er, anstatt sich vorzustellen.

Francesca sah betreten zur Seite. Musste er denn mit Freude in jedes Fettnäpfchen treten, das sich ihm anbot? Wenn das so weiterging, konnte der Abend ja noch heiter werden! Der Mann aber setzte ein schelmisches Grinsen auf.

„Sie sind nicht der Erste, der sich damit witzig findet“, konterte er. „Aber vielleicht kommen Sie mal in meiner Praxis vorbei. Typische Schrägstellung. Ihr Gebiss. Vielleicht kann ich was für Sie tun.“

Andreas sah ihn verblüfft an.

„Unser Doktor ist Kieferchirurg“, erläuterte Sofia Sarowsky.

Francesca konnte ein schadenfrohes Kichern nicht unterdrücken. Es wirkte ansteckend. Alle brachen in heiteres Gelächter aus. Neugierig drehten sich Köpfe der Umstehenden und aus einem der etwas weiter entfernten Grüppchen löste sich nun ein schmaler, blasser, leicht untersetzter Mann und bahnte sich gezielt einen Weg in Richtung Andreas.

„Da versteckst du dich also!", rief er aus – und schon lagen sich die beiden Schulfreunde in den Armen und klopften sich auf die Schultern.

Unter einem gestandenen Holzbildhauer, der schwere Türen aushängte, um sie in sein Atelier zu schleppen, hatte sich Francesca einen großen, stämmigen, bärtigen Mann vorgestellt. Einmal mehr musste sie sich eingestehen, dass die Wirklichkeit oft von dem Bild abwich, das man sich von einem Menschen machte. Das traf aber nur dann zu, wenn man dieses Bild unreflektiert mit sich herumtrug. Das war etwas anderes, als wenn sie sich als Profilerin gemeinsam mit ihren Teamkollegen aus Täterspuren und Verhaltensweisen mosaikartig einen Modellcharakter erschuf, der sich in den meisten Fällen als der Realität sehr nahe erwies.

Als sich die beiden Männer aus der Umarmung lösten, machte Francesca einen Schritt auf den Künstler zu, reichte ihm die Hand und gab zu verstehen, dass sie sich noch gut an seine Holzschnittausstellung im Reutlinger Kunstmuseum erinnern könne.

„Aber Andreas hat mir gar nichts davon gesagt", fuhr sie fort, „dass Sie inzwischen auch malen – wohl Ihre neue Phase?!", wobei sie mit einer ausladenden Geste auf eine Reihe großformatiger Gemälde an der Stirnwand verwies, die in sehr unterschiedlichen Stilen ausgeführt waren.

Nun war Andreas derjenige, der betreten beiseite schaute.

Matthias Erkenbrecht aber gab ein kehliges Lachen von sich.

„Die sind nicht von mir!“

Francesca sah ihn irritiert an.

„Das ist doch die Sommerausstellung der Galerie!“, belehrte Andreas sie mit strafendem Blick. „Hier werden Werke aller Künstler gezeigt, die von Frau Sarowsky betreut werden!“

„*Betreut* ist gut!“, spöttelte Erkenbrecht und hakte sich ungefragt bei Francesca unter, während er den linken Arm um Andreas' Schulter legte. „Kommt mit, ich zeige euch meine Koje!“

Zu dritt bahnten sie sich einen Weg durch das zunehmende Gedränge. Erst als sie vor seinen Wandobjekten standen, zog Erkenbrecht seine Arme und Hände wieder von seinen Begleitern ab, die er nun brauchte, um die Erläuterung seiner Kunstwerke mit ausladenden Gesten zu begleiten.

Francesca trat näher an eine der Arbeiten heran: eine quadratische, rötlich schimmernde Holzplastik mit mehr oder weniger gleichmäßig zerfurchter Oberfläche und ausgefransten Rändern. Sie schob ihre Nase an das Schildchen heran und las: *Rastertopografie auf Nadelholz*.

„Stopp, stopp!“, hörte sie Erkenbrechts ermahnende Stimme im Rücken. „Erst schauen, dann lesen!“

Mit einem Gesichtsausdruck, als habe man sie bei etwas Verbotenem ertappt, drehte Francesca sich zu dem Künstler um.

„Man muss eine Arbeit erst auf sich wirken lassen. Sie muss ja für sich stehen. Nicht gleich nach Erklärungen suchen!“, wurde sie nun auch von ihrem Mann belehrt.

„Gut, aber man wird doch wissen dürfen, was dahinter steckt!“, verteidigte sie sich.

Als habe er auf ein Stichwort gewartet, begann Erkenbrecht nun seinen Werkprozess mit Handeisen und Kettensäge zu erklären, nahm Rückbezug auf den farblichen Reliefcharakter seiner großformatigen Türen-Holzschnitte, die tendenziell in den Raum gegriffen und nun eine Weiterentwicklung zum Objekt erfahren hätten, indem das Spannungsverhältnis zwischen Oberflächenbeschaffenheit und Raum endgültig zum zentralen Thema würde.

Francesca nickte brav. Völliges Neuland, dieses Abstrakte, dachte sie bei sich und musste an Bilder denken, die ihr bisher auf Anhieb gefallen hatten: Der *Seerosenteich* von Claude Monet bei Beyerler in Basel, Edgar Degas' *Tänzerinnen* im Musée d'Orsay in Paris …

In diesem Moment betrat eine der Empfangsdamen die Koje und bat die Anwesenden, sich bei der kleinen Bühne am anderen Ende der Eingangshalle zu versammeln. Dort sollte die Ausstellung durch einige Begrüßungsworte der Gastgeberin und mit einem kleinen Jazzevent offiziell eröffnet werden.

Francesca bedeutete Andreas, sie wolle ihn nun gerne mit seinem Künstlerfreund etwas alleine lassen, sie hätten sich sicher ja noch mehr zu erzählen. Sie hingegen wolle sich etwas zurückziehen, um noch andere Werke zu betrachten. Ihr Mann nahm es mit einem Kopfnicken zur Kenntnis und machte sich zusammen mit Erkenbrecht zu den Stuhlreihen vor der Bühne auf.

Sie gesellte sich zu den Menschen in den hinteren Reihen, die bei den ersten Worten von Sofia Sarowsky nach und nach ihre Gespräche im Flüsterton weiterführten, und ließ – während die Galeristin von der Bühne aus die Namen der an der Sommerausstellung beteiligten Künstlerinnen und Künstler aus dem Gedächtnis vortrug – ihre Blicke über das Publikum schweifen. Es scheint mir schon ein ganz eigener Menschenschlag zu sein, der sich für moderne Kunst interessiert, sie kauft, möglicherweise mit ihr handelt, ging es ihr durch den Kopf. Sie entdeckte zwei junge Frauen, die an der Seitenwand lehnend eifrig in mitgebrachte Kollegbücher schrieben – offenbar Journalistinnen. Ein Pressefotograf schob seine Kamera an die

Rednerin heran und spulte ein Gewitter von Blitzlichtern ab.

Zwei Schritte seitlich vor ihr beobachtete sie ein Pärchen, das sich immer wieder laut unterhielt. Auf Russisch? Es hörte sich so an. Er: ein bulliger Typ, der seine Partnerin um zwei Köpfe überragte, mit kahl rasiertem Schädel und in einem schlotternden hellbeigen Anzug steckend, der Francesca dennoch einen Tick zu klein erschien. Sie: eng anliegende Mini-Shorts in glänzendem Schwarz, die Füße in Plateau-Pumps mit Tigermuster, ein durchsichtiges Oberteil, die langen blonden Haare hochgesteckt und übermäßig geschminkt – etwas nuttig, wie sie fand. Rechts neben ihr ein gut Siebzigjähriger im Trachtenjanker und mit ungepflegtem Vollbart, der schon zum Rotwein übergegangen war. Davor zwei junge Männer mit schlaksigen Bewegungen, die unentwegt gluckten und gurrten und von denen immer wieder amerikanische Satzbrocken an ihr Ohr stießen. Und schließlich direkt vor ihr zwei kleine Asiatinnen, die ebenso wenig wie die anderen Besucher wirklich an der Begrüßungsansprache der Kunsthändlerin interessiert schienen. Ein internationales Publikum also, resümierte Francesca, schillernd zwischen halbseiden und seriös-elegant, Banker, Industriemanager, Immobilienmakler, Akademiker, Ärzte und Studierende aus betuchten Elternhäusern.

Eine langhaarige Blonde intonierte *I've Got You Under My Skin*. Der Kontrabass gesellte sich dazu, dann das Piano und schließlich das Schlagzeug. Die ersten Paare nahmen sich spontan an der Hand und füllten bald tanzend den schmalen Raum vor der kleinen Bühne.

Francesca kämpfte sich zurück zu ihrem Mann durch, der mit Matthias Erkenbrecht plauderte.

„Darf ich Ihnen meinen Gatten für einen Moment entführen?“, sagte sie zu dem Künstler und zog Andreas mit sich auf die Tanzfläche.

Andreas stand mit hängenden Armen vor ihr und schabte mit den Füßen.

„Was ist?", fragte Francesca. „Hast du keine Lust?"

„Ich weiß bloß nicht, was man darauf tanzt", antwortete er und sah auf die Beine der anderen Paare. „Meinen letzten Tanzkurs, du weißt doch. Den hatte ich vor meiner Konfirmation!"

Francesca lachte und ergriff die Initiative.

Andreas blickte nach unten und bemühte sich, sich an ihre Tanzschritte anzupassen.

„Nicht so steif!", monierte sie. „Überlass dich doch einfach dem Rhythmus! Und nicht auf den Boden sehen!" Sie schob sein Kinn hoch.

Nach einem kurzen Versuch blieb Andreas stehen.

„Was hast du denn?", fragte sie.

„So schnell ... Ich komm da einfach nicht mit, so schnell!"

Francesca ließ seine Hände los und versuchte, ihre Enttäuschung mit einem Lächeln zu überspielen.

„Dann warten wir eben auf etwas Langsameres", sagte sie und schmuggelte sich wieder mit ihm zurück zwischen das umstehende Publikum.

Matthias Erkenbrecht klatschte in die Hände und fasste seinen alten Schulfreund am Arm.

„Darf ich Ihnen Ihren Gatten wieder abnehmen?", sagte er zu Francesca. „Ich glaube, als Gesprächspartner ist er besser denn als Tänzer ..."

Erkenbrecht schob Andreas in Richtung seiner Koje und Francesca, die an diesem Abend keine Lust verspürte, von einem anderen Mann aufgefordert zu werden, zog sich zurück, um von weiter hinten im Saal der Musik zu lauschen.

Nach einer halben Stunde jedoch schloss die Combo ihr Tanzprogramm ab und wechselte zu Freestyle-Improvisationen. Francesca beschloss, in eine der anderen Kojen zu flüchten. Free Jazz gehörte zu den wenigen

Musikrichtungen, mit denen sie wenig anfangen konnte. Im Gehen suchte sie mit einem Seitenblick nach ihrem Mann. Andreas befand sich inzwischen in einem offenbar amüsanten Gespräch mit einer großen, schlanken und attraktiven, offenbar sehr jungen Frau mit fülligem, langem schwarzem Haar. Jetzt lachten beide auf und die Dame, die zudem ein geschmackvolles, tief dekolletiertes Abendkleid trug, berührte ihn kurz an der Schulter – etwas allzu vertraut dafür, dass sie sich doch eben erst kennengelernt hatten, dachte Francesca, aber es gab solche leicht distanzlosen Frauen…

Als sie die Koje betrat und sich umsah, nahm sie plötzlich die Stille wahr, die sie – zumindest visuell – hier umfing. Wie ein Fries umgab sie rundum eine lange Reihe schmaler, etwa postkartengroßer, zarter Bilder. Abstrakt zwar. Und doch schien eine unendliche Ruhe von den pastellfarbenen Flächen auszugehen, als befänden sie sich in einem immerwährenden, gleichgültigen und zugleich meditativen Schwebezustand. Francesca rückte ihr Gesicht an das Schildchen am Kojen-Eingang: *Antonio Calderara, Serigrafien, 1976, m. Blei monogrammiert, datiert.* Daneben war auf einem gesonderten Schildchen ein Text des Künstlers zu lesen: „Colore, no materia, superamento della materia."

„Können Sie damit etwas anfangen?", hörte sie plötzlich die Stimme der Galeristin hinter sich und wandte sich um.

„Klar, ich bin doch Italienerin!", antwortete sie nicht ohne Stolz und nach kurzem Zögern: „Das heißt, ich bin in Deutschland aufgewachsen, aber meine Eltern stammen aus Kalabrien. Serigrafien – was heißt das?"

„Siebdrucke, auch für den kleineren Geldbeutel erschwinglich."

„Und, darf ich fragen, was so ein Bild kostet?"

„Es sind sechs Exemplare in einer Mappe. Wir haben sie nur für die Ausstellung auseinandergenommen. Vielleicht möchten Sie die Mappe einmal einsehen?"

Francesca legte die Stirn in Falten, doch da kam schon die Antwort:

„250 Euro. Die Mappe."

„Und einzeln kann man die nicht erwerben?"

„Tut mir leid. Aber offenbar haben Sie Gefallen an Calderara gefunden?"

Francesca suchte in der Luft nach einer passenden Antwort, zog die Schultern hoch und kehrte die Handflächen nach oben.

„Ich verstehe nicht viel von Kunst, eigentlich überhaupt nichts", erklärte sie. „Ich gehe damit rein intuitiv um…"

Sofia Sarowsky lächelte nachsichtig.

„Und was machen Sie so… beruflich, wenn ich fragen darf?"

„Ich bin bei der Polizei."

Einen Moment lang sah die Kunsthändlerin sie verblüfft an, fand aber sofort zu ihrer Fassung zurück.

„Dann habe ich *Ihnen* also dauernd meine Knöllchen zu verdanken", versuchte sie es mit Humor.

„Da muss ich Sie enttäuschen", entgegnete Francesca trocken. „Ich bin beim LKA."

„Oh!"

„Ja…"

„Ich wollte Ihnen nicht zu nahe treten…"

„Kein Problem", unterbrach Francesca.

In diesem Moment klingelte ihr Handy. Francesca sah auf das Display, entschuldigte sich, wandte sich zur Seite und nahm das Gespräch an.

Sofia Sarowsky hatte sich zum Eingang der Koje zurückgezogen, unschlüssig, ob sie gehen oder warten sollte, aber da hatte Francesca schon wieder aufgelegt. Das Mobiltelefon glitt in die Handtasche zurück.

„Was Schlimmes?", fragte die Galeristin, als habe sie den veränderten Gesichtsausdruck der Kommissarin sofort decodiert.

„Ja, tut mir leid. Ich wäre gerne noch länger geblieben, aber… Ich habe auch keine Zeit mehr, meinen Mann noch zu suchen. Darf ich Sie bitten, ihm auszurichten, dass er sich ein Taxi nehmen muss oder sehen, dass ihn irgendjemand nach Reutlingen mitnimmt, nachher?“

Sofia Sarowsky sah Francesca neugierig an.

„Und sagen Sie ihm bitte, ich musste nach Waldenbuch!“

„Nach Waldenbuch?“, fragte die Galeristin, nicht ohne Interesse.

„Egal“, erwiderte Francesca, „morgen steht es ja sowieso in der Zeitung. Die Schokoladenfabrik. Ritter Sport. Da muss was passiert sein.“

Melinda war an dem Mann vorbei in den Flur gestürzt, geistesgegenwärtig hatte sie noch ihre Handtasche mit sich gerissen. Mit zitternden Fingern auf der Treppe befühlte sie das Äußere ihrer Hosentasche, während sie mit der Linken den schwarzen Handlauf entlangglitt, um nicht zu fallen. Gott sei Dank, sie hatte dieses dicke kleine Plastikteil bei sich, den Autoschlüssel – aber die Wohnungsschlüssel lagen auf dem Küchentisch. Warum warf sie die immer auf den Küchentisch, anstatt sie einzustecken? Sie bemühte sich, ihre Hände unter Kontrolle zu bringen, ihre Beine – irgendwie schaffte sie es auf den nächsten Treppenabsatz. In den Keller, in den Keller! Mein Gott, sie konnte unmöglich stehen bleiben, um nach oben zu lauschen, ob er schon hinterherkam. Aber sicher war er ihr schon auf den Fersen, so ein bisschen heißes Wasser, das steckte der doch weg, so ein bisschen Essig in den Augen, das wischte der beiseite.

Und da war schon die graue Stahltür. Melinda riss sie auf, zwängte sich hindurch, die Neonbeleuchtung ging flackernd an. Wo war ihr Auto? Einen Moment ohne Orientierung blickte sie sich in der Tiefgarage um – eine der Tiefgaragen, die außer Stellplätze auch abschließbare Garagenplätze besaß. Ach ja, sie hatte den Opel Corsa gestern Abend woanders parken müssen, jemand hatte ihren Stellplatz neben ihrer Garage blockiert. Und da rechts hinten lungerte ein Typ an einer schwarzen Limousine, jetzt sah er zu ihr. Wenn er einer von ihnen war…?

Nicht rennen! Das hatte sie einmal in einem Film gehört. Nicht rennen! Wenn man rennt, macht man die Verfolger erst recht auf sich aufmerksam. Das war in *Inglourious Basterds*, als die Nazis auf den Bauernhof zufahren. Quentin Tarantino hatte sich die Idee mit dem *Nicht rennen!* aus einem anderen Film geliehen, aber sie musste sich konzentrieren! Links, sie hatte den Wagen unter dem dicken Heizungsrohr abgestellt. Sie gab sich einen Ruck und rannte nun doch los, zwanzig Meter vielleicht, und warf den Kopf zur Seite. Nein, der Typ bewegte sich nicht, starrte aber noch immer in ihre Richtung.

Im Laufen versuchte sie, die flattrigen Finger in die Hosentasche zu schieben, der Wagenschlüssel, aber es war zu eng, nein, sie brauchte ja nur von außen auf die Fernbedienung drücken, um den Wagen aufzuschließen. Die Türen entriegelten sich. Sie riss die linke, vordere Tür auf, schleuderte ihre Handtasche in den Wagen und rettete sich auf den Fahrersitz. Gleichzeitig war es ihr irgendwie gelungen, den Zündschlüssel endlich aus ihrer Hosentasche zu friemeln.

Sie startete und warf einen Blick zurück zur Stahltür. Wenn Mirko ihr gefolgt war, müsste er jetzt da rauskommen. Der Motor heulte auf, sie setzte zurück. Oder hatte er ihren Plan durchschaut und würde sie an der Ausfahrt in Empfang nehmen?

Der Opel Corsa kurvte durch die Tiefgarage und preschte zur Ausfahrt. Verdammt, das Rollgitter! Und der

Schlüsselbund lag auf dem Küchentisch, ach nein, sie hatte den Schlüssel für das Gitter ja immer separat auf der Konsole im Wagen. Abrupt bremste sie an der schmalen Säule mit dem Steckschloss, drehte den Rückspiegel so, dass die Stahltür ins Blickfeld rückte, fingerte nach dem schmalen Schlüssel, drehte die Scheibe herunter und stach mit der linken Hand die Schlüsselspitze in die Luft – es fehlten zehn Zentimeter. Sie musste die Schulter durchs Fenster zwängen, aber es reichte nicht. Wieder ein Blick zur Stahltür. Mit der Rechten öffnete sie die Fahrertür, die an die Säule schlug, doch jetzt gelang es ihr, den Schlüssel zu stecken und die Neunzig-Grad-Drehung ausführen, die endlich das Rollgitter in Bewegung setzte. Sie zog den Schlüssel ab, schlug die Tür zu, legte den Gang ein und zählte den Blick in den Rückspiegel gerichtet die Sekunden. Fünfzehn qualvolle Sekunden, bis sie endlich Gas geben konnte und sich das lichtvolle Rechteck am Ende des dunklen Tunnels auftat.

Keine Silhouette erschien, niemand, der sich ihr in den Weg stellte, sie aufhalten wollte. Sie bog nach rechts ab Richtung Ortsmitte. Kopflos preschte sie durch die verkehrsberuhigten Straßen, immer den Rückspiegel im Auge. Wohin? Eine Hitzewelle schoss in ihr hoch. Die Fußgängerampel: rot! Die Frau mit dem Kinderwagen! Magensäure schoss ihr in den Mund. Sie war einfach drübergefahren! Im Rückspiegel die Mutter, noch immer auf dem Zebrastreifen auf der Mitte der Straße, wie sie ihr kopfschüttelnd hinterherschaute. Ich muss mich zusammennehmen, einen Gedanken fassen, einen klaren Gedanken. Sie nahm den Fuß vom Gas. Gleich würde sie auf den Kreisverkehr stoßen.

Überlegen, schnell überlegen! Sie würden sie abfangen wollen. Womit würden sie rechnen? Dass sie sich zu ihrem Vater flüchtete? Dass sie bei ihrer Mutter Unterschlupf suchte? Für so naiv würden sie sie nicht halten. Was wussten sie überhaupt? Immerhin hatte Mirko ihr neues Domizil ausfindig gemacht. Wie hatte er das nur herausgefunden? Sie musste in den Kreisverkehr einbiegen, ohne sich für eine Ausfahrt entscheiden zu können. Ein Lastzug aus Aichtal stoppte an der Einfahrt und ließ sie vorbeiziehen. Sie begann zu schreien. Sie schrie, die Hände ans Lenkrad gekrallt, drehte eine Runde, der Lastzug rollte an und musste abrupt abbremsen, als sie das zweite Mal an ihm vorbeifuhr. Sie schrie und sah im Rückspiegel, wie der Fahrer den Kopf schüttelte. Richtung Stuttgart oder Richtung Tübingen, das war hier die Frage. Sie schrie.

Fünf, sechs Jahre mochten es her sein, dass sich Francesca von Andreas zu einem kleinen Wochenendausflug nach Waldenbuch hatte überreden lassen.

Sie mochte die kleine Stadt am nördlichen Rand des Schönbuchs, einem ausgedehnten Naturpark im Großraum Stuttgart. Schloss Waldenbuch, ein Jagdschloss der württembergischen Herzöge, beherbergt heute das Museum der Alltagskultur. Auch das an den Ortsteil Glashütte anschließende Naherholungsgebiet Siebenmühlental zieht zahlreiche Ausflügler der Umgebung an. Francesca kannte das Tal von einem Familienausflug vor zwei Jahren.

Vor fünf Jahren hatte sie sich allerdings nur in Verbindung mit einem süßen Versprechen nach Waldenbuch locken lassen. Wenn sie ihren Mann ins Kunstmuseum begleiten würde, käme er freiwillig mit ihr mit in die Schokoausstellung von Ritter Sport. Ein Deal, der ihm offenbar nicht besonders schwergefallen war, obwohl er immer gerne von sich behauptet hatte, er mache sich nichts aus Süßem – wobei er ihre Person immer ausdrücklich ausnahm. Allerdings hatte es sie schon immer stutzig gemacht, wie schnell die Nougatschokolade, die sie in der warmen Jahreszeit immer ganz hinten im Kühlschrank lagerte, über Nacht Rippchen für Rippchen abnehmen konnte. Zwar waren auch Kinder im Haushalt, aber natürlich wollte es keine der Naschkatzen gewesen sein. Und Andreas gab sich ja sowieso als jemanden, der in dieser Frage außen vor war. Einmal hatte sie sogar den Verdacht, jemand habe im geheimen Schoko-Versteck in ihrem kleinen Biedermeier-Sekretär im Schlafzimmer gestöbert, von dem eigentlich niemand etwas wissen konnte. Sie hatte es vermieden, ihren Mann darauf anzusprechen – er hätte es sowieso abgestritten …

Allerdings hatte er seine Maske in Waldenbuch fallen lassen, als er sie nach dem Besuch der Schokoausstellung kurzerhand in den Shop zog nach dem Motto: „Wenn wir schon mal da sind …“ Eine ganze Plastiktüte mit ihnen bisher unbekannten leckeren Sorten von *Baiser-Nuss* über *Himbeer-Cranberry-Joghurt* bis zu *Eiscafé* hatten sie schließlich hinter dem Fahrersitz ihres Wagens verstaut und heimlich in die Wohnung gebracht, damit die Kinder nicht gleich über die Tafeln herfielen.

Als sie den rhythmischen Abglanz der Blaulichter am Nachthimmel sah, wischte Francesca ihre Gedanken beiseite. Wie ein vor Anker liegendes weißes Schiff zogen sich die langen, spärlich beleuchteten Produktionsstätten der Schokoladenfabrik linker Hand der Straße Richtung Ende des Tals. Rechts auf den Parkplätzen gegenüber dem Verwaltungsgebäude neben den Wagen der Bereitschaftspolizei standen zwei schwere, schwarze Limousinen mit Tübinger Kennzeichen – vermutlich ihre Kollegen von der Kripo Böblingen. Vor dem Haupteingang parkte ein Notarztwagen und auf der Treppe entdeckte Francesca einige Männer, die ihr entgegensahen, darunter ihren Kollegen Tomislav Özcan – sie wurde bereits erwartet.

Leichtfüßig überwand sie die Treppen vor der beleuchteten Eingangshalle. Sie nickte Özcan zu und blieb, als sie im Dämmerlicht der Außenbeleuchtung das Staunen in den Blicken erkannte, stehen. Sie sah auf ihr Kleid herab und entschuldigte sich:

„Sorry, hat nicht mehr gereicht, mir noch was anzuziehen!"

Ein süffisantes Grinsen ging durch die Herrenrunde. Heinrich Brettschneider kam mit ausgestreckter Hand auf sie zu. Sie kannte den Ersten Kriminalhauptkommissar der Kripo Böblingen aus einem Fortbildungslehrgang an der Polizeihochschule in Villingen-Schwenningen.

„Der Pappel von der Gerichtsmedizin ist schon an der Arbeit." Er deutete mit einer Kopfbewegung in Richtung Werksgelände.

Eine Wolke billigen Rasierwassers schlug ihr beim Händedruck entgegen. Sie löste ihren Blick von seinem fülligen, krausen Brusthaar, das aus dem geöffneten Kragen seines blauweiß karierten Hemdes quoll, und wandte sich an einen schlanken Herrn im Anzug, den Brettschneider ihr als einen der Geschäftsführer der Firma vorstellte.

„Meyer", begrüßte dieser sie mit blassem Gesicht und rückte die Lederschlaufe seiner voluminösen Aktentasche über der Schulter zurecht. Sein rechtes Augenlid zuckte. „Ich war gerade am Gehen...", wollte er loslegen, doch ein sanfter Druck Brettschneiders auf seinem Unterarm brachte ihn zum Verstummen.

„Wir gehen erst mal rein", sagte der Böblinger im Befehlston.

Auch Nina Timm musterte das Abendkleid der Kommissarin erst einmal mit zweifelnden Blicken, ehe sie sich an der ausladenden Empfangstheke als Pressesprecherin vorstellte. Sie selbst trug einen weißen Arbeitskittel über Bluse und Jeans. Unterbrochen von tausend Entschuldigungen erklärte sie Francesca das Prozedere der Anmeldung. Leider müsse auch der Polizei das Ausfüllen und

Unterschreiben des Standardformulars zugemutet werden, mit dem Francesca insbesondere die Kenntnisnahme der „Regeln für Arbeitsaufenthalte“ in der Produktion zu bestätigen hatte, für die penible Hygienevorschriften galten. Francesca ließ durchblicken, dass sie den bürokratischen Vorgang im Prinzip als durchaus vernünftig und in ihrem eigenen Interesse empfand, könne sie sich als Kundin doch damit darauf verlassen, dass sie immer einwandfreie Ware erhalte. Etwas erleichtert fragte die Pressesprecherin darauf hin nach meldepflichtigen Infektionskrankheiten, Wunden und Hautkrankheiten. Francesca dachte an die Sommergrippe, die sie vor sechs Wochen ereilt hatte, und schüttelte den Kopf. Nach Aushändigung eines entsprechenden Merkheftes ging Nina Timm voraus in einen schmalen Gang, die Kommissarin und das Grüppchen der bereits Angemeldeten folgten.

Özcan schloss zu seiner Kollegin auf. Er war glücklich darüber, dass er auch beim LKA an der Seite von Francesca weiterarbeiten konnte, schließlich waren sie, wie er fand, ein bewährtes Gespann.

„Schon irgend ’ne Info?“, fragte Francesca.

„Bin auch gerade erst eingetroffen“, erwiderte er mit der ihm eigenen melodischen Betonung der Silben und wandte beiläufig den Kopf nach einem der zahlreichen quadratischen Originalkunstwerke vor den Büroräumen. Mich würde es nicht wundern, dachte er bei sich, wenn mit der Zeit auch die Gesichter der hier Angestellten die Form eines Quadrats annehmen würden. Schließlich wurden die Menschen von ihrer Umgebung geprägt. Erst neulich hatte er einen Vortrag über den Zusammenhang zwischen Arbeit und Identitätskrisen besucht; seitdem fragte er sich beim morgendlichen Blick in den Spiegel, worin er sich eigentlich von all den Ganoven unterschied, mit denen er es zu tun hatte – vom Aussehen her zumindest. Er selbst würde sich glatt für einen Verbrecher halten, wenn er sich auf der

Straße begegnen würde, glaubte er. Seiner Meinung nach bediente sein Äußeres alle klassischen Klischees. Südländischer Typ, unrasiert (Dreitagebart), eine gebogene Nase und ein durchdringender Blick, von dem manche glaubten, er könne bis auf den Grund ihrer Seele schauen – sofern sie sich noch nie mit ihren Abgründen beschäftigt hatten. Und das war ja bei den meisten Leuten der Fall.

In Wirklichkeit jedoch entsprach so mancher Täter diesen spießbürgerlichen Vorurteilen in keinerlei Hinsicht, im Gegenteil: Sie gingen mit einer Tarnkappe aus Freundlichkeit und Hilfsbereitschaft durch die Welt, glatt rasiert, bleich und mit unauffälliger Nase. Und manche nichts ahnende Partnerin eines Mörders hatte im Gerichtssaal schon fassungslos geäußert: „Ich habe ihn immer für anständig gehalten!" Oder erst neulich der Fall von Jeremy Meeks. Sein Fahndungsfoto – stahlblaue Augen, markantes Gesicht, volle Lippen – hatte einen wahren Internet-Hype ausgelöst. Zehntausende fanden den Verbrecher „zu süß für den Knast".

Inzwischen gelangten sie zu einem Ausgang, der ins Freie führte, wo sie sich einem der offenbar älteren Fabrikgebäude mit weiß gestrichener Ziegelsteinfassade gegenübersahen. Nina Timm ging voraus und hielt den Herrschaften eine Stahltür auf.

„Hygieneschleuse", sagte Brettschneider und wies Francesca nach links. Dort ging man über eine zwei Meter lange und wenige Zentimeter über dem Boden verlaufende Metallbrücke mit eingelassenen Rollenbürsten, die die Schuhe von grobem Schmutz befreiten, in einen kleinen Raum, in dem bereits eine Mitarbeiterin bereitstand, um die Kommissarin nach ihrer Schuhgröße zu fragen.

„Man muss hier werkseigene Schuhe benützen", erklärte Özcan.

„Wenn's weiter nichts ist", lächelte Francesca die Mitarbeiterin an, hockte sich auf eine Bank und wechselte ihre türkisfarbenen Slingpumps gegen ein Paar ausgetretene Schutzschuhe.

„Schmuck, Armbanduhr, Piercings?", fragte die Frau und hielt ihr den Schlüssel für einen Safe auf der gegenüberliegenden Wand hin. Francesca nahm ihre Halskette ab und versuchte sich an ihrem Ehering, aber offenbar schien der schon festgewachsen, sodass die Frau mit nachsichtigem Lächeln abwinkte. Nun bat man sie, die Hände zu desinfizieren, die Haare unter einer blauen und sehr dünnen Einweghaube zu verstauen und einen der weißen Arbeitsmäntel anzuziehen. Als sie in die Runde blickte und sah, dass alle anderen ebenfalls fertig waren, sagte sie:

„Das Schwierigste an einem Mord ist der Leiche Abtransport!" Und nach einer kleinen Pause, in der sie die Wirkung ihres Satzes prüfte: „Also eines ist mal sicher: Von dieser Seite her kommt hier keiner raus oder rein, ohne entdeckt zu werden! Tot oder lebendig!"

Das Gelächter war auf ihrer Seite. Die Pressesprecherin bat darum, die gelben und roten Bodenmarkierungen nicht zu überschreiten, und endlich wurde die Tür zur Produktion geöffnet.

Sofort strömte Francesca ein schwerer, warmer, herrlich süßer Duft entgegen. Ein Schokoladenduft, in den sich tausend andere Düfte mischten, Erdbeere, Vanille und, ja, auch etwas Nussiges. Jetzt war sie angespannt und konnte diese Düfte gar nicht recht auf sich wirken lassen, sondern war in Gedanken schon bei der Situation, die gleich auf sie zukommen würde.

Dennoch sog sie im Vorbeigehen alle Einzelheiten auf. Nach wenigen Metern teilte sich die Markierung bereits, die linker Hand zu dem Fließband führte, das die fertigen Schokoladetafeln einer Verpackungsmaschine zuführte. Francesca erkannte mit einem Blick, dass es sich bei den orangefarbenen Quadraten, die die Maschine wieder in rasender Geschwindigkeit ausspuckte, um die Sorte *Kara-*

mell+Keks handelte. Mehrere Gruppen von Arbeiterinnen stapelten die fertigen Tafeln in Kartons.

Nina Timm hatte Francescas interessierten Blick aufgeschnappt und erklärte, dass hier tagtäglich zweieinhalb Millionen Exemplare die Fabrik verließen.

Francesca ließ laut die Luft zwischen den Zähnen entweichen und wurde sanft geradeaus geschoben, wo es an großen Fässern vorbeiging, in denen Rosinen in Qualitätsrum ertränkt wurden, weiter in eine Halle mit riesigen Walzen.

„Hier wird die Kakaomasse so lange gewalzt, bis sie nur noch feinstes Pulver ist und in Conchen geschmolzen werden kann", sagte Timm zu ihr. „Die befinden sich in der nächsten Halle."

Die ganze Zeit über hatte sich Francesca überlegt, ob einer der Mitarbeiter vielleicht in einen dieser riesigen, runden Edelstahlkessel gefallen sein könnte, in denen die Schokomasse erhitzt und gerührt wurde, aber jetzt sah sie, dass alle Conchiermaschinen oben geschlossen waren. Überhaupt schien der gesamte Produktionsvorgang weitgehend hermetisch. Selbst an den Bändern, an denen man durch eine Glaswand das Befüllen der Formen beobachten konnte, ließen nur wenige Stellen einen Zugriff per Hand zu. Auch der riesige Speicherpuffer, der vor der Verpackungsanlage die Tafeln aufnahm, war durch eine durchsichtige Wand geschützt. Und wo waren hier eigentlich die Mitarbeiter? Francesca glaubte, nur zwei oder drei Anlagenführer aus der Ferne an irgendwelchen Steuerungsanlagen mit verschiedenfarbig aufblinkenden Lichtern gesehen zu haben.

Nina Timm, die für den kleinen Wortwechsel mit Francesca ihre Führungsrolle für kurze Zeit aufgegeben hatte, ging inzwischen wieder strammen Schrittes der Gruppe voraus, entschleunigte nun aber plötzlich und bat die Kommissarin an sich vorbei. Gemeinsam mit der Gruppe betrat Francesca eine riesige Lagerhalle. Zehn Meter vor ihr lag in einem riesigen Berg von Haselnüssen, auf dem Bauch und mit dem Gesicht tief in den Nüssen steckend, der Tote.

Francesca kam näher und ließ den Blick um den Tatort kreisen. Bis weit in die Lagerhalle hinein lagen Nüsse verstreut.

Dr. Pappel ging auf Francesca und Özcan zu und begrüßte sie.

„Ich hab hier noch nicht viel angerührt“, erklärte er. „Wollte, dass Sie das erst mal sehen.“

Francesca nickte und näherte sich der Leiche. Das blaue Baumwollhemd des Toten, der eine große und kräftige Statur aufwies, war teilweise aus dem Hosenbund gerutscht.

„Vermutlich anaphylaktischer Schock“, stellte der Rechtsmediziner fest.

„Doch nicht eine Haselnussallergie?“, fragte Francesca. „Ich dachte, man muss die Haselnüsse schon essen, damit …“

„Nein“, unterbrach der Arzt. „Es gibt Fälle, in denen bereits intensiver Hautkontakt oder Einatmen von Haselnussstaub zum Tod führt. Aber Genaueres kann ich erst nach der Obduktion sagen.“

„Der Mann heißt Joachim Guhl“, ergriff Brettschneider das Wort und blickte auf Meyer, der immer noch bleich und etwas verloren neben der Pressesprecherin stand und noch immer seine schwere Tasche um die Schulter hängen hatte. „Eigentlich war er für die Beaufsichtigung der Walzen zuständig.“

Meyer nickte bestätigend.

Francesca hob den Blick zu dem meterhohen, weißen Sack, der unten aufgeschnitten worden war und jetzt schlaff an seiner Aufhängung über dem Toten hing.

„Heißt das, er hatte hier eigentlich gar nichts verloren?“, fragte Özcan.

„Normalerweise wird der Sack bloß unten geöffnet, dann purzeln die Nüsse durch einen Aufsatz direkt ins Mahlwerk", erklärte Meyer. „Die kriegen weder Luft noch Licht ab. Und hier ...", fuhr er fort und deutete auf ein kleines Sichtfenster in dem Rohr, das das Mahlwerk mit einem vertikalen Schacht verband, „wird das Gemahlene ja schon abtransportiert."

„Freiwillig wird er sich ja kaum auf die Haselnüsse gestürzt haben, wenn er Allergiker war", dachte Francesca laut nach. Sie wandte sich an Meyer. „Wusste er denn von seinem Problem?"

„War sogar im Betrieb bekannt."

„Freiwillig wohl kaum", knüpfte der Rechtsmediziner an Francescas Äußerung an. „Sein Nacken weist deutliche Druckspuren auf. So deutlich, dass ich sie auf zehn Meter Entfernung erkennen kann."

Die Kommissarin ging in die Hocke, kniff die Augen zusammen und machte über dem Hemdkragen am Hals des Toten ein Stückchen rötlich gefärbter Haut aus.

„Sie vielleicht!", bemerkte sie schnippisch.

Dr. Pappel grinste spöttisch. „Anders geht's ja gar nicht", erwiderte er. „Der Täter muss ihm körperlich überlegen gewesen sein, was einiges heißen will, denn der Guhl dürfte auch seine neunzig Kilo auf die Waage gebracht haben. Ohne Kampf ging das nicht ab. Kurz, aber gewaltsam. Und sehr, sehr effizient."

Der Rechtsmediziner sagte das in einem Ton, den Francesca insgeheim missbilligte. So als fände der Arzt Gefallen an der „Effizienz", die hier zu einem vermutlich schnellen und dennoch qualvollen Tod geführt hatte. Oder handelte es sich einfach um ein Zeichen beruflicher Abstumpfung?

„Auf jeden Fall muss ihn jemand hergelockt haben", vermutete Özcan. „Vielleicht kannte er seinen Mörder sogar."

„Wer hat denn die Leiche gefunden?“, fragte Francesca an Brettschneider gewandt.

Brettschneider drehte sich um. Erst jetzt trat ein untersetzter Mann mit blasser Hautfarbe in Erscheinung, der sich die ganze Zeit unauffällig im Hintergrund gehalten hatte.

„Herr Ögünc, Bülent“, erklärte der Böblinger. „Seine Personalien haben wir bereits.“

Die Kommissarin machte einen Schritt auf den Mann zu, der sie mit einem stumpfen Ausdruck in den Augen musterte, ihrem Blick jedoch auswich.

„Was arbeiten Sie?“

„Gabelstaplerfahrer“, antwortete der Mann knapp und sah zu Boden.

Sieht auch nicht typisch aus wie ein Türke, dachte Özcan und nahm den Mann mit dem auffällig umfangreichen Bauch über den Toten hinweg ins Visier.

„Und warum musstest du hier Gabelstapler fahren – ist doch gar keine Lieferzeit?“, fragte er auf Türkisch.

Brettschneider warf Özcan einen scharfen Blick zu. „Herr Ögünc spricht fließend Deutsch! Vielleicht können wir dabei bleiben?“

Özcan verdrehte die Augen.

„Putzen“, erwiderte der Angesprochene knapp und deutete mit einer Kopfbewegung zu einer entfernten Stelle, wo die Zuckersäcke lagen.

Die Kommissarin ließ den Blick durch die riesige Halle schweifen. Prall gefüllt stapelten sich die meterhohen weißen Haselnusssäcke auf der linken Seite bis hinten zum Tor, während auf der rechten kleinere Säcke lagerten, die in ihren Augen aussahen wie Zementsäcke oder Säcke mit vierzig Litern Gartenerde. Einer davon lag vor der Palette auf dem Boden – aufgeplatzt. Wie verschüttetes Mehl sah der Zucker, der sich auf dem grauen Zementboden verteilte, aus der Entfernung aus.

„Ist mir runtergerutscht", schob Ögünc nach.

Francesca nahm die Antwort zur Kenntnis und fragte: „Wie gut kannten Sie Herrn Guhl?"

Der Gabelstaplerfahrer sah Meyer unsicher an. Erst als dieser ihm auffordernd zunickte, fuhr er fort.

„Guter Kollege. Aber wir wenig sprechen miteinander. In Mittagspause er immer in Museum."

„Im Kunstmuseum hier nebenan?", fragte Francesca.

Der Mann nickte bestätigend.

Die Kommissarin und Özcan tauschten einen erstaunten Blick aus.

„Und Nachtschicht?", hakte Özcan nach. „Da ist das Museum ja zu ..."

„Immer lesen", antwortete Ögünc brav. „Immer ein bissle abseits von Kollegen. Lieber allein."

Ögünc hob die Hände, als wolle er damit ausdrücken, dass er alles gesagt hatte, was zu sagen war, und das Gespräch verebbte. Alle starrten nachdenklich vor sich hin, bis sich Francesca an den Geschäftsführer wandte.

„Jedenfalls brauchen wir eine Liste Ihrer Mitarbeiter!"

Meyer sah sie verblüfft an.

„Alle zwölfhundert?"

Sie schüttelte den Kopf. „Nein, nur die von der Nachtschicht. Vorläufig wenigstens. Und wann und wo wir sie erreichen können."

Mit einer Kopfbewegung delegierte der Geschäftsführer die Fleißaufgabe an die Pressesprecherin, die stumm für einen Moment die Augen schloss. Dann griff Meyer den Faden wieder auf.

„Außerdem werden die Mitarbeiter schon bei der Einstellung alle medizinisch durchgecheckt, was im Fall von Herrn Guhl allerdings schon achtzehn Jahre zurückliegt. Aber auch zwischendurch finden Gesundheitsüberprüfungen statt. Moment, ich habe seine Personalakte."

Meyer stellte seinen Aktenkoffer auf den Boden, ging in

die Hocke, um ihn zu öffnen, und sprach weiter, während er blätterte.

„Also Guhl wusste von seiner Allergie und das ist auch dokumentiert."

Er zog die Akte hervor und drückte sie Francesca in die Hand, die sie an Özcan weiterreichte.

„Außerdem", ergänzte Pappel, „haben wir die Druckspuren am Nacken. Wenn Sie mich fragen, hat ihm da einer mit Gewalt das Gesicht in die Haselnüsse gedrückt. Und zwar gezielt. Aber das sagte ich ja bereits."

Francesca sah sich wieder nach den überall in der Halle verstreuten Haselnüssen um.

„Die Mitarbeiter sind schon befragt worden?", wandte sie sich an Brettschneider.

Dieser schüttelte den Kopf. „Wir waren bisher noch an Guhls Wagen. Auf dem Betriebsparkplatz. Er wurde aufgebrochen."

Erstaunt sah Francesca ihren Böblinger Kollegen an. Özcan kniff die Augen zusammen.

„Dann haben wir es nicht nur mit einem Täter zu tun", stellte die Kommissarin fest. „Und sie suchen nach etwas."

„Ich habe den Wagen nach Stuttgart bringen lassen", ergänzte Brettschneider.

„Gut, dann wissen wir morgen vielleicht mehr. Trotzdem sieht hier doch alles nach einem klassischen Fall aus", wunderte sie sich. „Ein bisschen skurril vielleicht, aber ich frage mich die ganze Zeit über schon, warum ihr das LKA eingeschaltet habt."

Brettschneider zog die Augenbrauen hoch. „Weil, da gibt es noch was anderes", gab er zur Antwort.

Melinda war – Stunden vor dem Tod ihres Vaters – weder nach Stuttgart noch nach Tübingen gefahren, sondern hatte im Schönbuch auf einem der von der B464 aus nicht einsehbaren Wanderparkplätze ein kurzfristiges Versteck gesucht und gefunden. Wenn sie das hier überleben wollte, musste sie ihren Feinden voraus sein. Nicht nur räumlich, sondern in ihrem Denken. Sie musste sich in ihren Kopf versetzen, in ihre Strategie. Aber wer waren ihre Feinde eigentlich?

Vorhängendes Gebüsch – ein Haselnussstrauch? – würde ihren Wagen, den sie rückwärts am hintersten Ende des Parkplatzes abgestellt hatte, vor neugierigen Blicken schützen. Vorerst. Was aber, wenn ihre Gegner ebenso dachten wie sie, wenn sie ihren Plan durchschauten und sie gerade auf nicht einsehbaren Waldparkplätzen suchen würden? Dann säße sie hier in der Falle. Noch ließ sie den Motor laufen.

Wieder begannen sich ihre Gedanken zu überschlagen. Anstatt dass Ordnung in ihren Kopf einkehrte, nahm der Wirrwarr zu. Sie musste sich sammeln, aber wie, wenn sich tausend Stimmen gleichzeitig meldeten? Sie presste sich in den Sitz, ballte die Fäuste und atmete tief durch. Als auch das nichts half, hieb sie mit den Handflächen auf das Armaturenbrett, einmal – drei-, vier-, nein, zehn-, zwölfmal. Schließlich schrie sie wieder. Außer sich, wütend, lang anhaltend, bis ihr die Luft ausging.

Als habe jemand plötzlich den Stecker gezogen, sackte sie in den Sitz zurück wie ein leerer Luftballon. Schlaff hingen ihre Arme herunter, die linke Hand baumelte neben dem Sitz, die rechte lag auf der Mittelkonsole – gefühllos. Sie hob beide Handflächen vor das Gesicht und wunderte sich, dass ihre Finger nicht zitterten. Ebenso wunderte sie sich, dass sie nicht heulte, und als das fest stand, entdeckte sie plötzlich, dass ihr Kopf frei war.

Sie rieb mit dem Daumen der Linken über den Rücken

der Rechten, die Haut faltete sich wellenartig, als sei sie von einer Sekunde auf die andere um Jahre gealtert. Der Druck hinterließ eine gelblich-bläuliche Färbung. Sie starrte auf die Veränderungen auf ihrer Haut. Ihr Kopf war klar, aber leer. Wo soeben noch ein Gedanke den anderen gejagt hatte, war eine Art Vakuum entstanden, das jegliches Nachdenken fernhielt, eine Hülle ohne Inhalt und doch so kompakt, dass neue Impulse an ihrer Außenhaut abprallten.

Das Knirschen von Reifen auf Kies riss sie aus ihrer Lähmung. Dennoch rührte sie sich nicht. Sie blickte in den Rückspiegel, in den Seitenspiegel. Hinter ihr war der Parkplatz zu Ende, kam nur noch die Schranke, begann der Wanderweg. Sehr langsam ließ sie das Seitenfenster herunter. Kühle Waldluft wehte herein, die nach Brombeeren roch und etwas säuerlich. Sie lauschte. Unruhig. Hinter dem Haselnussstrauch wurde ein Motor abgestellt, wurden Türen geöffnet. Stimmen wurden hörbar, Fahrzeugtüren wieder zugeschlagen. Wenn das Mirko war, wäre er nicht alleine, wären sie mindestens zu zweit. Nein, wenn es Mirko wäre, hätte er die wenigen parkenden Wagen hier abgefahren, kontrolliert, es waren ja nur drei oder vier, und er würde bis zum Parkplatzende durchfahren, um auf Nummer sicher zu gehen.

Die Stimmen: ein Mann, eine Frau. Ältere Stimmen. Die Stimmen eines älteren Mannes und einer älteren Frau. Schritte, dann schoben sich rot-weiß karierte Wanderblusen in den Seitenspiegel, in den Rückspiegel, Wanderhüte, Wanderstöcke. Melinda ließ das Lenkrad, um das sich ihre Finger geschlossen hatten, bis die Knöchel weiß hervortraten, los und atmete auf. Sie beschloss, den Wagen zu verlassen, und schob die Handtasche unter den Fahrersitz.

Draußen tastete sie nach ihrer Zigarettenpackung, zündete sich eine an und trat hinter dem Haselnussstrauch hervor. Das Rentnerehepaar fuhr einen silbergrauen Mercedes, wie sich jetzt zeigte, ansonsten gab es auf dem Parkplatz keine Veränderungen. Sie schloss ihren Corsa ab und folgte dem Wanderweg.

Vor einem halben Jahr auf dem Hausboot an der Waterlooplein in Amsterdam: jeden Tag bekifft. Jeden Tag benebelt, aber nichts im Magen. Stundenweise in einem der zahlreichen Coffeeshops in der Prinsengracht ausgeholfen. Aber damit kam man auch nicht weit. Dafür war sie in eine coole Clique geraten, wie sie fand. Eine bunte Mischung aus Hippies und Obdachlosen, Arbeitslosen, Gelegenheitsjobbern, Musikern, Künstlern. Männer, Frauen. Weiße, Schwarze, Gelbe. Leben und leben lassen. In einer Reihe im Grachtengürtel mit Boat-Hotels, Designern, Architekten und spießigen Wasserbewohnern, die ihre Hausboote mit Blumenrabatten und Gartenzwergen schmückten wie der deutsche Dauercamper sein handtuchgroßes Grundstück an Rhein und Bodensee.

Und dann war eines Tages Mirko aufgekreuzt. Der Mann mit dem braunen Lederhut. Kaum älter als sie. Mit seinen Wuschelhaaren. Warum hatte er sich gerade an sie rangemacht? Waren doch noch andere junge Frauen da, hübschere, wie sie glaubte – oder hatte er ihr ihre Bedürftigkeit angesehen, ihren Hunger? Hatte jeder das sehen können, dass sie ausgebrannt war, psychisch, physisch und pekuniär – und war sie die Einzige, die gar nicht mehr wahrnahm, wie sie wirkte?

Melinda blieb stehen, schnippte die Kippe in eine Pfütze, schob die Finger beider Hände ineinander und streckte die Arme aus. 2000 Euro – das war viel Geld gewesen für eine Kurierfahrt. Als Mirko nach ihrer ersten und einzigen Nacht mit seinem Angebot herausrückte, war ihr schlagartig klar geworden, dass er Informationen über sie eingezogen haben musste. Woher hätte er sonst wissen sollen, dass sie blank war, Schulden hatte, vor allem aber: dass sie allein war. Niemanden näher kannte. Wenigstens nicht hier in Amsterdam.

Wenn sie gewusst hätte, was ihr noch alles bevorstehen würde, wäre sie nicht darauf eingegangen. Nicht für 2000 Euro und auch nicht, wenn man ihr das Zehnfache geboten hätte. Dabei hatte sich alles so einfach angehört. Sie würde von ihm den Schlüssel erhalten für einen weißen Ford Transit Connect, der vor einem Penny-Markt-Parkplatz in Köln-Lövenich geparkt war, und sollte diesen Wagen in der Ul. Techniczna in Lodz gegenüber einem Schrotthandel abstellen, den Schlüssel im Wagen lassen und dann so schnell wie möglich verschwinden. Für die Fahrtkosten von Amsterdam nach Köln und von Lodz zurück nach Amsterdam käme er, Mirko, selbstverständlich auf. Nur eines dürfe sie nicht: danach fragen, was sie transportiere. Wie leicht ihr das erschienen war. Klar, dass es sich um irgendetwas Illegales handelte. Aber es schien risikolos. Ziemlich risikolos. Sie musste sich nur streng an die Verkehrsregeln halten, um den Bullen keinen Grund zu geben, sie zu stoppen. Und wenn – ihr Lappen war echt, die Wagenpapiere waren es auch, wie Mirko ihr versicherte.

Alles war glatt gelaufen. Nur, dass sie danach statt der vereinbarten 2000 lediglich die Hälfte erhalten und Mirko darauf bestanden hatte, er hätte von Anfang an von 1000 Euro gesprochen. Mit seinem typischen zynischen Grinsen hatte er ihr noch gesagt, sie könne ja ruhig die andere Hälfte einklagen. Das werde sie sich auch überlegen, hatte sie entgegnet. Dann war er verschwunden, wortlos.

Es war ihr schon klar gewesen, dass Mirko nicht irgendein Kleinkrimineller war, der auf eigene Rechnung handelte. Dass er Hintermänner haben musste. Sie hatte keine Ahnung, welche Art von heißer Ware sie damals nach Lodz gebracht hatte, aber heute war ihr klar, dass sie gefährlich heiß gewesen sein musste. Sonst hätte Mirko ja selber fahren können.

Dass er jetzt plötzlich wieder auftauchte und hinter ihr her war – konnte es damit zusammenhängen, dass sie auf der Strecke geblitzt worden war? Hatte das irgendwelche Nachteile für ihre Auftraggeber nach sich gezogen, von denen sie nichts ahnen konnte? Aber was wollten sie von ihr? Jetzt, nach einem halben Jahr?

Francesca warf einen Blick auf den Toten in den Haselnüssen. Dann sah sie ihren Kollegen Brettschneider erwartungsvoll an. Wie er so dastand, breitbeinig – und normalerweise mit Goldkettchen am Hals und protziger Armbanduhr, dachte sie – erinnerte er sie an einen Zuhälter.

Brettschneider wich ihrem Blick aus. Erschien ihm ihre Frage, warum er das Landeskriminalamt eingeschaltet hatte, unangenehm?

„Zwei Kollegen der Schutzpolizei sind übrigens auf dem Weg zu Guhls Frau", begann er schließlich.

Francesca nickte erleichtert. Wenigstens das blieb ihr als LKA-Beamtin erspart. Als wäre es gestern gewesen, erinnerte sie sich an ihre Saxophonlehrerin und deren Mann, den koreanischen Bildhauer, denen sie letztes Jahr in ihrem Outlet-Fall die Nachricht über den Mord an ihrer Tochter Kyra hatte überbringen müssen. Sie schauderte innerlich.

„Außerdem hat er noch eine Tochter", fügte der Kollege hinzu, „aber die haben wir noch nicht erreicht."

„Sie arbeitet übrigens hier im Kunstmuseum", ergänzte Nina Timm. „Das heißt, sie soll am Montag anfangen. Das Office braucht Verstärkung."

Es entstand eine kurze Pause, in der jeder mit seinen eigenen Gedanken beschäftigt war. Schließlich sagte Brettschneider zu Francesca:

„Aber warum ich euch hergebeten habe: Es gab da eine etwas kryptische E-Mail." Auffordernd sah er zu Meyer.

Dieser hatte inzwischen wieder seine Aktentasche durchsucht. Jetzt streckte er der Kommissarin ein Blatt Papier entgegen. „Wir erhalten immer wieder anonyme Mails“, erläuterte er. „Aber diese hier war eben dann doch auffällig irgendwie, im Zusammenhang mit dem Mord.“

Francesca nahm den Ausdruck an sich.

ewf@aol.org stand als Absender zu lesen. Die Adresszeile: *presse@ritter-sport.de*. Betreff: *Europa wird immer fetter!*

Francesca legte die Stirn in Falten und las weiter: *Schluss mit der Plünderung unserer Ressourcen in Afrika! Rettet die Allergiker!* Unterzeichnet: *Eine-Welt-Fraktion.*

„Mit den Ressourcen in Afrika“, fragte die Kommissarin den Geschäftsführer, „sehen Sie darin irgendeinen Bezug zur Firmenpolitik?“

Meyer lächelte säuerlich. „Natürlich leben wir von einem Naturprodukt. Und es kann jeder auf unserer Website nachlesen, dass wir unseren Kakao auch von der Elfenbeinküste beziehen. Auch Ghana, Nigeria und Madagaskar sind Zulieferländer. Außerdem unterstützen wir seit über zwanzig Jahren eine Initiative in Nicaragua. Die Bauern dort produzieren zertifizierten Kakao für unsere Bio-Sparte und erhalten einen Preis, der deutlich höher liegt als der Weltmarktpreis.“

„Nicaragua – sagt mir was“, antwortete Francesca. „Ich kenne die groben Fakten aus der Schokoausstellung.“

„Aber was Afrika angeht“, warf Brettschneider ein, „da brachte der SWR doch letztes Jahr eine Sendung. In den Plantagen dort herrschen oft unmenschliche Bedingungen. Von Kinderarbeit war die Rede, ja, von Kindersklaven …“

Francesca runzelte die Stirn.

Nun ergriff Nina Timm das Wort. „Das Problem ist uns bewusst. Und wir haben in dieser Sendung, auf die Sie anspielen, Herr Brettschneider, auch Stellung dazu bezogen.

Unser Ziel ist, dass wir unsere Rohstoffe aus hundert Prozent nachhaltigen Quellen beziehen. Ohne Kinderarbeit. Das braucht Zeit, aber wir sind dran."

„Lassen wir das so stehen", sagte die Kommissarin und signalisierte mit einer ausholenden Handbewegung ein Ende der Afrika-Debatte. „Das eigentliche Stichwort für uns ist ja auch Allergiker." Und mit Blick auf Brettschneider: „Wegen dieser Querverbindung zu dem Toten hast du uns doch eingeschaltet, wenn ich das richtig sehe?"

Der Böblinger nickte zustimmend. „Eben. Das wäre schon ein etwas merkwürdiger Zufall. Ich frage mich allerdings, warum die Allergiker einerseits gerettet werden sollen, und dann wird ein Allergiker umgebracht."

„Sowieso die Frage, welche Absicht mit dieser Mail verfolgt werden soll", nahm Francesca den Faden auf. „Eine-Welt-Fraktion – soll sich wohl so ein bisschen wie eine radikale Gruppe anhören."

„Lässt sich denn die Mail zurückverfolgen?", fragte der Geschäftsführer und schien mit seinem Blick, den er an der grauen Kühlanlage entlanggleiten ließ, selbst nach einer Antwort zu suchen. „Ich habe natürlich gar nicht erst versucht zu antworten."

„Hätte wahrscheinlich auch nichts gebracht", erwiderte Özcan. „Da müssten wir morgen einen unserer Spezialisten drauf ansetzen. Den sollten Sie dann an Ihren Computer lassen."

„Kein Problem."

„Falls es einen Zusammenhang zwischen dem Mord und dieser Mail geben sollte", dachte Francesca laut nach, „dann ist immer noch die Frage offen, was die Täter mit der Mail bezwecken."

„Der Mord hätte ja genügt", warf Brettschneider ein.

„Deshalb ist das erst mal eine Botschaft an uns. Wir sollen uns mit ihr beschäftigen."

Brettschneider sah nachdenklich auf den Boden. Dann

sagte er mit Blick auf Francesca: „Eins steht jedenfalls fest: Der Täter wusste von der Haselnussallergie.“

„Die Frage ist nur, kommt ein Betriebsangehöriger in Betracht – da wussten ja offenbar alle Bescheid – oder kam er von außen?“, sagte Özcan.

„So penibel, wie hier der Haupteingang kontrolliert wird?“, fragte Francesca, dann wandte sie sich an Meyer: „Gilt denn das Prozedere auch für Ihre Lieferanten?“

„Ja, natürlich!“, antwortete er. „Auch die Fahrer müssen sich vorne anmelden.“

Wieder ließ die Kommissarin den Blick durch die riesige Halle schweifen.

„Aber nur einmal angenommen“, spann Francesca ihren Gedanken weiter, „jemand von der Lieferantenseite her würde es darauf anlegen, sich hier einzuschleichen ...“

„Wir kennen unsere Lieferanten. Oft seit Jahren“, erwiderte Meyer. „Aber ich kann mich trotzdem mal erkundigen, ob da ein Wechsel stattgefunden hat. Muss ja nicht nur der Haselnusslieferant sein, wenn ich das richtig sehe.“

„Oder Handwerker?“, schob Özcan nach. „Mir fiel da vorhin vor einer der Maschinen eine frisch betonierte Stelle auf ...“

Meyer blickte fragend zu Timm.

„Ich kann Ihnen die Firma raussuchen“, sagte die Pressesprecherin.

„Aber wenn es einer wirklich darauf anlegt, heimlich auf das Betriebsgelände zu kommen und in die Produktion ...“, stellte Meyer fest, „eine absolute Sicherheit gibt es da natürlich nicht.“

Die Nacht war über sie hergefallen wie ein riesiges, dunkles Tier, das sich schweigend auf sie gelegt hatte, sodass sie nach und nach unfähig wurde, sich zu bewegen. Aber wenigstens hatten die Stunden vor Einbruch der Dunkelheit noch etwas Licht in ihre Gedanken gebracht. Dass Mirko so plötzlich aufgetaucht war, konnte auch etwas ganz anderes heißen. Vielleicht wollte er sie lediglich zu einer weiteren Kurierfahrt überreden und sie hatte heute Mittag total überreagiert. Das könnte erklären, warum er ihr offenbar nicht gefolgt war und vermutlich auch keiner seiner krummen Brüder. Aber sie konnte sich täuschen.

Nach einigen Minuten verwarf sie diese Gedankenlinie wieder. Schließlich hatte sie ihn nach der Polen-Mission bereits abblitzen lassen, als er mit einem Folgeauftrag im Gepäck später noch einmal an die Waterlooplein angereist war und sie mit seinem falschen, gefährlichen Charme einwickeln wollte. Nicht, solange du mir nicht die ausstehenden 1000 Euro auszahlst, hatte sie gefordert. Ein Fehler, denn dies beinhaltete ja, dass sie grundsätzlich zu einer weiteren Kurierfahrt bereit wäre. Als er dann erwiderte, sie könne sich den Tausender ja bei einer zweiten Fahrt verdienen, hatte sie Schluss gemacht, eindeutig, und schließlich war er wieder abgezogen, ein zweites Mal verschwunden, wortlos. Wahrscheinlich, um sich irgendwo anders ein anderes Opfer zu suchen.

Jetzt saß sie in diesem Gartenhaus, auf dem äußersten Rand eines alten Bettgestells aus Metall, ohne zu wagen, das elektrische Licht anzuknipsen. Nicht einmal eine Kerze kam in Frage, obwohl mehrere gebrauchte Kerzen auf einem Regal herumlagen. In einer Ecke des winzigen Raumes standen Gartengeräte: diverse Rechen, ein Spaten, ein Vorschlaghammer. Auch etwas Geschirr befand sich in dem schmalen Einbauschrank und sogar eine Matratze und eine Kamelhaardecke waren vorhanden, die etwas nach Moder rochen.

Am Nachmittag war sie noch über drei Stunden durch das ausgedehnte Waldgebiet des Schönbuchs gelaufen. Weiter, immer weiter. Wenn etwas half gegen die Angst, dann war es das Durchmessen von weiten Räumen, in denen man spürte, dass man sich immer weiter von seiner Angst entfernte. Und doch kam die Angst hinterher. Hockte hinter jedem Gebüsch. Kam ihr mit jedem Spaziergänger, jedem Wanderer entgegen. Schließlich hatte sie die ausgeschilderten Wanderwege verlassen, war auf Seitenpfade ausgewichen. Obwohl der Wald meist licht war – Birken, Buchen und dazwischen immer wieder Nadelbäume, die weit auseinanderstanden auf einem mit niedrig wachsendem Grün bedeckten Boden, kaum Gestrüpp, kaum Unterholz –, hatte sie ein zunehmendes Gefühl der Beklemmung beschlichen.

Unter einem Dach von Wipfeln, das sich hier zusammenzog, sich einige Schritte weiter wieder öffnete und den Blick zum Himmel freigab, hatte sie irgendwann ihren Lauf gestoppt, war stehen geblieben, hatte sich im Kreis gedreht, um nach den vier Himmelsrichtungen Ausschau zu halten. Aber wo waren Norden, Süden, Osten, Westen? In welcher Richtung hatte sie ihren Wagen abgestellt? Sie rieb ihre Handflächen, knetete die Finger. Der Wald, der sich ihr zunächst als Zufluchtsort dargeboten hatte, erschien ihr mit einem Mal als ein Ort absoluter Verlassenheit. Die Stimmen in ihrem Kopf begannen wieder, durcheinander zu reden, aber das Einzige, das jetzt half, war Ruhe. Gelassenheit, die sie versucht hatte, durch das Laufen zu gewinnen, also würde sie wieder laufen müssen, um denken zu können – bloß wohin?

Ein Schrei formte sich in ihrer Kehle, aber sie schluckte ihn herunter. Sie würde umkehren müssen, versuchen, sich an die Stellen zu erinnern, an denen sie vorbeigezogen war. Aber wie? Blind war sie durch den Wald gerannt, hatte sich ja keinen Ort eingeprägt, wie sollte sie sich denn erinnern, wie sollte sie irgendein Detail wiedererkennen, einen über dem Weg liegenden Ast, einen Bachlauf, eine der hier im Naturschutzgebiet wachsenden seltenen Pflanzen, Orchideen, Fingerhut? Und doch hatte sie kehrtgemacht. Aber statt zu laufen, war sie gegangen, hatte sie sich gezwungen, langsam und aufmerksam durch den Wald zu gehen, sich auf nichts zu verlassen außer auf ihren Instinkt, bis sie endlich wieder auf einen Wanderweg stieß.

Warum war ihr das Gartenhaus nicht schon früher eingefallen, dachte sie, dann hätte sie sich diesen Irrweg durch den Schönbuch, der sie dann doch irgendwann zum Wanderparkplatz zurückgeführt hatte, ersparen können.

Ihren Corsa hatte sie hinter der kleinen Hütte geparkt, unsichtbar für Leute, die an dem Grundstück vorbeikommen würden, um in den Wald zu gelangen. Also auch unsichtbar für ihre Verfolger. Das Gartenhaus oberhalb des Ortsteils Glashütte, versteckt an einem Waldrand gelegen – sie kannte es aus ihrer Kinderzeit. Es gehörte ihren Nachbarn. Wenn es auch bestimmt zehn, zwölf oder vermutlich noch mehr Jahre her sein mochten, dass sie hier an einem Sonntagnachmittag zu Besuch war, sie hatte es nicht vergessen. Auch das Bild nicht: Wie sie mit ihrem Vater und ihrem Nachbarn das Grundstück betreten hatte – die Hortensien am Gartenteich, auf den Fensterbänken die violett blühenden Petunien zwischen den roten Geranien und den kleinen gelborangefarbigen Köpfen der Studentenblumen. Vor allem aber, wie Herr Hohloch den Schlüssel unter dem Blumenkasten hervorgezaubert und ihnen die Tür geöffnet hatte. War es Juni gewesen wie jetzt?

Nun aber saß sie im Dunkeln auf dem bei jeder kleinen Bewegung knarzenden Bett und starrte auf das gegenüberliegende Viereck des kleinen vergitterten Fensters, in dem ein grauer Schleier nächtlichen Lichts hing. Die Wände der Hütte verströmten ihren Geruch nach trockenem Holz, in den sich ein unbestimmter Duft nach Erdbeeren mischte.

Oder bildete sie sich das ein, weil es damals frischen Erdbeerkuchen gab? An dem kleinen Tisch, den man von der Wand herunterklappen konnte, hatten sie gegessen. In ihrem Magen machte sich Leere breit, eine schleichende Übelkeit, die in ihr hochstieg. Ihr fiel ein, dass sie seit dem späten Vormittag nichts mehr gegessen hatte. Sie ließ sich auf die harten Dielen gleiten, um auf allen Vieren hinüber zu dem kleinen Kühlschrank in der Ecke zu gelangen, als plötzlich ein Knacken die Stille unterbrach. Einmal, zweimal. Melinda zuckte zusammen. Vorsichtig verlagerte sie ihren Körper in die Hocke, lauschte. Hatte sie das Geräusch durch ihre Bewegungen selbst verursacht, durch das Gewicht ihres Körpers auf dem Dielenboden? War es von außen gekommen, ein Tier? Sie verharrte, die Handflächen auf die Schenkel gestützt.

Nein, sie konnten sie unmöglich hier finden, versuchte sie sich zu beruhigen. Aber das Knacken, auch wenn es sich nicht wiederholte, wenigstens nicht sofort, hatte wieder den Kreislauf ihrer Gedanken in Gang gesetzt. Waterlooplein. Ihr letzter Tag in Amsterdam.

Nein, zuerst Polen. Zwei Wochen davor die Ul. Techniczna in Lodz. Jetzt war er endlich wieder da – der Zusammenhang in ihrem Kopf. Sie hatte sich auf den Schrottplatz geschlichen. Sie hatte sich hinter einem Unfall-Syrena versteckt. Sie hatte wissen wollen, wer den Ford abholen kam. Getrieben von einer unbestimmten Neugier und ohne zu wissen, warum und was sie mit ihren Beobachtungen anfangen sollte.

Und dann war alles sehr schnell gegangen. Natürlich kannte sie den Mann nicht, der nach zwanzig Minuten kam, den Wagen öffnete und plötzlich zusammensackte. Was war geschehen? Sie hatte keinen Schuss gehört. Aber aus dem Nichts tauchten zwei Männer auf. Einer von ihnen öffnete die Hecktür. Zu zweit schleppten sie den Leblosen in den Frachtraum, schlossen ab, fuhren davon und ließen sie ratlos zurück. Sie würde die Typen wohl kaum wiedererkennen, wenn es darauf ankam. Sie müsste dies der Polizei melden, war es ihr durch den Kopf gegangen, hatte den Gedanken jedoch sogleich wieder verworfen. Dann würde sie mit drinhängen. Was sollte sie erzählen. Dass sie als deutsche Touristin einen Spaziergang auf dem Schrottplatz gemacht hatte?

Konnte es sein, dass sie jemand beim Beobachten beobachtet hatte? Aber hätte Mirko sie dann noch zweimal an der Waterlooplein aufgesucht, um sie zu einer erneuten Kurierfahrt zu überreden? Oder sollte das eine Falle sein? Um sie noch einmal zu diesem Schrottplatz nach Lodz zu locken und sie dort ebenfalls verschwinden zu lassen?

Auf Zehenspitzen war Francesca durch den Flur geschlichen und hatte den Lichtspalt zum Schlafzimmer entdeckt. Sie steckte den Kopf durch die Tür. Lächelnd sah Andreas von seinem Wälzer auf.

„Wieder spät geworden, du Ärmste, hmh …“, brummte er. „War's schlimm?“

„Sagen wir mal: ein etwas anderer Mord … Und wir tappen noch ziemlich im Dunkeln.“

Offenbar schien ihn das Thema aber doch nicht weiter zu interessieren – er wandte sich wieder seinem Buch zu.

„Verbunden werden auch die Schwachen mächtig“, nuschelte er, mehr zu sich selbst.

„Mit Schiller hast du's grade, stimmt's? War doch wieder Schiller, oder?“

Jetzt hielt er das Buch in die Höhe.

„Spannender als ein Krimi! Safranski, Schillerbiografie!"

„Du kommst wenigstens abends noch zum Lesen", entgegnete sie nicht ohne Neid.

„Der Luxus der Hausmänner", grinste er.

„Mein Magen knurrt!"

„Lisa hat 'ne verführerisch gute Pizza gemacht. Mit Anchovis. Wir haben dir ein Stück aufgehoben. Im Kühlschrank."

„Heute darf ich ja noch", überlegte Francesca laut.

„Heute ist aber schon vorbei", erwiderte er und legte das Buch auf der Bettdecke ab.

„Was – schon nach zwölf?", fragte sie zurück, winkte aber gleich ab und verschwand in der Küche. Wenig später kam sie kauend mit einem Dessertteller zurück und setzte sich zu ihm auf die Bettkante.

„Kalt schmeckt auch", sprach sie zwischen den Zähnen hindurch.

„Und was ist das da?", fragte er mit schelmischem Blick auf die beiden Schokoriegel neben dem Reststück Pizza.

„Kannst es dir aussuchen. Unser Betthupferl."

Ohne zu zögern, griff Andreas nach der Schokolade und wartete, bis der zarte Schmelz sich in der Wärme seiner Mundhöhle aufgelöst hatte und die Haselnüsse zum Vorschein kamen. Dann biss er zu. Es knackte.

Francesca zuckte zusammen.

„Was ist?", fragte er.

„Haselnüsse!", seufzte sie.

„Wieso, was ist mit den Nüssen? Vergiftet?", grinste er.

„Ach lassen wir das", erwiderte sie erschöpft. „Sag mir lieber, was das für 'ne Frau war auf der Ausstellungseröffnung."

Andreas runzelte die Stirn.

„Was für 'ne Frau?"

Francesca sah ihn direkt an.

„Sollte ich sie kennen?"

„Ach die, die mit mir geflirtet hat!“, lächelte er und schüttelte den Kopf.

„Mit der *du* geflirtet hast!“

Mit der Zungenspitze schob Andreas eine weitere Nuss ins Zwischenlager seiner Wangentasche.

„Männer in meinem Alter sind froh, wenn sie noch von einer jüngeren Frau angesprochen werden.“

„Pfh!“, stieß Francesca aus. „Was soll ich da erst sagen?“

Das Geschrei von Saatkrähen bohrte sich in ihren Gehörgang. Melinda blinzelte. Für einen Moment wusste sie nicht, wo sie sich befand. Graues Frühlicht dämmerte durch das vergitterte Viereck des kleinen Fensters. Die Melodien zweier Amseln setzten ein – Frage und Antwortspiel. Irgendwann musste sie sich die Kamelhaardecke drübergezogen haben und eingeschlafen sein. Fröstelnd starrte sie an die mit dunklem Holz getäfelte Decke. In der Maserung fand sie das Monster wieder. Als Kind hatte sie hier einmal mit Michael, dem gleichaltrigen Sohn der Nachbarn, übernachten dürfen. Michael wollte unbedingt seine neue Luftmatratze ausprobieren und sie konnte auf dem Bett schlafen. Schon immer hatte sie in Holzmaserungen die Figuren gesucht.

Das konnte ihren Vater so ärgern, wenn sie im Abdruck der Maserung in Holzschnitten immer das Figürliche suchte. Abstrakte Holzschnitte, in denen die Maserung als gestalterisches Mittel zurücktrat, hielt sie für verfehlt. Wenn das Eigenleben des Holzes keine Rolle mehr spielte, würde das Material Holz zur Beliebigkeit herabgewürdigt, wurde austauschbar. Dann könnte man ja gleich einen Linolschnitt machen. Ihr Vater sah das anders. Aber warum musste sie plötzlich so intensiv an ihn denken? Und im Kopf Sätze formulieren in einem Stil, in dem *er* für gewöhnlich über Kunst sprach?

Melinda schien in diesem Augenblick bewusst zu werden, dass sie ihrem Vater mehr verdankte, als sie sich bisher eingestanden hatte. Nicht nur die Sommersprossen um die Nasenwurzel hatte sie von ihm. Während er sie über seine Arbeit im Betrieb immer im Unklaren gelassen hatte – und die hatte sie auch nie wirklich interessiert –, hatte er sie an seiner wirklichen Welt, in der er lebte, an seiner inneren Welt immer teilhaben lassen, sie einbezogen. Noch mit zwölf oder dreizehn Jahren hatte sie sich in Ausstellungen schleppen lassen, wenn andere Mädchen in ihrem Alter schon längst rebelliert hatten. Seine ruhige Art, ihr Zusammenhänge zu erklären, Bedeutungen zu verknüpfen mit seiner sonoren Sprachmelodie, hatte sie gefesselt. Einmal hatte er sie sogar mit nach Como genommen, in die Basilika Sant'Abbondio. Hier hätten vor über tausend Jahren, hatte er ihr erklärt, die lombardischen Baumeister den Grundstein für die Romanik gelegt. Und dann im Innern der dunklen, leicht modrig riechenden Kirchenhalle die wunderbaren Scagliola-Intarsien.

Heute bewunderte sie ihn dafür, wie er sich als Facharbeiter quasi nebenher die Welt der Kunstgeschichte erschlossen hatte, für die andere ein ganzes Studium brauchten. Aber irgendwann mit vierzehn, fünfzehn hatte sie begonnen, sich seiner Nähe zu entziehen. Es musste ihn gekränkt haben, dass sie nicht mehr sein Mädchen sein wollte. Lieber sah sie *Marienhof* oder *Verbotene Liebe*, hörte *Limp Bizkit* statt *Schubert*.

So gerne würde sie ihn anrufen. Aber was sollte sie ihm sagen? Sie konnte ihn unmöglich mit ihrer ganzen Sache belasten. Auch ihre Mutter nicht. Das würde sie an den Rand bringen. Die letzten fünf, sechs Jahre mussten schon schlimm genug für sie gewesen sein. Außerdem hatte sie ja sowieso kein Smartphone mehr. Aber heute war erst Freitag. Der Stichtag wäre am Montag. Ihr erster Arbeitstag im Kunstmuseum. Da würden ihre Eltern wohl erwarten, dass sie sich abends einmal meldete, und ihrem Vater wäre sie einen Anruf sowieso schuldig, schließlich hatte er ihr die Stelle verschafft.

Aber wer konnte wissen, was bis Montag geschehen würde … Mirko wäre es außerdem durchaus zuzutrauen, dass er darauf hoffte, sie würde in irgendeiner Weise versuchen, mit ihren Eltern Kontakt aufzunehmen. Und wenn er sie in die Zange nahm, im Glauben ihnen ihren Aufenthaltsort abpressen zu können?

Mit einem Ruck setzte Melinda sich auf. Die Kamelhaardecke rutschte auf den Boden. Ihr Magen krampfte sich zusammen. Ihr Magen war eine Höhle, in der sich der Hunger wie ein schweres, bleiernes Monster breitmachte. Der Kühlschrank, zu dem sie sich gestern Abend noch geschlichen hatte, war leer. Sie ließ die Arme hängen, roch an ihrem T-Shirt. Nicht einmal Kleider zum Wechseln besaß sie. Aber das war jetzt nicht das Wichtigste. Sie erhob sich mit schwankenden Beinen und tapste barfuß zum Spülbecken. Ein unsäglicher Durst übermannte sie. Sie beugte sich nach vorn und ließ den kühlen Strahl direkt in ihren Mund schießen. Als sie genug hatte, ließ sie das Wasser über die Handrücken laufen und stellte fest, dass sie zitterte.

Irgendwo zwischen Glashütte und Waldenbuch lag ein Penny-Markt. Oder gab es im Ort eine kleinere Einkaufsmöglichkeit? So gut kannte sie sich hier nicht aus. Aber mit einer roten Plastiktasche mehrere Kilometer zu Fuß durch den Ort marschieren – da könnte sie gleich eine Fahne schwenken. Oder sollte sie es doch wagen, den Corsa zu nehmen?

Irgendwann müsste sie hier sowieso wieder verschwinden, dachte sie und setzte sich auf die Bettkante. Was war, wenn Herr Hohloch plötzlich aufkreuzte? Leute mit

Gartengrundstücken suchten diese an sonnigen Wochenenden auf. Und heute war Freitag und strahlendes Wetter. Wie sollte sie ihm erklären, dass sie in sein Gartenhaus eingebrochen war? Aus Sentimentalität? Kindheitserinnerungen?

Sie griff nach ihrer Handtasche, entnahm ihren Geldbeutel und begann, das restliche Bargeld zusammenzuzählen. Auf dem Bankkonto lagen noch 4000 Euro, die ihre Mutter ihr für die Einrichtung der Wohnung geliehen hatte. Sie besaß also noch 4325 Euro und 66 Cent. Als sie den Geldbeutel wieder zurücksteckte, spürte sie etwas Spitzes gegen ihre Fingerkuppe stoßen.

Ihr letzter Tag in Amsterdam – schoss es ihr plötzlich durch den Kopf: Morgens, irgendein Geräusch hatte sie geweckt. Beim Aufstehen hatte etwas an ihren Fußsohlen geklebt wie ein Fetzen Papier. Sie bückte sich, um nachzusehen, und hielt plötzlich ihr Passfoto in der Hand. Jemand musste es aus ihrem Reisepass herausgerissen haben. Genau mitten zwischen ihren Fotoaugen steckte ein abgebrochener Zahnstocher.

Heinrich Brettschneider löste das Polizeisiegel an Guhls Haustür. Das Reihenhaus lag in einer Siedlung oberhalb des alten Dorfkerns von Glashütte, eines Waldenbucher Teilorts. Francesca ließ den Blick über die im Schatten der Morgensonne liegenden, üppig blühenden Vorgärten schweifen. Wer sich hier niedergelassen hatte, besaß irgendwo im mittelständisch strukturierten Ballungsraum um Stuttgart eine mehr oder weniger gut bezahlte Stellung im Maschinenbau, als Computerfachmann oder eben wie der Ermordete als hoch qualifizierter Facharbeiter.

Noch in der Nacht hatten Beamte der Böblinger Schutzpolizei vergeblich geklingelt, um Guhls Witwe die Nachricht vom Tod ihres Mannes zu überbringen. Eine Nachbarin war aufmerksam geworden. Sie besaß einen Ersatzschlüssel für Guhls Wohnung, den sie den Beamten ungefragt aushändigte, als das erste Entsetzen aus ihrem Gesicht gewichen war.

Da ihr angekündigt worden war, dass Beamte der Kriminalpolizei sie am Morgen würden sprechen wollen, lauerte sie bereits hinter dem Küchenfenster, was Francesca nicht entgangen war. Die Kommissarin nickte ihr lächelnd zu und bat sie mit einer Handbewegung heraus. Tomislav Özcan bot sich an, mit der Frau zu reden, aber Francesca machte ihm mit wenigen Worten klar, dass sie Wert auf seine Gegenwart lege, wenn sie Guhls Wohnung unter die Lupe nahm. Befragungen in der gesamten Nachbarschaft mussten sowieso durchgeführt werden und Brettschneider hatte bereits angedeutet, dass er und seine Böblinger Kollegen diese Aufgabe übernehmen würden.

Schließlich erschien eine stämmige Frau in der Tür in einer leichten Bluse mit Rosenmuster über ihrem voluminösen Oberkörper, die Zeichen einer durchwachten Nacht mit einer Spur zu viel an Schminke übertönt. Die Kommissarin schätzte sie auf Mitte vierzig und entschuldigte sich für die frühe Stunde – es war 7 Uhr – und stellte ihr die rhetorische Frage, ob später noch einer der Kollegen bei ihr vorbeischauen dürfe. Die Frau nickte stumm und zog sich zurück. Francesca hatte die Mischung aus Trauer, Neugier und – als Antwort auf ihre Frage – Enttäuschung auf ihrem Gesicht wohl bemerkt. Vielleicht sollte sie die Befragung der Frau selbst übernehmen. Wenn sie den Ersatzschlüssel besaß, bestand offenbar ein Vertrauensverhältnis zwischen ihr und ihrem Nachbarn. Wenn es sich um ein gutnachbarschaftliches Verhältnis handelte, das ihrer Erfahrung nach häufig in kleinen Orten anzutreffen war, dann konnte sie möglicherweise auch etwas zum Verbleib der Frau von Guhl, über ihr Eheleben, ja vielleicht sogar etwas über die Tochter erfahren.

Brettschneider und Özcan ließen Francesca den Vortritt. Der Flur öffnete sich nach wenigen Metern hin zu einem großen, lichtdurchfluteten Wohnzimmer. Während Brettschneider einen Blick in das rechts vom Eingang gelegene Badezimmer warf, blieben sie und Özcan am Durchgang stehen.

„Schöne Südseite", stellte Özcan fest.

„Neidisch?", fragte Francesca.

„Wenn ich an meine Bruchbude am Steinenberg denke, schon", gab er zu.

Aufmerksam ließen sie den Blick durch den Raum ziehen. Außer einem Pinienholz-Esstisch befanden sich im Wohnzimmer lediglich drei Möbel. Allerdings ausgesuchte Einzelstücke: eine schmale Jugendstil-Vitrine aus Kirschholz, ein Konsoltisch – ein Stilmöbel – mit hohen, vasenförmigen Gläsern, auf deren Spitzen orangefarbene Kugelkerzen thronten, und schließlich, was besonders ins Auge stach, ein weißes Klavier. An den Wänden hingen – nicht weniger erlesen, wie es schien – Gemälde und über dem Klavier eine Serie kleiner Zeichnungen. Nur die Längswand, die auf das Schlafzimmer zuführte, war kahl.

„Sieht hier eher aus wie bei domicil", sagte Brettschneider, der sich wieder zu ihnen gesellt hatte. Zumindest passte sein Outfit heute eher zu einem gehobenen Einrichtungshaus als gestern, wenn auch das Goldkettchen am Hals offenbar unverzichtbar war. Schon an der Haustür hatte sich Francesca über seinen dunklen Anzug und das weiße Hemd gewundert, dessen oberster Knopf geöffnet war, aber den Impuls unterdrückt, ihn zu fragen, ob heute noch eine Beerdigung für ihn anstehe.

Sie trat näher an eines der Bilder heran. Eine kleine Arbeit, kaum mehr als eine Handspanne hoch, kräftige und verhaltene Pastellfarben im Wechsel. Eine Komposition, auf der Francesca zwei Türme erkannte, dazwischen auch undefinierbare Formen, die vielleicht als Bäume durchgehen konnten. Entgegen ihrer Gewohnheit, zuerst die Signatur zu entziffern, ließ sie das Bild für einen Augenblick auf sich wirken.

Özi warf einen Blick über ihre Schulter: „Ein Original?"

„Vom Flohmarkt vielleicht", mutmaßte Brettschneider, der nun ebenfalls das Bild begutachtete. „Jedenfalls kein Kunstdruck".

Jetzt erst schob Francesca ihr Gesicht an das Eck rechts unten, wo mit geschwungenen Linien nicht nur das Entstehungsjahr – 1916 – verzeichnet, sondern auch die Signatur zu erkennen war.

„Jawlensky", formulierte sie Silbe für Silbe. „Sagt mir nichts. Aber ganz schön betagt, der kleine Schinken."

Özi zog sein iPhone aus der Tasche. „Haben wir gleich!"

„Wenn jetzt die Sarowsky da wäre, die könnte uns gleich dazu was sagen", meinte Francesca.

„Wer?", fragte Brettschneider.

„Gestern habe ich eine Kunsthändlerin kennengelernt. Sehr renommiert. Geh doch mal auf ihre Website, Tommy", schlug sie vor. „Sarowsky. Kunsthandel. Stuttgart."

Mit der Kuppe seines Mittelfingers und einer Geschwindigkeit, die Francesca bisher nur von ihrer Tochter Lisa kannte, tippte Özcan auf seinem Display herum. Währenddessen zog die Kommissarin ihre Aufmerksamkeit von Jawlenskys Pastell ab, um sie den anderen Gemälden im Raum zuzuwenden.

„Also wenn das alles hier Originale sind …", sagte sie, mehr zu sich selbst.

„Ich hab's!", rief Özcan und hielt ihr das Abbild des Bildes auf seinem Display vor die Augen. „Jawlensky, Andreij, Stadtansicht, 1916. Verkauft."

„Steht auch der Preis da?", fragte Francesca.

Özcan zog seine Hand zurück, tippte wieder. „2600."
Francesca stieß einen leisen Pfiff aus.

„Eine Menge Kohle für einen Facharbeiter", meinte Brettschneider.

„So viel hätte ich auch gern mal übrig", schloss Özcan sich an.

„Wieso, würdest du dir so was denn kaufen?", fragte Francesca spitz.

„Ich steh eher auf Newton-Poster, so schön nostalgisch, schwarz-weiß ...", gab er mit einem Augenzwinkern zurück.

Helmut Newton. Das sagte ihr endlich einmal etwas.

„Auf jeden Fall: Anlagenführer bei Ritter Sport und daheim eine opulente Kunstsammlung – irgendwie passt das nicht zusammen", warf Brettschneider ein.

„Warten wir's ab ...", erwiderte Francesca und warf einen nachdenklichen Blick auf den Parkettfußboden. „Vielleicht hat ja auch seine Frau das große Geld ins Haus eingebracht."

„Ich hab gestern die Kopie der Personalakte noch eingescannt", sagte Özcan und blätterte wieder in seinem iPhone. „Vielleicht gibt ja seine Bio irgendwas her. Ein Studienabbrecher, ein verhinderter Kunstwissenschaftler oder was weiß ich ..."

Francesca sah ihren Kollegen neugierig an. „Dann leg mal los!"

„Joachim Guhl, geboren am 6. September 1968 in Deizisau. Hermann-Kurz-Schule, also Grundschule in Reutlingen, mit sechzehn dann eine Lehre zum Betriebsschlosser bei Wandel und Goltermann in Eningen unter Achalm, die haben so Messinstrumente hergestellt und Signalanlagen für die Polizei. Die Firma gibt's heute aber nicht mehr, die sind mit 'nem Amerikaner fusioniert."

„Gut aufgepasst in Heimatkunde?", spöttelte Brettschneider.

Özcan ignorierte die Bemerkung und fuhr fort.

„Dann ist er erst mal zu Bosch nach Reutlingen, bevor er 1996 bei Ritter Sport angefangen hat."

„Der äußere Lebenslauf sagt ja oft nicht so viel aus", kommentierte die Kommissarin. „Ich will wissen, was für ein Mensch er war."

„Was ist mit dem verlorenen Steakmesser da auf dem Tisch?", fragte Brettschneider dazwischen und lächelte. „Vielleicht sagt ja das was aus über den Menschen ..."

Francesca zuckte mit den Schultern und ging zur Küche.

„Alles wie abgeschleckt", registrierte sie. „Guhl war wohl ein sehr ordentlicher Mensch."

„Oder seine Frau", meinte Brettschneider.

„Bis auf das Steakmesser", wandte Özcan ein.

Francesca machte auf dem Absatz kehrt und winkte die Kollegen hinüber ins Schlafzimmer. Dort fiel ihr Blick sofort auf die leere Bettseite. Sie blieb einen Moment stehen, wie in Versenkung. Dann zog sie ihre Schutzhandschuhe an und riss die Türen des monumentalen Kleiderschranks auf. Es ging alles so schnell, dass die Männer Mühe hatten, dem Sinn von Francescas Bewegungen zu folgen.

„Seht ihr auch, was ich sehe?"

„Da ist so 'ne Lücke", versuchte sich Brettschneider.

Der rechte Teil des Schranks war praktisch leer. Ohne etwas anzufassen, wies Francesca auf die beiden Damenmäntel auf der Stange und einen zusammengelegten Schal hin.

„Kein Wunder, dass die Kollegen von der Schutzpolizei gestern vergeblich da waren. Guhls Frau lebt offenbar gar nicht mehr mit ihm zusammen."

„Das hat uns gestern keiner gesagt", bemerkte Özcan in einem Ton, als befänden sich die Angeschuldigten im Schlafzimmer.

„Vielleicht weiß es im Betrieb ja auch noch gar niemand", wandte Francesca ein. Dann sah sie Brettschneider auffordernd an. „Frag mal deine Böblinger, ob sich Frau Guhl schon hier abgemeldet hat!“

Brettschneider verstand und zückte sein Smartphone. Währenddessen marschierte Francesca zum Nachttisch auf der leeren Seite des Bettes und zog die Schubladen auf.

„Ein bisschen Schmuck ist noch da“, stellte sie fest.

Mit einer ausladenden Geste hielt Özcan seine Handteller nach oben. „Vielleicht sollte es ja auch nicht für immer sein. Die Wintersachen hat sie ja auch dagelassen.“

„Die Kollegen haben das schon erledigt“, informierte Brettschneider. „Die Witwe wohnt seit Anfang des Monats in Schönaich. Eine Kollegin von der Schutzpolizei ist bei ihr.“

Eine letzte Tür, die einzige, die geschlossen war, führte in einen sehr kleinen Raum, in dem sich lediglich ein massiver dunkler Holzschreibtisch befand, ein Regal mit Stapeln von Kunstkatalogen und Reihen von Kunstbüchern und – Bilder. Bilder, die hier nicht wie im Wohn- und Schlafzimmer zur Gestaltung des Raumes beitrugen, sondern offenbar willkürlich neben- und übereinander in mehreren Reihen die Wände bedeckten. Große Formate, kleinere Formate. Gemälde, Arbeiten auf Papier, Zeichnungen. Sogar auf dem Boden standen mehrere Reihen aneinandergelehnter, gerahmter Bilder.

Willkürlich griff sich Francesca eines der Büchlein aus einer zehnbändigen Reihe und schlug es auf.

„Hast du so was schon mal gesehen?“ Mit einer deutlichen Geste ihres Zeigefingers holte sie Özcan zu sich heran, der erstaunt auf die aufgeschlagenen Seiten schaute.

„Alles unterstrichen. Mit Leuchtmarker. Jeder Satz. Wie kann man sich denn da noch was merken?“, kommentierte er.

„Eigenartig, nicht?“, befand Francesca und sah auf den Buchdeckel. *Werner Spies: Auge und Wort. Band 1. Gesammelte Schriften zu Kunst und Literatur*. Unter Özcans staunendem Blick ließ die Kommissarin den Band in eine Asservaten-Tüte und diese in ihre Handtasche gleiten.

Auf dem Schreibtisch befanden sich eine kleine Bronzefigur, eine Schreibtischlampe, eine Tasse mit Stiften, ein Locher.

„Auch was nicht vorhanden ist, kann eine Spur hinterlassen“, meinte Francesca kryptisch.

Brettschneider schob sich an der Kommissarin vorbei. „Sprichst du immer in Rätseln?“

„Der PC“, erklärte Özcan. „Warum hat der Mann keinen Computer?“

„Soll es noch geben“, antwortete Francesca. „Ich kenne jemanden, der hat sich bewusst von aller Technik losgesagt. Soweit das möglich ist. Kein Auto, kein Fernseher, kein Smartphone und keinen PC.“ Sie dachte dabei an ihre alte Freundin Elena Chatzidospyridaki. Sie musste als Taxifahrerin zwar von Berufs wegen mit einem Wagen und einem Handy umgehen, aber zu Hause war das einzige Gerät, von dem sie sich nicht getrennt hatte, ihre alte Waschmaschine. Sogar das Geschirr wusch sie von Hand.

„Passen würde es zu Guhl ja schon irgendwie“, meinte Özcan, drückte sich an seiner Kollegin vorbei und nahm einen Stapel mit CD-Rohlingen vom Regal. „Fragt sich nur, ob das auch passt?“

„Vielleicht hat er den PC ja verkauft und die sind noch übrig“, sagte Brettschneider ins Blaue hinein. „Einbruchspuren haben wir ja nicht festgestellt ...“

Francesca wandte sich abrupt zu ihm um. „Vielleicht hatten der oder die Täter einen Schlüssel? Außerdem: Jeder Schlüsseldienst kriegt eine Tür mit einer x-beliebigen Plastikkarte auf.“

„Wenn sie nicht abgeschlossen ist“, wandte der Böblinger ein.

„Wenn sie nicht abgeschlossen ist ...“

„Aber wie hat er dann die ganzen Bildkäufe abgewickelt,

ohne Internet?“ Özcan war nicht der Typ für schnelle Antworten.

„Jedenfalls, auch wenn die Wohnung sauber aussieht, muss die Spurensicherung her“, sagte Francesca, schob die beiden Männer vor sich her aus dem engen Zimmer und folgte ihnen. Als sie an der kahlen Längswand des Wohnzimmers vorbeikam, blieb sie plötzlich stehen. Irgendetwas hatte sie die ganze Zeit über schon irritiert, ohne dass es in ihr Bewusstsein vorgestoßen wäre. Sie bat ihre Kollegen zu warten. Dann trat sie zwei Schritte zur Seite und blickte auf das Weiß der Raufasertapete.

„Die zwei Nägel hier“, brachte sie schließlich hervor. „Da gehört doch offenbar ein Bild hin!“

„Ja, das passt so gar nicht zum Charakter der Wohnung“, meinte nun auch Özcan.

„Also, entweder er kam auf die Idee, die Wand bewusst frei zu lassen“, spann Francesca ihren Gedanken weiter, „dann hätte er sicher die Nägel entfernt und die Löcher sauber zugemacht.“

„Oder es gehört seiner Frau und sie hat's mitgenommen“, sagte Brettschneider, dem diese Überlegungen zu weit gingen.

Francesca schätzte den Abstand zwischen den Nägeln. „Ein Meter zwanzig?“, fragte sie zweifelnd.

„Oder?“, hakte Özcan nach.

„Oder es war doch noch jemand in der Wohnung. Und hatte sich für genau dieses Bild interessiert …“

„Und auch den PC mitgehen lassen“, sagte Özcan.

„Das sind aber jetzt Spekulationen“, wollte Brettschneider sagen, behielt den Einwand aber lieber für sich.

Erdbeeren, dachte Melinda. Zu dieser Jahreszeit gab es doch Erdbeeren und Johannisbeeren. Die ersten Kirschen waren reif. Auch Kohlrabi konnte man roh essen. Zur Not. Vielleicht sollte sie sich draußen einmal umsehen. Vielleicht könnte sie sich aus den Gärten bedienen, vorerst.

Sie fand nicht die Kraft, den Gedanken in die Tat umzusetzen. Wie ein Gewicht aus Blei hielt sie die Erinnerung an ihr durchlöchertes Passbild auf der Bettkante fest und drückte sie nieder. Sie stellte ihre Handtasche auf die Knie, zog an dem Reißverschluss der Innentasche und fingerte das Foto mit dem Zahnstocher hervor.

Wenn es in Amsterdam noch einen Zweifel gegeben hatte an ihrem Entschluss, wieder nach Süddeutschland zurückzukehren, dann war es dieser Vorfall an ihrem letzten Tag dort gewesen. Sie starrte das Bild an. Eine Botschaft à la Mafia. War das nicht eine der alten Traditionen des organisierten Verbrechens? Bedeutete es in ihrem Fall eine Warnung oder eine Morddrohung?

Sie versetzte sich innerlich einen Stoß und stand auf. Das Foto mit dem Zahnstocher schob sie zurück auf seinen Platz in der Handtasche und zog den Reißverschluss wieder zu. Noch immer war es kühl. Sie verschränkte die Arme vor der Brust und rieb an ihren Oberarmen. Nicht einmal eine Jacke hatte sie dabei. Sie musste hier weg, bevor es zu spät war. Erdbeeren und Kohlrabi gut und schön, aber davon wurde man nicht satt, und sie musste handeln, bevor der Hunger, der an ihren Eingeweiden nagte, sie noch weiter schwächen würde. Sie vergewisserte sich mit einem Griff an die Hosentasche des Autoschlüssels, dann schob sie den eisernen Türriegel zur Seite, drehte den alten, rostigen Schlüssel im Schloss, zog ihn ab, öffnete die Tür einen Spalt und lugte hinaus.

Ein Ausschnitt wolkenlosen Bilderbuchsommerhimmels strahlte ihr entgegen, das helle Licht schmerzte in den Augen. Sie blinzelte und wandte den Blick dem Garten zu.

Der kleine Teich, ein paar wild durch den Kies des Vorplatzes drängende Blumen. Hahnenfuß, Gänseblümchen, Löwenzahn. Zaghaft schob sie die knarzende Tür auf und trat ins Freie. Die Luft stand still. Vogelgezwitscher. Vor ihr lagen akkurat die Beete. Tomatenpflanzen, die Früchte noch grün, und dann tatsächlich Kohlrabi, dicke Knollen, deren Oberseite sich bereits aus der Erde schob und – tatsächlich, neben dem Teich – ein kleines, aber dicht bewachsenes Erdbeerbeet, das hinter der Ecke des Gartenhäuschens verschwand. Sie beschloss, noch einige Erdbeeren zu sammeln.

Den Schlüssel steckte sie von außen ins Schloss und war im Begriff, die Tür zu schließen, als ihr einfiel, sie könnte drinnen in einem der Schränke nach einer Tupperdose sehen.

In diesem Moment hörte sie plötzlich Männerstimmen. Männerstimmen, die sich in das Gezwitscher der Vögel mischten. Abrupt wandte sie den Kopf und hielt sich an ihrer Handtasche fest. Wie erstarrt blieb sie stehen und lauschte. Dann drehte sie sich langsam um und machte zwei große, vorsichtige Schritte in Richtung Abstellplatz. Was sie erblickte, ließ sie zurückweichen. Sie hielt die Luft an. Das Herz pochte ihr im Hals. An ihrem Corsa stand der Mann mit dem Lederhut. Und er war nicht allein.

Francesca hatte beschlossen, die Befragung der Nachbarin allein vorzunehmen. Brettschneider hatte säuerlich den Mund verzogen und sich verabschiedet. So sah also die viel beschworene Kooperation des LKA mit der Landespolizei aus, dachte er. Er war es nicht gewohnt, Entscheidungen anderen zu überlassen – und schon gar nicht einer weiblichen Kollegin. Özcan dagegen hatte gar nicht erst lange auf eine Erklärung gewartet, schließlich war ihm klar, dass ein Gespräch von Frau zu Frau bessere Chancen hatte, Vertrauen aufzubauen, und sich derweil in seinen Wagen zurückgezogen. Wann hatte man schon die Gelegenheit, während des Dienstes *Farm Heroes Saga* auf dem Smartphone zu spielen ... Aber vielleicht sollte er doch zuerst einmal die Spurensicherung anfordern.

„Entschuldigen Sie, aber ich hab die Nacht kein Auge zugemacht!" Anita Hohloch wischte sich die Augen mit einem gelb gepunkteten Stofftaschentuch. „Aber macht nichts, ich schlafe sowieso schlecht, seit mein Horst nicht mehr da ist."

„Ihr Mann? Was ist mit ihm?"

„Ich hab ihn verloren. Vor einem halben Jahr ..."

Francesca warf einen Blick auf das Mobiliar des Wohnzimmers, an dem seit den Sechzigern offenbar alle Modeerscheinungen spurlos vorbeigegangen waren.

„Tut mir leid", sagte sie leise und sah hinaus in den Garten. Eine rostige Kinderschaukel erhob sich breitbeinig über dem eintönigen Rasen.

Sie setzte sich auf den ihr angebotenen Armlehnsessel und verneinte höflich die Frage nach einer Tasse Kaffee. Noch immer glaubte sie, ihren Frühstückskaffee etwa auf Brusthöhe zu spüren, so als hätte sie sich ihn literweise eingegossen. Im nächsten Moment entschied sie sich um. Schließlich war gemeinsames Kaffeetrinken ja auch zu den vertrauensbildenden Maßnahmen zu zählen.

Guhls Nachbarin zeigte ein gequältes Lächeln und verschwand in der Küche, wo sie aber weiterredete. Vielleicht hatte sie die Frau nicht richtig verstanden und sie hatte sie gebeten, ihr zu folgen? Francesca beschloss, ihr nachzugehen, und blieb im Türrahmen zur Küche stehen. Frau Hohloch hatte ihr Taschentuch auf die Küchenablage gelegt, warf ihr einen dankbaren Blick zu und ließ Wasser in den Kessel einlaufen. Offenbar wurde der Kaffee hier noch von Hand aufgebrüht, eine Tradition, die Kaffeeliebhaber der jüngeren Generation längst wieder aufgegriffen hatten.

„Der Herr Guhl, das war so ein Lieber…“, seufzte sie und knipste die Gasflamme an. „Unser Michael und seine Melinda, die haben oft miteinander gespielt früher. Im Sommer bei uns im Garten und im Winter bei uns hier herinnen… Glauben Sie, Sie werden den Mörder fassen?“

„Wir haben gute Chancen. Die Aufklärungsquote liegt statistisch bei sechsundneunzig Prozent. Aber die Kinder… Heißt das, die Kinder waren immer nur bei Ihnen?“

Frau Hohloch öffnete einen der Oberschränke und entnahm ihm zwei Untertassen. „Herr Guhl hatte immer Angst, dass seinen Bildern was passiert.“

„Ein bisschen übertrieben, oder nicht?“

„Deshalb ist seine Frau ja auch ausgezogen.“

„Hat sie Ihnen das gesagt?“

„Man denkt sich halt sein Teil.“

„Das heißt, so genau kennen Sie Ihre Nachbarn auch nicht…“

„Doch, eigentlich schon. Er ist auch meistens mitgekommen, wenn wir sie zum Grillen eingeladen haben auf unser Gütle.“

Francesca beobachtete mit wachsendem Staunen, wie Frau Hohloch nun auch zwei Tassen holte, sie mit heißem Wasser ausspülte, einen weiteren Schrank öffnete, dem sie ein Glas Instantkaffee entnahm, und das Granulat mit einem Kaffeelöffel abmaß.

„Wie stark mögen Sie Ihren Kaffee?“, fragte Frau Hohloch, ohne aufzusehen.

„Ähem…“, räusperte sich Francesca. „Ein Löffel genügt…“

Der Wasserkessel begann zu summen. Frau Hohloch starrte ihn an und ließ den Löffel mit dem Granulat in der Luft stehen.

„Aber was heißt schon kennen“, sagte sie gedankenverloren. „Meistens hat man halt über die Kinder geredet.“

Das Summen des Kessels ging jetzt in ein Pfeifen über, das nun auch langsam das Trommelfell der Frau zu erreichen schien. Sie verteilte das Granulat in die Tassen, nahm den Kessel endlich vom Herd und brühte den Kaffee auf. Noch immer geistesabwesend stellte sie den Kessel auf die Geschirrablage.

„Milch?“, fragte sie. „Zucker steht drin auf dem Tisch.“

Francesca verneinte. „Das Gas!“

Frau Hohloch nickte und drückte mit dem Daumen auf den Herdknopf. Die Flamme erlosch. Sie nahm ihr Taschentuch in die eine, eine Tasse in die andere Hand und schien plötzlich zu bemerken, dass sie für die Tasse der Kommissarin keine Hand mehr frei hatte. Francesca nahm ihr ihre Tasse und damit das Problem ab und man verlegte das Gespräch ins Wohnzimmer.

„Frau Guhl ...“, wollte Francesca wieder ansetzen, wurde aber sofort unterbrochen.

„Rosenfeldt“, korrigierte die Nachbarin. „Sie hat ihren Mädchennamen wieder angenommen.“

„Dann scheint es ja ein tief greifendes Ehezerwürfnis gegeben zu haben.“

„Nein, ihren Namen hat sie schon vor Jahren geändert. Ihr Mann konnte schon sehr bestimmend sein ...“

Francesca horchte auf. Soeben hatte die Nachbarin Guhl noch einen „lieben Menschen“ genannt – nun klang eine andere Seite an.

„Ich habe auch nie verstanden, warum er das Mädchen immer in seine Ausstellungen mitgeschleppt hat, in einem Alter, in dem Teenager normal andere Interessen haben, als mit Papi am Sonntag ins Museum zu gehen. Unser Michael ist da gar nicht mehr an Melinda rangekommen. Darunter hat er sehr gelitten. Sie war doch von klein an seine beste Freundin.“

Francesca beschloss, das Sortieren ihrer Gedanken auf später zu verlegen. Wichtig war jetzt erst einmal, die Frau in ihrem wachsenden Redebedürfnis nicht zu unterbrechen. Sie nippte an ihrem Kaffee und warf Frau Hohloch über den Rand ihrer Tasse einen auffordernden Blick zu.

„Und die Mutter?", fragte sie nach. „Ging die nicht mit?"

Frau Hohloch hob die Schultern etwas an und ließ sie wieder sinken. Ihren Kaffee hatte sie nicht angerührt.

„Die war sonntags immer allein …"

„Und kam nie zu Ihnen rüber – auf ein Schwätzchen?"

„Ich glaube, dann wäre alles aus ihr rausgebrochen. Ich hab's ja versucht …" Sie schnäuzte sich ausführlich in ihr Taschentuch. „Ich hab ihr immer mal wieder einen Kuchen rübergebracht. Aber sie hat nicht aufgemacht. Dann hab ich ihn halt vor die Tür gestellt."

„Heißt das, Sie waren nie in ihrer Wohnung?"

„Den leeren Teller hat sie mir hingestellt. Aber nie ein ‚Danke' oder so etwas …"

Francesca ließ den Blick über das Muster des Perserteppichs wandern. So ein Stück lag auch im Wohnzimmer ihrer Mutter Maria.

„Das klingt ziemlich verbittert", meinte sie schließlich.

„Über das bin ich schon lange raus!", protestierte Frau Hohloch.

„Nein, ich meine – Frau Rosenfeldt! Haben Sie mitbekommen, dass sie ausgezogen ist?"

„Vor ein paar Wochen. Aber ich glaub, die kommt wieder zurück …"

Die Kommissarin sah die Frau fragend an.

„Die hat ja nur ein paar Kartons mitgenommen. Hat sich von 'nem Taxi abholen lassen. Den Wagen hat ihr Mann behalten."

Francesca nickte nachdenklich.

„Ich bin ja arbeitslos", fügte die Frau hinzu und knetete das Taschentuch auf ihrem Schoß. „Hab ja nichts zu tun außer dem Garten hier und unserem Grundstück draußen ..."

Eine bunte, gerahmte Kinderzeichnung auf einem Absatz des Wohnzimmerschranks fiel Francesa ins Auge. Mit dem Zeigefinger deutete sie auf das Bild.

„Von Michael?"

Ohne sich umzudrehen, schüttelte Frau Hohloch den Kopf.

„Hat mir Melinda mal geschenkt."

„Haben Sie noch Kontakt mit ihr?"

Frau Hohloch verneinte.

„Die ist mit siebzehn – sie war fast achtzehn – schon von daheim abgehauen. Hat die Schule abgebrochen und weg war sie. Wäre ich auch an ihrer Stelle." Die Frau warf Francesca einen hilflosen Blick zu. „Ich hab nichts mehr von ihr gehört. Aber kurz bevor sie verschwand, kam sie mal zu uns rübergelaufen. Sie hat nicht geheult – sie war außer sich. Ich glaube nicht, dass er sie geschlagen hat. Melinda hat nur gesagt, dass sie nie ihre Ruhe hat zu Hause. Der musste ständig hinter ihr her gewesen sein. Er hatte ihr den Zimmerschlüssel weggenommen und muss wohl immer zu ihr reingegangen sein, auch wenn sie ihre Kopfhörer aufgesetzt hatte und mal ihre Musik hören wollte ..."

Die Frau hörte sich so an, als sei sie selbst die Jugendliche, über die sie berichtete.

„Mit unserem Michael hätte ich das nie gemacht. Man braucht doch seine Intimsphäre!", rief sie empört. „Und dann sagte sie noch dazu, was heißt sagen, sie hat es herausgeschrien: Sie kommt sich daheim vor wie im Gefängnis. In einem Museum mit Gittern. Ist ja auch kein Wunder bei so einem Vater mit so 'nem Kunstfimmel. Das muss ja krankhaft gewesen sein! Aber was sag ich da ..."

Sie unterbrach sich. Ihr enormer Busen bebte unter der sommerlichen Bluse.

„Aber nein“, versuchte Francesca sie zu beruhigen. „Das gibt mir ein Bild von der Familie…“

Als bedeute die Äußerung der Kommissarin eine Aufforderung, setzte Frau Hohloch ihren erregten Redeschwall fort.

„Und dann hat sie einfach nur geschrien. Ist vor mir gestanden, als wäre ich die Ursache allen Übels, und hat geschrien. Lang und anhaltend. Ich weiß nicht, ob die es drüben mitbekommen haben. Jedenfalls war sie am nächsten Tag fort.“

„Haben Sie denn nie nach ihr gefragt?“

„Glauben Sie, ich hätte eine Antwort bekommen?“

Abrupt erhob sie sich, schnappte sich die Tassen und verschwand in der Küche. Francesca setzte ihr wieder nach. Sie würde noch die üblichen Standardfragen stellen müssen.

„Wann haben Sie Herrn Guhl denn zum letzten Mal gesehen?“, fragte sie vom Türrahmen aus und dies betont ruhig.

Frau Hohloch hatte die Tassen neben das Spülbecken abgestellt, in das sie – die Hände auf den Rand gestützt – hineinsah, als liege dort ein Zettel mit Antworten.

„Das kann ich Ihnen genau sagen. Heute haben wir Freitag, oder?“, erwiderte sie ohne aufzusehen.

Francesca bejahte. Offenbar ging manchmal bei Menschen, die nicht mehr im Berufsleben standen, die kalendarische Orientierung verloren.

„Am Mittwoch. Spätnachmittag, so um 17 Uhr 30, fuhr er weg. Ich hatte Kartoffeln auf dem Herd und mir den Küchenwecker gestellt und das Fenster offen gelassen, bevor ich in den Vorgarten ging. Ich wollte den Holunder zurückschneiden, auch wenn man das normalerweise erst im Herbst macht…“

Francesca öffnete den Mund, um weiter zu fragen, doch da fuhr die Nachbarin schon fort:

„Er ist aber nach seiner Spätschicht nicht mehr zurückgekommen. Ich wache nämlich regelmäßig auf, wenn er nachts heimkommt. Leider bin ich hellhörig wie ein altes Haus, obwohl mein Schlafzimmer hinten hinaus liegt. Morgens war mir aufgefallen, dass ich die Nacht durchgeschlafen hatte. Aber sein Auto stand nicht vor dem Haus. Vielleicht hatte er sich auch Urlaub genommen. Erst am Donnerstagvormittag, da hörte ich seinen Wagen."

„Wann ungefähr?"

„Zufall. Ich hatte das Radio laufen und bin raus zum Briefkasten. Die 11-Uhr-Nachrichten kamen ..."

Francesca zog aus der Gesäßtasche ihrer Jeans ein zusammengefaltetes DIN-A4-Blatt und einen Bleistiftstummel und notierte sich die Zeiten.

„In den letzten Tagen, haben Sie da irgendetwas Ungewöhnliches beobachtet um das Haus herum?"

Frau Hohloch stellte die Tassen in die Spüle und wandte sich der Kommissarin zu. Die Wut auf ihrem Gesicht war einer müden Traurigkeit gewichen. Sie deutete ein Kopfschütteln an. Dann sagte sie:

„Gestern Nacht habe ich ein komisches Kratzen gehört, draußen."

„Ein Kratzen?"

„Ja, so wie Metall auf Metall."

„Wann?"

„Ich hab nicht auf die Uhr gesehen."

„Und dann?"

„Dann blieb alles ruhig. Wenig später sind Wagentüren zugeschlagen worden. Dreimal hintereinander."

„Dreimal?"

„Dann ist ein Motor angesprungen. Ein Diesel. Ich hör das, weil wir selber 'nen Diesel haben. Dann fuhr der Wagen weg."

„Aber im Nachbarhaus haben Sie nichts gehört? Oder dass das Außenlicht anging?"

„Ich hab mein Schlafzimmer ja nach hinten raus", wiederholte Frau Hohloch. „Und auch das Kratzen hab ich nur hören können, weil ich auf der Toilette war."

Angst, wenn sie ein bestimmtes Maß übersteigt, kann, statt einen Fluchtreflex auszulösen, lähmen. Melinda befand sich direkt im Blickfeld ihrer Verfolger. Wie eine zufällig vorbeigekommene Passantin, der das verdächtige Verhalten zweier Männer auffiel, die ihren abgestellten Wagen inspizierten, starrte sie hinüber zu ihrem Corsa. Erst, als Mirkos Begleiter sich zum Seitenfenster hinabbeugte und die rechte Hand über die Augen legte, um die Spiegelungen des Glases abzuschirmen, spürte sie plötzlich ihre Fingerkuppen – wie sie sich in das Kunstleder der Handtasche krallten. Mit zeitlupenhaften Bewegungen zog sie sich wieder die wenigen Schritte zurück, bis die offen stehende Tür ihren Körper aus der Sichtlinie nahm. Sie fasste sich an die Halsschlagader.

Doch außer Fluchtreflex und Lähmung kannte ihr Körper noch eine dritte Überlebensstrategie: emotionsloses Denken. Einsatz des Kopfes bei gleichzeitiger Unterdrückung der Gefühle. Im nächsten Moment war ihre Strategie klar. Dicht an der Holzwand des Gartenhauses entlang schlich sie bis zu der Ecke, um die sich das Erdbeerbeet fortsetzte, tastete sich um diese Ecke herum und lauschte. Gleich würden die Männer auf die offene Tür aufmerksam werden. Sie würden sie suchen kommen.

Lautlos ließ Melinda ihre Handtasche in die Erdbeeren gleiten. Die Stimmen der Männer waren verstummt. Schon näherte sich das Geräusch ihrer Schritte. Dann endlich das entfernte Knarren des Dielenbodens. Melinda straffte sich und schob den Kopf um die Ecke. Sie mussten jetzt in der Hütte sein. Mit wenigen Sätzen schoss sie zum Eingang, warf ihre Schulter gegen die Holztür, bekam den Schlüssel zu fassen und drehte ihn herum.

Das wütende Geschrei der Männerstimmen, das gedämpft nach außen drang, nahm sie schon kaum mehr wahr. Sie rannte zu ihrem Wagen, riss die Fahrertür auf und warf sich hinter das Steuer. Sie wollte den Zündschlüssel schon umdrehen, als ihr das Bild ihrer Handtasche in den Kopf kam. Sie stieg aus und sprintete zum Erdbeerbeet. Etwas krachte in der Hütte gegen die Tür. Sie griff sich ihre Tasche und rannte zurück. Wenn er jetzt nicht anspringt, dachte sie noch, als sie den Autoschlüssel drehte, aber da trat ihr Fuß schon das Gaspedal durch. Der Kies spritzte hinter dem Wagen auf und mit einem letzten Blick durch das Seitenfenster sah Melinda, wie die große, schwere Holztür aus den Angeln platzte.

Edith Rosenfeldt stand mit handgeschriebenen Buchstaben auf dem mit Papier überklebten Klingelschild. Francesca nahm ihre Sonnenbrille ab und sah an der grauen Fassade empor – ein in die Jahre gekommenes Mehrfamilienhaus mit gelblichen Platten, die noch immer vom Hagelschlag des letzten Jahres zerschossen waren. Konnte sich Guhls Frau nichts Besseres leisten, fragte sie sich. Oder bedeutete eine Wohnung in einem Sozialplattenbau wie diesem einfach eine billige, vorübergehende Lösung? Von einer Baustelle auf der gegenüberliegenden Straßenseite dröhnte ein Presslufthammer.

Özcan hatte offenbar mit dem Gedanken gespielt, wieder im Wagen warten zu können, und war zunächst hinter dem Steuer sitzen geblieben. Aber Francesca war unter seinen erstaunten Blicken strammen Schrittes um die Motorhaube herummarschiert und hatte ihm die Fahrertür geöffnet.

„Die Nummer mit der Von-Frau-zu-Frau-Befragung ziehen wir jetzt aber nicht die ganze Zeit durch!"

Özcan hatte auf eine Antwort verzichtet, die Mundwinkel verzogen und sich aus dem Sitz geschwungen.

Nun war er es, der die Klingel betätigte und, als der Türsummer erklang, mit dem Druck seiner Schulter die Glastür öffnete. Die Wohnung lag auf halber Treppe. Eine uniformierte Polizistin öffnete ihnen – sie wurden erwartet.

Im Flur roch es nach kaltem Zigarettenrauch. Özcan schenkte dem hübschen Gesicht der jungen Kollegin ein strahlendes Lächeln, und als sie sich in den Flur umdrehte, um ihnen vorauszugehen, musterte er ihren Hintern, dessen Kurven die Nähte ihrer Hose fast zum Platzen zu bringen schienen. Francesca schmunzelte und sah stirnrunzelnd auf den zusammengerollten Schlafsack unter der Garderobe.

Im Vorbeigehen warf das Ermittlerduo einen Blick ins Wohnzimmer, dessen Einrichtung lediglich aus einer Handvoll ungeöffneter Kartons bestand. Die Uniformierte führte sie zum Schlafzimmer. Neben dem Bett stand eine Frau, die Guhls Witwe sein musste. Die Polizistin verabschiedete sich von Frau Rosenfeldt, schnappte sich ihre Dienstjacke vom Haken, packte den Schlafsack und verschwand, ohne Özcan eines weiteren Blickes gewürdigt zu haben.

Im Schlafzimmer sah es nicht viel anders aus: Kartons und ein Stuhl, der von Kleidungsstücken belagert war, ein Bett. Auf dem Boden am Kopfende ein überquellender Aschenbecher. Der graue Teppichboden hatte schon bessere Tage gesehen. Die Wände – weiße, neue Raufasertapete – kahl.

Guhls Witwe stand rauchend im Raum. Auch an ihr

waren die Spuren einer durchwachten Nacht nicht vorübergegangen. Mitte vierzig, schätzte Francesca. Halblanges, glattes brünettes Haar, das offenbar schon lange auf die geschickte Hand eines kreativen Friseurs wartete. Ein rundes, blasses Gesicht mit kleinen, grünlich glänzenden Augen. Die Kleidung: eine einfache weiße Bluse, bis zum letzten Knopf oben zugeknöpft, darunter eine Stoffhose, die etwas zu weit war. Bis auf den Ehering kein Schmuck.

Bevor sie die üblichen Begrüßungshandlungen einleitete, bückte sich die Frau zum Aschenbecher, drückte die angerauchte Zigarette aus und verscheuchte den letzten Qualm, den sie aus ihren gespitzten Lippen stieß.

„Tut mir leid, Sie sehen ja, wie es hier aussieht“, begann sie. Ihre Stimme war klanglos, gleichgültig. Auch wenn sich die Witwe nicht als einsilbig herausstellte, war alles, was sie von nun an sagte, von einem latent vorwurfsvollen Grundton bestimmt. „Nicht einmal Kaffee kann ich Ihnen anbieten. Das Wasser wurde abgestellt. Die Baustelle. Und so was im Sommer!“

Frau Rosenfeldt packte das Bündel Kleider vom Stuhl, verfrachtete es auf einen der Kartons und bot mit einer Handbewegung beiden Beamten Platz an.

Francesca warf Özcan einen knappen, fragenden Blick zu. „Danke, wir stehen lieber …“, wehrte sie ab. „Darf ich mal bitte kurz?“ Ohne die Antwort der Witwe abzuwarten, durchmaß sie das Zimmer mit wenigen Schritten und öffnete das Fenster.

„Natürlich – entschuldigen Sie!“ Frau Rosenfeldt machte eine kurze Pause. „Es war ja nett von Ihrer Kollegin. Sie hat die ganze Nacht bei mir verbracht. Hier, auf dem Boden, im Schlafsack!“

Özcan zog die Augenbrauen hoch.

„Nett …“, sagte er, als spucke er das Wort aus.

„Außergewöhnlich, tatsächlich!“, brachte die Kommissarin hervor.

„Haben Sie denn mit dem Gedanken gespielt, sich etwas anzutun?“, fragte Özcan.

Guhls Witwe sah ihn mit lebloser Miene an.

„Nicht wirklich. Aber wenn man um halb elf von der Polizei rausgeklingelt wird …“ Sie stockte. „Mein Kreislauf. Er hat nicht mehr mitgemacht. Ich musste mich hinlegen. Ihre Kollegin wollte schon einen Arzt rufen. Aber es ging dann wieder …“

Trotz allem erschien Francesca die Frau jetzt gefasst.

„Ich weiß nicht, worüber Sie mit unserer Kollegin schon gesprochen haben“, sagte die Kommissarin nun. „Aber ich muss Ihnen einfach einige Fragen stellen.“

„Ich weiß schon, was Sie fragen müssen“, erwiderte die Frau. „Ich schau mir jeden Tatort an.“

Francesca und Özcan konnten sich ein Grinsen nicht verkneifen – was der Witwe nicht entging. Sie griff nach ihrer Zigarettenpackung, fand aber, dass sie leer war und knüllte sie zusammen.

„In seinem Arbeitszimmer“, sagte Özcan schließlich. „Besaß Ihr Mann keinen PC?“

Die Witwe sah ihn verblüfft an.

„Wieso? Natürlich hat er einen Computer!“

Francesca verkniff sich einen Kommentar. Stattdessen fragte sie weiter.

„Und ein Handy?“

„Ja, ein Handy auch! Natürlich“, erwiderte Edith Rosenfeldt nun beinahe unwirsch. „Er war zwar vielleicht etwas verschroben, aber so altmodisch nun auch wieder nicht. Warum fragen Sie?“

„Beides fehlt“, sagte Francesca.

Ohne Ausdruck in den Augen sah die Witwe sie an.

„Da bin ich genauso ratlos wie Sie“, meinte sie schließlich. „Feinde hatte er nicht, auch nicht im Betrieb. Jedenfalls hat er nie etwas von irgendwelchen Problemen erzählt. Er arbeitet gern bei Ritter Sport. Aber er hat auch keine persönlichen Kontakte dort. Wie auch, wenn er jede freie Minute im Kunstmuseum nebenan verbringt. Wo es keine Beziehungen gibt, kann es auch keine Spannungen geben. Nur zu Galeristen hatte er Beziehungen."

Der zynische Unterton der letzten Sätze war nicht zu überhören. Francesca griff in ihre Handtasche. Unter den neugierigen Blicken der Witwe zog sie sich Schutzhandschuhe über, griff nach der Asservaten-Tüte, holte den Band von Werner Spies hervor, schlug das Buch an einer beliebigen Stelle auf und schob es der Frau unter die Nase.

„Sind diese Anmerkungen mit den Leuchtmarkern von Ihrem Mann?"

Beiläufig ließ Edith Rosenfeldt ihren Blick über die aufgeschlagenen Seiten gleiten. Dann formte sich ihr Mund zu einem verächtlichen Grinsen.

„Er hat alles aufgesogen. Wie ein Schwamm", erklärte sie, fast trotzig.

„Aber wenn man alles anstreicht, dann unterscheidet man ja gar nicht mehr", sagte Francesca. „Zwischen Wichtigem und weniger Wichtigem."

Eine kurze Pause entstand. „So war er eben", seufzte sie. „Das war seine Welt. Ich habe sie ihm gelassen. Schließlich war ich diejenige, die ihn immer darin bestärkt hat, seinen Horizont zu erweitern. Irgendwie war ich ja auch stolz darauf, was er alles wusste. Dass das allerdings einmal so ins Maßlose gehen würde, konnte ich auch nicht voraussehen. Ins Maßlose und ins Eigenbrötlerische und ins – ich will schon fast sagen …" Sie hob beide Hände und drehte sie im Kreis. „Totaler Tunnelblick. Melinda, sie hat zwar von ihm profitiert, aber auch zunehmend unter ihm gelitten …"

Erleichtert, dass sie der Frau nicht jedes Wort aus der Nase ziehen musste, fragte Francesca:

„Ihre Tochter. Wir haben sie noch nicht erreicht."

„Sie heißt nach mir – Rosenfeldt. Aber …"

„Ist uns bekannt", unterbrach Özcan.

„Aber ich erreich sie auch nicht. Nicht mal die Mailbox springt an."

„Sie ist noch unter Ihrer bisherigen Adresse in Glashütte gemeldet", schob Özcan nach.

„Dann hat sie sich eben noch nicht umgemeldet. Aber Ihre Kollegin hat die neue Adresse ja schon weitergegeben. Noch gestern Nacht."

„Ja, ja, das wissen wir auch", sagte Francesca. „Aber bis jetzt ist sie in ihrer Wohnung *Am Waldrand* nicht aufgetaucht. Auch ihr Corsa steht weder in der Tiefgarage noch vor dem Haus. Sie haben keine Idee, wo sie stecken könnte?"

„Wissen Sie, ich verstehe mich gut mit meiner Tochter. Aber das heißt nicht, dass wir jeden Tag telefonieren müssen. Vielleicht ist sie über ein verlängertes Wochenende noch mal weggefahren, bevor der Ernst des Lebens für sie beginnt."

Francesca überlegte, ob sie das Thema mit dem frühen Auszug der Tochter und ihrem – wie die Nachbarin es genannt hatte – „Verschwinden" ansprechen sollte, stellte den Gedanken aber zurück. Stattdessen sagte sie:

„Das Kunstmuseum – ist das ihre erste Stelle?"

„Sie hat ja keine Ausbildung zu Ende gebracht. Und Sie können sich nicht vorstellen, wie froh ich bin, dass sie endlich auf eigenen Füßen steht. Hoffentlich reißt der Tod meines Mannes sie nicht gleich wieder aus der Bahn."

Ist das wirklich ihre einzige Sorge, fragte sich Francesca.

„Wie war denn das Verhältnis zwischen Vater und Tochter?", fragte Özcan.

Ohne Umschweife bestätigte die Witwe nun in groben Zügen, was Francesca bereits von der Nachbarin erfahren hatte. Vater und Tochter seien ein Herz und eine Seele gewesen, bis sie in das Alter kam, in dem ein Kind eben nicht mehr zusammen mit dem Vater in jede Ausstellung geschleift werden wollte. Die Spannungen hätten sich zugespitzt, bis Melinda eines Tages – kurz vor ihrem Achtzehnten – einfach verschwunden sei. Sie hätten damals sogar die Polizei eingeschaltet, ergebnislos. Bis heute wisse sie nicht, wo sich das Mädchen herumgetrieben habe. Sie, die Eltern, hätten eine schreckliche Zeit durchgemacht. Ihr Mann habe sich noch mehr in seine Kunst zurückgezogen als schon die Jahre zuvor. Sie sei überhaupt nicht mehr an ihn herangekommen …

„Aber getrennt haben Sie sich erst jetzt – nachdem ihre Tochter endlich wieder aufgetaucht ist?“, hakte Francesca nach.

„Ich brauchte Abstand. Ich weiß nicht, ob ich mich dauerhaft von ihm trennen wollte … Aber das spielt ja nun sowieso keine Rolle mehr.“

„Gab es denn einen konkreten Anlass für Ihren Auszug?“

Frau Rosenfeldt setzte sich nun selbst auf den einzigen Stuhl im Raum und fixierte ihre Schuhspitzen.

„Das Bild“, murmelte sie.

„Ein Bild?“, fragte die Kommissarin verblüfft.

„Sie haben sich ja bestimmt schon gefragt, woher er das ganze Geld für seine Kunstwerke hat …“

„Allerdings …“, bemerkte Özcan.

„Also erstens hat er bei Ritter Sport nicht schlecht verdient und zweitens haben wir etwas geerbt, das heißt mein Mann hatte etwas geerbt, sonst hätten wir uns unser Reihenhaus auch gar nicht leisten können. Trotzdem waren wir immer knapp bei Kasse, weil er immer teurere Kunstwerke anschaffte …“

„Und da haben Sie nie etwas gesagt?“, fragte Özcan.

„Sie meinen, ob es Streit gab? Es gab ständig Streit. Aber irgendwann hab ich resigniert. Nur, als ich erfuhr, dass er für sein Lieblingsbild eine Hypothek auf die Wohnung aufgenommen hatte, da konnte ich einfach nicht mehr.“

„Eine Hypothek?“, fragte Francesca.

„Schätzen Sie mal, was der Schinken gekostet hat! 200 000!"

Francesca schluckte. Özcan blieb der Mund offen stehen.

„Aber das ist noch nicht alles", fuhr Frau Rosenfeldt fort. Sie erhob sich vom Bett und ging zum Fenster. Mit abgewandtem Blick sagte sie:

„Das Bild hat sich als eine Fälschung erwiesen. Irgendwann ist er im Internet auf die Sache mit diesem Beltracchi gestoßen, Sie wissen, diesem Kunstfälscher ..."

„Ja, das kam ja vor ein paar Jahren auch in allen Zeitungen und im Fernsehen", erklärte Özcan.

„Zu der Zeit, als Beltracchi der Prozess gemacht wurde, hat ihn das Thema gar nicht interessiert. Schließlich hatte das Bild ein Echtheitszertifikat. Merkwürdig. Erst nachdem er die Hypothek aufgenommen hatte, kam er darauf zurück. Nachdem das Geld weg war, muss ihn wohl eine böse Vorahnung beschlichen haben ..."

„Und wie kam er dahinter, dass etwas nicht stimmt?"

„Er sagte, dass sich viele Gutachten als falsch erwiesen hätten und im Internet stehe, dass nur eine Materialprüfung letztlich Gewissheit geben könne über die Echtheit eines Bildes. Und dann hat er es zu einer professionellen Firma nach München gebracht. Die haben das dann herausgefunden. Die Papiere müssten in der Wohnung sein. In einem seiner Ordner. Er hat ja über jedes Bild ganz penibel Buch geführt. Aber für mich war damit Schluss. 200 000 Euro für ein einziges Bild. Und dann ist es nicht mal was wert."

Einige Sekunden lang sahen sich die beiden Kripoleute nachdenklich an. Schließlich fragte Francesca:

„Um welches Bild handelt es sich denn? Die Wohnung Ihres Mannes haben wir ja bereits in Augenschein genommen ..."

Die Witwe warf ihr einen trüben Blick zu.

„Gleich nach dem Flur. Im Wohnzimmer, wenn man

reinkommt rechts. Ziemlich groß. Von irgendeinem Italiener."

„Da hängen nur noch zwei Nägel", sagte Özcan. „Wir dachten, vielleicht hätten Sie es mitgenommen…"

„Was will ich denn mit 'ner Fälschung!", erwiderte die Witwe scharf. „Aber was heißt denn zwei Nägel?"

„Die Wand ist leer", antwortete Özcan.

„Leer?"

„Der italienische Künstler", hakte Francesca nach. „Wir sollten seinen Namen kennen, damit wir wissen, wonach wir suchen!"

„Namen haben mich nie so interessiert. Ich war ja schon froh, dass wir uns im Wohnzimmer auf die Bilder einigen konnten, die mir auch ein wenig gefallen haben. Und das ist schon ein besonderes Gemälde, ein See, was Abstraktes, meditativ, so in pastellfarbenen Tönen…" Frau Rosenfeldt warf einen suchenden Blick zur Decke. „Antonio…, glaube ich."

„Calderara?" fragte Francesca.

Özcan sah Francesca erstaunt an.

„Antonio Calderara – ich glaube, das stimmt."

„Und wo hat er die Fälschung gekauft?"

„Der Kaufvertrag?", antwortete die Witwe. „Den finden Sie bestimmt in seinem Arbeitszimmer."

Soko Schoko?" Francesca fand den Namen der Sonderkommission, zu deren Leiterin sie ernannt worden war, ausgesprochen unpassend, wenn nicht gar geschmacklos. Aber Hermann Blöchle, der Chef der Abteilung Einsatz- und Ermittlungsunterstützung, hatte den Vorschlag „Soko Ritter" rundherum abgelehnt mit der Begründung, den

Namen der Firma schützen und nicht in Zusammenhang mit einem Mord nennen zu wollen. Hörte sich nachvollziehbar an. Nur, der Mord in der Waldenbucher Schokoladenfabrik war schon in den ersten Rundfunknachrichten des heutigen Freitags publik gemacht worden und auch die Zeitungen im Umkreis hatten sich bereits entsprechende Schlagzeilen einfallen lassen. Jeder wusste also Bescheid, zu schützen gab es niemanden und „Soko Schoko" klang, gelinde gesagt, lächerlich.

Als sie mit Tomislav Özcan in ihr neues, gemeinsames Büro zurückkehrte, fiel Francescas Blick als Erstes auf einen Strauß hochstieliger Blumen.

Özcan gab einen Pfiff von sich.

Neun orangefarbige Lilien. Francesca schnupperte. Kein Duft. Völlig neutral. Sie befühlte eines der Blütenblätter – es schien echt zu sein. Dann warf sie einen Blick auf die Innenseite der Grußkarte, die auf ihrem Aktenwust obendrauf lag. „Herzlichen Glückwunsch", las Francesca, „Stefano".

Stefano Invisibile war der Leiter des Fachbereichs Chemische/Technische Untersuchungen im Kriminaltechnischen Institut. Er hatte Francesca an ihrem ersten Tag beim LKA durch die Abteilungen geführt und mit den wichtigsten Leuten bekannt gemacht. Selbstredend kam man über die italienisch klingenden Nachnamen schnell auch aufs Persönliche zu sprechen und war schon nach den ersten Minuten beim „Du" gelandet. Vor allem, dass Stefano gleich zu Beginn einen Witz zu seinem Nachnamen machte, brachte die übliche Anspannung einer ersten Begegnung sofort zum Schmelzen. „Invisibile" – der Unsichtbare. Deshalb werde er von Frauen meistens nicht wahrgenommen, hatte er geschäkert, was eigentlich weniger schlimm sei als die Tatsache, auch bei Beförderungen in gleichbleibender Regelmäßigkeit übersehen zu werden. Dafür habe er als Undercover-Agent gegenüber Kolleginnen und Kollegen zweifelsohne gewisse Vorteile. Er hoffe, dass das für Italien so prägende Nord-Süd-Gefälle ihre Beziehung nicht belasten würde, hatte er weiter gewitzelt, nachdem Francesca von ihrer kalabrischen Herkunft gesprochen hatte. Stefano Invisibile trug – Francesca hätte ihn eher für einen Dänen gehalten – hellblonde, lange Haare, die er zu einem Zopf gebunden hatte, stammte aus der Lombardei und hatte seine Kindheit in Mailand verbracht.

Jetzt schaute ihr Özcan über die Schulter.

„Glückwunsch wozu?", fragte er. „Hast du Geburtstag?"

Francesca drehte sich zu ihrem Kollegen um und formte ihren breiten Julia-Roberts-Mund zu einem noch breiteren Grinsen.

„Dreimal darfst du raten!"

„Leiterin der Schoko-Soko – na und? Ist ja nix Neues für dich!"

„Na, jetzt lass mal!", blitzte sie ihn mit funkelnden Augen an. „Man könnte ja sonst noch meinen, du wärst eifersüchtig!"

Özcan verzog keine Miene.

„Gegen einen Unsichtbaren kommt eh keiner an", antwortete er mit gespieltem Ernst. „Aber – wenn man mal seine Konturen zu sehen bekommt ..." Er grinste anzüglich.

Francesca senkte ihren Blick.

„Dein Mann wird nichts erfahren – jedenfalls nicht von mir", frotzelte Özcan und sah auf seine Armbanduhr. „Außerdem, es ist 17 Uhr 30. Wir sollten dann mal ..."

Francesca rief nach ihrer Sekretärin.

Astrid Baisch besaß durchaus eine gewisse Ähnlichkeit mit ihrer früheren Kollegin im Innendienst der Reutlinger Kripo, Helga Müllerschön. Zumindest, was ihr Äußeres betraf. Auch sie brachte ein enormes Gewicht auf die

Waage. Hobbymäßig setzte sie sich jedoch nicht – wie vormals Helga Müllerschön – mit dem Einfluss von Sternkonstellationen auseinander. Sie filzte. Jeden Tag erschien sie mit einer andersfarbigen Filztasche. Offenbar hatte sie zu Hause schon ein ganzes Arsenal angesammelt. Und sie hatte Francesca zum Dienstantritt eine nassgefilzte Handyhülle geschenkt und Özcan – auf gut Glück, was die Größe betraf – ein Paar trockengefilzte Filzpantoffeln für zu Hause. Mit behäbigen, watschelnden Schritten schob sie sich nun um die Ecke und drückte der Kommissarin ein Paket mit ihren Sitzungsunterlagen in die Hände. Obenauf hatte sie eine ansehnliche weiße Schachtel gepackt, die mit bunten Quadraten bedruckt war.

„Nervennahrung", kommentierte sie.

Francesca schürzte überrascht die Lippen und verließ gemeinsam mit Özcan das Büro.

Stefano Invisibile begrüßte das Ermittlerduo bereits im Türrahmen des nüchternen Besprechungszimmers, um ihnen die Molekularbiologin Eva Reineke vorzustellen, seine Stellvertreterin. Der Gothic Style der jungen Frau erinnerte Francesca sofort an Abby Sciuto: schwarze Affenschaukeln, schwarzer Pony, Stachelhalsband, Lederarmband, schwarzes T-Shirt, schwarze Jeans. Und schneeweiße Haut. Wie die Forensikerin in *Navy CIS* schlürfte sie aus einem Pappbecher, den sie offenbar mit beiden Händen halten musste, weshalb sie den beiden Neuen lediglich – und das war anders als bei der amerikanischen Krimiserie – einen strahlenden Blick aus stahlblauen Augen zukommen ließ.

Hermann Blöchle hatte zwanzig Beamte für die Sonderkommission zusammengestellt. Unter ihnen befand sich auch Heinrich Brettschneider, was Francesca angenehm überrascht registrierte. Angenehm, weil sie die Spürnase und insbesondere die raffinierte Vernehmungstaktik des Böblinger Kollegen durchaus zu schätzen wusste, wenn auch sein Gehabe ihr zuweilen auf die Nerven ging. Dazu gehörte auch, dass er sie von Anfang an, und das hieß seit ihrer ersten Begegnung in Villingen-Schwenningen vor ein paar Jahren, ungefragt geduzt hatte.

Blöchle zog sich, nachdem er die Kommissarin offiziell als Leiterin der Soko begrüßt hatte, zurück. Francesca rückte die Schachtel von ihren Unterlagen und verteilte kommentarlos den bunten Mix von Ritter-Sport-Minis an die neben ihr Sitzenden. Dann eröffnete sie, wie immer gut vorbereitet, die Sitzung. Routinemäßig machte sie die Gruppe mit den Personaldaten des Opfers bekannt und mit den Ergebnissen des Obduktionsberichts. Die Diagnose, die dem Rechtsmediziner am Tatort spontan über die Lippen gekommen war, hatte sich bestätigt: anaphylaktischer Schock nach Einatmen von Haselnussstaub. Todeszeitpunkt 21 Uhr 15. Die Hämatome am Hals ließen auf massive Gewalteinwirkung schließen, bei der der Täter das am Boden liegende Opfer gezwungen haben dürfte, den Staub einzuatmen.

Auf die Tatortfotos an der Stellwand verweisend fasste Francesca die Auffindesituation zusammen. Das skurrile Bild – der riesige Haselnussberg unter einem schlaffen, ebenfalls überdimensionalen weißen Plastiksack, in dessen Mitte der auf dem Bauch liegende Mann im blauen Baumwollhemd – ließ ein leises Raunen durch die Gruppe gehen. Francesca übergab das Wort an Stefano Invisibile, der die Leitung des Spurensicherungs-Teams übernommen hatte.

„Die Spurenlage am Tatort ist so dünn wie das Eis auf dem Max-Eyth-See nach dem ersten Frost“, stellte er fest. „Keine Fingerabdrücke, keine Hautpartikel auf dem Körper der Leiche. Keine Fußspuren außer Verwischungen im Haselnussstaub, die vom Täter stammen könnten, der aber dann Überschuhe aus PE-Folie getragen haben muss, also dieselben, die auch wir verwenden.“

„Profi am Werk?“, fragte Francesca zurück.

Stefano sah die Kommissarin mit einem charmanten Lächeln an, rief sich aber, als ein leichtes, kaum wahrnehmbares Erröten auf ihren Wangen erschien, sogleich zur Ordnung und lenkte seinen Blick in die Runde.

„Ich glaube, wir können von einem Profi ausgehen", antwortete er schließlich. „Von einem männlichen, dem Opfer körperlich überlegenen Täter. Guhl war nicht gerade der schmächtige Typ."

„Das heißt, auch davon ausgehen", nahm Francesca das Stichwort auf, „dass der Täter eher nicht im Kreis der Betriebsangehörigen zu suchen ist. Es sei denn", fuhr sie mit einem ironischen Unterton fort, „wir haben einen Killer unter ihnen, der bei Ritter Sport ein Doppelleben führt."

„Aber er muss sich gut im Betrieb ausgekannt haben", warf Brettschneider ein. „Er musste das Risiko, bei seiner Tat ertappt zu werden, genau einschätzen können."

Francesca nickte dem Böblinger nachdenklich zu.

„Die Haselnussallergie war offenbar auch allgemein bekannt im Betrieb", ergänzte sie.

„Wenn er von außen kam, muss er sich in den Stunden davor eingeschlichen haben", sagte Stefano. „Oder jemand hat ihn reingelassen."

„Das Letztere geht nicht so einfach", entgegnete Brettschneider, der mit seinem Team die Befragung der Betriebsangehörigen in Angriff genommen hatte. „Dazu muss man erst mal unerkannt auf das Betriebsgelände kommen. Und der Liefereingang zu der Lagerhalle, in der unser Mord geschah, ist – bis auf die Zeiten der Anlieferungen natürlich – abgeschlossen. Und die Person, die den Schlüssel verwaltet, konnte uns glaubhaft versichern, dass sie den Schlüssel die ganze Zeit bei sich trug. Allerdings wurde uns auch mehrfach bestätigt, dass, wenn es einer darauf anlegt, er sich in eines der Fahrzeuge der Anlieferer schleichen und heimlich ins Lager gelangen kann. Und sich dort zu verstecken, hinter den großen Bergen von Zucker, Haselnüssen und weiß der Geier was, wird keine große Kunst sein."

Alle sahen Brettschneider nachdenklich an.

„Mit der Befragung der Lieferanten sind wir allerdings noch nicht ganz durch, bisher haben sich keine Anhaltspunkte ergeben", fügte er der Vollständigkeit halber hinzu.

„Und was ist mit Guhls Wagen?", fragte Francesca zu Stefano hinüber, ohne ihn direkt anzusehen.

„Wenn sich in seinem Wagen etwas befand, das für die Täter von Interesse war, dann dürften sie es wohl auch gefunden haben", antwortete er. „Hinterlassen haben sie jedenfalls nichts. Wer auch immer den Wagen des Opfers geknackt hat, hat das nicht zum ersten Mal gemacht."

„Guhls Handy?"

Stefano schüttelte den Kopf. „Die Überprüfung seiner Festnetzverbindungen hat übrigens auch nicht viel gebracht", schob er nach. „Kaum ein Dutzend Gespräche in den letzten Wochen. Und nur mit seiner Frau und seiner Tochter und einmal mit dem Betrieb."

„Ein einsamer Mensch", murmelte Özcan, aber immerhin so laut, dass ihn alle verstehen konnten. Nachdenkliche Blickte streiften ihn.

Francesca räusperte sich.

„Jedenfalls haben wir es zumindest mit zwei Profis zu tun", stellte sie fest.

„Die Professionalität der Täter bekommt allerdings einen kleinen Kratzer", legte Stefano nach, auf dessen Lippen sich nun ein Grinsen andeutete. „Zwar konnten wir in Guhls Wohnung – was sein Handy betrifft – ebenfalls nicht fündig werden. Dafür haben wir einen halben Fingerabdruck sichergestellt."

Alle in der Runde merkten auf und sahen den Kriminaltechniker mit Spannung an.

„Einen halben?", fragte Francesca.

„Nicht in der Wohnung selbst", fuhr Stefano fort. „Da

haben der Täter oder vermutlich die Täter sich dann wohl Handschuhe drübergezogen. Aber an der Außenseite der Wohnungstür. Tja, einen kleinen Moment nicht aufgepasst. Dem Täter fehlt die Hälfte der Kuppe seines rechten Zeigefingers."

„Das ist doch schon mal was", sagte Francesca und bedankte sich. Und nach einer kleinen Pause des Nachdenkens: „Wäre dann noch diese ominöse E-Mail zu nennen. Eine Kopie davon befindet sich in Ihren Unterlagen." Fragend sah sie sich um.

Wie in der Schule streckte ein schmaler, bleicher Mann seinen Arm nach oben. Francesca fiel es plötzlich ein, dass Stefano ihr den nerdartigen Spezialisten aus der Abteilung „Cybercrime und Digitale Spuren" bereits bei ihrem ersten Rundgang vorgestellt hatte.

„Diese E-Mail an die Pressestelle der Firma Ritter Sport kommt aus dem Darknet. Der Absender ist nicht ermittelbar", erklärte der Nerd ohne Regung.

Francesca erinnerte sich an einen Zeitschriftenartikel, den sie beim Zahnarzt über das Darknet gelesen hatte. Im Zusammenhang mit ihren Ermittlungen hatte sie jedoch noch nichts Konkretes mit Internetplattformen zu tun gehabt, die nur mit einer speziellen Verschlüsselungstechnik zu erreichen waren. In besagtem Artikel war das Internet mit einem Meer an Informationen verglichen worden. Herkömmliche Suchmaschinen wie Google fischten lediglich an dessen Oberfläche, während sich in den anonymen Tiefen des Deep Webs Waffen- und Drogenhändler tummelten, Pädophile, aber auch politisch Verfolgte aus Ägypten oder Syrien. Sie forderte den Cyberspezialisten auf, seine Feststellung zu erläutern.

„Ins Darknet kommt man mit der speziellen Verschlüsselungssoftware Tor. Man vermutet, dass Tor aus einem Netz von etwa fünftausend Servern, also Knoten, besteht, dessen Betreiber aus verschiedenen Gründen nicht fassbar sind. Erstens handelt es sich dabei um Freiwillige, um anonyme Gruppen, Vereine. Zweitens funktioniert Tor so, dass Daten drei Knoten durchlaufen und dabei zunehmend anonymisiert werden, indem sie alle zehn Minuten neu verschlüsselt werden, das heißt neue Absenderadressen erhalten. Dazu kommt, dass die Server selbst jeweils nur den Knoten vor und hinter sich kennen. Die ursprüngliche IP-Adresse eines Absenders wird dadurch so oft umbenannt, dass sie nicht mehr zu ermitteln ist …"

„Beeindruckend", fand Francesca und bedankte sich für den Kurzvortrag.

Der IT-Spezialist schob, ohne eine Miene zu verziehen, seine Brille zurecht.

„Bleibt also nur die semantische Analyse", fügte er hinzu. „Auf der Textebene spielt die Mail mit Anspielungen auf Aspekte der Geschäftspolitik und versucht, den Anschein zu erwecken, es verberge sich dahinter eine radikale Gruppe, die sich gegen die Ausbeutung der Dritten Welt wende. Allerdings wirkt das Ganze etwas wirr."

„Wenn's aus dem Darknet kommt, muss aber schon ein Intelligenzbolzen dahinterstecken", meinte Brettschneider.

Francesca stimmte ihm zu.

„Jedenfalls steht die Mail auf der Textebene in Zusammenhang mit dem Mord. Aber was bezweckt der Absender?", ergriff Francesca wieder das Wort. „Ich vermute mal, dass die Mail uns Ermittlern gilt. Dass wir auf die Firma gelenkt werden sollen."

„Warum wurde die Mail dann nicht direkt an uns gerichtet?", wandte einer der anderen Soko-Beamten ein. „Der Absender konnte doch nicht sicher sein, dass sie an uns weitergeleitet wird?"

„Aufgrund der textlichen Anspielungen", erklärte Özcan. „Sie konnten schon davon ausgehen, dass die Zuständigen in der Schokoladenfabrik nach dem Mord hellhörig genug sind, um da einen Zusammenhang herzustellen."

„Wovon aber sollen wir dann abgelenkt werden?“, führte Francesca ihren Gedankengang weiter. „Von den Spuren, die wir in der Wohnung des Mordopfers gefunden haben, von Guhls PC, den die Täter offenbar mitgehen ließen? Von seinem fehlenden Handy? Von dem Bild, das da verschwunden ist?“

Nun schaltete sich Özcan ein. Er erhob sich von seinem Platz neben Francesca, nahm einen Filzmarker zur Hand und zeichnete auf dem Flipchart ein gleichschenkliges Dreieck.

„Unwahrscheinlich, dass wir es nur mit einem Täter zu tun haben“, vermutete er und schrieb an die Ecken des Dreiecks: A = Mord im Betrieb; B = E-Mail; C = verschwundene Fälschung.

„Was soll Fälschung bedeuten?“, fragte die Molekularbiologin.

„Nach Aussage der Ehefrau des Opfers“, erklärte Özcan, „handelt es sich bei dem Gemälde, das aus der Wohnung des Opfers entwendet wurde, vermutlich um eine Fälschung. Ohne das Bild bzw. das entsprechende Gutachten können wir diese Aussage allerdings noch nicht verifizieren.“

„Wer sollte denn Interesse am Diebstahl einer Fälschung haben?“, fragte Eva Reineke weiter. „Entweder hält der Dieb das Gemälde für echt oder er weiß, dass es sich um eine Fälschung handelt, und lässt es verschwinden, bevor ein anderer hinter die Fälschung kommt ...“

„Wir zum Beispiel“, setzte Francesca die Einlassungen der Molekularbiologin fort und zeigte auf das gleichschenklige Dreieck. Mit einer Kopfbewegung erteilte sie Stefano Invisibile das Wort.

„Und wir haben Guhls Wohnung gleich zweimal auf den Kopf gestellt“, erklärte dieser. „Aber der Reihe nach: Die Kratzspuren an der Wohnungstür sind älteren Datums. Hier hatte jemand dilettantisch und vergeblich versucht, ins Haus zu kommen. Sie stammen also nicht von

Mittwochnacht, in der die Nachbarin ja angeblich so ein Kratzgeräusch gehört haben will. Das muss irgendetwas anderes gewesen sein. Wer auch immer jetzt in Guhls Wohnung eingedrungen ist – auch hier ging man professionell vor. Na ja, bis auf diesen halben Fingerabdruck eben. Nachdem Frau Molinari und Herr Özcan die Ehefrau des Mordopfers befragt hatten, haben wir natürlich auch gezielt nach Unterlagen über den verschwundenen Calderara gesucht…"

Einige Teilnehmer raschelten in ihren Unterlagen.

„Guhls Ordner in seinem Arbeitszimmer stehen in Reih und Glied", fuhr Stefano fort. „Über jedes seiner Bilder hat er penibel Buch geführt. Aber dieses verschwundene Bild? Fehlanzeige."

„Also, was wir aufgrund der Aussagen von Guhls Frau hätten finden müssen, wäre der Kaufvertrag des Bildes gewesen, das sogenannte Echtheitszertifikat und das Gutachten über die materialtechnische Untersuchung, die das Bild angeblich als Fälschung entlarvte", ergänzte Francesca.

„Das Einzige, auf das wir stießen, war ein gelber Zettel mit der handschriftlichen Notiz ‚Kopien Calderara > Melinda'", komplettierte Stefano die Ergebnisse.

„Melinda ist Guhls Tochter", erklärte Özcan. „Wir konnten sie noch nicht erreichen."

„Aber wenn sie über Kopien verfügt und wir davon ausgehen, dass die Einbrecher die Originalunterlagen haben mitgehen lassen, um sie als Beweismittel zu beseitigen – dann werden sie vielleicht auch auf die Idee kommen, mal bei ihr anzuklopfen", gab Francesca zu bedenken. „Es sei denn, die Tochter ist selbst in die Sache verwickelt."

„Noch ein Nachtrag", schob Stefano nach. „Die Sache mit den Nägeln."

„Die beiden Stahlnägel, auf denen der Calderara hing?", fragte Francesca.

Stefano nickte.

„Eva hat sie mal unter die Lupe genommen. An einem der Nägel konnte eine Faser sichergestellt werden – mit dem bloßen Auge nicht sichtbar. Und jetzt kommt's." Er gab der Molekularbiologin ein Handzeichen.

„Es handelt sich um eine Leinenfaser, stammt also offensichtlich von der Leinwand. Sie war mit Kaffeesatz eingefärbt. Ein Vorgehen, das Fälscher zur künstlichen Materialalterung verwenden."

„Würde also die Hypothese bestätigen, dass das Bild, das dort hing, gefälscht sein könnte", kommentierte Francesca. „Gute Arbeit!", lobte sie.

„Kunst ist doch mein Spezialgebiet!", erwiderte die Mitarbeiterin, halb geschmeichelt, halb herablassend.

Eine Pause kehrte ein, in der alle in der Runde schweigend vor sich hin sahen. Man hatte Anhaltspunkte. Einige Spuren unterschiedlichster Herkunft. Von unterschiedlichen Orten. Man hatte Hypothesen, die nebeneinanderstanden, zusammenhanglos.

Francesca griff die Stimmung auf.

„Einiges wissen wir nun. Aber wir stehen noch ganz am Anfang. Vielleicht gibt es einen Zusammenhang mit dem Mord im Betrieb und dem Fehlen des Bildes. Vielleicht aber auch nicht."

Brettschneider war die ganze Zeit über mit ausdruckslosem Gesicht dagesessen. Nun meldete er sich nochmals zu Wort.

„Ich war vorhin noch nicht ganz fertig", sagte er nun mit leicht vorwurfsvollem Ton in der Stimme. „Der Mann, der die Leiche gefunden hat. Der Gabelstaplerfahrer. Bülent Ögünc. Wir haben uns die Mühe gemacht, mal den Mitarbeiterparkplatz zu inspizieren ..."

Jetzt richteten sich alle Blicke auf den Böblinger Kommissar.

„Ögünc fährt einen Ferrari. Einen Ferrari Mondial 3.4 T."

Jemand ließ einen leisen Pfiff ertönen.

„Den bekommt man auch gebraucht nicht unter 15 000, 20 000 Euro."

„Schon der zweite, der über seine Verhältnisse lebt?", warf Özcan in die Runde.

„Wir haben den Mann mal durchleuchtet", fuhr Brettschneider fort, dessen Gesichtsausdruck Francesca entnahm, dass er die plötzliche Aufmerksamkeit sichtlich genoss. „Er ist hoch verschuldet. Und der Gebrauchtwagenhändler hatte einen Vollstreckungsbescheid bewirkt."

„Hatte?", fragte Francesca nach.

Plötzlich war es so still, dass man hätte eine Feder zu Boden fallen hören.

„Der Händler hat die Klage heute Morgen zurückgenommen."

„Insieme si può!" beschloss Francesca die Sitzung.

Warum suchte sie immer Zuflucht an Orten, die sie mit ihrer Vergangenheit verbanden?

Als Melinda, die Hände ums Lenkrad gekrallt, das Grundstück des Gartenhauses fluchtartig verlassen und talwärts in den Feldweg eingebogen war, hatte sie in den Augenwinkeln noch einen Blick auf den weißen BMW X4 erhascht, der von den beiden Männern am Waldrand zurückgelassen worden war. Für einen Moment hatte sie sich überlegt, anzuhalten und den Boliden fahrunfähig zu machen. Doch sie besaß weder ein Messer zum Reifendurchstechen noch lag sonst ein Werkzeug im Auto, mit dem man hätte den Wagen beschädigen können, nicht einmal ein Luftventil. Auch wenn sie das Nummernschild nicht erfasst hatte – sie wusste jetzt wenigstens, wie der Wagen ihrer Verfolger aussah.

Schließlich war sie weitergefahren, vorbei an den Glashüttener Schrebergärten die Diebsklinge hinunter ins Tal. Ihr innerer Kompass hatte sie zur Nürtinger Straße geführt, und als sie vor der Wahl stand, den Weg nach Waldenbuch zurückzunehmen oder nach rechts ins Aichtal einzubiegen, hatte sie sich für die Straße entschieden, die nach östlicher Richtung zur Schnellstraße wies. Nur, dass sie kurz vor Aich erkennen musste, dass die B 27 über eine das gesamte Tal überspannende Brücke geführt wurde. Die nächsten Anschlüsse lagen mehrere Kilometer nördlich und südlich. Immer wieder sah sie in den Rückspiegel – aber von ihren Verfolgern war nichts mehr zu sehen.

Innerhalb einer Viertelstunde war das sonnige Morgenwetter einer dunklen Wolkenwand gewichen, die sich ihr von Osten aus entgegenschob. Melinda folgte der Beschilderung Richtung B 312. Wie war es ihnen nur möglich gewesen, sie in einem solch abgelegenen Versteck aufzustöbern? Sollten sie tatsächlich ihren Vater oder ihre Mutter in die Zange genommen haben? Aber wie sollten diese ausgerechnet auf das Gartengrundstück der Hohlochs kommen? Die Zeiten, in denen sie dort gemeinsam Grillfeste gefeiert hatten, lagen Lichtjahre zurück. Außerdem wussten ihre Eltern bis heute nicht einmal so genau, wo in den Niederlanden sie sich in den vergangenen Jahren aufgehalten hatte. Hatte sie irgendetwas übersehen? Gab es in ihrer Wohnung vielleicht einen Hinweis auf den Ortsteil Glashütte? Ihr altes Fotoalbum vielleicht. Klar, da könnte es ein paar Aufnahmen vom Grillen geben. Aber sie hatte noch nie zu den Leuten gehört, die jedes Foto mit Datum und Ortsangabe versehen. Außerdem lag das Album noch irgendwo in einem der restlichen Umzugskartons in der abschließbaren Garage, die sich in der Tiefgarage ihrer Wohnanlage befand …

In Aich näherte sich ihr Corsa einer Abbiegung, die ihr wieder eine Richtungsentscheidung abverlangte.

Ein neues Bild aus der Vergangenheit schob sich ungewollt in ihren Kopf. Das Alte Rathaus in Reutlingen. Einer der vielen Streifzüge mit ihrem Vater. „Ich zeig dir heute mal, wo mich Mama erstmals mit abstrakter Kunst konfrontiert hat“, hallte seine Stimme in ihren Ohren. Wie alt war sie gewesen – neun, vielleicht zehn? Noch in dem Alter jedenfalls, in dem sie ihn gerne auf Schritt und Tritt begleitet hatte. Spinnennetzartige Risse im Glas des Schaukastens an der Straßenseite schoben sich vor ihr geistiges Auge. Im Hinterhof, wo der Eingang lag, der Geruch nach Moder und Moos zwischen den Pflastersteinen – für ihre Nase war er heute noch präsent. Und dann im Innern: Steile Stufen, die zum Gewölbekeller führten, und an der Treppenwand ein schwarzes Schild mit gekreuzten Klingen und einem weißen Piratenkopf.

Ein ewig dauerndes Gespräch, das ihr Vater in den Galerieräumen mit irgendeiner Frau angezettelt hatte. Aus lauter Langeweile hatte sie den Zeigefinger ins Schlüsselloch der Eingangstür gebohrt. Der Schreck damals, als sie glaubte, er sei stecken geblieben. Wie sie dann schließlich, weil sie das Warten nicht mehr länger ertrug, begonnen hatte, auf eigene Faust das Haus zu erkunden, und die Treppen hochgestiegen war bis unters Dach. Die geheimnisvolle, graue Tür, an welcher der Treppenaufgang endete. Und dass sie sich nicht getraut hatte, den langen Schlüssel, der an einer Paketschnur an einem Bord hing, herunterzuangeln, obwohl sie vor Neugier fast geplatzt war – bis sie ihren Vater rufen hörte.

Also Reutlingen. Vielleicht wäre sie im Gewirr einer Stadt besser getarnt als in der Übersichtlichkeit des Landes, auch wenn dieses Land bewaldet war und hügelig.

Die ehemalige Reichstadt, das „Tor zur Schwäbischen Alb“, kannte Melinda nur aus ihren Kindertagen, vom Besuch mit ihrem Vater in dieser Galerie. Heute ist Reutlingen Großstadt und Industriezentrum, es liegt vierzig

Kilometer südlichwestlich der Landeshauptstadt Stuttgart zwischen zwei Zeugenbergen im Vorland des Mittelgebirges, das in seinen Gesteinsschichten Versteinerungen birgt, die von seiner Urzeit als Meer erzählen.

Melinda erinnerte sich, dass sie damals den Wagen oberhalb der Altstadt stehen gelassen und zu Fuß in die Innenstadt gegangen waren. Jetzt ließ sie die Stadthalle links liegen, folgte dem Straßenverlauf Richtung Pfullingen und ließ sich von einem vagen Gefühl leiten, das sie in eines der Wohngebiete linker Hand der Alteburgstraße führte. In der Bellinostraße fand sie einen Parkplatz. Sie durchwanderte den *Pomologie* genannten Park, von dem aus bereits die Turmspitze der Marienkirche mit ihrem goldenen Engel sichtbar wurde, und nahm die schmale Treppe zwischen Exotarium und dem Eckhaus.

Viel Zeit ist vergangen, dachte sie mit einem Anflug von Melancholie, als sie an der der Straßenseite zugewandten Fassade des Alten Rathauses emporblickte. Kurz darauf musste sie feststellen, dass das Gebäude keine Ausstellungsräume mehr beherbergte. Stattdessen waren Abteilungen der Stadtverwaltung eingezogen, wie sie dem Schild neben dem Eingang entnehmen konnte. Sie warf einen Blick auf die Öffnungszeiten. Freitag bis 12 Uhr. Samstag geschlossen. Verdammt! Ihr Plan schien ihr zu entgleisen. Ohne Hoffnung zog sie dennoch am Griff der Tür – sie ließ sich öffnen! Irgendjemand, der den Schlüssel besaß, befand sich im Haus. Vielleicht die Putzfrau? Oder der Hausmeister? Vielleicht hatte sich inzwischen alles so stark verändert, dass auch der Zugang zum Dachboden nicht mehr vorhanden war? Sie ließ den Türgriff los und sah unschlüssig auf die Pflastersteine zu ihren Füßen.

Selbst wenn sie sich auf dem Dachboden würde verstecken können, so hätte sie noch immer nichts zu essen und zu trinken. Bei dem Gedanken an Essen spürte sie ihre Knie weich werden. Und was war morgen, am Samstag?

Gut – wenn geschlossen war, konnte auch niemand ins Haus eindringen. Aber andererseits: Sie wäre darin gefangen. Es sei denn, man könnte über eines der Fenster wieder ins Freie gelangen. Sie sah nach oben. Die Fenster im ersten Stockwerk lagen viel zu hoch, zumindest die an der Rückseite – gerade richtig, um sich das Genick zu brechen. Wenn sie an ihrem Plan festhalten wollte, würde ihr nichts anderes übrig bleiben, als das Haus zu inspizieren. Melinda trat von einem Bein aufs andere. Dann fasste sie einen Entschluss.

Sie blickte sich um, schlüpfte durch die Tür, die sanft hinter ihr anlehnend schloss, und lauschte in den Treppenaufgang. Von irgendwoher war das Sirren eines Staubsaugers zu hören. Sie zog ihre Slipper aus, stopfte sie in ihre Handtasche und schlich über einen versifften Teppichbodenbelag nach oben. Im ersten Stock befand sich eine Glastür, die zu den Räumen führte. Hier musste sich früher die Galerie befunden haben. Zu sehen war niemand, aber als sie die Tür einen Spalt weit öffnete, ließ sich das Staubsaugergeräusch deutlich verorten. Sie schloss die Tür leise und huschte nun mit leichten Schritten weiter treppauf, ließ den zweiten Stock hinter sich liegen, den dritten – und stand vor der grauen Tür ihrer Erinnerung. Der Eingang zum Dachboden. Als sei die Zeit hier stehen geblieben, hing auch der lange Schlüssel noch an seinem Bord. Melinda grinste in sich hinein. Dann machte sie kehrt und lief zum ersten Stock zurück, wo sie sich wieder ihre Schuhe anzog.

Um die Putzfrau nicht zu erschrecken – sie war durch einige verwinkelte und türlose Zimmer gelaufen mit schrägen Decken und kleinen, schiefen Doppelfenstern –, blieb sie im letzten der Räume am Türpfosten stehen und rief laut:

„Entschuldigung bitte!“

Aber erst nach dem dritten Anlauf sah die junge Frau, deren zierlicher Körper in einer weiten und blumigen

Kittelschürze steckte, die Haare unter einem Kopftuch verborgen, von ihrem Staubsauger auf. Halb erschrocken, halb verwundert setzte sie mit einem Fußtritt auf das Gehäuse den Motor außer Kraft.

Melinda setzte ihr unschuldigstes Gesicht auf und fragte nach der Kunstgalerie. Aber die Frau schien sie nicht zu verstehen. Eine Türkin, vermutete sie. Sie musste ja nur herausfinden, wie lange sie noch arbeitete. Und die Frage war, ob sie hier hinten – im letzten der sieben Räume – mit Reinemachen angefangen hatte oder vorne. Im letzteren Fall wäre sie bald so gut wie fertig. Aber wie sollte sie das herausbekommen?

„Du fragen drüben Rathaus“, schlug ihr die Putzfrau freundlich vor – und im selben Moment fielen Melinda die vollen Papierkörbe ein, an denen sie soeben vorbeigegangen war. Logisch, ging es ihr durch den Kopf. Sie bedankte sich und machte sich mit einem inneren Luftsprung vom Feld.

Anders als in Waldenbuch, wo sie ständig das Gefühl hatte, auf der Hut sein zu müssen und sich in keinen Laden getraut hatte, fühlte sie sich in der Stadt freier – im Moment jedenfalls. In einer der benachbarten Metzgereien deckte sie sich endlich mit Lebensmitteln ein: Nudelsalat mit Hackfleischbällchen, eine Chorizo vom Alblamm und – die Krönung ihres Einkaufs – ein einfacher Leberkäswecken mit besonders viel Senf. Eine Delikatesse, auf die sie nicht nur der Figur wegen seit ihrem siebzehnten Lebensjahr verzichtet hatte, sondern weil es in Amsterdam zwar einen Bäcker gab, der schwäbische Brezeln buk, aber keinen Metzger mit Leberkäswecken. Weder schwäbische noch bayrische noch hessische.

Als sie sich wieder dem Eingang zum Alten Rathaus näherte, spürte sie ihr Herz doch im Hals klopfen. Was, wenn der Eingang verschlossen wäre? Aber dann ließ sich die Tür doch öffnen – und das Geräusch des Staubsaugers drang ihr entgegen, etwas lauter zwar als zuvor, aber immerhin.

Melinda erfasste plötzlich eine unendliche Müdigkeit. Wieder entledigte sie sich ihrer Schuhe, und als sie endlich vor der Tür des Dachbodens stand, war ihr, als fiele eine bleischwere Last von ihr ab. Sie ließ die Plastiktüte vom Metzger neben sich auf den Boden sinken, griff nach dem schweren Schlüssel, schob ihn andächtig ins Schloss, drehte einmal, zweimal. Als sei es soeben noch geschmiert worden, gab das Schloss – außer einem leisen Knacken – kein Geräusch von sich. Sie zog den Schlüssel ab und drückte vorsichtig die schmiedeeiserne Klinke.

Als habe sich der Staub von Jahrhunderten niedergelassen, war alles von einer dicken grauen Schicht bedeckt: der Boden, gestapelte Stühle, eine Stehlampe mit zerrissenem, schief hängendem Schirm, die gelblichen Rippen eines Elektroofens, ein Wandregal mit verpackten Broschüren oder Büchern. Ein winziges Fenster, spinnwebenverziert, stand auf Kipp. Von einem Balken an der Dachziegeldecke hing eine Glühbirne, die Melindas Test auf Anhieb bestand. Ein Bett hatte sie hier sowieso nicht vermutet. Irgendwie würde sie sich aus den alten Stühlen eine Schlafstatt zusammenbauen. Da fiel ihr Blick auf eine Rolle, die neben einem ausgedienten, silbern schimmernden Ofenrohr in einer der Ecken lehnte. Als sie näher trat, erkannte sie, dass es sich um Noppenfolie handelte. Die hatte man wohl zum Transport der Kunstwerke verwendet. Daraus könnte sie sich sogar eine weiche Schlafunterlage basteln.

Der Gleichmäßigkeit des Staubes auf dem Boden nach zu urteilen, hatte diese Bühne seit Jahren kein menschlicher Fuß mehr betreten. Sie verriegelte die Tür. Hier würde sie sicher sein. Für eine Nacht. Mindestens.

Die Frau Rosenfeldt – also Melinda –, ich geb's jetzt auf für heut!", sagte die Sekretärin und wandte sich zum Gehen. „Die geht nicht ans Telefon. Wie tot. Nicht mal die Mailbox!"

„Lassen Sie mal, wir kümmern uns drum", antwortete Francesca und entließ sie in ihren Feierabend.

„Wir müssen ihre Wohnung sowieso noch durchleuchten", sagte Francesca zu Özcan. Sie hatte die erste Sitzung der Soko Schoko vor einer Viertelstunde beendet und drehte sich mit ihrem Bürodrehstuhl hin und her, noch immer in Gedanken an die verschiedenen und verwirrenden, weil offenbar bezugslosen Ermittlungsansätze.

„Soll das jetzt ein neuer Fachbegriff sein, den unser Kollege Brettschneider da vorhin eingeführt hat? Durchleuchten!" Özcan grinste süffisant.

Francesca stoppte ihre Drehbewegung.

„Gehen wir oder gehen wir nicht?"

„Na ja, ich hab mir den Feierabend etwas anders vorgestellt."

„Ich mir auch", erwiderte sie. „Aber Brettschneider will auch noch heute Abend dem Gabelstaplerfahrer auf den Zahn fühlen. Und außerdem kann ich sonst nicht schlafen."

„Schlafen ..." Özcan musste gähnen. „Warum müssen Morde immer nachts stattfinden? Morgens, meinetwegen schon um halb sechs, eine Leiche – und dann wäre man bis abends fertig und könnte wie ein stinknormaler Mitbürger um sieben abends zu seinem Bierchen übergehen."

„Dann sag denen das mal ..." Nun gähnte auch Francesca.

Vierzig Minuten später fanden sie sich in Waldenbuch wieder. Die neu erbaute Wohnanlage *Am Waldrand* stand neben stattlichen Mehrfamilienhäusern in Hanglage. Die Umrandung des schmalen Gartenstreifens vor dem Eingang wies noch Lücken auf. Einige Stauden lagen mit ihren Erdballen an den Wurzeln pflanzungsbereit auf dem

Boden, als hätte der Gärtner Punkt 16 Uhr Feierabend gemacht, was vermutlich auch der Fall gewesen war. Der Gehweg vor der Eingangstür war mit grauen und weißen Spuren belegt, Zement und Gips, nur dass jemand die Reste offenbar noch zur Seite gekehrt hatte.

Özcan klingelte den Hausmeister heraus und stellte nebenbei mit einem Blick auf die namenlosen Türschilder fest, dass die Wohnungen offenbar erst zur Hälfte vermietet oder verkauft waren. Nach endlosen Sekunden öffnete ihnen ein Mann Anfang sechzig. Er trug kurzes graues Haar, ein ärmelloses schwarzes T-Shirt und eine verblichene rosarote Turnhose. Die behaarten, kurzen Beine steckten in nagelneuen, weißen Puma-Kickstiefeln. Aus einem unrasierten, teigigen Gesicht wurden die Kripoleute von zwei dunklen, kirschgroßen Augen begrüßt, die Francesca an Kinderaugen erinnerten. Der Händedruck – weich und warm wie ein Schwamm.

„I han eigentlich gar koi Zeit", begann er unaufgefordert zu reden. „I sott nämlich scho lang driebe sei beim Fußball."

„Fußball?", fragte Francesca. „Hat die WM denn schon angefangen?"

„Oder geht's ums Kickern?", hakte Özcan nach, ballte die Fäuste und drehte sie wie beim Tischfußball.

Der Hausmeister verzog den Mund.

„Noi, beim Karl-Sturm-Haus, des isch glei do drunte, onser Vereinsheim. Eigentlich trifft sich do ja d'Stadtkapelle, aber heit isch doch des Spanien-Spiel. Und wir wellet ons do treffe!"

Ungläubig musterte Francesca den Mann ein zweites Mal.

„Und? Spielen Sie auch selber, also Fußball?"

„Jo, als Torwart", erwiderte der Hausmeister. „Wisset Se, des mit dem Vadder von der Melinda, des tut mir aufrichtig leid. Des isch so a patent's Mädle."

Özcan öffnete den Mund, um den Redeschwall des Mannes zu unterbrechen und nachzufragen, wie genau er „das Mädle“ kenne. Aber er war ohne Chance.

„Do mueß i grad sage, dass i Glück ghet han, dass die beim Ritter mi nemme gnomme hent. Altersbedingt. I war nämlich a paar Johr arbeitslos. Beim Findle in Stuttgart, bei der große Entlassungswelle, do bin i mit nausgschbült worde, des wisset Se doch no, oder? Beim Museum drunte hent se mi au et brauche kenne.“

„Aber nun haben Sie ja wieder einen Job“, gelang es Francesca, ihm ins Wort zu fallen. „Und wir können es kurz machen: Sie beschreiben uns den Weg zu Frau Rosenfeldts Wohnung, geben uns den Schlüssel, wir lassen den dann nachher wieder in Ihren Briefkasten plumpsen, und Sie können sich als Manuel Neuer versuchen.“

Ein Strahlen breitete sich auf dem Gesicht des Hausmeisters aus.

Das erste, was den beiden Kripoleuten wenig später auffiel: Die Tür zur Wohnung von Melinda Rosenfeldt war nur angelehnt. Routinemäßig nickten sie sich stumm zu und griffen zu ihren Dienstwaffen.

Özcan schob mit der linken Schulter die Tür auf. Ein Luftzug schwang ihnen entgegen. Langsam arbeiteten sie sich mit entsicherter Waffe voran. Der Raum öffnete sich sofort zu einem größeren, übersichtlichen Wohnbereich. Es bedurfte keines besonderen kriminalistischen Spürsinns, um zu erkennen, dass hier jemand nach etwas gesucht hatte. Möbelmäßig bestand das Wohnzimmer ja nur aus einer Sitzgruppe, einem gläsernen Tischchen, einer Vitrine und einem Bücherregal. Doch die Schubladen waren herausgerissen worden, ihr Inhalt lag auf dem Laminatboden verstreut, die wenigen Bücher waren vom Regal weggewischt und offenbar alle einzeln durchsucht worden. Jedenfalls lagen sie aufgeschlagen auf dem Flickenteppich.

Bevor ihr Kollege die Tür zum Schlafzimmer öffnete,

hatte Francesca das Badfenster geschlossen und den Raum gecheckt. Im Schlafzimmer bot sich ihnen ein ähnliches Bild. Die Matratze des Bettes war herausgerissen, der Bettenrost stellte seine nackten Rippen zur Schau. Ein Umzugskarton lag umgekippt, sein Inhalt – in Seidenpapier gehüllte Teller und Tassen, Kleidungsstücke – verteilte sich auf dem Boden.

Kommentarlos gingen sie zur Besichtigung der Küche über.

„Stopp!“, rief Francesca und rettete Özcan damit vor dem Versuch, über einen blauen, umgekippten Putzeimer zu fallen. Sie bückten sich nieder und betrachteten den lang gezogenen kristallinen Rand, der sich um den Eimer krümmte.

„Das Wasser ist inzwischen verdunstet, klar. Aber ein Eimer …“ Francesca schob ihre Nase nahe an den Boden heran und schnupperte.

Sie wollte ihre Nase gerade wieder von der vertrockneten Putzwasserlache zurückziehen, da entdeckten ihre Augen unter der schmalen hervorstehenden Kante der Küchenzeile eine Zigarettenkippe.

Die Forderung ihres ausgestreckten Zeigefingers wusste Özcan natürlich zu deuten. Er fuhr mit der Hand in seine Hosentasche, fingerte eine Asservaten-Tüte hervor und hielt sie Francesca hin.

„Wow!“, rief er aus, als er das unscheinbare Ding in der Tüte verschwinden sah. „Der kriminaltechnische Fund des Jahrhunderts!“

Francesca rappelte sich wieder auf die Beine.

„Kann sein, kann nicht sein“, nahm sie sein Spiel auf.

„War’s der Bodenleger oder der Maler, der Elektriker oder der Küchenschreiner?“ Özcan, ebenfalls wieder in der Höhe, grinste breit.

„Melinda oder der Einbrecher?“, ergänzte Francesca. „Raucht die junge Frau denn?“

„Keine Ahnung. Ich bin jedenfalls Nichtraucher", erklärte Özcan.

„Bis auf deine Sishas."

„Ja, bei Yalman Tugrul in der Hookah Sisha Lounge. Aber dabei steht das Rauchen ja nicht im Vordergrund. Ich schätze, unsere Unbekannte besitzt einen Aschenbecher", entgegnete er und öffnete wahllos eine der Türen des Oberschranks. „Guckst du!"

„Okay, darauf wäre ich jetzt nicht gekommen", lächelte Francesca mit Blick auf den grauen Glasaschenbecher. „Aber ein Nichtraucherbeweis ist das nicht. Dir ist schon klar, wonach die hier gesucht haben?"

„Logo!", antwortete Özcan. „Ich würde nur allzu gern wissen, ob sie die Kopien auch gefunden haben."

„Das würde ich auch gerne. Aber jemand, der nach Kopien sucht, wirft ja nicht automatisch dabei einen Putzeimer um, oder?"

Ohne Francesca anzusehen, biss sich Özcan auf die Lippen.

„Trotzdem brauchen wir dann vielleicht die DNA der Dame."

„Wetten, dass?" Özcan zwinkerte ihr zu und begab sich ins Schlafzimmer zurück, wo er unter dem Bett verschwand. Francesca folgte ihm.

„Hast mir mal 'ne Pinzette? Und Tütchen?", fragte er mit gedrücktem Atem.

Kurz darauf reichte er Francesca die Asservaten-Tüte zurück. Die Kommissarin hielt sie gegen das verblassende Licht des Fensters: ein winziges, dunkelblondes Haar.

„Und du bist dir sicher, dass es von unserer Verschwundenen stammt?", meinte sie halb im Ernst.

Özcan kroch wieder hervor.

„Eher mache ich mir Gedanken darüber, ob wir nicht mal langsam eine Suchmeldung nach ihr veranlassen sollten", erklärte er.

„Bis Montag warten, ob sie ihre Stelle antritt?" Francesca bestätigte Özcans Gedanken. „Wenn die Täter hinter ihr her sind – dann ist es bis dahin vielleicht schon zu spät."

Mord schon aufgeklärt?", bellte Andreas ihr aus der Küche entgegen.

Im Flur streifte Francesca ihre Schuhe ab, warf den Schlüsselbund auf das Garderobenschränkchen und hängte ihre Jeansjacke an den Haken. Dann warf sie einen Blick auf ihre Armbanduhr. Kurz nach 22 Uhr. Na, ja – wirklich ungewöhnlich früh für einen Tag mit intensiven Ermittlungen.

„Wo ist denn mein Purzel?", rief sie und ging auf die Küchentür zu.

Doch da schoss Salvatore schon um die Ecke. Ohne sie anzusehen, stoppte er knapp vor ihr und streckte ihr ein weißes DIN-A4-Blatt entgegen.

„Da! Hab ich für dich gemalt!"

Francesca runzelte die Stirn, fasste das Papier zwischen Zeigefinger und Daumen und nahm es an sich.

„Uups! Da ist ja gar nichts drauf!"

Der Junge stellte sich auf die Zehenspitzen, riss das Blatt wieder an sich, drehte es um und hielt es wieder hoch.

Jetzt umschlang Francesca ihren Kleinen mit dem rechten Arm, zog ihn hoch, setzte ihn an ihre Hüfte und grub ihren Mund in seinen Nacken, wo sie ihm einen Schmatz aufdrückte.

Salvatore wandte sein Gesicht von ihr ab und wedelte mit dem Papier.

„Du guckst ja gar nicht!", beschwerte er sich.

Sie stellte den Jungen wieder auf den Boden zurück,

nahm sein Bild an sich und hielt es sich mit gestreckten Armen vor die Augen.

„Wunderschöne Farben. Und was soll das sein?"

„Ein Regenbogen!", erwiderte der Fünfjährige fröhlich und tänzelte vor ihr her in die Küche.

Dort saßen Andreas und Silvio beim Abendessen.

„So spät noch?", staunte Francesca und drückte ihrem Mann einen knappen Kuss auf die Wange. Dann wuschelte sie ihrem Zwölfjährigen durch den Lockenschopf.

„Lass das Mama!", empörte sich Silvio.

Ohne auf den Einwurf ihres Sohnes zu reagieren, schnappte sie sich ein Gürkchen von seinem Teller und lehnte sich an die Arbeitsfläche.

„Isst du das noch oder kann Papa das wegräumen?", fragte Andreas Salvatore mit Hinweis auf ein angenagtes Saitenwürstchen auf seinem Kinderteller.

Francesca schob sich ein weiteres Cornichon in den Mund und verdrehte die Augen. Warum redete Andreas immer von sich selbst als „Papa"? Er könnte doch einfach nur „ich" sagen!

Salvatore hatte die Frage seines Vaters überhört und tänzelte unschlüssig um seinen Kindersitz herum.

„Papa hat dich was gefragt!", sprach Francesca ihn an.

Anstatt zu antworten, bohrte der Junge seinen Kopf in den Schoß seines Vaters.

Andreas ließ seine Hand über den kleinen Kopf gleiten.

„Müde, was?"

„Gehen wir morgen wieder ins Freibad?", fragte der Kleine und begann wieder zu tänzeln.

Andreas sah zu Francesca hinüber.

„Es ist spät geworden, ich weiß."

„Du brauchst dich nicht zu entschuldigen", erwiderte sie.

„Aber ich will es dir erklären. Also wir waren zuerst beim Schwimmen…"

„Wo?“, wollte Francesca wissen.

Silvio wandte den Kopf. „In Pfullingen“, nahm er seinem Vater das Wort ab. „Da ist es viel schöner als im Reutlinger.“

„Und danach waren wir noch bei deiner Mutter“, erklärte Andreas. „Sie wollte uns doch unbedingt noch ihren neuen Hund vorstellen.“

„Er heißt Nick“, ergänzte Salvatore.

„Hat sie also endlich ihren neuen Welpen“, sagte Francesca.

„Kein Welpe“, widersprach Silvio. „Sie hat ihn aus dem Tierheim. Er wurde von einer Tierschutzorganisation nach Deutschland gebracht. Er ist einer der Junghunde, die sie in Griechenland einfach abgeschossen hätten …“ Er wandte sich zu seiner Mutter um und nahm sie mit seinen großen dunklen Augen ins Visier.

Alle meine Kinder haben diese Augen, dachte Francesca. Von mir sind sie nicht und von Andreas auch nicht. Plötzlich schossen ihr Tränen in die Augen.

Andreas und die Kinder sahen sie betroffen an.

„Was ist los?“, fragte Andreas.

Francesca wischte sich die Tränen aus den Augenwinkeln. Pizzo. Kalabrien. Für einen Moment war wieder das Bild ihrer Großmutter in ihr aufgetaucht. Immer wieder holten sie diese Bilder ein.

Sie saß auf dem Schoß ihrer Mutter, mit neun Jahren. Ich muss dir was sagen, hörte sie ihre Stimme. Deine Nonna ist tot. Sie wusste noch, dass sie die Worte verstanden hatte und doch nicht verstand. Hörte, ihre Nonna sei vor dem Bäckerladen in Pizzo gefunden worden, niedergestreckt durch drei Kugeln.

„Schon gut“, antwortete Francesca. „Ich hol mir ein Taschentuch.“

Sie verschwand für einen Moment im Flur und schnäuzte sich. Diese längst vergessen geglaubten Erinnerungen!

Heute weiß ich, dass meine Nonna von der 'Ndrangheta erschossen wurde, dachte sie. Aber warum? Später, als sie älter geworden war, hatte sie nachgefragt. Aber bis heute behauptete ihre Mutter, auch nicht mehr darüber zu wissen. Nur eines hatte Maria wiederholt. Immer wieder. Dass es *drei* Kugeln waren. Als ob die Anzahl der Geschosse eine Rolle spielte …

Augen. Nonna. Ein Trigger.

Salvatore war ihr hinterhergelaufen und klammerte sich an ihre Beine. Sie streichelte seinen Kopf.

„Alles gut, mein Kleiner!"

Sie krallte die Fingernägel in ihren linken Unterarm und atmete tief durch. Dann kehrte sie mit Salvatore in die Küche zurück.

„Wann endlich lässt dich die Vergangenheit los?", fragte Andreas verständnisvoll.

Francesca zuckte mit den Achseln und lehnte sich wieder gegen die Arbeitsfläche.

„Bist du wieder ansprechbar?"

Sie nickte.

Salvatore kletterte auf seinen Kindersitz und biss in seine kalte Wurst.

„Wegen morgen", begann Andreas. „Ich nehme an, du musst arbeiten?"

Francesca machte eine unbestimmte Handbewegung.

„Das Problem ist", fuhr er fort, „ich muss am Nachmittag zu einer Fortbildung. Nach Stuttgart. Lisa ist unterwegs und Salvatore kann zu deiner Mutter, aber sie hat kein Auto morgen."

„Fortbildung? Du bist doch Lehrer außer Dienst!", wandte sie ein.

Andreas sah zu Boden. „Vaterschaftsurlaub heißt nicht, dass man von allen Veranstaltungen ausgeschlossen ist, und ich muss auf dem Laufenden bleiben …"

„Okay …", verstand Francesca. Was sie aber nicht verstand, war seine Verlegenheitsgeste. Immer, wenn er sich unwohl fühlt, dachte sie, kratzt er sich mit der rechten Hand an der linken Schulter. Ob sie ihn darauf ansprechen sollte?

„Wir machen morgen nämlich einen Schulausflug nach Waldenbuch“, erklärte Silvio. „Und weil du da doch sowieso gerade zu tun hast, dachte Papa, du könntest mich dort abholen.“

„Kunstmuseum oder Schokoausstellung?“, fragte Francesca.

„Kunstmuseum.“

Francesca überlegte.

„Müsste sich einrichten lassen. Und um wie viel Uhr?“

Noch am Abend war die Suchmeldung nach Melinda Rosenfeldt an die Medien rausgegangen, und als Francesca am nächsten Morgen ihr Büro betrat, hatte Frau Baisch ihr bereits die Samstagsausgaben der „Stuttgarter Nachrichten“ und der „Stuttgarter Zeitung“ auf den Schreibtisch über ihren wachsenden Papierstapel gelegt. Obenauf lag ein handgroßer, türkisgrüner Filzdelphin.

„Für Ihren Silvio“, erklärte die Polizeisekretärin. „Er heißt doch Silvio, oder?“

Francesca setzte sich in ihren Drehstuhl.

„Lieb von Ihnen, aber Silvio ist schon zwölf“, lächelte sie. „Mein Jüngster heißt Salvatore und wird am Dienstag sechs. Aber dass Sie seinen Namen behalten haben?“

„Ich merke mir alles“, konstatierte Astrid Baisch schnaufend. „Bloß mit den Zahlen hab ich’s nicht so. Aber ich verspreche Besserung!“

„Dann sollten wir Sie vielleicht besser im Außendienst

einsetzen", schäkerte Francesca. „Wo steckt eigentlich mein Kollege?"

„Im Stau."

„Ich komme auch gerade von der Filderautobahn und da ging's heute relativ flott durch."

„Herr Özcan kommt heute Morgen aber ausnahmsweise über Esslingen", erwiderte Frau Baisch und warf einen Blick auf die Lilien, die bereits ihre Köpfe hängen ließen. „Warum bilden Sie eigentlich keine Fahrgemeinschaft?"

Francesca hob die Schultern und freute sich, dass die Suchmeldung von beiden Zeitungen bereits auf der Titelseite angekündigt wurde. Sie blätterte sich im oben liegenden Teil zu der entsprechenden Seite durch und schlug die Zeitung auf.

„Herrgott!", entfuhr es ihr und sie staunte, wie es die Kollegen der Abteilung Öffentlichkeitsarbeit in der Kürze der Zeit geschafft hatten, sich ein Porträtfoto von Melinda zu beschaffen.

„Unser Herrgott kann auch nix dafür! Soll ich Ihren Strauß entsorgen?", polterte Frau Baisch plötzlich missmutig.

Oh weh, dachte Francesca bei sich, da bin ich wohl in das Fettnäpfchen einer gläubigen Christin getreten! Sie nuschelte eine Entschuldigung.

„Ich hab mich bloß gewundert, dass Sie so einen schwäbischen Allerweltsfluch auf Lager haben! Sie als Italienerin."

Irgendwie ging Francesca die Vertraulichkeit ihrer Sekretärin langsam zu weit. Sie warf ihr ein spöttisches Grinsen zu.

„Können Sie bitte das Wasser erneuern und die Stiele unten etwas abschneiden, vielleicht erholen sich die Blumen ja noch mal."

Im selben Moment flog die Tür auf. Als verkehre er hier jeden Tag, stolzierte Brettschneider in den Raum und setzte sich Francesca gegenüber auf Özcans Schreibtischstuhl.

„Kaffee?“, fragte Frau Baisch in einem Ton, der die verneinende Antwort bereits vorwegnahm.

Brettschneider winkte ab. Die Sekretärin schloss die Tür, die der Böblinger offen stehen gelassen hatte, und zog sich in ihr Büro zurück.

„Die Befragung von Guhls Nachbarschaft hat nix gebracht. Aber der Ögünc, also der Gabelstaplerfahrer, hat behauptet, er finanziert seinen Ferrari durch Zuwendungen seiner Großfamilie in Istanbul“, legte der Ermittler los.

„Und warum hat der Autohändler dann gegen ihn geklagt und die Klage wieder zurückgezogen?“, fragte Francesca.

„Das krieg ich auch noch raus!“, antwortete der Böblinger verbissen.

Die Kommissarin klopfte auf die Zeitungsseite mit der Suchmeldung. Dann schob sie dem Kollegen das Blatt über den Schreibtisch.

„Kenn ich schon“, wehrte er ab. Und mit einem Lächeln, das er sich sichtlich abringen musste, fügte er mit ironischem Ton hinzu: „Gute Arbeit, Frau Molinari, so schnell! Wenn ich das einer LKA-Beamtin sagen darf.“

Sollte sie seine Äußerung wörtlich nehmen und als Kompliment auffassen oder auf den unterschwelligen Spott reagieren? Sie entschied sich für den ersten Teil und schenkte Brettschneider ein knappes Lächeln.

„Störe ich?“

Ohne dass sie es bemerkt hätten, war Tomislav Özcan ins Zimmer getreten. In der Hand eine in Sichtfolie verpackte Schachtel Mon Chérie, die er Francesca auf den Schreibtisch schob.

„Nachträglich. Zu deiner Ernennung“, erklärte er, den Blick gesenkt.

Francesca drückte seinen Unterarm und hauchte ein „Danke“.

„So sind wir Kollegen hier zu den Frauen", frotzelte Brettschneider. „Und wie seid ihr zu uns?"

Özcan drückte Francesca einen schüchternen Kuss auf die Wange und grinste den Böblinger aus den Augenwinkeln an, der nun Anstalten machte, sich zu erheben.

„Bleib ruhig auf meinem Stuhl sitzen!", lachte Özcan, schichtete einen Papierstapel um und hockte sich einfach neben Francesca auf deren Schreibtisch.

„Einfach gut drauf heute oder ein bisschen überdreht? Heiße Nacht verbracht in Esslingen?" Francesca klopfte Özcan auf die Knie.

„Ist mir ja ein lustiger Laden hier", warf Brettschneider ein.

„Unser Gegenmittel gegen Mord und Totschlag!", parierte Özcan. Und zu Francesca gewandt: „Hab bei 'nem Kumpel übernachtet. Esslingen ist echt ein heißes Pflaster. Da klappen sie nicht die Bürgersteige hoch um zehn Uhr wie in Reutlingen!"

„Na ja, so ganz stimmt das ja auch nicht mehr", murmelte Francesca, griff in ihre Handtasche und drückte Özcan eines ihrer übrig gebliebenen Ritter-Sport-Minis in die Hand. „Jetzt komm erst mal wieder runter …"

Özcan knackte die dunkelblaue Packung und schob sich das Nougatstück in den Mund.

Brettschneiders gieriger Blick entging Francesca nicht. Als sei sie von tiefem Mitleid erfüllt, zauberte sie aus ihrer Handtasche ein weiteres Stück Schokolade hervor und warf es Brettschneider über den Schreibtisch zu.

„Und selbst?", fragte Özcan.

Francesca räusperte sich.

„Ich bin auf Diät!"

Sie nahm einen Kugelschreiber zur Hand und hackte mit der Spitze auf die Schreibtischoberfläche.

„Wo waren wir stehen geblieben?"

Brettschneider wischte sich mit dem Handrücken über

die Lippen. Dann knüpfte er wieder an seinen Bericht an.

„Wie gesagt. Ögünc hat sich abgesichert. Wir werden heute seine Konten überprüfen. Aber der Autohändler war gestern nicht mehr zu erreichen. Türke natürlich. Ferien in Antalya."

Brettschneider strahlte Özcan an, doch abrupt verfinsterte sich seine Miene.

„Oh, Entschuldigung!", stieß er scheinbar schuldbewusst hervor.

„Nullo Problemo", antwortete Özcan gelassen. „Erstens bin ich Deutscher und zweitens gehen mir türkische Landsleute, die andere Menschen schädigen, genauso auf den Sack wie dir!"

Brettschneider winkte ab, für ihn schien die Sache damit erledigt.

„Der Mann heißt Birol", erläuterte er. „Er ist fünfzig Jahre alt und in Wiesbaden aufgewachsen. Seit zehn Jahren betreibt er in Stuttgart-Untertürkheim einen Schrott- und Gebrauchtwagenhandel. Vorstrafenregister: null. Ögünc stand mit seinem Ferrari bei ihm für 10 000 in der Kreide. Deshalb hat Birol geklagt. Aber wie gesagt, er hat seine Klage zurückgezogen, bevor er seinen Abflug gemacht hat, und jetzt hält er seinen fetten Bauch in die Sonne der türkischen Riviera und wir kommen nicht an ihn ran."

„Keine Handynummer?", fragte Francesca.

„Abgeschaltet!"

Nachdenklich malte die Kommissarin Strichmännchen neben Melindas Porträt.

„Irgendwie treten wir gerade auf der Stelle, habe ich das Gefühl."

Özcan und Brettschneider starrten vor sich hin. Ins Leere. Doch da stand plötzlich Frau Baisch im Türrahmen.

„Der Herr Unsichtbar hat sich angekündigt!"

Doch Stefano Invisibile stand schon im Raum. Weißes

Hemd, schwarze Bügelfaltenhose. Francesca wandte den Blick ab.

Özcan sprang von Francescas Schreibtisch auf, Brettschneider räumte seinen Stuhl, der eigentlich Özcan gehörte. Francesca erhob sich und ging freudestrahlend auf Stefano zu. Küsschen, Küsschen, was von Özcan und Brettschneider mit einem vielsagenden Blickwechsel begleitet wurde. Dann legte Stefano ein Fax auf Francescas Schreibtisch und schlug seine Handfläche auf das Papier, als wolle er es festkleben.

„Brisante Neuigkeiten!", verkündete er.

Alle Augen waren auf ihn gerichtet.

„Um es kurz zu machen", begann er seinen Bericht. „Der halbe Finger. Wir haben den Abdruck mal durch unser Programm laufen lassen ..." Er beschloss eine Kunstpause, fixierte die leere Schokoladenumhüllung auf Özcans Schreibtisch und streckte die Hand vor Francesca aus.

Francesca schüttelte lächelnd den Kopf.

„Alles alle!"

„Oh, wie schade!" Stefano zog seine Hand zurück und steckte sie stattdessen lässig in seine Hosentasche. „Interpol hat den Fingerabdruck. Er gehört einem Dimitar Parlitschew. Einem Bulgaren. Er wird von der polnischen Polizei verdächtigt, an einem Mord beteiligt gewesen zu sein. In Lodz."

Ein Stich oberhalb des Steißbeins ließ Melinda aufschrecken. Mit dem Nagelrücken ihres Daumens schabte sie an der betroffenen Stelle. Ein Insekt? Mühsam entledigte sie sich der Noppenfolie, die ihr die Kälte der Nacht notdürftig vom Leib gehalten hatte. Sie setzte sich auf und blinzelte gegen das schale Frühlicht, das durch das winzige Fenster glitt. Wie viel Tage und Nächte sollte sie so noch verbringen? So gehetzt? Immer nur mit mühsamem Rückgriff auf das Nötigste zur Befriedigung der existenziellen Bedürfnisse! Wie lange noch?

Der Druck, der sich über Nacht in ihrer Blase aufgebaut hatte, schien sie fast zum Platzen zu bringen. Unten gab es ein Klo. Wie spät war es eigentlich? Dem bleichen Fensterlicht und der Geräuschlosigkeit nach zu urteilen, musste es noch sehr früh am Morgen sein. Sie fingerte nach ihrer Handtasche und ihrer Armbanduhr mit dem römischen Zifferblatt – ein Geschenk ihres Vaters. Die Zeiger standen auf 6 Uhr 30.

Auf dem Weg nach unten roch sie an ihren Achseln. Der stechende Schweißgeruch ermahnte sie, dass der von ihr eingeschlagene Fluchtweg im Grunde ein Weg ins Nichts war, ins Nirgendwohin. Wie lange sollte sie das durchhalten?

Auf der Besuchertoilette blieb sie länger sitzen als nötig und starrte zwischen ihren Schenkeln auf den hübsch gefliesten Mosaikboden mit schwarzen und weißen Steinchen, die ein jugendstilartiges Muster bildeten. Eigentlich gab es nur zwei Möglichkeiten. Entweder sie würde weiterhin Mirko und seiner Bande zu entkommen suchen – und dabei wusste sie bis heute nicht einmal, was sie von ihr wollten. Oder sie marschierte einfach zur nächsten Polizeidienststelle. Dann aber müsste sie alles offen legen. Alles?

Vielleicht könnte sie ja auch mit der Wahrheit spielen. Dass sie in einen Kurierdienst nach Lodz hineingezogen worden war ... Was konnte ihr denn passieren? Was wusste sie denn eigentlich? Nichts. Eigentlich nichts. Sie hatte einen Auftrag angenommen aus Geldnot und einen Transporter nach Polen gefahren und damit basta! Dass sie den Mann zusammengeschlagen hatten – das hatte sie nicht mehr mitgekriegt. Davon würde sie nichts wissen.

Melinda betätigte die Spülung und stapfte leise die Treppen wieder nach oben in ihr Dachbodenversteck. Dort ließ sie sich auf die Noppenfolie fallen, ihr Nachtlager, ausgebreitet über sechs Stühle, die sie zusammengeschoben hatte. Sie faltete die Hände über dem Bauch. Wie in einem Sarg, dachte sie.

Doch dann dachte sie plötzlich an ihren Vater. Eine dritte Möglichkeit. Aber würde er das Vertrauen, das sie ihm entgegenbringen würde, wirklich zu schätzen wissen? Wenn sie ihm alles sagte, wäre er nicht total überfordert? Schon sah sie ihn vor sich, wie er seine Hände knetete. Er würde ihren Blicken ausweichen. Er würde ihr keine Vorwürfe machen – nein! Aber er würde hilflos ihre Mutter ins Spiel bringen. Das müssen wir mit Mama besprechen, würde er sagen – bevor er seine eigene Meinung zu ihrem Fall formulieren würde. Aber vermutlich würde er sowieso keine eigene Meinung besitzen.

Melinda beschloss, ihre Entscheidung auf später zu verlegen und sich der unmittelbar anstehenden Befriedigung elementarer Bedürfnisse hinzugeben. Bildete sie es sich nur ein, dass ein dünner Hauch vom Duft frischgebackener Croissants über das kleine Fenster hereinwehte? Jedenfalls würden die ersten Bäcker um 7 Uhr öffnen.

Da das Alte Rathaus am Samstag geschlossen war, würde sie den Weg über die Dächer nehmen müssen – das hatte sie gestern noch ausgekundschaftet. Kurzentschlossen raffte sie ihre Habseligkeiten zusammen und begab sich barfuß zu dem ausspionierten Fenster im ersten Stock. Sie öffnete es und ihr Blick fiel auf ein von grünen Flechten überzogenes Wellblechdach aus Eternit – zwei Meter unter dem Sims. Inmitten der mittelalterlich geprägten Altstadt mit ihrer verschachtelten Architektur erschien es ihr auch jetzt noch wie ein Wunder. Sie schlang sich den Lederriemen ihrer Handtasche so um den Hals, dass sie knapp unter dem Hals vor ihrer Brust hing, zog sich die Schuhe an und kletterte auf den steinernen Sims. Ich will mir besser nicht den Fuß verknacksen, dachte sie angesichts des Wellblechs. Sie drehte sich um und ließ sich langsam rückwärts aus dem Fenster rutschen – nur für die restlichen fehlenden Zentimeter musste sie sich fallen lassen. Dann kroch sie auf allen Vieren zum Rand des leicht abschüssigen Daches und atmete befreit auf. Sie sprang die restlichen zwei Meter vom Dach und landete wohlbehalten in einem kleinen Hinterhof, auf dem sich nichts befand außer ein paar Mülltonnen.

Melinda erhob sich aus der Hocke, klopfte ihre muffigen Jeans glatt und schwang den Riemen ihrer Handtasche über die Schulter. Ums nächste Eck – und sie befand sich wieder auf dem Hinterhof mit dem Eingang zum Alten Rathaus. Im Briefkasten steckte eine Zeitung. Melinda streckte die Hand aus. Im nächsten Moment fiel ihr Blick auf den Pflastersteinboden. Halb verdeckt von einer weggeworfenen Pizzaschachtel starrte ihr aus einem durchnässten Exemplar der Bildzeitung das Gesicht ihres Vaters entgegen.

Dimitar Parlitschew!" Francesca entließ einen kurzen Pfiff durch den gespitzten Mund. „Hübscher Bursche!"

„Lass mal sehen – auf welchen Typ Mann du stehst!", grinste Özcan, setzte sich wieder auf Francescas Schreibtisch und warf einen Blick auf das Fahndungsfoto. „Stahlblaue Augen, markantes Gesicht, volle Lippen. Wie Jeremy Meeks!"

Die Anwesenden sahen Özcan staunend an.

„Wer?", wollte die Kommissarin wissen.

Doch Özcan winkte ab und nahm das Fax jetzt an sich.

„Gut, dass das schon jemand übersetzt hat! Mein Polnisch ist nicht gerade das Beste“, witzelte er und konzentrierte sich auf den Text des Fahndungsaufrufs:

Sachverhalt: Am Montag, 23.12.2013, gegen 20:50 Uhr, informierte ein Angehöriger die Polizei in Lodz (Polen), dass er den 61-jährigen Geschäftsmann Adam Kaczmarek tot in dessen Wohnung aufgefunden habe. Das Opfer wies eine tödliche Stichverletzung auf. Zwischenzeitlich konnte der 37 Jahre alte bulgarische Staatsangehörige Dimitar Parlitschew als dringend tatverdächtig ermittelt werden. Nach derzeitigem Stand dürfte der Tatverdächtige untergetaucht sein. Der Gesuchte ist auffallend groß und trägt bevorzugt helle Kleidung. Bei Antreffen nicht auf die Person zugehen, sondern sofort die Polizei verständigen!

„Personalien und so weiter“, las Özcan laut weiter, „auffallend sind außerdem seine rötlichen Haare und natürlich die halbe Kuppe des Zeigefingers seiner rechten Hand …“

„Das übernehmen wir gleich auf unsere LKA-Website“, sagte Francesca und rief nach Astrid Baisch, der sie auftrug, dafür zu sorgen, dass der Fahndungsaufruf mit einer entsprechenden textlichen Ergänzung bundesweit, insbesondere aber in den regionalen Medien verbreitet wurde.

„Außerdem fragen Sie doch bitte mal bei den Kollegen in Polen nach“, bat sie, „ob sie Vermutungen zum Motiv der Tat haben und Hintergrundinfos über die Person des getöteten Geschäftsmanns!“

Astrid Baisch gab ihr ein zustimmendes Zeichen mit der Hand, das fast nach einem Salutieren aussah, und verschwand in ihrem Büro.

„Wenn Parlitschew vor einem halben Jahr noch in Polen rumturnte“, überlegte Özcan laut, „was sucht er dann jetzt in einem Dorf in Süddeutschland?“

„Stadt!“, warf Brettschneider ein, halb empört, halb dozierend. „Waldenbuch ist eine Stadt!“

Özcan ignorierte seine Bemerkung und ließ das Fax schmunzelnd neben sich auf Francescas Schreibtisch zurückflattern.

„Ich tippe ja von vornherein auf Organisierte Kriminalität“, schob der Böblinger nach und ließ seinen Gedanken freien Lauf. „Für den Mord bei Ritter Sport kommt Parlitschew jedoch kaum in Frage. Der Täter muss sich am Donnerstag nachmittags in die Lagerhalle eingeschlichen, sich versteckt und dort stundenlang auf seine Gelegenheit gewartet haben. Der Einbruch in Guhls Wohnung, bei der er den Abdruck seiner halbe Kuppe hinterließ, fand jedoch ziemlich sicher nach Anbruch der Dunkelheit statt …“

„Es sei denn, hinter diesem Gabelstaplerfahrer verbirgt sich doch noch ein größeres Kaliber, als wir glauben“, gab Francesca zu bedenken.

„Sobald ich diesen Birol mal zu fassen kriege, wissen wir mehr“, erwiderte Brettschneider und wiegte nachdenklich mit dem Kopf.

„Und was ist mit den Lieferanten?“ Francesca sah den Böblinger an. „Hat die Firma Ritter schon Veränderungen mitgeteilt?“

„Timm und Meyer sind sehr kooperativ“, erwiderte Brettschneider. „Es gab tatsächlich ’nen Fahrerwechsel am Donnerstag. Krankheitsvertretung beim Zuckerlieferanten.“

Francesca hob neugierig den Kopf.

Als vermutete er hinter dem fragenden Blick der Kommissarin irgendwelche Zweifel, schwang in der Stimme des Böblingers plötzlich ein Ton mit, als müsse er sich verteidigen:

„Wenn das eine weiterführende Spur wäre, hätte ich das euch ja gleich als Erstes heute Morgen um die Ohren geschlagen! Ich habe den Mann persönlich überprüft!“

Francesca wiegelte mit den Händen ab.
„Hat ja keiner was unterstellt! Trotzdem wüssten wir gerne etwas mehr."
Der Böblinger blähte seine Wangen auf.
„Angeliefert wurde Rübenzucker aus einheimischen Zuckerrüben, auf regionale Produkte legt die Firma ja bekanntlich Wert, allerdings müssen sie auch Zucker aus anderen Regionen der Erde dazukaufen …"
Francesca unterbrach ihn.
„Ich will jetzt keinen Vortrag über Schokoladenherstellung: Name, Firma und so weiter", sagte sie beherrscht.
Brettschneider schluckte.
„In Deutschland gibt es ja nur vier Zuckerunternehmen. Die Lieferungen erfolgen über eine Großhandelsfirma in Stuttgart, das heißt über deren Lkws. Der letzte Lkw mit Zucker dockte am Donnerstag um 16 Uhr 30 in Waldenbuch an. Bei dem Fahrer, also der Krankheitsvertretung, handelt es sich um einen 450-Euro-Jobber. Alleinerziehender Vater. Keine Vorstrafen. Völlig unauffällig." Und – nach einer kleinen Pause und einem süffisanten Grinsen mit Blick zu Francesca: „Zufrieden?"
„Ja – entschuldige", erwiderte sie gedehnt und bedeutete mit einer Handbewegung, dass die Angelegenheit für sie erledigt war. Sie warf einen Blick auf ihre Armbanduhr, lehnte sich zurück, streckte die Beine von sich und die Unterarme über den Kopf. Zu Özcan gewandt meinte sie:
„Ich bin dann mal weg. Sollte um halb eins in Waldenbuch sein, meinen Mittleren abholen. Schulausflug ins Kunstmuseum. Waldenbuch – ausgerechnet …"
Özcan glitt von ihrem Schreibtisch.
„Kein Problem. Ich kann ja so lange mit dem Kollegen Brettschneider Quizduell spielen …", grinste er.
„Spielen, genau!" Als habe irgendetwas seine Laune wieder gehoben, antwortete der Böblinger: „Du könntest doch mal deine Beziehungen in der Türkei spielen lassen",

schlug er vor. „Einer aus deiner großen Verwandtschaft sitzt doch sicher in Antalya. Die sollen mal diesen Birol auftreiben. Ich hab nämlich wenig Bock drauf zu warten, bis der seinen Wanst wieder nach Stuttgart schiebt…"

„Meine Verwandtschaft lebt größtenteils nicht mehr in der Türkei", erwiderte Özcan ernst. „Die wenigen, die geblieben sind, befinden sich in Erdogans überfüllten Gefängnissen, Kollege Brettschneider."

Eine nachdenkliche Pause kehrte ein. Wenig später nahm Özcan den Gesprächsfaden mit Blick auf Brettschneider wieder auf.

„Außerdem: Wenn man dir so zuhört, könnte man gerade meinen, du wärst direkt *The Wire* entsprungen!"

Brettschneider sah seinen Kollegen von unten her misstrauisch an.

„Was soll'n das sein?"

„'ne HBO-Krimiserie", erklärte Stefano, der lange interessiert, aber schweigend dem Gespräch gefolgt war.

„HBO?", fragte Brettschneider weiter, sichtlich irritiert.

„Wie Bunk Moreland", stimmte Stefano Özcan mit einem Augenzwinkern zu und spielte damit auf einen der Ermittler der US-amerikanischen Erfolgsserie an.

„Wie Bunk Moreland!", bestätigte Özcan lachend.

Doch bevor einer von ihnen sich überlegen konnte, ob er das Rätsel für den Kollegen Brettschneider aufklären sollte, stand Astrid Baisch im Türrahmen und wedelte mit einem Blatt Papier.

„Die Kantonspolizei Basel hat einen Calderara beschlagnahmt!"

Francesca sprang auf.

„Wie, wo?"

Auch die Kollegen sahen die Polizeisekretärin verblüfft an.

„Berichten Sie einfach!", forderte Francesca sie auf.

„Auf der Art Basel…"

Francesca blickte Hilfe suchend zu Stefano.

„Sagt mir nichts."

„Das ist eine der bedeutendsten Messen für Kunst des 20. und 21. Jahrhunderts in Europa, wenn nicht inzwischen weltweit", half Stefano. „Über dreihundert renommierte Kunsthändler zeigen hier einmal im Jahr Werke international bekannter Künstler und solcher, die es werden wollen, und die Messe zieht jedes Jahr Zehntausende von Besuchern aus aller Welt an – Galeristen, Sammler und Kunstschaffende."

„Und wie soll denn ausgerechnet unser Calderara dort aufgetaucht sein, der aus Guhls Wohnung verschwunden ist?", fragte sich Brettschneider laut.

„Hier steht's: il mare 1961, Öl auf Leinwand, 73 x 120 cm. Ein Foto haben sie auch mitgeschickt". Die Sekretärin streckte der Kommissarin das Schreiben hin. Francesca nahm es an sich und warf einen knappen Blick auf die kleine Abbildung des Gemäldes.

„Aber wir können noch gar nicht wissen, ob es dasselbe Bild ist, nach dem wir suchen", stellte Francesca fest. „Dazu brauchen wir ja so dringend die Kopie des Kaufvertrags. Die hat Melinda Rosenfeldt. Und von der ist weit und breit nichts zu hören und zu sehen. Im Moment mache ich mir eher Sorgen um die junge Frau als um den Calderara!"

Seufzend ließ sich die Kommissarin wieder auf ihren Stuhl fallen.

„Aber ich würde trotzdem gerne wissen", sagte Brettschneider. „Warum haben die das beschlagnahmt?"

„Ein Besucher", erläuterte die Sekretärin, „dem das Bild früher gehörte und der es als gestohlen gemeldet hatte, hat es – laut dem Bericht aus Basel – auf der Messe wiedererkannt."

„Ein gestohlenes Bild öffentlich zum Kauf anbieten?" Francesca lachte auf. „Das wäre ja besonders perfide!"

„Die Genfer Galeristin bestreitet alle Vorwürfe und pocht darauf, eine Investmentfirma mit Sitz auf Malta habe es auf der Messe erworben“, fuhr Astrid Baisch fort. „Das Bild hatte schon einen roten Punkt!“

„Einen roten Punkt“, wiederholte Brettschneider mechanisch.

„Moment, es kommt noch dicker“, erklärte nun Francesca und klopfte auf das Papier. „Die Genfer Kantonspolizei hat in diesem Zusammenhang im Zollfreilager Genf im Depot der Galeristin weitere Kunstwerke beschlagnahmt!“

„Alles Fälschungen?“, fragte Brettschneider.

„Wird gerade untersucht.“

„Und warum stecken die Bilder der Galeristin in einem Zollfreilager?“, wollte Özcan wissen. „Die will die doch verkaufen? Wenn die in einem Container stecken, dürfte das schwierig sein!“

Stefano räusperte sich und begann, seine Recherchen aus anderen Fällen kurz zusammenzufassen:

„In den Zollfreilagern in der Schweiz verfügen Kunsthändler über Lagerhäuser und sogar über Show-Rooms. Die Interessenten und Käufer können sich ihre Wertanlagen dort ganz legal und offen aussuchen.“

„Wie groß muss man sich das Ganze vorstellen?“, fragte Özcan dazwischen.

„Ich habe mich zwar in die Materie eingearbeitet“, ließ Stefano verlauten, „aber ich selbst war noch nie in Genf. Ich weiß aber: Das Genfer Lager erstreckt sich über ein Gelände, das der Fläche von über zwanzig Fußballfeldern entspricht. Natürlich lagern sie dort nicht nur Kunst. Auch teure Weine, Uhren, Edelmetalle und -steine, Schmuck und sogar Autos.“

Eine kleine Pause entstand, in der alle nachdenklich vor sich hinschauten. Dann fuhr Stefano fort:

„Leute mit viel Eigenkapital, denen zum Beispiel offenbar

der Immobilienmarkt zu unsicher geworden ist, erwerben Kunst als Geldanlage und nicht unbedingt, um mit ihr zu leben. Und wenn Kunst zur Vermögensanlage wird, können Käufe auch von jedem beliebigen Ort aus getätigt werden. Ganz unabhängig vom Aufbewahrungsort des Kunstwerks."

„Also noch mal für die ganz Dummen", fragte der Böblinger nach. „Ich hab zu viel Geld übrig und such mir, statt dass ich zum Beispiel Aktien kaufe, meinetwegen im Internet oder bei der Genfer Galeristin persönlich ein teures Werk aus, das mir gefällt und das ich aber nirgends aufhängen kann oder will …"

„Die Genfer Galerie ist nur ein Beispiel!", rief Özcan dazwischen.

Brettschneider hob abwehrend die Hände.

„Ja – jetzt mal langsam. Dann muss auf die Art auch mein Finanzamt nicht unbedingt was erfahren? Und zollfrei ist die Transaktion dann sowieso …"

„Auch wenn Sie es ganz legal anfangen, dann bleibt es doch steuerlich erheblich günstiger und auch zollfrei, solange die Ware dort verbleibt", bestätigte Stefano Brettschneiders Gedankengang. Und er fügte hinzu: „Aber steuerlich bedeuten diese Freilager natürlich auch eine Grauzone und inzwischen kommt ihnen im internationalen Kunstmarkt eine Schlüsselrolle zu. Unseren Schätzungen nach werden hier jährlich Millionen in dreistelliger Höhe umgesetzt."

Francesca hatte aufmerksam zugehört. Für sie war das alles Neuland. Aber mit dieser Art Neuland schien sie es nun zu tun zu haben und dieses „Land" stellte sich schon beim ersten Betreten als ein Dschungel dar, der seine Kommunikationswege und die immensen Schätze, die er verbarg, nach außen hin zu verbergen suchte und dabei seine ganz eigenen Mechanismen entwickelt hatte. Aber worin bestanden sie? Spielten dabei nicht nur trockene Fakten wie Kontobewegungen und Zahlen eine Rolle, sondern auch Psychologie? Was waren das für Leute, denen allein der Besitz eines wertvollen Gemäldes alles bedeutete – wie etwa Joachim Guhl? Ein Besitz, der ihnen so viel wert war, dass sie auch bereit waren, das Risiko einzugehen, Fälschungen zu erwerben? Und wie sicherten sie sich dabei ab? Wenn sie an all die Leute zurückdachte, die sie bei Sarowskys Ausstellungseröffnung kennengelernt oder beobachtet hatte, dann schien ihnen doch eines gemeinsam zu sein: Kunst bedeutete Prestigegewinn. Folglich: Je bedeutender und wertvoller ein Kunstwerk, desto höher der Glanz, den es auf seinen Besitzer übertrug.

„Dann sind die Verursacher der Organisierten Kriminalität im Kunstbereich – die Hintermänner sozusagen – die Reichen und Superreichen, die sich teure Werke leisten können und die Preise vermutlich immer mehr in die Höhe treiben. Und die schwarzen Schafe unter den Kunsthändlern, die da mitmischen, stellen bis hin zu den Ganoven, die in Wohnungen und Museen einbrechen und das Risiko tragen, einschließlich der Fälscher ein raffiniertes Netz dar, in dem jeder seine Funktion hat, alle sich untereinander bedienen und jeder mitverdient“, resümierte Francesca nachdenklich.

„Du bringst es auf den Punkt!“, bestätigte Stefano. „Zwar in Schachtelsätzen – aber immerhin!“ Er lächelte sie an.

Am Liebsten hätte Francesca ihm spielerisch die Zunge herausgestreckt. Stattdessen wandte sie sich ab und warf einen Blick aus dem Fenster, wo die Mittagssonne ihre Strahlen gleichmäßig auf Schuldige und Unschuldige verteilte.

„Wenn in so einem Areal wie dem Genfer Zollfreilager Millionenwerte auf engstem Raum zusammengepfercht sind“, nahm Özcan den Faden wieder auf, „dann sind diese ja auch anfällig für Überfälle.“

„Das kannst du dir vorstellen", sagte Stefano. „In Genf wird das Lager von privaten Sicherheitsfirmen bewacht wie Fort Knox."

Francesca warf einen Blick auf die Digitaluhr des Armaturenbretts. Sie war viel zu spät dran!

Zuerst war sie zu spät vom LKA losgefahren und dann war sie noch in Bonlanden auf einen Stau getroffen, der sie weitere wertvolle Minuten gekostet hatte. Doch am meisten hatte sie genervt – um nicht zu sagen zunehmend beunruhigt –, dass Silvio über sein Handy nicht zu erreichen war. Solche Situationen ertrug sie schlecht. Sie wollte als zuverlässig gelten, als absolut zuverlässig, besonders ihren eigenen Kindern gegenüber. Und wenn sie einen Termin nicht einhalten konnte, wollte sie dem Betreffenden wenigstens mitteilen können, was dazwischen gekommen war. Aber wozu gab es denn Handys, wenn man zwar eine SMS absetzen, aber nicht sicher sein konnte, dass derjenige auf der anderen Seite sie auch rechtzeitig las?

Noch in Stuttgart hatte sich in ihrem Rücken eine gewittrige Schlechtwetterfront zusammengebraut, der sie sozusagen davongefahren war, denn die Produktionsstätten von Ritter Sport, an denen ihr alter Volvo nun vorbeiglitt, lagen unter einem unschuldig blauen Himmel.

Als der helle, kubusförmig wirkende Bau des Museums Ritter vor ihr auftauchte, ließ sie ihre suchenden Augen über die an der Straße gelegenen Parkplätze gleiten, um festzustellen, dass sich hier keine Parklücke auftun würde. Die Museumsbesucher parkten in Reih und Glied. Zwei Busse standen am Straßenrand, aus denen Pulks asiatisch aussehender Touristen quollen. Hoffentlich würde sie auf dem Besucherparkplatz linker Hand fündig werden, bei diesem Massenandrang.

Den erlebt das international renommierte Museum mit der umfangreichen Kunstsammlung von Marli Hoppe-Ritter, einer Miteigentümerin der Firma Ritter Sport, seit seiner Gründung im Jahr 2005. Francesca empfand es schon bei ihrem Jahre zurückliegenden Besuch mit Andreas durchaus interessant, dass sich eine Sammlung ausschließlich mit dem Quadrat in der neueren und zeitgenössischen Kunst beschäftigt, was aber wegen der Form des Produkts von Ritter Sport ja auch fast zwangsläufig auf der Hand lag. Mit den dort vertretenen Werken von bedeutenden Künstlern wie Josef Albers und Johannes Itten, François Morellet, Hans Peter Reuter oder Victor Vasarely hatte sie sich im Gegensatz zu ihrem Mann noch nicht beschäftigt. Dass das Museum sich gezielt dafür einsetzt, Kindern und Jugendlichen spielerisch den Zugang zur zeitgenössischen Kunst zu vermitteln, wusste Francesca schon seit einem Schulausflug von Lisa. Und nun war Silvio an der Reihe.

Sie bog auf den Besucherparkplatz ein – und da hockte unter dem riesigen, schräg gestellten, bläulich leuchtenden Quadrat, das die Wand links der offenen Eingangshalle zierte, ihr Junge auf einer der Holzbänke. Sie hupte kurz, als sie auf den Besucherparkplatz einrückte, doch der Zwölfjährige hielt sein Handy zwischen den dünnen Schenkeln und starrte ununterbrochen auf das Display, das seine Finger in einer Geschwindigkeit bearbeiteten, die ihr jedes Mal wieder von Neuem die Luft raubte. Hatte er ihre Nachricht, ins Spiel vertieft, einfach überhört und übersehen?

Ärgerlich registrierte sie einen Lieferwagen, der schräg in einer Parklücke stand und drei Plätze beanspruchte. Einige Wagen weiter entdeckte sie den ersehnten freien Parkplatz.

Erst als sie vor ihm stand und ihn mit Namen ansprach, sah der Junge für einen kurzen Moment auf.

„Nur noch einen Level!“, begrüßte er sie.

Francesca lag eine Entschuldigung für ihre Verspätung auf der Zunge, die sie jedoch hinterschluckte. Stattdessen fragte sie, wie es denn im Museum gewesen sei.

„Bingo!“, rief Silvio aus, drückte ein paar Buttons und schob das Gerät in die Tasche seiner kurzen Hosen. Dann ergriff er ein zusammengerolltes Plakat, das seitlich weggerutscht war, erhob sich und klopfte sich mit der freien Hand den Hintern ab. „Was hast du gesagt?“, fragte er.

„Reden wir später darüber“, antwortete sie und begann, in Richtung Wagen zu gehen. „Hast du sonst nichts dabei gehabt?“

Silvio schüttelte den Kopf.

„Ich hab Hunger!“

„Und was ist das da?“, fragte sie und zeigte auf die weiße Rolle in seiner Hand.

„Hat die Frau uns geschenkt. Zur Erinnerung. Wir haben kimuri gespielt.“

Jetzt kommt ja doch noch was, dachte Francesca.

„So ein Spiel mit Quizfragen“, sagte Silvio und begann, vor ihr her zu tänzeln. Unvermittelt blieb er auf dem Weg stehen und drehte sich zu ihr um.

„Können wir nicht was essen gehen, Mama? Neben dem Museum gibt's ein Café – da gibt's Bananenpfannkuchen mit Ritter-Sport-Schokolade gefüllt, hat die Frau gesagt.“

„Die Frau, die eure Führung gemacht hat?“

„Ja – ich weiß nicht mehr, wie sie heißt“, erwiderte er gedehnt.

Francesca hatte ihn eingeholt und legte ihren Arm um seine Schultern. Silvio ließ es geschehen.

Diese Augenblicke, dass er eine Berührung von mir zulässt, werden auch immer seltener, dachte sie etwas wehmütig. Durch seinen seidigen schwarzen Schopf streichen darf ich ja schon lange nicht mehr. Dann sagte sie mit entschiedenem Ton:

„Ein andermal gerne, aber heute bring ich dich nur nach Hause und dann muss ich wieder zurück zur Arbeit."

„Aber versprochen!", rief er aus. Er entwand sich der Umarmung und hielt ihr stattdessen die rechte Handfläche hin.

„Versprochen!", antwortete Francesca und schlug ein.

Silvio löste sich und tänzelte wieder einige Schritte vor ihr her. Francesca deutete mit einer Handbewegung über den Lieferwagen hinweg auf den Volvo. Erstaunt beobachtete sie, wie Silvio nun seine Schritte verlangsamte, zur Vorderfront des Lieferwagens blickte und seine Bewegungen unterbrach.

„Is' was?", fragte sie, als sie heran war.

„Komisch", erwiderte Silvio. „Der Mann da am Steuer."

Francesca war stehen geblieben und sah nun ebenfalls hinüber.

„Der Fahrer?"

Silvio deutete ein Kopfnicken an.

„Vorher", begann er, „also als Papa mich hergebracht hat, stand der Wagen auch schon so komisch da und ich hab gedacht, der Mann schläft."

Durch die Spiegelung des Glases der Fahrertür erkannte Francesca nun schemenhaft die Gestalt des hinter dem Steuer sitzenden Mannes. Sie legte die Stirn in Falten und sah ihren Sohn fragend an.

„Ja – und?"

„Ja und: was?!", entgegnete der Junge fast trotzig. „Jetzt haben wir eins vorbei und der Mann sitzt immer noch so da. Schläft der noch immer oder schon wieder?"

Francesca überlegte einen Augenblick. Ihr Junge war ein genauer Beobachter. Sie holte ihren Autoschlüssel aus der Tasche und drückte ihn Silvio in die Hand.

„Geh schon mal vor, ich schau mal nach…"

Widerwillig setzte sich Silvio in Bewegung. Als er hinter dem Lieferwagen verschwunden war, näherte sich

Francesca langsam der Fahrertür. Jetzt erst fiel ihr auf, dass diese nur angelehnt war. Sie schob das Gesicht an die Scheibe, schirmte die Augen mit der Hand ab und sah ins Wageninnere.

Der Fahrer war in seinem Sitz zusammengesackt. Der Kopf war nach vorne gefallen.

Vorsichtig öffnete Francesca die Fahrertür und sah, dass beide Arme schlaff an den Seiten herabhingen. Der Zündschlüssel steckte im Schloss. Sie ging leicht in die Knie, sodass sie in sein Gesicht sehen konnte. Die Augen des Fahrers waren geschlossen. Keine wahrnehmbare Atemtätigkeit.

„Hallo!“ Mit lauter Stimme sprach sie den Mann an. „Hallo! Ist Ihnen nicht gut?“

Keine Reaktion.

Francesca straffte Zeige- und Mittelfinger, suchte zwischen dem rot- und weißgemusterten Hemdkragen den Hals und tastete nach der Halsschlagader. Als ihr klar wurde, dass sie kein Lebenszeichen feststellen konnte, zog sie ihr Mobiltelefon hervor, drückte die Notruftaste und rief den Notarzt. Kaum war der kurze Wortwechsel mit der Leitstelle beendet, hörte sie die Stimme ihres Jungen hinter sich.

„Tot?“

Francesca drehte sich zu ihm um und biss sich auf die Lippen.

„Sieht so aus!“, stellte sie trocken fest.

Der Junge starrte den Körper des Fahrers an. Francesca folgte seinem Blick. Der dickliche Mann schien nicht besonders groß zu sein. Er besaß kurzes, leicht ergrautes Haar und eine blasse, teigige Gesichtshaut, aus der ein ungepflegter Mehrtagesbart spross. Die Füße steckten in hellbraunen Sandalen. Erst jetzt entdeckte sie den dunklen, feuchten Fleck, der sich auf der schwarzen kurzen Hose im Schritt gebildet hatte.

„Ermordet?“, fragte der Junge mit leiser Stimme.

„Das will ich nicht hoffen“, antwortete Francesca durch die Zähne. „Ich hab schon ’nen Fall hier!“ Sie schloss langsam die Fahrertür, griff nach dem Kinn des Jungen und zwang ihn so, ihr in die Augen zu sehen. „Jetzt hör mir mal genau zu!“, begann sie. „Du gehst jetzt zu unserem Wagen zurück. Auf dem Beifahrersitz liegt meine Handtasche. Da drin ist mein Geldbeutel. Du holst dir fünfzig Euro raus. Dann kommst du zurück. Das ist das Erste. Hast du mich verstanden?“

Der Junge schüttelte ihre Hand ab und verschwand.

Francesca ging um die Motorhaube herum. Aus ihrer Gesäßtasche zog sie das Paar Nylonhandschuhe, das sie immer bei sich trug, und zog sie über. Sie öffnete die Beifahrertür und anschließend das Handschuhfach, holte ein paar Straßenkarten hervor und das Handbuch für den Transporter und legte sie auf den Beifahrersitz. Dann stieß sie auf die Fahrzeugpapiere. Ein Mercedes-Benz 110 CDI Vito Kasten, zugelassen auf das Museum Ritter!

„Mama?“, rief Silvio.

Francesca legte das Dokument auf den Stapel, schob ihren Oberkörper wieder aus dem Wagen und streckte ihrem Sohn die Handfläche entgegen. Dieser gab ihr den Wagenschlüssel zurück und fragte:

„Und jetzt?“

Einige Sekunden lang ließ sie ihren Blick auf seinem verstörten Gesicht ruhen.

„Jetzt gehst du zum Museum und schickst die Frau her, mit der ihr die Führung gemacht habt – ach nein, du weißt ja nicht mehr, wie sie heißt …“

Betreten schüttelte Silvio den Kopf.

„Dann meldest du dich einfach bei der Kasse. Du sagst deinen Namen und dass deine Mutter dich geschickt hat. Sag ihnen, ich bin bei der Kripo und auf dem Besucherparkplatz ist etwas passiert und sie sollen sofort jemanden herschicken.“

„Und du?“

„Ich kann hier nicht weg, bis meine Kollegen da sind.“

„Kapiert!“

„Du wartest, bis die Person an der Pforte die nötigen Anrufe erledigt hat. Dann lässt du dir ein Taxi rufen und lässt dich nach Hause fahren. Schaffst du das?“

„Bin ja keine drei mehr!“, stieß Silvio aus und wollte sich auf den Weg machen.

Doch Francesca ging einen Schritt auf ihn zu und drückte ihn kurz an sich.

„Tut mir leid!“, sagte sie müde.

Der Junge stupste sie am Unterarm. Dann wandte er sich ab und begann, zum Museumseingang zu rennen.

Francesca warf ihrem Sohn einen nachdenklichen Blick hinterher, bevor sie sich wieder zum Handschuhfach begab. Tief hinten ertastete sie eine Brieftasche und zog sie hervor. Der Ausweis sagte ihr, dass es sich bei dem Fahrer um einen deutschen Staatsbürger namens Arjen Timmermans handelte. Geboren am 17.6.1954 in ’s-Hertogenbosch/Niederlande. Wohnhaft Dettenhausen.

Als sie die Brieftasche zu den anderen Dokumenten gelegt und Handschuhfach und Fußraum vergeblich nach einem Mobiltelefon abgesucht hatte, entdeckte sie, dass die rechte Hand des Toten etwas metallisch Schimmerndes umschlossen hielt.

Vorsichtig löste sie eine kleine Dose aus dessen Fingern und entzifferte die winzigen Buchstaben der Aufschrift. Ein Nitrospray. Ein Dosieraerosol, wie es bei Patienten mit Herzkrankheiten zum Einsatz kam – Angina-Pectoris-Anfälle. Aber offensichtlich handelte es sich bei diesem Nitrospray um ein Testmodul. Jedenfalls war das die Auskunft des Großgedruckten. Ein knapper Druck auf die Düse verriet ihr, das Spray war leer. So gut wie. Hatte der Mann in Todesangst den Inhalt völlig verbraucht – oder war das Aerosol manipuliert worden? In Ermangelung eines Asservaten-Tütchens legte sie das Spray zu den anderen Dingen auf den Beifahrersitz.

Normalerweise haben solche Patienten immer einen Ersatzspray bei sich, fiel ihr ein. Sie schob sich wieder aus dem Wagen, wechselte die Seite und untersuchte die Hosentaschen des Toten. Ein Schlüsselbund, sonst nichts. Auch die Prüfung der Fußräume und der Räume unter und zwischen den Sitzen ergab nichts. Kein Ersatzspray.

Sie stellte sich neben dem Wagen auf, straffte sich und holte ihr Handy hervor.

Sofort war Özcan am Apparat.

„Ich denke, du hast den Nachmittag freigenommen?"

„Dachte ich auch. Aber ich brauche dich, den Pappel und Stefano mit seiner ganzen Truppe!"

„Was ist passiert? Kaum lässt man dich allein aus dem Haus …"

„Ich bin nicht in der Laune für Witze, Özi!"

„Schon gut, schon gut! Aber ‚Tommy' – wenn ich bitten darf!"

„Gut Tommy, Waldenbuch. Besucherparkplatz. Ich warte."

„Schon wieder Ritter? Also manche trifft's besonders hart!"

„Diesmal betrifft's nicht die Schokoladenfabrik, sondern das Museum nebendran!"

Warum ist die Zeitung nass, hat es heute Nacht geregnet, hatte Melinda überlegt. Sie war in die Hocke gegangen, hatte sich über den Fund gebeugt, sich eines ihrer dunkelblonden Haarbüschel hinters Ohr geklemmt und die Pizzaschachtel vorsichtig von dem Zeitungspapier geschoben.

Der Riemen ihrer Handtasche rutschte von ihrer Schulter, sodass die Handtasche den feuchten Stein berührte. Ohne darauf zu achten, zog Melinda mit spitzen Fingern das aufgeweichte Blatt vom Boden ab. Ungläubig glitten ihre Augen über die Schlagzeile, die ihr in großen, fetten Lettern entgegenschlug. *MORD BEI RITTER SPORT!!!* Dann überflog sie den Text.

Mord bei Ritter Sport!!! Angehörige des Sicherheitsdienstes fanden in der Nacht zum Freitag im Produktionsbereich des Waldenbucher Schokoladenherstellers die Leiche eines Firmenmitarbeiters. In einem großen Kessel mit heißer Haselnussschokolade – erstickt!! Bei dem Opfer handelt es sich um Joachim G. (46), einem langjährigen Betriebsangehörigen. Weitere Details wurden noch nicht bekannt. Das Landeskriminalamt BW hat eine Sonderkommission mit dem Namen „Soko Schoko" gebildet. Auf Nachfrage unserer Zeitung, warum das Landeskriminalamt den Fall übernommen habe, war angeblich aufgrund ermittlungstaktischer Überlegungen nichts zu erfahren.

Atemlos las Melinda den Text ein zweites Mal. Wort für Wort. Das Revolverblatt war berüchtigt dafür, dass es notfalls auch Dinge erfand, um seine Auflage zu erhöhen – dennoch stieg Panik in ihr hoch. Warum ausgerechnet ihr Vater? Und die Abbildung – sein Passfoto! Wie waren sie an sein Foto gekommen?

Sie bemerkte, wie das dünne Papier zu flattern begann – die Buchstaben vor ihren Augen verschwammen. Noch immer in der Hocke, sah sie auf ihre Hände. Sie zitterten. Melinda spürte, dass sie ihr Gleichgewicht zu verlieren drohte. Sie schwankte. Die Finger ihrer rechten Hand ließen die Zeitung los und suchten die Festigkeit des Bodens. In der Nacht zum Freitag? Also vorgestern musste es passiert sein. Wenn es stimmte!

Sie starrte auf das zarte Grasbüschel, das sich vor ihren Augen zwischen den Pflastersteinen dem Licht entgegenreckte. Heute war Samstag, dachte sie. Gestern Morgen war sie Mirko und seinem Kumpan vor dem Gartenhaus in Glashütte entkommen. Hatten sie in der Nacht davor ihren Vater umgebracht? Hatten sie den Tipp mit dem Gartengrundstück ihrer Nachbarn noch aus ihm herausgepresst und ihn dann getötet, damit er sie nicht verraten konnte? Irgendetwas passte nicht an diesen Gedanken.

Schwankend erhob sie sich. Ein schwarzer Schleier zog vor ihre Augen. Ihre Rechte stützte sich an der dunklen Holzsäule am Eingang ab. Sie atmete durch. Warum sollten sie sich die Mühe machen, ihren Vater im Betrieb zu ermorden? Während der Spätschicht? Wo ihnen jederzeit ein Augenzeuge über den Weg laufen konnte? Das alles ergab keinen Sinn! Noch immer das zitternde Zeitungspapier in der Linken, spürte sie den Schrei, der sich in ihrem Inneren ankündigte. Melinda beugte sich vornüber und schrie.

Sie schrie.

Nachdem Francesca das Gespräch mit Özcan beendet hatte, sah sie zum Museumsgebäude hinüber, von wo jetzt eine zierliche Frauengestalt im anthrazitfarbenen Kostüm auf sie zueilte. Die Kommissarin ging ihr einige Schritte entgegen. Statt eines Handschlags winkte sie mit ihren Händen, die immer noch in Nylonhandschuhen steckten.

„Mirjam Koenig. Ihr Sohn schickt mich", stellte sich die Frau vor. Sie warf einen zweifelnden Blick auf den Sprinter, dann einen erstaunten Blick auf den Dienstausweis der Kommissarin. „Ist dem Bild was passiert?"

Francesca runzelte die Stirn.

„Welchem Bild?“, fragte sie verblüfft zurück und steckte den Ausweis zurück in die Gesäßtasche ihrer Jeans.

„Der Wagen. Herr Timmermans. Wir warten schon seit drei Stunden auf ihn …“, gab sie ratlos zu verstehen.

„Der Fahrer des Museums?“

„Er hat auf unsere Anrufe nicht reagiert.“

„Herzinfarkt!“, sagte die Kommissarin und sah der Frau in die Augen.

„Oh je!“, erwiderte sie. Mit ausdrucksloser Miene machte Mirjam Koenig zwei Schritte auf den Wagen zu. Francesca hielt sie mit einem Griff am Oberarm zurück.

„Das ist Sperrgebiet“, rief sie. „Sie dürfen sich dem Wagen nicht nähern, tut mir leid!“

Die Museumsfrau war unschlüssig stehen geblieben. Als müsse sie ihre Beine vor weiteren Schritten bewahren, schlug sie die Arme vor die Brust.

„Der Notarzt ist unterwegs und meine Kollegen sind es ebenfalls“, erklärte Francesca. „Was ist mit dem Bild?“

„Der Notarzt? Dann lebt er noch?“

Francesca schüttelte langsam den Kopf.

„Warum haben Sie dann noch den Notarzt gerufen?“

„Weil ich den Exitus nicht feststellen darf. Das kann nur ein Arzt. Was mit dem Bild ist?“, beharrte sie.

Die Museumsangestellte schien sich zu sammeln.

„Herr Timmermans. Er hat ein Bild abgeholt. Aus den Niederlanden …“, brachte sie hervor und blickte sich auf dem Parkplatz um. „Wo steckt der Securitymensch?“

„Der Fahrer war in Begleitung?“

„Dann schauen Sie doch bitte nach. Ob das Bild noch da ist!“ Mirjam Koenig sah die Kommissarin flehend an.

„Gut, Sie warten hier bitte“, erwiderte Francesca und ging zur Rückseite des Lieferwagens. Einen Moment lang dachte sie an den Schlüssel, der vermutlich mit dem Zündschlüssel zusammen noch vorne im Schloss stak. Doch die Tür zum Laderaum war unverschlossen. Francesca wunderte sich, klappte die Türflügel weit auseinander und sah in das Zwielicht des Wageninneren. Erst auf den zweiten Blick entdeckte sie in der hinteren linken Ecke eine kleine, aluminiumfarbene Box, die aussah wie ein Aktenkoffer. Francesca kletterte auf die Ladefläche hinein und löste das Band, mit dem die Kassette an der Seitenwand gesichert war.

Plötzlich fiel ihr geübter Blick auf eine Blutspur auf dem weißen Lack der Seitenwand. Kaum handtellergroß, verschmiert. Unauffällig. Francesca sah sich im Wagen um, dann ging sie in gebeugter Haltung die drei Seiten der Ladefläche ab. Einige kaum wahrnehmbare Spritzer – ebenfalls Blut? – entdeckte sie auf der gegenüberliegenden Seite der Box, etwa auf Brusthöhe.

„Ist es noch da?", ließ sich von draußen die drängende Stimme der Museumsfrau vernehmen.

Ohne zu antworten, ergriff Francesca den Henkel der Kassette, die sich so leicht anfühlte wie ein leerer Koffer. Dass die Frau sich nicht mit dem Anblick des Toten konfrontieren wollte, dachte sie, war ja noch nachvollziehbar. Aber dass sie sich um irgendein Bild mehr sorgte als um das Ableben eines ihr bekannten Mitarbeiters? Sie stellte die Kiste am Rand der Ladefläche ab, kletterte aus dem Wagen und beorderte Frau Koenig mit einer Handbewegung zu sich.

„Fassen Sie bitte nichts an!", befahl sie.

Ohne dass in ihrem angespannten Gesichtsausdruck eine Veränderung zu bemerken wäre, machte die Frau einen halben Schritt zurück.

„Gott sei Dank, die Klimakiste!", stieß sie aus. „Können Sie die auch öffnen?"

„Klimakiste?", fragte Francesca.

„Ältere Werke müssen bei siebzehn Grad Celsius gehalten werden", dozierte Mirjam Koenig. „Und sie benötigen eine konstante Luftfeuchtigkeit. In Museumsräumen werden die Klimabedingungen ständig reguliert. Haben

Sie vielleicht schon mal gesehen bei einer Ausstellung. Die kleinen Dinger in den Ecken – Raumklimaanlagen."

Francesca nickte beiläufig und öffnete den Deckel der Klimakiste. Mirjam Koenig trat wieder einen Schritt näher. Beide blickten auf den oberen Rand eines in Noppenfolie eingeschlagenen Bildes.

„Ich muss mich davon überzeugen, dass es sich um das entsprechende Werk handelt", erklärte die Museumsfrau.

„Kann mir nur recht sein", antwortete Francesca, zog die Verpackung mit beiden Händen heraus und legte diese vorsichtig am Rand der Ladefläche ab. Das Bild verbarg sich unter dicken Lagen Folie und Klebeband. Die Kommissarin begann, das Klebeband abzuziehen, und schenkte Mirjam Koenig zwischendurch ein Lächeln.

„Ich weiß", sagte sie, „das ist normal Ihr Job ..."

Die Frau zuckte mit den Schultern und schien jede einzelne Handbewegung der Kommissarin unter das strenge Regiment ihrer Beobachtung gestellt zu haben. Endlich schlug Francesca das Verpackungsmaterial zur Seite. Zum Vorschein kam ein dünner Karton, kaum größer als ein DIN-A4-Blatt, bemalt mit Quadraten und Rechtecken in Weiß, Blau und Gelb, die in einem Raster von schmalen schwarzen Balken lagen.

Mirjam Koenig gab einen Seufzer der Erleichterung von sich, der aus den tiefsten Tiefen ihres beträchtlichen Busens zu kommen schien.

„Also – alles klar?" Francesca grinste, nicht ohne eine winzige Beimischung von Süffisanz.

„So was bekommt man nicht alle Tage", antwortete die Museumsfrau und strahlte Francesca unvermittelt an.

„Ja – entzückend! Und was soll das darstellen?"

„Ein Piet Mondrian. Komposition Nummer zwei mit Blau und Gelb, 1930. Unbezahlbar, eigentlich ... Nun verstehen Sie vielleicht, warum ich die ganze Zeit so einen Eiertanz um das Bild vollführt habe. Tut mir leid ..."

„Eigentlich?“, setzte sich die Kommissarin über die Entschuldigung hinweg.

„Das Original befindet sich bei Christie's unter dem Hammer.“

„Ich denke, dies hier ist das Original?“, hakte Francesca verwundert nach.

„Es ist eine Vorstudie.“

„Aber einen Wert wird sie schon haben, wenn sie hier extra mit Klimakiste angeliefert wird und so…“

„Elf“, war die knappe Antwort.

„Tausend?“

Bei diesem Stichwort huschte ein spöttisches Grinsen über die Lippen der Museumsfrau.

„Millionen“, gab sie Auskunft. „Elf Millionen. Können wir es wieder einpacken?“

„Nicht, dass dem Bild noch was passiert?“ Francesca konnte sich ihren Spott nicht verkneifen.

Mirjam Koenig streckte ihre Hände aus. Bedrohlich näherten sie sich dem Kunstwerk.

„Finger weg!“, kam es der Kommissarin über die Lippen.

Frau Koenig zuckte zurück und sah sie verblüfft an. Francesca entschuldigte sich sogleich.

„Ich will es nur in Sicherheit bringen!“, sagte die Museumsfrau vorwurfsvoll.

„Für die Sicherheit dieses Bildes bin nun erst einmal ich zuständig“, erwiderte Francesca.

„Soll das heißen…“

„Ich muss es beschlagnahmen. Vorübergehend.“

Mirjam Koenig starrte die Kommissarin ungläubig an und schluckte. Sorgsam wickelte Francesca wieder die Noppenfolie um das Bild, befestigte das Klebeband, so gut es ging, schob das Bild in die Klimakiste zurück und schloss den Deckel. Sie rückte die Kassette einige Zentimeter in den Laderaum zurück, dann schloss sie die Türen

des Fahrzeugs, blickte auf die Museumsfrau hinab, die ihr kopfschüttelnd zugesehen hatte, und sagte:
„Keine Bange. Es ist doch versichert, oder?“

Ruhe, verdammt!“

Eine brachiale Männerstimme hatte Melindas Schreien unterbrochen und ihr die Besinnung zurückgebracht. Irgendwo in einem Haus des kleinen Hinterhofes am Alten Rathaus war ein Fenster zugeknallt worden.

Melindas Atem vibrierte. Sie starrte vor sich hin und hoffte, dass das Atmen regelmäßiger würde. Aus den Augenwinkeln nahm sie wahr, dass irgendwelche Leute die Passage zwischen der Rathaus- und der Katharinenstraße querten, und sah auf. Ein junges Paar mit Kinderwagen, bepackt mit Einkaufstaschen eilte über den kleinen Platz und warf ihr verschämte Blicke zu.

Sie erhob sich, schulterte ihre Handtasche und warf einen letzten Blick auf die Zeitungsmeldung, ehe sie das Papier zusammenknüllte und mit einem hasserfüllten Wurf vor die Eingangstür schleuderte. Sollten sich andere um den Müll kümmern, den sie auf dieser Erde verbreiteten! Dann entschloss sie sich, den unseligen Ort zu verlassen.

Sie kehrte rechter Hand zur Rathausstraße zurück. Marktstände, reichlich mit Fisch, Fleisch, Käse, Obst und Gemüse bestückt, säumten den Weg. Käufer mit Körben und Tüten schlenderten oder eilten die Straße entlang. Jetzt erst bemerkte sie die gleißende Helligkeit, die eine strahlende Vormittagssonne großzügig über die Sonnenschirme und Bedachungen der Verkaufsstände goss. Linker Hand öffnete sich ein lebhafter Wochenmarkt. Vor den Rathausarkaden war der Platz mit Stühlen und Bistrotischchen bestückt, wo die Besucher ein erstes oder zweites Frühstück genossen oder bereits zu einem Weizenbier übergegangen waren.

Melinda versuchte, die in ihr aufsteigende Sehnsucht nach einem ruhigen, genussreichen, normalen Leben zu unterdrücken. Sie musste eine Telefonzelle finden – sich Gewissheit verschaffen. Noch immer hoffte sie, die Meldung der Bildzeitung sei ein Fake. Als sie die Rathausstraße schräg überquerte, bemerkte sie das Polizeifahrzeug, das offenbar lautlos hinter ihrem Rücken herangefahren war und jetzt langsam in die Passage am Alten Rathaus einbog. Hatte die Männerstimme am Fenster die Polizei gerufen? Oder suchte man nach ihr im Zusammenhang mit der Ermordung ihres Vaters?

„Scheiß Telekom!", entfuhr es ihr, als die Münzen scheppernd durchfielen. Die Reihe von Telefonhäuschen war unvermittelt neben dem großen Briefkasten hinter dem Käsestand aufgetaucht. Sie versuchte es in der nächsten Kabine. Jahrelang hatte sie keine Telefonzelle mehr benützt. Hier stank es nach Urin und Schweiß, wie früher. Sie wählte die Handynummer ihrer Mutter – froh, dass sie diese auch auf der Festplatte ihres Gehirns gespeichert hatte. Niemand nahm ab. Aber warum sprang nicht einmal die Mailbox an?

Sie würde es später noch einmal versuchen. Froh, wieder frische Luft atmen zu können, ging sie einige Schritte weiter und ließ ihren Blick über das Marktgeschehen gleiten, sortierte die Bewegungen der Menschen, ihre Gesichter, immer auf der Suche nach jemandem, der sich ihr bedrohlich nähern könnte. Aber kein brauner Hut bewegte sich in der Menschenmenge. Niemand offenbar, der sie beachtete. Nur die üblichen Blicke vorüberziehender Männer und manchmal auch von Frauen, die sie kurz taxierten. Sie trat vor ein Schaufenster und fuhr mit gespreizten Fingern durch ihre Haare, zog ihr zerknittertes T-Shirt zurecht. Als sie die Bücher wahrnahm, die im Schaufenster ausgestellt waren, warf sie einen Blick in die Höhe über der Eingangstür. „Osiander.de“ stand dort in roten Lettern.

Eine bleierne Müdigkeit überfiel sie. Sie musste ihre Mutter erreichen. Sie würde es wieder und wieder versuchen müssen. Also abwarten. Aber wohin konnte sie sich zurückziehen? Irgendwo in der Nähe der Telefonzellen – aber nicht im „Alexandre“ vor dem Rathaus. Die Menschenmenge, die sich dort in gute Stimmung brachte, würde sie nicht ertragen. Außerdem wäre sie dort den Blicken der Vorübergehenden ausgesetzt und ständig auf der Hut. Sie starrte auf die Bücher im Schaufenster, ohne wirklich etwas zu sehen, aber dann machte ein Wink ihres Unterbewusstseins sie unverhofft auf einen Schriftzug aufmerksam. Auf einem Plakat neben den Büchern wurde für eine Autorenlesung geworben. In Zusammenarbeit mit der Stadtbibliothek Reutlingen.

Die Stadtbibliothek! Ihr Vater hatte ihr damals das Gebäude von außen gezeigt und ihr einen Vortrag über die Vorzüge und Nachteile zeitgenössischer Architektur gehalten. Von einer Passantin ließ sie sich den Weg erklären. Das Gebäude lag nur eine halbe Gehminute von ihrem jetzigen Standort entfernt und wenig später schon befand sie sich zwischen den hohen Regalen im ersten Obergeschoß. Versteckte Leseecken luden zum Verweilen ein mit großen, bequemen Sesseln. Wahllos griff sich Melinda ein Buch und zog sich in einen der kleinen Erker zurück, um die Zeit mit Lesen zu überbrücken. Hier würde niemand sie stören. Und in einer halben Stunde würde sie es noch einmal bei ihrer Mutter versuchen.

Der Dreiklang eines Gongs ließ sie hochschrecken. Abrupt drehte sie sich um. Sie musste eingeschlafen sein. Das Buch lag aufgeschlagen zu ihren Füßen. Durch die gläsernen Wände des Glaserkers, der vorhin im Schatten gelegen hatte, brannte ihr jetzt die Sonne ins Gesicht. Eine Lautsprecherstimme verkündete, es sei gleich 13 Uhr, und bat die Besucher zur Buchungstheke.

Sie musste wohl sehr erschöpft gewesen sein. Sie legte das Buch in eines der nebenstehenden Regale, verließ das Gebäude und strebte zur Telefonzelle am Markt zurück. Auf dem leeren Marktplatz räumten Fahrzeuge der Stadt die Reste fort.

Wieder nahm ihre Mutter nicht ab. Wieder sprang ihre Mailbox nicht an. Eine Spur von Besorgnis mischte sich in ihre Gedanken. Der Tag würde vergehen, ohne dass sie wissen würde, was wirklich geschehen war!

Kurz darauf fuhr sie die Rolltreppen im Innern des Bücherladens hinab in die Presseabteilung. Wenn sie auch ihre Mutter nicht fragen konnte – es gab noch andere Zeitungen als „Bild". Auf einer großen Auslage stapelten sich die Presseerzeugnisse. Sie starrte auf die Titelseite des „Reutlinger General-Anzeigers". Dort fand sich kein Foto ihres Vaters – aber die rechte Spalte titelte mit derselben Schlagzeile, die sie kannte: *MORD BEI RITTER SPORT!*

Für einen Moment schloss sie die Augen, meinte, sich übergeben zu müssen – mit solcher Wucht schoss die Magensäure in ihren Mund. Sie öffnete die Augen wieder und beugte sich zu der Zeitung hinab. Sie musste sich zwingen, den Text des Artikels zu lesen. Jemand rempelte sie an und nuschelte eine Entschuldigung.

Joachim G., stand da. Also kein Zweifel. Sie schluckte die Magensäure herunter. Ihr Vater war tot. Nur, dass hier nichts von einer Conche stand, in die er gefallen und in der er erstickt war. Über die Todesursache stand hier überhaupt nichts. Auch nicht über den Tathergang. Es hieß lediglich – die einzige Aussage, die mit dem Artikel der Bildzeitung übereinstimmte –, das LKA halte sich mit konkreten Aussagen derzeit bedeckt. Aber warum das Landeskriminalamt, fragte sie sich. Das ermittelte nicht bei jedem x-beliebigen Mordfall, wusste sie.

Plötzlich stand ihr Entschluss fest. Sie würde sich der Polizei stellen. Mit Hilfe ihres Navis würde sie die nächstgelegene Polizeidienststelle finden.

Sie verließ die Osiander'sche Buchhandlung, lief an der Rückseite des Rathauses vorbei. Es war nicht derselbe Weg, der sie hergeführt hatte – aber die Richtung stimmte. Immer wieder sah sie sich sichernd um. Hinter der Stadtbibliothek überquerte sie an einer Fußgängerampel die vierspurige Durchgangsstraße und stieß auf eine Baustelle. Für einen Moment blieb sie stehen, um sich zu orientieren. Wo war denn der Treppenaufgang zur Pomologie? Vielleicht täuschte sie sich auch – zu verschwommen, zu vage erschien ihr die Erinnerung, in der sie als Kind und noch einen Tag zuvor durch diese Gegend gezogen war. Sie schlug einen Bogen um die Baustelle, strebte die Alteburgstraße hoch und erinnerte sich dann doch an den hübschen Erker, den das nächste Eckhaus zierte. Sämtliche Absperrungen und Schilder ignorierend, die Fußgänger auf die der Großbaustelle gegenüberliegende Straßenseite verwiesen, fand sie linker Hand zurück zu dem kleinen Treppenaufgang zum Park, den sie am Vortag benutzt hatte. Sie durchquerte die Pomologie und fand auf der anderen Seite zurück zur Bellinostraße.

Als endlich der Corsa wieder in ihr Blickfeld kam, verlangsamte sie ihre Schritte, um sich nach allen Seiten hin zu vergewissern, dass die Luft rein war. Einige Meter weiter, sie war schon fast an der Fahrertür ihres Wagens, da preschte ein weißer BMW heran. Melinda zuckte zusammen und fuhr herum.

Mit quietschenden Reifen stoppte der Wagen hinter ihr. Die Tür flog auf, ein Mann schoss vom Rücksitz und schlang ihr von hinten die Arme um den Körper. Arme, die sich anfühlten wie ein Band aus Stahl. Melinda wollte schreien – doch sie schnappte nur nach Luft. Unbarmherzig wurde sie auf den Rücksitz gezerrt.

Die Wagentür wurde verriegelt und der BMW preschte mit einer Geschwindigkeit los, die Melinda wie in einem startenden Flugzeug in den Rücksitz presste. Sie starrte in das gerötete Gesicht neben ihr – Mirko.

Alle Kraft wich aus ihrem Körper. Sie senkte den Kopf.

„Na, Vögelchen“, stieß er hervor. Er zog seinen Lederhut aus dem Fußraum, klopfte die Beulen zurecht und setzte ihn auf den Kopf. „Zurück in deinen Käfig! Hast uns lange genug auf Trab gehalten …“

Melinda schluchzte.

„Wir machen nur einen kleinen Ausflug in deine alte Heimat“, fuhr er fort. „Und wenn das Vögelchen uns gibt, was wir brauchen, dann lassen wir es wieder fliegen!“

Melinda hob den Blick und sah auf den feisten Nacken des Fahrers, auf dem ein kantiger, kurz geschorener Kopf saß. Dann stießen ihre Augen auf die Rechte, die das Lenkrad mit nur vier Fingern umschlossen hielt. Der Zeigefinger ragte in die Luft. Im nächsten Moment spürte sie Mirkos Griff am Kinn.

Mirko drehte ihren Kopf zu sich und sah sie mit zusammengekniffenen Augen an.

„Die Unterlagen, die du für deinen Vater aufbewahrst“, begann er zu erklären. „In deiner Wohnung stecken sie nicht …“

Melinda hielt Mirkos Blick stand. Ein Schub von Hass, den sie plötzlich in ihrem Bauch spürte, ließ die Kraft in ihren Körper zurückströmen. Ohne den Blick von ihm zu nehmen, riss sie ihr Kinn los. Als wäre ein Schalter in ihrem Kopf umgelegt worden, sagte sie tonlos:

„Mein Vater? Mein Vater ist tot.“

„Mein aufrichtiges Beileid!“, grinste Mirko.

Sein Spott schien unerträglich.

„Ihr habt ihn auf dem Gewissen!“, schrie sie – plötzlich außer sich. „Und da soll ich bei eurem Spiel noch mitmachen?“

Der Schlag traf sie unvorbereitet, mitten ins Gesicht. Taumelnd sackte sie zur Seite.

„Das war noch für das heiße Wasser, du Schlampe!“, erklärte er, indem er jedes einzelne Wort hervorpresste.

Melinda tastete nach ihren Nasenflügeln, dann betrachtete sie das helle, schimmernde Blut an ihrem Mittelfinger. Sie ließ die Hand sinken und wimmerte in sich hinein. Aber in ihrem Innern baute sich weiter Hass auf.

„Warum habt ihr das getan?“, fragte sie schließlich leise.

Mirko setzte sich breitbeinig hin und kratzte sich am Geschlecht. Er schien zu überlegen. Schließlich brachte er mit ruhiger Stimme hervor:

„Wer sagt dir denn, dass wir das waren? Schließlich ist es ja in seinem Betrieb passiert. Vielleicht war es ja ein Arbeitsunfall …“

„Ein Unfall?“ Melinda verfiel in ein hysterisches, höhnisches Gelächter. „Du liest wohl keine Zeitung, was?“

„Bei Ritter Sport. Das wäre mir viel zu riskant gewesen …“, kam die Antwort.

Für eine Weile saßen sie nebeneinander ohne ein weiteres Wort. Melinda riskierte einen Blick aus dem Fenster. Sie befanden sich auf der Schnellstraße nach Tübingen.

„Ich weiß nicht, was ihr von mir wollt“, brach sie endlich das Schweigen. „Auf meiner Kurierfahrt nach Lodz – das kann man doch so nennen?“ Sie wandte leicht den Kopf und beobachtete Mirko aus den Augenwinkeln. Aber der hatte das Gesicht zur anderen Seite hin abgewandt. „Ich habe damals alles ausgeführt, wie du es mir vorgegeben hast. Ich hab mich ja nicht mal getraut, nachzusehen, was ich da eigentlich transportiere …“

„Deshalb bist du ja noch am Leben“, kam es von der anderen Seite.

„Noch?“

Sie leckte sich das Blut von den Lippen, zog ihre Handtasche, die vor ihr im Fußraum lag, auf ihre Knie, öffnete den Reißverschluss, kramte ein Papiertaschentuch hervor und drückte es unter die Nase. Die Finger der anderen Hand spürten dem Zahnstocher nach. Schließlich ergriff sie das durchbohrte Foto und hielt es Mirko vor das Gesicht. Der Zahnstocher fiel in den Fußraum.

„Und was bedeutet das hier?"

Ihre Frage ignorierend wandte ihr der Mann mit dem Hut wieder seine blasierte Miene zu.

„Du hast doch immer alles brav abgeheftet", sagte er.

„Was das hier soll!", beharrte sie und wedelte mit dem Foto.

Mirko schlug es ihr aus der Hand.

„Das weißt du doch selbst!"

Melinda wollte nach dem Foto greifen, das auf den schmalen Spalt zwischen ihren Körpern auf den Rücksitz gesegelt war, doch Mirkos Hand war schneller. Er zerriss es und ließ die Fetzen wie Krümel in den Fußraum fallen.

„Es geht um ein Bild", fuhr er fort. „Das große Bild aus eurer Wohnung – deiner früheren Wohnung. Der Wohnung deines Vaters."

Melinda runzelte die Stirn.

„Der Kaufvertrag. Es geht um den Kaufvertrag für dieses Bild. Du musst eine Kopie davon haben."

„Muss ich?", kam es ihr hämisch über die Lippen, ohne nachgedacht zu haben.

Mirko ballte die Fäuste in seinem Schoß.

„Ach, die Fälschung…"

Mirko öffnete die Fäuste und schob seine rechte Hand vor seine Augen. Er betrachtete seine Fingernägel und lächelte.

„Na also, geht doch!"

Melinda prüfte das vollgesogene Taschentuch, drehte es um und drückte es wieder unter die Nase.

„Dann höre ich jetzt bestimmt auch gleich, wo du den

Ordner hast", sagte er und klopfte ihr kumpelhaft aufs Knie.

Melinda zog ihren Schenkel unter seiner Hand weg und flüsterte:

„Ich bin mit tausend Sachen umgezogen. Ich weiß es nicht."

„Dann will ich deiner Erinnerung mal auf die Sprünge helfen. Wenn die Kopie nicht in der Wohnung deines Vaters ist und auch nicht in deiner, dann muss es ja noch eine dritte Möglichkeit geben."

Mirko legte eine kurze Pause ein.

„Oder sollen wir deine Mutter mal fragen?"

Melinda fuhr herum.

„Lass meine Mutter aus dem Spiel!", zischte sie.

„Du lässt mir keine andere Möglichkeit..."

Melinda warf wieder einen Blick aus dem Fenster. Der Wagen näherte sich Bebenhausen. Ein zitternder, hilfloser Seufzer entrang sich ihrer Brust. Sie musste eine Entscheidung treffen. Bevor ihrer Mutter auch noch etwas passierte...

„Das Problem ist, ich habe keinen Schlüssel zu meiner Garage", sagte sie schließlich zum Fenster hin.

„Deine Schlüssel?" Er lachte und klopfte auf seine Hosentasche. „Die sind bei mir gut aufgehoben!"

Melinda lehnte sich zurück und schwieg. Ein Schweigen, das er als Zustimmung deutete.

Noch ehe der Notarzt eingetroffen war, hatte Francesca Mirjam Koenig entlassen mit der Bitte, für den morgigen Vormittag alle Mitarbeiterinnen und Mitarbeiter des Museums zusammenzutrommeln, die Kontakt zu Arjen Timmermans gehabt hatten, einschließlich der Museumsleitung. Da der Verdacht bestand, dass der Fahrer keines natürlichen Todes gestorben war, müsse sie eine Befragung durchführen, zu der sie noch einige Kollegen mitbringen würde.

„Gibt es Angehörige, die wir verständigen müssen?"

Mirjam Koenig hatte verneint. Ganz sicher sei sie sich nicht, aber soviel ihr bekannt sei, habe Herr Timmermans alleine gelebt. Sie werde aber noch einmal seine Personalakte einsehen.

Francesca hatte sich bedankt.

„Und unser Mondrian?", hatte die Koenig noch nachgefragt. „Sie wissen, es geht um einige Millionen!"

Francesca hatte wenig Verständnis für diese Frage gezeigt.

„Ja – aber es ist ja nicht Ihr persönliches Geld", hatte sie erwidert und hinzugefügt, sie möge doch morgen alle verfügbaren Informationen über das Kunstwerk bereithalten.

Zähneknirschend, wie es der Kommissarin schien, hatte die Museumsfrau die Aufforderung zur Kenntnis genommen und sich mit einer knappen Grußformel von ihr verabschiedet.

Der Notarzt, der zu diesem Zeitpunkt eingetroffen war, hatte die Leiche untersucht. Jetzt, da er den Totenschein ausstellen wollte, zögerte er und sah die Kommissarin fragend an.

„Herzversagen", stellte er fest. „Aber die Sache mit dem Spray ..."

„Ja?"

„Sie sagten ja, ich darf nichts anfassen da auf dem Beifahrersitz. So ein Spray ... Normalerweise wirkt das sofort und verschafft bei einem akuten Anfall wenigstens kurzfristig Linderung", erklärte er. „Aber der Mann hat es ja nicht mal mehr aus dem Auto raus geschafft!"

„Die Leiche wird sowieso obduziert", erwiderte Francesca.

Der Arzt knipste seinen Kuli an.

„Dann schreib ich Herzversagen – Fremdeinwirkung – Fragezeichen“, entschied er sich.

Noch während er sich verabschiedete, stoppten mehrere schwarze Limousinen vor dem Besucherparkplatz. Özcan und Stefano entstiegen ihren Fahrzeugen, im Gefolge ein ganzer Trupp von Kriminaltechnikern, die sich von Francesca als Erstes zeigen ließen, in welchem Umkreis sie das Absperrband anzubringen hätten.

Özcan trat auf seine Kollegin zu, aber Francesca wandte sich zunächst an Stefano.

„Auf dem Beifahrersitz. Das Nitrospray. Das ist das Wichtigste im Moment. Bitte weise Doktor Pappel darauf hin. Und als Zweites: Im Laderaum sind Blutspuren.“

Stefano nickte und machte auf dem Absatz kehrt.

„Und für dich habe ich auch was!“, sagte sie zu Özcan und forderte ihn auf, ihr zu folgen. Sie öffnete die hintere Tür des Lieferwagens und tippte auf die Klimakiste.

„Rate mal, was wir da haben!“

„Einen Geldkoffer“, vermutete Özcan und schirmte seine Augen gegen die Nachmittagssonne ab.

„So könnte man es auch nennen“, antwortete Francesca. „Ein Bild. Ein Bild im Wert von elf Millionen. Angeblich.“

Özcan stieß einen Pfiff aus. Im nächsten Moment verfinsterte sich seine Miene.

„Schon wieder Kunst?“

„Die Frau vom Museum war todunglücklich, dass sie es nicht mitnehmen durfte.“

„Ist ja nicht ihr Bild.“

„Das muss gleich zu Abby Sciuto!“, sagte Francesca.

„Abby Sciuto?“, fragte Özcan irritiert.

„Die Molekularbiologin.“

„Ja, klar“, lachte er. „Eva Reineke.“

„Genau – entschuldige.“

„Etwa auch ’ne Fälschung?“

„Wird sich herausstellen.“

Özcan war während des Gesprächs von einem Bein auf das andere getreten. Nun fasste er sie an der Schulter. „Aber pass mal auf jetzt. Wir müssen gleich wieder weg!“

„Nun lass dir doch erstmal alles erklären!“, widersprach sie.

„Die Jungs machen das hier schon. Aber der Hausmeister hat angerufen.“

„Welcher Hausmeister?“

„Na der von Melinda Rosenfeldts Wohnung. Ihm ist nämlich plötzlich noch was eingefallen. Angeblich hat er vergessen, uns zu sagen, dass Melinda Rosenfeldt noch eine Garage in der Tiefgarage besitzt.“

„Eine Garage in der Tiefgarage?“

„Na ja, du weißt doch. So einen extra Abstellplatz, der abschließbar ist.“ Er zwinkerte sie an. „Mit ’ner richtigen Tür davor!“

„Das fällt ihm aber bald ein!“, erwiderte Francesca. „Und warum die Eile?“

„Er wartet schon auf uns. Mit dem Schlüssel. Und lässt das Rollgitter für uns hoch.“

Noch auf dem Besucherparkplatz des Museums hatten sie sich darauf geeinigt, Francescas Wagen zu nehmen. Wenige Minuten später bereits trafen sie bei der Wohnanlage *Am Waldrand* ein.

„Er hat daran gedacht“, ließ Özcan verlauten.

„Woran?“

„An das Rollgitter.“

Langsam ließ Francesca den Volvo die schmale Auffahrt hinabgleiten und schaltete das Licht an. Özcan deutete mit einer Handbewegung nach rechts.

„Ganz hinten soll es sein, eine von mehreren abschließbaren Garagen ..."

Francesca steuerte um die Ecke. Plötzlich hielt sie den Wagen an und schaltete das Licht wieder aus. Ein weißer Wagen stand parallel zur Garagenfront, das Licht eingeschaltet. Der Motor lief. Im Dämmerlicht sahen sie den Fahrer, der, von ihnen abgewandt, zu einem großen Mann mit Hut und einer zierlichen Frau sah. Diese standen neben dem weißen Fahrzeug vor einer der geschlossenen Garagen und waren gerade dabei, diese zu öffnen. Da trat der Hausmeister durch die Stahltür. Er blinzelte, sah den weißen Wagen, trat einen Schritt vor, verharrte und ließ die Tür hinter sich ins Schloss fallen.

Francesca und Özcan sahen sich verblüfft an. Sie drückte das Gaspedal durch. Mit quietschenden Reifen fuhr sie vor.

Wie auf ein Kommando drehten sich der Fahrer und das Pärchen zu dem heranpreschenden Volvo um. Der Mann vor der Garage schien einen Augenblick lang zu zögern.

Im selben Moment hatte das Mädchen offenbar den Hausmeister entdeckt und rannte auf ihn zu.

Francesca stoppte den Volvo direkt vor der Schnauze des weißen Wagens. Doch da hatte der Mann mit dem Hut schon die Beifahrertür aufgerissen und sich in den Wagen geschwungen. Der Fahrer setzte zurück.

Der Bolide preschte los. Ein Schuss peitschte. Reflexartig gingen die Kripoleute hinter dem Armaturenbrett in Deckung. Die Frontscheibe zersplitterte. Der Wagen schoss an ihnen vorbei.

Vorsichtig hob Francesca den Kopf. Da blitzte aus dem offenen Seitenfenster des davonrasenden Wagens weiteres Mündungsfeuer. Sie duckte sich weg. Das Sirren der Geschosse hallte in der Tiefgarage wider. Das Mädchen schrie.

Als der Wagen fort war, fanden Francesca und Özcan langsam wieder in ihre Sitzposition zurück.

„Was passiert?", fragte sie und taxierte ihren Kollegen

mit einem raschen Blick. Sie krallte sich am Lenkrad fest, zitterte am ganzen Körper.

Özcan – mit weggetretenem Gesichtsausdruck, bleich – deutete ein Kopfschütteln an. Das Mädchen schrie noch immer.

Wie in Trance legte Francesca den ersten Gang ein und fuhr los. Der Wagen rumpelte einige Meter voran.

Özcan zog die Handbremse.

„Spinnst du?"

Francesca ließ die Arme fallen.

„Ruf Brettschneider. Ringfahndung", presste sie tonlos hervor, stieg aus und warf einen kurzen Blick auf den platten Vorderreifen.

Das Mädchen hatte seine Arme um den Hals des Hausmeisters geschlungen, der in Schockstarre mit dem Rücken zur Stahltür stand und es an sich drückte. Das Schreien ging in ein Wimmern über.

Noch immer wie betäubt ging die Kommissarin mit unsicheren Schritten auf die beiden zu. Auf dem Rücken des Mädchens war kein Blut zu sehen. Also kein Querschläger, ging es ihr durch den Kopf. Sie wischte sich mit dem Handrücken über die Augen, nickte dem Hausmeister zu und berührte die junge Frau an der Schulter.

„Frau Rosenfeldt?", fragte sie mit einem Zittern in der Stimme.

Melindas Körper wurde von einem konvulsivischen Schluchzen erschüttert.

Mit einem Augenzwinkern bestätigte der Hausmeister die Vermutung der Kommissarin.

„Francesca Molinari. Ich bin vom LKA. Es ist niemand verletzt."

Langsam löste sich Melinda von der Brust des Mannes und hauchte ihm ein „Danke" zu. Dann drehte sie sich zu der Kommissarin um.

Erschrocken sah Francesca ihr ins Gesicht.

„Sie bluten ja!“

„Sie auch“, erwiderte Melinda.

Verblüfft sah Francesca an sich herab.

„An der Stirn!“

Vorsichtig glitten Francescas Fingerspitzen an ihrem Haaransatz entlang, bis sie auf eine feuchte Stelle trafen.

„Tut nicht mal weh“, sagte sie und betrachtete das Blut an ihren Händen. „Dann muss ich doch einen Glassplitter abgekriegt haben ... Sieht es schlimm aus?“

Melinda sah angestrengt auf die Stirn der Kommissarin und wiegte leicht mit dem Kopf.

„Geht so.“

Francesca fasste sie am Unterarm.

„Kommen Sie ...“, bat sie sanft.

Sie öffnete den Kofferraumdeckel, zog den Verbandskasten heran und kramte ein Päckchen blutstillender Watte hervor, das sie Melinda in die Hand drückte mit der Frage, ob sie geschlagen worden sei.

Melinda bejahte, deutete jedoch mit einer Handbewegung an, dass sie nicht darüber sprechen wollte.

Francesca bat sie, auf dem Rücksitz Platz zu nehmen, setzte sich neben sie und schloss die Wagentür.

Özcan, immer noch auf dem rechten Beifahrersitz, drehte sich zu ihnen um. Besorgt begrüßte er Melinda mit einem Kopfnicken, dann fragte er Francesca:

„Hast du das Kennzeichen noch mitgekriegt?“

Francesca schüttelte den Kopf. Özcan schlug mit der Faust auf das Armaturenbrett.

„Verdammt – es ging alles so schnell! Aber Brettschneider ist unterwegs. Und die Fahndung ist raus.“

„Wir kriegen sie“, sagte Francesca zu Melinda. Es sollte wie ein Trost klingen, aber ihre Stimme war löchrig. Melinda zupfte ein Stück Watte ab und drückte es Francesca in die Hand. Die Kommissarin bedankte sich.

„Können Sie ...? Sie räusperte sich. Und ohne die Reaktion der jungen Frau abzuwarten: „Dann erzählen Sie mal…"

„Mein Vater!", brach es aus Melinda heraus. „Stimmt es, dass er ermordet wurde?"

Francesca senkte den Blick.

„Sie wissen es schon, aus der Zeitung…"

„Und warum?"

„Wir wissen es noch nicht. Aber vielleicht können Sie uns dabei helfen. Was waren das für Typen?"

„Ach!" Verächtlich drehte Melinda den Kopf weg. „Sie wollten an Kopien ran…"

„Das haben wir schon vermutet. Deshalb sind wir da. Und gerade noch rechtzeitig…"

Melinda wandte sich wieder der Kommissarin zu. Sie hatte die blutstillende Watte auf ihrer ausufernden Wunde verteilt wie eine merkwürdige Maske. Ihr Gesicht hellte sich ein wenig auf.

„Irgendwo in einem meiner Umzugskartons. Mein Vater sagte, er sei betrogen worden. Die Beweise hätte er in einer Klarsichthülle. Er hat mir die Kopien anvertraut. Ich weiß nur, dass… Er hatte sein teuerstes Bild untersuchen lassen, es hat sich als Fälschung erwiesen. Er hat gesagt, er werde sich das nicht gefallen lassen und alle diese Halsabschneider, die es nur auf das Geld der wahren Kunstliebhaber abgesehen hätten, zur Strecke bringen. Er verfluchte die Galeristen. Pauschal. So sehr, wie er sie all die Jahre verehrt hatte – jetzt hasste er sie. Ihr ganzes Getue, ihre Sucht nach Glanz und Prestige… Todunglücklich war er. Meine Mutter hat ihm nicht verziehen, dass er eine Hypothek aufgenommen hat auf unser Reihenhaus – für eine Fälschung…"

„Für einen gefälschten Calderara", unterbrach Francesca Melindas Redeschwall.

Melinda standen die Tränen in den Augen.

„Er war sein Lieblingsmaler!", sagte sie wie zur Beteuerung.

„Kennen Sie den Mann mit dem Hut?" Özcan hatte seinen Körper nach hinten gewandt und sah Melinda jetzt direkt an.

Melinda sah auf ihre Hände, die im Schoß lagen und die sie so verkrampft knetete, dass die Knöchel weiß hervortraten.

„Mir ist schlecht", flüsterte sie.

Francesca sah sie besorgt an.

„Haben Sie Hunger?", riet sie.

Melinda nickte. Mit einer Kopfbewegung gab Francesca Özcan ein Zeichen.

„Im Handschuhfach…"

Özcan beugte sich vor und brachte eine angebrochene Schokoladentafel zum Vorschein. *Weiße Voll-Nuss.*

„Ist gerade alles, womit wir dienen können", sagte er.

Melinda nahm die Tafel an sich.

„Ritter Sport?"

Francesca räusperte sich.

„Ein wenig unpassend gerade, ich weiß…"

Melinda machte eine wegwerfende Handbewegung und brach sich einen Riegel ab.

Özcan wiederholte seine Frage.

„Der Mann mit dem Hut…"

„Mirko", kam es aus dem kauenden Mund.

„Mirko", hielt Francesca fest. „Und weiter?"

Melinda schluckte.

„Weiß ich nicht…"

„Und woher kennen Sie ihn?", hakte Özcan nach – ohne die Erwartung, eine befriedigende Antwort zu erhalten.

Melinda zuckte mit den Achseln.

„Das ist eine längere Geschichte…"

„Gut", schaltete sich Francesca wieder ein. „Wir kommen darauf zurück…"

Der Hausmeister stand vor der Motorhaube und rief durch die zerschossene Frontscheibe:

„Brauchen Sie mich noch?"
„Ja", rief Özcan zurück. „Den Garagenschlüssel!"
Der Hausmeister warf dem Kommissar den Schlüssel zu und verabschiedete sich.
Francesca wandte sich wieder Melinda zu.
„Und was ist mit dem anderen, dem Fahrer?"
Gierig griff Melinda wieder zu der Schokolade.
„Hab ich noch nie gesehen ..."
„Aber Sie sind schon in der Lage, von beiden eine Personenbeschreibung zu liefern?", fragte Francesca. „Für ein Phantombild?"
Der zweite Schokoriegel näherte sich Melindas Mund. Doch ehe sie zubiss, hielt sie inne.
„Den Fahrer habe ich nur von hinten gesehen. Aber da war noch was anderes ..." Melinda starrte auf Özcans Rückenlehne.
Francesca beugte sich etwas vor, um Blickkontakt herzustellen.
„Ja?"
„Also der Fahrer. Seine Hand. Die ist irgendwie ... verkrüppelt ..."
„Wie: verkrüppelt?"
„Der Handrücken. So als hätte er sich verbrannt oder verbrüht irgendwie. Und sein Finger. Der Zeigefinger. Als hätte jemand daran herumgeschnippelt."
Francesca und Özcan warfen sich einen aufmerkenden Blick zu.
„Die Fingerkuppe", präzisierte Melinda. „Der fehlt die Hälfte."
In diesem Moment drang das Quietschen von Reifen ins Wageninnere. Francesca und Özcan blickten auf die sich nähernden Scheinwerfer und Melinda stopfte sich den Riegel in den Mund und den Rest der Schokolade schnell hinterher.
Als die beiden Kripobeamten den Volvo verlassen hatten,

stand Brettschneider bereits vor der Motorhaube. Sein Blick schweifte um die zerborstene Frontscheibe und wanderte hinab zu dem platten Reifen. Ohne Umschweife kam er zur Sache.

„Das Fahrzeug der Täter ist sichergestellt“, berichtete er knapp. „Aber die Täter sind flüchtig.“

Auch an diesem Abend war es spät geworden, ehe Francesca nach Hause zurückkehren konnte.

Noch in der Tiefgarage in Waldenbuch hatte sie Brettschneider gebeten, die Sichtung von Melindas Umzugskartons direkt vor Ort in Angriff zu nehmen und sie nicht erst nach Stuttgart transportieren zu lassen. Die Zeit lief ihnen davon, befürchtete sie. Brettschneider war nichts anderes übrig geblieben, als die Ärmel hochzukrempeln und sich auf eine lange Nacht vorzubereiten, denn da alle verfügbaren Kriminaltechniker im Einsatz waren, konnte er nur noch auf die Mithilfe seines eigenen Polizeipraktikanten aus Böblingen hoffen.

Stefano und seinen Leuten erging es nicht viel anders. Der Lieferwagen, den Timmermans gesteuert hatte, und der BMW X4 der Flüchtigen, der in kürzester Zeit im nahe gelegenen Industriegebiet Plattenhardt verlassen aufgefunden worden war, waren ins Kriminaltechnische Institut überführt worden. Eine Vielfalt und Vielzahl von Spuren mussten sichergestellt und ausgewertet werden. Auch der Rechtsmediziner Dr. Hieronymus Pappel konnte die Untersuchung von Timmermans Leiche nicht auf morgen verschieben.

Als sie mit Özcan und Melinda in einem Streifenwagen nach Stuttgart zurückgekehrt war, sorgte Francesca als

Erstes dafür, dass ein Phantombild des Mannes mit dem Hut angefertigt wurde, von dem Melinda nur den vermeintlichen Vornamen kannte. Hingegen konnten sie ihre Aussage, was die halbe Fingerkuppe des Fahrers anging, als Indiz dafür werten, dass dieser mit ziemlicher Sicherheit mit dem bereits von den Polen gesuchten Bulgaren Dimitar Parlitschew identisch war. Parlitschew war also vermutlich noch im Lande und in den Mord an Guhl involviert. Auch wenn er als Täter in diesem Fall nicht in Frage kam, so zumindest als Mittäter, der in der Absicht, Spuren zu tilgen, selbst vor Angriffen auf Polizeibeamte nicht zurückschreckte – auch wenn nicht er, sondern der Mann mit dem Hut die Schüsse auf sie abgegeben hatte.

Während sich die Phantomzeichnerin mit Melinda beschäftigte, feilte das Duo Molinari-Özcan an einem weiteren Fahndungsaufruf. Mit einer Pressemitteilung zum Tod von Arjen Timmermans wollte man sich allerdings noch zurückhalten. Schließlich war ja nichts gestohlen worden und eine abschließende Bewertung der Vorgänge, die zu seinem Ableben geführt hatten, stand noch aus. Auch hofften sie, dass die Auswertung der Spuren weitere Ermittlungsansätze hergeben und vor allem Klarheit darüber bringen würde, ob der Mord an Guhl und der Tod Timmermans in irgendeinem Zusammenhang standen. Denn bisher waren nur zwei vage Verbindungen sichtbar geworden: Beide Fälle kreisten um Ritter Sport beziehungsweise das Museum Ritter und um das Thema Kunst.

Als Francesca endlich gegen 22 Uhr 30 – Özcan hatte sie nach Hause gefahren – den Flur ihrer Wohnung betrat, kam ihr als Erstes die vertraute Stimme von Mick Jagger aus Lisas verschlossenem Zimmer entgegen. Dass die Jungen Geschmack fanden an der Musik, mit der ihre Großeltern aufgewachsen waren, war offenbar ein neues Phänomen. Sie selbst hatte als Jugendliche mit Stones und Co. nicht viel anfangen können, hörte Take That, Michael

Jackson, Madonna. Aber das waren die Neunziger gewesen. Sie hob schon die Hand, um bei Lisa anzuklopfen, ließ es dann aber bleiben. Denn im selben Moment kam ihr Silvio entgegengerannt. Abrupt blieb er vor ihr stehen.

„Du bist ja verletzt!“, rief er entsetzt aus, als er sie ansah. „Hier oben“, tippte er sich an die Stirn.

„Halb so schlimm!“

Nun tauchte auch ihre Mutter Maria auf und hielt den Zeigefinger vor die Lippen.

„Psst! Salvatore schläft schon! Aber Silvio hat mir schon erzählt – er hat heute eine Leiche gefunden ...“

Unsicher, ob sie den Unterton in der Stimme ihrer Mutter als Stolz oder Vorwurf deuten sollte, beschloss Francesca, zunächst einmal im Badezimmer zu verschwinden, ehe ihre Mutter sich auch noch zu ihrer Wunde äußerte und sie sich womöglich von ihr verarzten lassen musste. Dort betrachtete sie endlich ihre Stirn im Spiegel. Glück gehabt, dachte sie. Etwas weiter unten und mein Auge wäre weg gewesen! Aber ansonsten: wirklich nur ein Kratzer. Mit einem wassergetränkten Wattebausch reinigte sie die Ränder der Wunde, wobei sich der Kratzer als kleiner Schnitt entpuppte. Sie klebte ein Pflaster darüber – fertig.

Als sie das Wohnzimmer betrat, stellte sie befriedigt fest, dass Silvio und Maria es sich auf dem Sofa gemütlich gemacht hatten. Silvio streichelte den Junghund Marias aus dem Tierheim, der sich neben ihm zusammengerollt hatte und schlief.

„Dann bist du jetzt den ganzen Weg extra hergelaufen mit dem Kleinen und dem Hund?“ Francesca sah ihre Mutter dankbar an.

„Na ja, die frische Luft hat uns allen gut getan. Und so weit ist es ja auch wieder nicht die paar Ecken von der Schillerstraße her.“

Auf dem Couchtisch ausgebreitet lag das Plakat, das

Silvio von der Museumsführung mitgebracht hatte: Eine einzige, quadratische Fläche in einem leuchtenden Blauton. Auf jede Ecke hatte Maria etwas anderes zur Befestigung des Plakats gestellt, damit es sich nicht wieder zusammenrollte: einen Kerzenhalter, ein Glas, zwei Bücher.

„Wo ist eigentlich Andreas?“, fragte Francesca.

„Noch bei seiner Fortbildung“, antwortete Maria.

Francesca warf einen zweifelnden Blick auf die alte Wohnzimmeruhr mit den römischen Ziffern, die noch von ihrer Großmutter stammte.

„So lange noch?“

„Er hat angerufen. Es würde sich hinziehen. Aber ihr habt ja inzwischen Gott sei Dank einen Zweitwagen. Sonst müsstet du jetzt noch mal zurück nach Stuttgart und ihn abholen …“

Noch vor ihrer Versetzung zum Landeskriminalamt hatten sie beschlossen, sich einen zusätzlichen Wagen anzuschaffen – einen gebrauchten Golf. Zu häufig war es vorgekommen, dass Francesca durch unvorhersehbare Einsätze den Volvo nicht zur vereinbarten Zeit zurückbringen konnte und Andreas dann genötigt war, seine Planungen umzuwerfen.

„Hast du den Mörder schon?“, fragte Silvio.

Francesca ließ sich in ihren gelben Lieblingssessel fallen und seufzte.

„Bis jetzt verlief alles positiv“, antwortete sie.

„Das heißt, ihr wisst, wer den Lieferwagenfahrer umgebracht hat?“, schaltete sich nun auch Maria ein.

„Nein – also negativ“, erwiderte Francesca.

„Ja was nun“, fragte Silvio, „positiv oder negativ?“

„Es gibt eben beides“, versuchte es seine Mutter. „Positiv und negativ. Sowohl als auch. Oder beides nebeneinander und gleichzeitig. Aber können wir das jetzt lassen, bitte?“, meinte sie erschöpft. „Wisst ihr was? Ich muss ins Bett. Und du auch, mein Liebling!“

Sie knuffte Silvio am Arm, gab ihrer Mutter ein Küsschen auf die Wange und verschwand unter der Dusche.

Als sie das Badezimmer wieder verließ, war alles still. Jemand öffnete die Wohnungstür. Sie hielt sich ein Badetuch vor und schielte um die Ecke.

Andreas, ohne sie zu bemerken, tänzelte mit schwingenden Hüften auf sie zu.

„Oh! Auch schon da!“ rief er aus, als er sie erblickte, und machte ein verdattertes Gesicht, als sei er bei etwas Verbotenem erwischt worden.

„Ganz gut drauf für so ’ne lange Fortbildung!“, begrüßte sie ihn. „Was treibt ihr denn da so?“

Andreas wich ihrem Blick aus, drückte ihr mit spitzen Lippen einen raschen Kuss auf den Mund und ließ die Luft zwischen den Zähnen entweichen.

„Dein Hemd!“, sagte sie.

Andreas stutzte und sah auf den Hemdzipfel herab, der ihm aus der Hose hing. Rasch stopfte er ihn zurück in den Hosenbund.

„Hab dein Auto gar nicht stehen sehen …“

„Ist in der Werkstatt!“

„In der Werkstatt?“

„Erzähl ich dir später …“

Er drückte sich an ihr vorbei, um ins Badezimmer zu gelangen, und fragte beiläufig:

„Und, wie lief’s bei dir heute so?“

Schlagartig wurde ihr bewusst, dass sie offenbar den allertraurigsten Job der Welt hatte. Sie versuchte, die aufsteigenden Tränen zu unterdrücken, verzog sich ins Schlafzimmer, kroch unter ihre Decke und zog das Kissen über den Kopf.

Andreas, als er keine Antwort auf seine Frage erhielt, lief ihr nach. Mit nacktem Oberkörper setzte er sich zu ihr auf die Bettkante.

Francesca blinzelte unter dem Kissen hervor. Misstrauisch wanderte ihr Blick über seinen Körper. Kommt überdreht spät nachts nach Hause, der Hemdzipfel hängt ihm raus …, dachte sie. Waren ihre Beziehungsantennen vielleicht taub geworden? Spürte sie, weil sie immer bis zum Hals in beruflichen Problemen steckte, gar nicht mehr, was in ihm vor sich ging? Mit einem Schwung setzte sie sich auf und zog sich die Bettdecke an die Schultern. Das Kissen fiel zur Seite.

Andreas schob seinen Kopf vor und bohrte seine Nase in die Kuhle zwischen ihrer Wange und ihrem Hals.

Sie fragte sich, ob sein Annäherungsversuch lediglich ein Ablenkungsmanöver war. Vielleicht um sein schlechtes Gewissen zu überdecken, vielleicht um sie in Sicherheit zu wiegen? An dem Abend bei Sarowsky – diese Frau, mit der er heftig geflirtet hatte …

Als sie seine Zärtlichkeit nicht erwiderte, zuckte er knapp mit den Schultern und machte Anstalten, wieder aufzustehen, doch Francesca schnappte seine Hand und zog ihn zu sich herab. Sie rieb ihren Kopf an seiner Schulter und roch an seiner Haut.

„Ich bin … Ich bin so …, so dünnhäutig gerade.“

„So schlimm wieder?“

Nein, sie würde das Thema nicht ansprechen, nicht jetzt. Doch sie hatte auch keine Lust, die Einzelheiten des Tages noch einmal in Worte zu fassen und dabei all die schrecklichen Bilder wieder heraufzubeschwören. Aber sie beschloss, ihm wenigstens einen Teil der Wahrheit anzuvertrauen.

„Meine ganzen Methoden, die ich gelernt habe als Profilerin. Nutzlos. Vielleicht, was die Leute angeht, die sich in der Kunstszene bewegen, da nützt mir das schon was, vielleicht. Aber diese Tätertypen … Ich weiß nicht, was das für Menschen sind. Je älter ich werde und je länger ich in diesem Beruf bin, desto realistischer werde ich.“

„Das ist doch nichts Schlechtes“, antwortete er.

„Nein, du verstehst mich nicht. Von Tag zu Tag schwinden meine Hoffnungen, dass ich mit meiner Arbeit auch nur ein winziges Stück mehr Gerechtigkeit in diese Welt bringen kann. Es geht immer brutaler zu …"

Das Gespräch erlahmte. Wenig später fuhr sie fort.

„Ich führe ein Leben der schwindenden Illusionen …"

„Aber du bist doch gerade erst befördert worden!", hielt er dagegen.

Francesca schüttelte unverstanden den Kopf und klopfte ihm schließlich mit der flachen Hand auf den Handrücken.

„Jetzt geh du mal duschen", sagte sie schließlich. „Und lies dein Buch über Schiller weiter. Vielleicht hätte der ja verstanden, was ich meine …" Sie drehte sich zur Seite.

Andreas schnaufte tief und verschwand im Badezimmer. Als er wenig später zurückkam, schien Francesca zu schlafen.

Doch die Ereignisse des Tages ließen ihr keine Ruhe. Sobald sie die Augen schloss, blitzte das Mündungsfeuer auf, und wenn sie die Augen aufriss, sah sie wieder die Geschehnisse in der Tiefgarage vor ihrem inneren Auge ablaufen wie in einem Film.

Irgendwann, nachdem Andreas sein Buch schon längst zugeklappt, das Licht gelöscht hatte und sie seinen gleichmäßigen Atem neben sich hörte, schlich sie sich ins Badezimmer in der Absicht, zwei Baldriantabletten aus der Verpackung zu drücken – doch dann kam es ihr wieder in den Sinn, dass derlei Wirkstoffe bei ihr noch nie Wirkung gezeigt hatten. Sie legte die Tablettenschachtel zurück und nahm unschlüssig ein chemisches Präparat in die Hand, doch auch dieses schob sie ins Badezimmerschränkchen zurück. Bei allen Einschlafhilfen dieser Sorte, die sie ausprobiert hatte, bestand die Gefahr einer schleichenden Abhängigkeit. Sie tappte in ihr Bett zurück und setzte eine Entspannungstechnik ein, die sie von einem Yoga-Kurs her kannte. Sie versuchte, alle störenden Gedanken weiterzuschicken, wie es die Yoga-Lehrerin empfohlen hatte. Doch immer wieder zuckten ihre Waden, zuckten ihre Arme, zuckten ihre Schultern. Als würde jemand ihre Körperteile mit kleinen, spitzen Nadeln traktieren. Schließlich versuchte sie, wieder ihre Schlafstellung einzunehmen – und wälzte sich dann doch nur von der einen auf die andere Seite.

Irgendetwas hatte sie vergessen, dachte sie. Irgendeine Information, die wichtig war, musste sie übersehen, überhört haben. Es war nicht das erste Mal, dass das Geschehen des Tages ihr nachts keine Ruhe ließ, und ihre Erfahrung sagte ihr, dass ihr Unterbewusstsein sich offenbar auch jetzt noch mit einer ungelösten Aufgabe beschäftigte, während ihr Bewusstsein den Tag abschließen und den Körper zur Ruhe bringen wollte. Sie würde sich auf die Schliche kommen müssen. Aber wie? Als weiteres Grübeln nichts half, legte sie sich wieder auf den Rücken und beschloss, sich die Ereignisse des Vortags noch einmal ins Gedächtnis zu rufen – die Besprechung beim LKA, Silvios Sorge um den Fahrer des Lieferwagens, das teigige Gesicht des Toten hinter dem Steuer, Mirjam Koenigs Gier auf das Bild in der Klimakiste, die Schießerei in der Tiefgarage, Melindas blutende Nase, Andreas' heraushängender Hemdzipfel …

Ohne dass ihre rekapitulierenden Gedanken an irgendeiner Stelle eingerastet wären, schoss ihr plötzlich ein Stichwort in den Kopf: der Security-Mitarbeiter! Mirjam Koenig hatte doch erwähnt, der Mitarbeiter einer Sicherheitsfirma habe Arjen Timmermans auf der Fahrt begleitet – und sie hatte den Hinweis völlig aus den Augen verloren. Warum war der Mann nicht bis zum Museum mitgefahren? Oder hatte er sich irgendwo während der Fahrt aus dem Staub gemacht?

Francesca schlug die Bettdecke zurück, stand auf und begab sich ins Wohnzimmer, wo sie das Licht anschaltete und einen Blick auf die Uhr warf. Die Zeiger standen auf 2 Uhr 37. Sie ging in den Flur, um ihr Mobiltelefon aus der Tasche zu holen, verschwand im Badezimmer und schloss die Tür hinter sich. Dann wählte sie die Nummer des Nachtdienstes des LKA.

Sie bat den diensthabenden Beamten, die Privatnummer von Mirjam Koenig ausfindig zu machen. Wenige Minuten später kamen zwei Nummern per SMS – Mobil und Festnetz. Francesca setzte sich auf den Rand der Badewanne. Auf die nachtschlafende Zeit würde sie nun keine Rücksicht nehmen können. Nach endlosen Versuchen, wie Francesca es schien, meldete sich endlich eine verschlafene und zugleich unwirsche Männerstimme unter der Handynummer. Kurz darauf war Mirjam Koenig am Apparat.

Francesca entschuldigte sich, doch die Angesprochene schien ihr den Anruf nicht übel zu nehmen. Freundlich gab sie Auskunft, der Beifahrer des Wachdienstes habe sich noch am Vorabend besorgt bei ihr gemeldet und sich nach dem Zustand von Herrn Timmermans erkundigt, da dieser während der Fahrt über aufziehende Schmerzen im Brustbereich geklagt habe. Er werde morgen zur Befragung ins Museum kommen, da könne die Kommissarin alle Einzelheiten mit ihm persönlich besprechen.

Francesca atmete durch.

„Weiß er, dass Herr Timmermans nicht mehr lebt?“, fragte sie.

„Natürlich, warum sollte ich ihm das verheimlichen?“

„Aber auch, warum wir ermitteln?“

Kurze Pause am anderen Ende – schließlich die Antwort:

„Das würde ich dann auch gerne noch erfahren …“

Das Gespräch war zu Ende. Sie ging ins Wohnzimmer, setzte sich auf das Sofa, streckte Arme und Beine von sich, gähnte und rieb sich die Augen. Als Francesca wieder aufsah, stand Silvio im Zimmer.

„Was ist, kannst du nicht schlafen?“, fragte sie mit Sorge in der Stimme.

Silvio schüttelte den Kopf.

Francesca klopfte mit der flachen Hand aufs Sofa.

Silvio trottete heran und ließ sich neben ihr nieder, die Unterarme auf die Knie gestützt.

„Ich muss ständig an den Mann denken, du nicht?“, brachte er nach einigem Zögern hervor.

„Was geht denn in deinem Kopf vor sich?“

„Hab ich doch grade gesagt!“ Seine Stimme klang zornig.

„Das erste Mal war ich auch geschockt, als ich eine Leiche gesehen habe“, erklärte sie.

„Aber nicht geschockt genug!“, stieß er aus und schob den Fingernagel des Daumens an die Schneidezähne.

„Wie meinst du denn das jetzt?“, hakte sie nach.

„Wie kann man sich bloß so einen blöden Beruf aussuchen!“

Francesca zog seine Hand von seinem Mund weg – sanft. Aber Silvio riss trotzig seinen Arm hoch.

„Einen Beruf, wo du praktisch jeden Tag dir Tote angucken musst. Also von Berufs wegen sozusagen. Und das auch noch freiwillig!“

„Meinst du, mir macht das Spaß?“

„Warum machst du's dann?“

„Das hat tiefere Gründe …“ Francesca überlegte. Sollte sie ihm erzählen, was sie erlebt hatte, früher? Wäre er nicht noch zu jung für diese Geschichte?

„Was für Gründe?“, wollte er wissen.

Sie konnte ja schlecht um den heißen Brei herumreden. Und irgendwann hätte sie es ihm sowieso erzählt, wie sie es letztes Jahr auch Lisa erzählt hatte.

„Papa weiß es, Lisa weiß es auch schon, weil sie älter ist als du, und deine Oma weiß es sowieso“, begann sie. „Als ich so neun war ungefähr – vielleicht sogar noch etwas jünger –, hat mich Maria eines Tages mit ernstem Gesicht auf den Schoß genommen und mir gesagt, dass meine Großmutter tot ist.“

„War sie denn schon alt?“, fragte Silvio dazwischen und begann wieder mit Nägelkauen.

„Es geschah in Pizzo. In Kalabrien. Meine Nonna war von drei Kugeln getroffen worden. Sie ist in dem Bäckerladen gestorben, gleich ums Eck, wo sie gewohnt hat und wo deine Großmutter aufgewachsen ist.“

Silvio stellte das Nägelkauen ein und sah zu ihr auf.

„Die Mafia?“

„Die ’Ndrangheta, ja…“

„Und?“, hakte er nach. „Hat man den Mörder geschnappt?“

„Das ist es ja eben“, antwortete Francesca. „Der oder die Täter laufen wahrscheinlich heute noch frei herum…“

„Und Maria? Ist sie nicht zur Polizei gegangen?“

Francesca musste lächeln.

„Natürlich fand eine polizeiliche Untersuchung statt. Aber wie das so ist in Kalabrien. Man weiß das nie so richtig, ob die Beamten, die so einen Fall untersuchen, ob die wirklich dahinterher sind. Entweder haben sie Angst um sich und ihre Familie oder sie hängen selbst mit drin…“

„Sind die selber in der Mafia?“

„Sicher nicht alle… Aber ich habe das nie vergessen können, verstehst du? Und mit Maria kann man noch heute nicht darüber reden. Ich hab’s ein paar Mal versucht, früher. Aber sie hat immer wieder abgeblockt. So als hätte sie heute noch Angst… Und deshalb, verstehst du, als ich dann in dein Alter kam so ungefähr, da wollte ich Polizistin werden. Ich wollte, dass man solche Mörder wirklich drankriegt. Dass sie ihre gerechte Strafe bekommen und die Angehörigen irgendwie ihren Frieden finden können, auch wenn man ihnen ihre Partner oder ihre Kinder oder ihre Freunde nicht mehr zurückgeben kann…“

Schweigen breitete sich aus, als Francesca ihre Erzählung beendet hatte. Silvio starrte lange auf seine nackten Füße – regungslos. Schließlich stand er abrupt auf.

„Deshalb will ich trotzdem nicht zur Polizei gehen, später mal!"

„Verlangt ja auch niemand von dir. Soll ich dir noch einen Schlaftee machen?"

Ohne auf ihre Frage zu antworten, verließ Silvio das Zimmer.

Am Sonntagmorgen – noch zwei Stunden vor Öffnung des Museums – rollten drei Dienstwagen des Landeskriminalamts in Waldenbuch an. Francesca, die hoffte, Mirjam Koenig habe alle Bediensteten des Museums zusammengetrommelt, führte gemeinsam mit Tomislav Özcan den Trupp von Kriminalbeamten an, mit deren Hilfe sie die umfangreiche Befragung durchführen wollten. Nur Brettschneider fehlte. Er hatte entgegen Francesas Anweisung Melindas Umzugskartons in der Nacht doch noch nach Stuttgart transportieren lassen, wo er – wie er gesagt hatte – nach einem kurzen Büroschlaf noch immer mit der Sichtung des Materials beschäftigt war.

Beim Betreten der Eingangshalle warf die Kommissarin einen interessierten Blick zu den illuminierten Farbstreifen an der Decke, anschließend zu der riesigen Glaswand, die die Halle abschloss, und über diverse Skulpturen, die auf der Wiese hinter dem Haus aufgestellt waren und das Auge zu den bewaldeten Hängen am Ende des Tals führten.

Mirjam Koenig kam ihnen in Begleitung einer Frau mittleren Alters entgegen, ebenfalls im anthrazitfarbenen Kostüm, die sich als die Leiterin des Museums vorstellte. Anthrazitfarbene Kostüme, ging Francesca kurz die Frage durch den Kopf, die Einheitstracht der im Kunstbereich tätigen Damen? Rasch wurde die Gruppe an der Kasse vorbei zu einem Besprechungszimmer geleitet, in dem sich drei Dutzend Menschen drängten.

Gleich an der Tür kam ein hochgewachsener, kräftiger Mann auf die Kommissarin zu und stellte sich als Peter Marschall vor, der Security-Mitarbeiter, der Timmermans begleitet hatte. Francesca bat ihn, in einem der Büros auf sie zu warten. Mirjam Koenig begleitete ihn hinaus.

Bei einer ersten Orientierungsphase stellte sich heraus, dass kaum jemand der Anwesenden Kontakt mit Arjen Timmermans gepflegt hatte, der über eine gelegentliche Begegnung im oder vor dem Haus hinausgegangen war – nicht einmal die Museumsleiterin. Diese hatte ihn zwar als Hausmeister und Fahrer eingestellt, doch der alltägliche Umgang mit ihm war im Wesentlichen der wissenschaftlichen Mitarbeiterin Mirjam Koenig überlassen worden. Allenfalls der Depotverwalter und die Leiterin des Besucherservices hatten gelegentlich mit ihm noch zu tun gehabt. Beide schilderten den Verstorbenen als einen jederzeit hilfsbereiten, aber wortkargen Mann, der sich für Kunst kaum interessiert habe. Nur gelegentlich einmal und aus einer Laune heraus habe er von einem herausragenden Kopfballtreffer oder einem gnadenlos verwandelten Elfer seiner Fußball-Lieblingsstars Robin van Persie und – darauf hatte er Wert gelegt – seines Namensvetters Arjen Robben gesprochen.

Auch die dünne Personalakte, die Francesca von Mirjam Koenig überreicht worden war, verriet außer einem Bewerbungsschreiben, das Timmermans vor acht Jahren an die Museumsleitung gerichtet hatte, lediglich eine knappe Auflistung der üblichen biografischen Daten: geboren 17.6.1954 in ’s-Hertogenbosch/Niederlande. Geschieden, keine Kinder. Gelernter Automechaniker. 1988 Umsiedlung nach Stuttgart. Berufliche Tätigkeit bei Daimler in Sindelfingen. 2002 Erwerb der deutschen Staatsbürgerschaft. Bei Daimler ausgeschieden 2006 aus gesundheitlichen Gründen. *2006 – ? arbeitslos*, schloss der tabellarische Lebenslauf ab.

Timmermans berufliche Beziehungen im Museum hatten sich also auf Mirjam Koenig konzentriert. Francesca bat die Mitarbeiterin zu warten, bis sie die Befragung von Peter Marschall beendet hatte, und ließ sich das Büro zeigen, das sie dem Zeugen zugewiesen hatte.

Marschall, der mit verschränkten Armen am Fenster neben dem Schreibtisch stand, drehte sich sofort um, als Francesca mit Özcan das kleine Zimmer betrat, ging auf die Beamten zu und streckte die Hand zum Gruß aus.

„Danke, das hatten wir schon!“, sagte Francesca freundlich und schaltete das kleine Aufzeichnungsgerät ein, während Özcan die wenigen Sitzgelegenheiten zu einer Dreierrunde zusammenschob.

Ungefragt sprudelte der Mann los:

„Ich mache mir furchtbare Vorwürfe! Aber ich konnte ja nicht wissen, dass er so in Not kommt! Aber was sollte ich machen? Wissen Sie, ich bin alleinerziehend. Auf der Fahrt erhielt ich einen Anruf. Mein Kind … Es hatte einen Unfall. Gerade als wir die letzte Pause machten. Auf dem Rastplatz ‚Sindelfinger Wald‘. Da habe ich ihn gefragt, ob er es noch allein schafft nach Waldenbuch. Ich weiß, das ist gegen die Vorschrift. Aber warum ermittelt denn die Polizei überhaupt? Das Bild ist doch angekommen, oder?“

Der Security-Mitarbeiter war hinter seinem Stuhl stehen geblieben und hatte seine Worte gestenreich begleitet, wobei sich der Kommissarin der Eindruck aufdrängte, er spreche eher zu einem imaginären Publikum als zu ihrem Kollegen oder zu ihr. Erst beim letzten Satz hatte er Blickkontakt zu ihr aufgenommen.

„Der Reihe nach“, nutzte Özcan die kleine Pause. „Sie sind Mitarbeiter bei?“

„SIQ Sicherheitsdienste Stuttgart“, antwortete der stämmige Mann brav und setzte sich.

„Und Sie wurden beauftragt, den Transport des Kunstwerks zu begleiten …"

Marschall beugte sich nach vorne, stützte seine Unterarme auf seine kräftigen Schenkel und faltete die Hände.

„Ja, aber erst auf der Rückfahrt von Amsterdam" antwortete er. „Ich hatte da oben gerade noch zu tun, da hat es gerade gepasst …"

„Amsterdam?"

„Ja, vom Rijksmuseum, vom Depot. Da hat man uns die Klimakiste übergeben."

„Wie lange fährt man von Amsterdam hierher?"

Francesca sah Özcan an.

„So sieben, acht Stunden mit Pause", antwortete Marschall.

„Dann wollen Sie das Bild so nachts um zwei, drei vom Depot erhalten haben?" Francesca sah ihn scharf an.

Marschall schüttelte den Kopf und fuhr mit dem Handrücken über seine Kinnstoppeln.

„Natürlich nicht. Wir haben es schon am Vorabend übernommen. So gegen zehn. Und dann sind wir erst mal ein paar Stunden gefahren, haben im Auto zwischendurch ein Nickerchen gemacht, also alles ohne Hetze."

Francesca warf Özcan einen zweifelnden Blick zu.

„Na ja, wie auch immer", setzte die Kommissarin wieder an. „Eigentlich geht es auch mehr um die Frage, warum Sie den Transport vorzeitig verlassen haben."

Zerknirscht sah Marschall auf den Parkettboden.

„Hab ich doch schon gesagt, mein Kind …"

„Wie alt ist denn Ihr Kind?", fragte Özcan.

„Sieben. Also knapp sieben. Ein Mädchen. Anna."

„Was ist mit der Mutter?"

„Wir sind geschieden. Sie hat aber das Kind alle vierzehn Tage am Wochenende. Bloß an diesem Wochenende hatte ich ja gerade den Auftrag – und meine Frau ist im Urlaub. Und da habe ich eine Bekannte gebeten …"

„Was war denn passiert?“, hakte Francesca nach.

Marschall zögerte einen kurzen Moment.

„Sie ist von der Schaukel gefallen.“

„Und Ihre Bekannte hat Sie gleich angerufen?“

„Ja, sie wollte ja nichts falsch machen.“

„Und da befanden Sie sich gerade auf dem Rastplatz Sindelfingen ...“

„Genau.“ Als schnüre ihm etwas die Brust ein, atmete er tief und zitternd durch.

„Wie spät war es da?“

„Ja, wie ich sagte ...“ Marschall bewegte die Finger seiner gefalteten Hände, als würde er zählen. „So acht, halb neun.“

„Geben Sie uns doch bitte mal den Namen Ihrer Bekannten“, bat Özcan.

Marschall sah ihn an, für einen Moment verblüfft.

„Was hat denn die damit zu tun?“

„Routine“, lächelte Özcan. „Wir müssen alle Aussagen überprüfen.“

Marschall schien einen Moment nachzudenken – dann kam es wie aus der Pistole geschossen:

„Julia Birkmann, Stuttgart-Feuerbach, Otto Hermann-Weg 3.“

„Und was war dann mit Ihrer Tochter, war es schlimm?“, fragte Francesca.

„Den Arm verstaucht und ein paar Schürfwunden eben. Wir sind dann gleich zum Arzt. Wär’s das dann?“, fragte Marschall ohne Ungeduld in der Stimme und lächelte Francesca an.

„Moment, Moment“, warf Özcan ein. „Kommen wir noch mal auf die Situation auf dem Rastplatz zurück. ‚Sindelfinger Wald‘. Einer muss ja immer beim Fahrzeug bleiben, wenn man Pause einlegt bei einem Sicherheitstransport, oder?“

„Deshalb fährt man ja auch immer zu zweit“, bestätigte

der Befragte. „Und daran haben wir uns auch strikt gehalten."

„Bis zu dem Zeitpunkt ..."

„Ich war beim Wagen geblieben, und als Arjen von der Toilette zurückkam, habe ich ihm das mit meiner Tochter gesagt und er hat gemeint, er schafft das schon. Ich soll heimfahren, Kinder gehen vor. Er ist dann weiter und ich habe mir ein Taxi bestellt."

„Sie sagen, Sie haben ihn noch wegfahren sehen?"

Marschall hob die Augen.

„Ja, warum?"

„Irgendwas muss passiert sein auf der Fahrt", erklärte Francesca. „Timmermans hatte kein Handy mehr bei sich, als er hier ankam. Und vom Museum hieß es, man habe mehrmals vergeblich versucht, ihn zu erreichen ..."

Marschall zuckte mit den Achseln.

„Da fragen Sie mich was ... Ich hab ja mein eigenes Gerät."

„Kannten Sie Timmermans eigentlich?"

„Sie meinen vor der Fahrt? Nein."

„Aber Sie wussten von seinen gesundheitlichen Beschwerden?"

„Ja, bei so einer langen Fahrt, da kommt man sich schon ein wenig näher. Er litt an Herzproblemen. Er sagte, so eine lange Fahrt, das würde er nicht noch mal machen, das strenge ihn viel zu sehr an."

„Hat er sein Spray benutzt während der Fahrt?"

„Ein Spray? Sie meinen so zum Einatmen? Zumindest nicht in meiner Gegenwart ..."

Francesca warf einen Blick auf ihre Armbanduhr, einen weiteren zu Özcan. Sie hatten Mirjam Koenig schon lange warten lassen ...

„Wir haben da noch eine Bitte an Sie", sagte Özcan schließlich zögernd. „Wir brauchen eine Blutprobe von Ihnen."

Marschall starrte Özcan verständnislos an.
„Eine Blutprobe ... Heißt das ...?"
„Das können Sie ruhig wissen", fügte Francesca den Worten ihres Kollegen hinzu. „Wir haben Blutspuren gefunden. Im Laderaum."
Marschall ließ einen tiefen Seufzer vernehmen.
„Und Sie verdächtigen mich?"
Özcan schüttelte den Kopf.
„So weit will ich nicht gehen. Aber die Herkunft der Blutspuren muss geklärt werden."
Marschall sah auf seine Hände, die sich langsam zu Fäusten schlossen.
„Verstehe", erwiderte er schließlich. „Dann geht es Ihnen also um Mord ..."

Also dieser Mondrian, Piet Mondrian, gilt als einer der wichtigsten Vertreter der Konkreten Kunst, zumindest, was sein Spätwerk angeht, und als Mitbegründer der Künstlervereinigung De Stijl prägte er schon in den 1920er-Jahren den Begriff ..."
„Entschuldigen Sie bitte", stoppte Francesca Mirjam Koenigs Redeschwall. „Ich will jetzt keinen Kunstvortrag von Ihnen hören! Das kann ich auch bei Wikipedia nachlesen!"
„Ja, aber Sie sagten doch gestern, Sie brauchen alle Informationen?"
Die Kunstwissenschaftlerin warf ihr einen düsteren Blick zu. Sie saß hinter ihrem Schreibtisch und hatte auf die Kommissarin gewartet, die nun auf dem Besucherstuhl vor ihr Platz genommen hatte. Ihren Kollegen hatte sie auf einen Rundgang durch die aktuelle Museumsausstellung

geschickt. Wieder einmal wollte sie das „Von-Frau-zu-Frau-Prinzip“ zur Anwendung bringen und Özcan war – solange sich das Prinzip nicht eines Tages in ein „Von-Mann-zu-Mann-Prinzip“ umkehren würde, wie er befürchtete – gerne bereit, die Zeit für die Erweiterung seines Horizonts zu nützen. Er, der als eifriger Besucher von Volkshochschulkursen und Bildungsreisen alles aufsog wie ein Schwamm, was seine Umgebung kulturell anbot, hatte es sich insgeheim sowieso schon zum Vorwurf gemacht, das Museum Ritter nicht zuvor schon einmal besucht zu haben. Freiwillig sozusagen.

Als Francesca die Kränkung im Gesicht Mirjam Koenigs wahrnahm, entschuldigte sie sich sofort. Die halb durchwachte Nacht und die Befragung von Marschall hatte sie Nerven gekostet, und wenn sie genervt war, konnte sie schnell ungeduldig werden. Soweit kannte sie sich selbst. Und nach dem ersten Eindruck konnte sie Marschall auch nichts vorwerfen. Aber irgendetwas hatte sie während seiner Befragung in eine zunehmende Spannung versetzt – sie könnte selbst nicht formulieren, was es gewesen war. Irgendetwas Atmosphärisches. Vielleicht seine Ruhe. Seine Gelassenheit, die sie nicht einschätzen konnte …

„Warum ist dieser Mondrian denn für das Museum so wichtig?“, setzte sie noch einmal an, nun etwas vorsichtiger. „Ich meine, außer seinem pekuniären Wert selbstverständlich.“

Mirjam Koenig schob der Kommissarin einige Unterlagen über den Schreibtisch.

„Es ist ein sensationeller Fund. Vor Gurlitt hätte es niemand für möglich gehalten, dass es aus den Zwanzigern und Dreißigern des letzten Jahrhunderts noch Neuentdeckungen geben könnte. Zumindest nicht bei den ganz großen Namen. Die Schätze schienen längst gehoben, katalogisiert und ausgebeutet – Verzeihung – ausgewertet. Ich habe Ihnen da etwas zusammengestellt.“

„Gurlitt?“, musste Francesca nachfragen und streifte den Schnellhefter mit einem knappen Blick.

„Der Schwabinger Kunstfund?“, staunte die Museumsfrau. „Cornelius Gurlitt, der Sohn des Kunsthändlers, der im Dritten Reich von den Nazis konfiszierte Zeichnungen und Gemälde sogenannter ‚Entarteter Kunst‘ gekauft hat. Der in München mit über tausend dieser Werke bis ins hohe Alter gelebt hat und die erst vor seinem Tod dieses Jahr beschlagnahmt und damit wiederentdeckt wurden!“

„Danke, ich habe darüber gelesen!“, erwiderte Francesca und versuchte, ihre Verlegenheit zu verbergen, indem sie vorgab, das Aufnahmegerät zu überprüfen. Tatsächlich war ihr der Name Gurlitt schon einmal über den Weg gelaufen, aber sie hatte sich nicht mit dem Zusammenhang beschäftigt und ihn schnell wieder vergessen. „Und wo“, nahm sie den Faden wieder auf, „wo haben Sie diese Arbeit – so sagt man doch in Ihrer Branche, oder? – diese kleine, aber wertvolle Arbeit auf Karton gefunden?“

Für eine Sekunde hellte sich Koenigs Miene auf.

„Sie werden es nicht glauben, aber ein wunderbarer Zufall hat sie uns in die Hand gespielt.“

„Ich glaube nicht an Zufälle.“

„Ich beweise Ihnen das Gegenteil. Herr Timmermans Großvater ist Anfang des Jahres hochbetagt verstorben. Bevor die Nazis die Niederlande überfielen, hatte er Kunst gesammelt, die er aber kurz vor dem Überfall teils rasch abgestoßen, teils an sicheren Orten deponiert hatte. Nach dem Zweiten Weltkrieg hatte er das Interesse an Kunst verloren und die Werke, die er unversehrt wieder aus ihren Verstecken holte, verkauft und sich mit den Erlösen ein Häuschen erwerben können.“

„Das hat Herr Timmermans Ihnen alles erzählt? Ich denke, er war wenig mitteilsam?“

„Ja, passen Sie auf“, fuhr Mirjam Koenig fort. „Es war ja auch eine ganz besondere Situation für Timmermans. Bei der Wohnungsauflösung ist er nämlich auf das Bild gestoßen und eigentlich war er schon dabei, es in den Container zu werfen. Aber dann haben ihn die Quadrate doch stutzig gemacht. Schließlich arbeitet er in einem Museum, das für seine Kunst mit Quadraten – na ja, und auch wegen der Quadrate der Schokolade – berühmt ist. Er rief mich an und fragte mich, was ich davon halten würde. Nachdem er mir das Bild beschrieben hatte, riet ich ihm, es dem Rijksmuseum in Amsterdam zur Begutachtung vorzulegen. Und dort ist die Bombe dann geplatzt. Ein stilistisches Gutachten hat es eindeutig als ein bisher unbekanntes Werk Piet Mondrians identifiziert."

Nach diesen Ausführungen sah Francesca nachdenklich vor sich hin. Schließlich schloss sie die Augen, um das Gehörte zu verarbeiten. Als sie sie wieder öffnete, sagte sie mit einem Grinsen auf den Lippen:

„Die Story könnte von Beltracchi stammen, oder?"

Die Museumsfrau riss entsetzt die Augen auf.

„Ja? Nein! Na ja … Von außen gesehen vielleicht. Aber letztlich …"

„Letztlich wird nur eine materialtechnische Untersuchung Gewissheit über die Echtheit des Bildes geben können. Aber das werden wir Ihnen ja nun abnehmen. Ansonsten hört sich das alles für mich wirklich wie eine hanebüchene Legende an."

Francesca erhob sich und steckte den Schnellhefter ein.

„Dann ist es ja gut, wenn das LKA die Echtheit des Bildes bestätigt und damit auch die Legende verifiziert", erwiderte Mirjam Koenig pikiert. Im nächsten Moment schlug sie die Augen nieder. „Eigentlich wäre unser Hausmeister jetzt ein reicher Mann. Aber wenn er keine Nachkommen hat – wer erbt denn dann seine Millionen?"

Nach ihrer Rückkehr zum LKA in der Taubenheimstraße war Francesca zuerst einmal auf der Toilette verschwunden. Sie wollte ihren Vorgesetzten Hermann Blöchle bitten, den Namen der Sonderkommission „Soko Schoko" in „Soko Kunst" umzuwandeln. Sie wollte diesen lächerlichen Geruch loswerden, der sogar schon in ihrem Bekanntenkreis zu Hause die Runde machte. Aber dann würde er sie sicher nach einem Zwischenbericht fragen – und da hatte sie noch nicht viel vorzuweisen.

„Tommy?", rief sie nach Özcan, als sie in ihr Büro zurückkehrte. Irritiert blickte sie sich um. Sie hörte ein Stöhnen.

Özcan hatte eine grüne Isomatte hinter seinem Schreibtisch liegen und streckte im Vierfüßlerstand das Gesäß in die Höhe.

„Hast du deinen Gebetsteppich wieder ausgerollt?", fragte sie und erinnerte sich an eine ähnliche Situation, als sie noch gemeinsam in Reutlingen an ihrem Fall im Outlet arbeiteten.

„Mach mal das Fenster auf, gleich heb ich ab!", presste er hervor.

„Nach Mekka geht's aber da lang!", spottete sie wie damals und deutete in Richtung Tür.

Özcan kam wieder zum Stehen und grinste.

„Asana", erklärte er.

„Du machst also wieder deinen Hund?", fragte sie.

„Den Asanahund. Müsstest du doch kennen inzwischen. VHS. Yogakurs. Hundstellung."

Die Kommissarin lachte auf.

„Na ja, solange du nicht anfängst zu bellen", meinte sie. „Mir reicht es völlig, wenn du schnüffelst!"

Özcan grinste, rollte die Isomatte zusammen und stellte sie in eine Ecke.

„Blöchle hat übrigens abgelehnt", informierte sie ihn. „Der Name ‚Soko Schoko' sei der Öffentlichkeit nun mal bekannt. Außerdem gebe es zwischen den beiden Ereignissen in Waldenbuch ja gar keinen Zusammenhang …"

„Tja, das ist unsere Schwachstelle, im Moment noch", meinte Özcan gelassen. „Oder es gibt diesen Zusammenhang tatsächlich nicht …"

„Ich bin schon froh, dass er mir keinen schriftlichen Zwischenbericht abverlangt hat", sagte sie mit einem Seufzer und ging ihrem Kollegen voraus ins Besprechungszimmer.

Dort hatte Frau Baisch bereits dafür gesorgt, dass Francesca auf ihrem Platz auch heute am Sonntagnachmittag die Druckerzeugnisse vorfand, die für ihre Fälle relevant waren. „Sonntag aktuell" und „Bild am Sonntag" hatten den Fahndungsaufruf nach Dimitar Parlitschew und dem Mann, der sich Mirko nannte, bereits veröffentlicht. Auch eine kleine Notiz, dass die Gesuchte Melinda Rosenfeldt inzwischen aufgetaucht sei, war jeweils erschienen. Während das Boulevardblatt aus dem Fahndungsaufruf lediglich zitierte, dafür aber unter dem Foto des Hausmeisters dessen Schilderung der Schießerei in der Tiefgarage breitwalzte, hatte „Sonntag aktuell" die Schießerei gar nicht erwähnt.

Da Francesca seit Übernahme des Falls noch nicht alle Zeitungen lesen konnte, hatte Baisch ihr außerdem noch die älteste Ausgabe, die „Bildzeitung" vom Freitag mit dem Artikel über die Ermordung Joachim Guhls, obenauf gelegt.

„Über so was reg ich mich schon lange nicht mehr auf!", war Francescas Kommentar, als sie den Artikel überflogen hatte und ihr die Behauptung, der Tote sei in flüssiger Schokolade erstickt, ins Auge stach. Mit der Spitze des Kugelschreibers klopfte sie auf den Tisch.

„Fassen wir mal zusammen", sagte sie mit Blick in die Runde der inzwischen versammelten Mannschaft. „Stand der Dinge". Ihr Blick fiel auf den leeren Stuhl, den Brettschneider bei der letzten Sitzung eingenommen hatte. Die Polizeisekretärin fing das Fragezeichen auf ihrer Stirn auf und erklärte:

„Der Kollege Brettschneider steckt noch in der Auswertung der Umzugskartons.“

„Immer noch?“, fragte Francesca skeptisch, ging dann aber zur Tagesordnung über. „Irgendwelche Hinweise aus der Bevölkerung – zum Mord an Guhl, zu den Flüchtigen Parlitschew und dem sogenannten Mirko? Oder möglicherweise – obwohl wir das bewusst ja noch nicht publik gemacht haben – zum Fall Timmermans?“

„Zwei meiner Leute haben sich mal seine Wohnung in Dettenhausen angesehen“, informierte Stefano. „Ich will das jetzt nicht weiter ausführen, aber typischer Junggesellenhaushalt, sagten sie. Und nichts, was ihnen aufgefallen wäre. Bis auf so ein Asthmaspray in seiner Hausapotheke, so eine Vorratspackung eben.“

„Aber sonst gibt's offenbar bisher noch nichts Neues“, nahm Özcan das allgemeine Schweigen zur Kenntnis. „Dafür liegt das rechtsmedizinische Gutachten im Fall Timmermans vor.“ Er reichte die dünne Akte, die ihm zu Beginn der Sitzung von der Polizeisekretärin in die Hand gedrückt worden war, an Francesca weiter. „Doktor Pappel hat die Diagnose des Notarztes bestätigt. Herzinfarkt. Es bleibt aber nach wie vor offen, warum das Spray, das der Tote in der Hand hielt, so gut wie leer war und er kein Ersatzmedikament bei sich hatte ...“

„Sieht ganz danach aus, als habe jemand nachgeholfen“, sagte Francesca, mehr zu sich selbst.

„Auffällig ist außerdem“, fuhr Özcan mit der Darstellung des Pappel'schen Berichts fort, „das leere Spray war ein sogenanntes Testmodul. Das ist so 'ne Art Probepackung, wie sie Pharmavertreter dabei haben, um Ärzten die Funktion zu demonstrieren. Es enthält keinen Wirkstoff, nur Kochsalzlösung.“ Er atmete kurz durch. „Außerdem muss sich Timmermans irgendwo verletzt haben. Und zwar befindet sich am rechten Ellbogen eine kleine, zwei Zentimeter lange Schürfwunde. Der hochgerollte Hemdärmel war heruntergerutscht und hatte sie verdeckt, sodass diese erst bei der eingehenden Untersuchung von Doktor Pappel auffiel. Das Besondere an dieser Schürfwunde dürfte sein ...“ Nun reichte Özcan das Wort an den Kriminaltechniker weiter.

„... dass sich Blutspuren von Timmermans im Laderaum finden ließen“, führte Stefano Özcans Satz zu Ende. „Man hat notdürftig versucht, sie wegzuwischen, aber mittels Chemilumineszenz-Reaktion konnten wir die lumineszierende Spur ans Licht befördern, sozusagen.“

Francesca schmunzelte wegen Stefanos gestelzter Formulierung.

„Weitere kleinere Blutspuren“, ergänzte der Kriminaltechniker, „sichtbare und zunächst ebenfalls unsichtbare, stammen von einer weiteren, noch unbekannten Person.“

„Sieht also danach aus, als habe im Laderaum ein Kampf stattgefunden“, stellte die Kommissarin fest. „Vielleicht gab es den Versuch eines Überfalls, jemand wollte an das Bild ran und Timmermans hat sich erfolgreich verteidigt, konnte mit dem Wagen entkommen und hat sich so aufgeregt, dass er einen Herzanfall erlitt, es gerade noch nach Waldenbuch geschafft hat und dann ...“ Sie unterbrach ihren Gedankengang.

„Dann muss der Überfall aber passiert sein, nachdem sich der Security, also dieser Herr Marschall, auf dem Rastplatz ‚Sindelfinger Wald‘ verabschiedet hatte“, sagte Stefano.

„Oder“, sinnierte Francesca, „er ist selber in die Sache verwickelt und bei dem Blut im Laderaum handelt es sich um sein Blut.“ Sie sah die Polizeisekretärin an. „Hat er denn seine Blutprobe schon abgeliefert?“

Baisch schüttelte den Kopf.

„Aber er hat angerufen, dass er heute noch kommt.“

„Aber angenommen, der Security war selbst auf das Bild aus", gab Özcan zu bedenken. „Warum sollte er es im Wagen lassen und trotzdem Timmermans Tod herbeiführen? Oder andersherum gefragt: Aus welchem Interesse sollte jemand – ob nun der Security oder jemand anderes – Timmermans umbringen wollen, aber auf elf Millionen verzichten?"

„Vielleicht, weil Timmermans Zeuge wurde?", warf Francesca ein.

„Aber Zeuge wovon?", gab Özcan zurück.

„Das KTI hat noch jede Menge weitere Infos", machte Stefano wieder auf sich aufmerksam.

Die Kommissarin sah ihn auffordernd an.

„Also jetzt mal chronologisch", fuhr Stefano fort und erwiderte Francescas Blick mit einem charmanten Lächeln. „Fangen wir mit eurem Haar an, das ihr unter Melinda Rosenfeldts Bett gesichert habt. Die DNA-Analyse hat sich ja wohl erübrigt, nachdem die Dame inzwischen aufgetaucht ist."

„Aber unsere Kippe aus der Küche!", wollte Özcan wissen.

„Yuma. Eine Kippe derselben Sorte fand sich im Fluchtfahrzeug, dem BMW X4. Wird übrigens gerne in Polen geraucht."

„Einer der beiden Flüchtigen war also in Melinda Rosenfeldts Wohnung – ihre eingehende Befragung steht ja noch aus ...", stellte die Kommissarin fest.

„Und jetzt weiter zu dem Fluchtfahrzeug, dem weißen BMW X4", fuhr Stefano fort. „Halbe Kuppe – ich meine diesen Parlitschew – hat Fingerabdrücke hinterlassen und weitere stammen vermutlich von unserem großen Unbekannten namens Mirko. Vor allem aber haben wir einen Zahnstocher und Schnipsel eines Fotos sicherstellen können. Das Foto haben wir rekonstruiert."

Francesca unterdrückte ein Gähnen – diese verdammt

kurze Nacht! Währenddessen wanderte das Asservaten-Tütchen mit dem Foto durch die Reihen, bis es vor den Augen der Kommissarin auftauchte.

„Das ist ja Melinda!“, rief sie aus, plötzlich wieder hellwach. „Und dieses Loch da zwischen den Augen? Sieht ja scheußlich aus!“

„Mit dem Zahnstocher“, erläuterte der Kriminaltechniker. „Vermutlich stammt es von dem Zahnstocher. Was immer das bedeuten mag. Leider waren die Fingerabdrücke auf den Schnipseln nicht brauchbar ...“

Francesca nahm das rekonstruierte Melinda-Porträt in dem Tütchen an sich und bat Stefano, mit seinem Bericht fortzufahren.

„Fingerabdrücke, die wir in Timmermans Lieferwagen sichern konnten, haben wir einem Vergleich mit bisher nicht zuordenbaren Fingerabdrücken aus dem Fluchtfahrzeug unterzogen. Leider ohne Ergebnis.“

„Wäre ja auch zu schön gewesen, wenn Halbe Kuppe auch eine Spur im Museumsfall hinterlassen hätte“, merkte Özcan an. „Wenigstens auf der Klimakiste oder auf dem Klebeband ...“

„Leider nicht“, seufzte Stefano.

„Ja, dann hätten wir wenigstens mal so was wie eine Verbindung zwischen beiden Fällen gehabt“, sagte Francesca. „Vielleicht wünschen wir uns das ja nur ...“

„Nein – ich glaube nicht!“, ließ sich plötzlich die Stimme der Polizeisekretärin vernehmen. „Entschuldigung, ich bin ja eigentlich noch nicht dran. Aber Frau Molinari hatte mich gebeten, nähere Informationen bei den Kollegen in Lodz einzuholen.“

Nun waren alle Augen erwartungsvoll auf Baisch gerichtet, die jedoch erst fortfuhr, als sie sich Francescas Erlaubnis versichert hatte.

„Der Geschäftsmann, den Parlitschew getötet haben soll, war nämlich Kunsthändler. Unter anderem soll er einen Schrotthandel als Geldwaschanlage für Einnahmen benützt haben, die er aus obskuren, halblegalen und illegalen Geschäften zog."

Eine Pause entstand, die Francesca schließlich auflöste, indem sie sich bei ihrer Sekretärin bedankte und sagte:

„Also auf einer Metaebene entsteht vor meinen Augen langsam ein Netzwerk, dass sich immer mehr verdichtet, aber den entscheidenden Durchblick habe ich, ehrlich gesagt, noch nicht. Und selbst wenn wir die beiden Flüchtigen schon gefasst hätten – es wäre ja lange noch nicht gesagt, ob die Vögel auch singen würden."

Özcan erhob sich, ging an das Flipchart und schlug das Blatt mit dem Dreieck, das er bei der letzten Sitzung gezeichnet hatte, nach hinten.

„Moment!", rief Stefano. „Abby Sciuto. Unsere Abby Sciuto war noch nicht dran!"

Verhaltenes Gelächter in der Runde. Alle Augen wanderten zu der Molekularbiologin, Eva Reineke, und Özcan kehrte wieder zu seinem Stuhl zurück.

„Ich hätte Sie nicht vergessen, Frau Reineke", erklärte Francesca. „Schließlich erwarten wir von Ihrer Hexenküche ja einige durchschlagende Erkenntnisse."

Eva Reineke schien sich ihrer Bedeutung durchaus bewusst zu sein.

„Ich kann mich schon selber melden, wenn ich was zu sagen habe!", antwortete sie mit einem strengen Blick auf Stefano. „Aber ich habe nichts zu sagen."

Wieder lachten alle auf.

„Ich meine", korrigierte sich die Molekularbiologin selbstbewusst, „die materialtechnische Untersuchung eines Piet Mondrian ist nicht in wenigen Stunden erledigt ... Auf meinen abschließenden Bericht müssen Sie leider noch warten."

„Das heißt", hakte Francesca nach, „Sie können überhaupt noch nicht einschätzen, ob das Bild echt ist?"

„Das meinte ich“, bestätigte Eva Reineke.

„Das stilistische Gutachten des Rijksmuseums in Amsterdam liegt Ihnen ja vor. Dann wäre es vielleicht besser, Sie fahren gleich mit Ihrer Arbeit fort und halten mich auf dem Laufenden“, schlug die Kommissarin vor.

„Nichts lieber als das!“, antwortete die Molekularbiologin erleichtert. „Nichts Ätzenderes als Besprechungen!“ Mit diesen Worten verließ sie den Raum.

Inzwischen stand Özcan an dem Flipchart und zeichnete ein neues Soziogramm, diesmal in Form eines Quadrats. Links und rechts oben schrieb er die Namen von Guhl und Timmermans, unten die von Calderara und Mondrian. Zwischen Guhl und Calderara kamen die Namen der Verdächtigen Parlitschew und Mirko, während Melinda, Marschall und Koenig als noch nicht zuordenbar außerhalb des Quadrates einen undefinierten Platz fanden. Ins Zentrum des Quadrates schrieb er in Großbuchstaben das Wort „KUNST“. Schließlich drehte er sich zu seinem Publikum um, tippte auf das letzte Wort und sagte:

„Wenn wir das durch einen Namen ersetzen könnten, wären wir einen entscheidenden Schritt weiter!“

An den zufriedenen Gesichtern war abzulesen, dass alle die Veranschaulichung der komplexen Fälle als hilfreich erachteten.

Die Tür öffnete sich – Brettschneider trat ein. In der Hand einen Ordner und einen kleinen, gefütterten Umschlag, den er vor Francesca auf den Tisch legte.

Özcan sah ihn mit einem schelmischen Grinsen an.

„Jetzt pass mal auf, Kollege“, begann er. Und mit einem Blick zu Francesca: „Ich war nämlich doch nicht in der Ausstellung vom Museum Ritter heute Vormittag. Ich hab in der Zeit meine Beziehungen spielen lassen …“ Dann wieder an Brettschneider gewandt: „Hast du mir doch vorgeschlagen gestern, meine große türkische Verwandtschaft und so …“

Brettschneider hob die Augenbrauen.

„Also mein Onkel Achmed, ja? Der kennt Ali. Und Ali kennt Akin, Akin kennt Aykol, Aykol kennt Bayram, Bayram kennt Ramazan und Ramazan kennt Cahit. Sagt dir der Name etwas?"

„Welcher Name jetzt?", fragte Brettschneider zurück, ohne eine Miene zu verziehen.

„Cahit."

„In Antalya?"

„Nicht Antalya – Stuttgart", erwiderte Özcan. „Na?"

„Du sprichst von Birol, Cahit Birol?", vergewisserte sich der Böblinger.

„Ist das nicht der Gebrauchtwagenhändler, der den Gabelstaplerfahrer angezeigt hat?", fragte Francesca. „Den Mann, der bei Ritter Sport Guhls Leiche entdeckt haben will?"

„Ögünc – genau", bestätigte Özcan. „Ich hab mich also bis zu Cahit Birol durchgefragt, der seinen Bauch in die Sonne der türkischen Riviera streckt. Aber an sein Handy ist er rangegangen. Und weil er einem Türkisch sprechenden deutschen Polizeibeamten vertraut, hat er mir auch gesagt, warum er die Anklage gegen Ögünc zurückgezogen hat. Das heißt, sein Rechtsanwalt. Ögünc hat nämlich gezahlt. Am Donnerstagabend. Die ganzen 10 000, die er ihm noch schuldete ..."

Brettschneiders düsteres Gesicht hellte sich auf.

„Sag ich doch. Gut dass du dem Rat eines erfahrenen älteren Kollegen gefolgt bist. Allerdings haben wir keine größeren Geldbewegungen auf Ögüncs Konto mehr gesehen. Er muss die Kohle bar überbracht haben."

„Hat er", bestätigte Özcan und setzte sich.

„Dann wirst du dir den Gabelstapelfahrer noch mal vorknöpfen müssen!", sagte Francesca zu Brettschneider. Sie öffnete das Päckchen.

„Hat mir ein Hausbote mitgegeben, weil ich eh auf dem

Weg war“, erklärte der Böblinger. „Von Edith Rosenfeldt. Guhls Witwe hat es persönlich abgegeben.“

Francesca zog ein schwarzes Smartphone hervor und einen handgeschriebenen Brief, den sie laut vorlas.

„‚Sehr geehrte Frau Molinari. Habe das Handy meines Mannes, nach dem Sie gefragt hatten, erst heute beim Reinemachen gefunden. Er hat es im Bad liegenlassen und es war in den Spalt zwischen Waschmaschine und Badewanne gefallen. Tut mir leid. Hoffe, Sie können noch was damit anfangen.‘ Und so weiter.“ Sie schob das Gerät in den Umschlag zurück und ließ ihn hinüber zu dem IT-Spezialisten wandern. „Können Sie Guhls Verbindungen checken, bitte?“

„Gleich?“, fragte der Nerd.

„Am besten!“

Ohne eine weitere Bemerkung schnappte dieser sich das Päckchen und verschwand.

„Jetzt zu den Kopien – endlich“, sprach Francesca und schlug den Ordner auf.

„Ich hab das Material schon überflogen“, mischte sich Brettschneider ein.

Die Kommissarin überließ ihm das Wort.

„Guhl hat seinen Calderara in München materialtechnisch untersuchen lassen. Bei Koerner.“

„Ein renommiertes Institut“, warf Stefano ein.

„Um es kurz zu machen: Das Bild hat sich als Fälschung erwiesen. Die Einzelheiten stehen im Gutachten.“

„Dann hatte Frau Reineke recht mit ihrer Vermutung und die Aussagen der Zeuginnen Rosenfeldt sind bestätigt“, stellte Francesca fest. „Und was ist mit dem Kaufvertrag?“

Brettschneider kniff die Augen zusammen und sah Francesca an.

„Hattest du nicht mal von einer Stuttgarter Kunsthändlerin gesprochen, die du bei einer Vernissage kennengelernt hast? Als wir Guhls Wohnung aufgesucht hatten?“

Francesca runzelte die Stirn.
„Sarowsky?"
„Genau!"
„Die Sarowsky hat dem Opfer eine Fälschung angedreht?", sagte Francesca ungläubig. „Nicht zu fassen!"
„Dann werden wir der mal auf den Zahn fühlen", meinte Özcan. „Eine Tür schließt sich, eine andere geht auf ..."
„Games of Thrones", bemerkte Stefano.
„Habt ihr beide so was wie einen Geheimcode, oder was?" Leicht genervt sah Francesca abwechselnd ihren Kompagnon und den Kriminaltechniker an.
Ohne auf Francescas Einwurf zu reagieren, sah Özcan Stefano anerkennend an.
„Welche Folge?"
„Der Wolf und der Löwe", tippte Stefano. „Episode fünf!"
„Bingo! Du bist reif für Günther Jauch!"
„Darf ich vielleicht auch noch was sagen?", schaltete sich Brettschneider in das Geplänkel ein. Gereizt deutete er auf das Flipchart.
„Da ich etwas später gekommen bin, habe ich vielleicht nicht alles mitbekommen ..."
„Nur zu!", ermunterte ihn die Kommissarin.
„Dieser Name da, dieser Marschall, der da unter dem Viereck steht ..."
„Was soll mit dem sein?" Özcan fühlte sich angesprochen, drehte sich zu dem Flipchart um und stand auf. „So heißt der Security-Typ, der Timmermans begleitet hat."
„Marschall. Doch nicht Peter?"
„Peter Marschall", bestätigte Özcan.
„Mensch, das ist der Typ, der den Zucker angeliefert hat. Der Lkw-Fahrer!" erklärte der Böblinger mit erhobener Stimme und klopfte unvermittelt mit der flachen Hand auf den Tisch.
„Die Krankheitsvertretung?", fragte Francesca nach.

„Der Krankheitsvertreter!“, bestätigte Brettschneider. „So was aber auch!“

Özcan griff nach einem roten Marker und schrieb den Namen „Marschall“ über das Wort „Kunst“ in die Mitte seines Quadrats.

Verblüfft sah Francesca den Böblinger an.

Zwei Kollegen der Sonderkommission aus der Abteilung „Einsatz- und Ermittlungsunterstützung“ hatte Francesca gebeten, zu der Adresse in Stuttgart-Feuerbach zu fahren, die Marschall als die seiner „Bekannten“ angegeben hatte, die angeblich seine Tochter während seiner Abwesenheit betreute und in deren Garten die Kleine angeblich von der Schaukel gefallen war.

Parallel dazu wollte sie selbst mit Özcan diesem Peter Marschall auf den Zahn fühlen. Seine Wohnung lag in der Pfarrstraße gegenüber dem Parkhaus Zinser, mitten in Stuttgarts Bohnenviertel, das mit seiner Mischung von verwinkelten Straßen mit kleinen Buchläden, Antiquitäten-Geschäften, Bistros und Rotlicht-Milieu ein unverwechselbares und weit über den Stuttgarter Südwesten hinaus bekanntes Flair vermittelte. Als sie das LKA und die Taubenheimstraße hinter sich gelassen hatten und auf die B 14 einbogen, sagte Özcan:

„Ich kann dir sagen, was dieser Marschall uns antworten wird.“

Neugierig musterte Francesca ihren Kollegen vom Beifahrersitz aus: Özcan, der mit seinem markanten Gesicht, seinem südländischen Erscheinungsbild und der schmalen Sonnenbrille, die er gegen die Nachmittagssonne aufgesetzt hatte, aussah wie Robert De Niro in „Casino“.

„Dann schieß mal los …"

„Na ja, was haben wir denn schon gegen ihn in der Hand – dass er zwei 450-Euro-Jobs hat? Krankheitsvertretung als Fahrer bei der einen, Security-Mitarbeiter bei einer anderen Firma?"

„Trotzdem – ein merkwürdiger Zufall, sich bei zwei Mordfällen hintereinander in der Nähe aufzuhalten …", antwortete Francesca. „Außerdem: Die ganze Geschichte auf dem Rastplatz Sindelfingen ist doch etwas nebulös. Einerseits behauptet er, er habe den Lieferwagen dort verlassen und sich von Timmermans getrennt. Dann hätte er wahrscheinlich nichts davon mitgekriegt, dass Timmermans auf dem Rastplatz überfallen wurde."

„Du meinst, es gab einen Überfall?"

„Nur eine Hypothese …"

„Also gut, nehmen wir das mal an, das mit dem Überfall", griff Özcan den Gedankengang seiner Kollegin auf. „Dann steht – andererseits – dazu in Widerspruch, dass er behauptet hat, er habe Timmermans noch wegfahren sehen."

„Eben. So wie er es darstellt, hat er den Anruf erhalten, seiner Tochter sei was passiert und so weiter, ist ausgestiegen, um sich ein Taxi zu rufen, und Timmermans ist weitergefahren. Wie sind dann die Blutspuren in den Wagen gekommen?"

„Oder wir haben uns jetzt an dem Rastplatz festgebissen", überlegte Özcan. „Und das Gerangel im Laderaum ist anderswo auf der Fahrt passiert. Wer weiß, was uns Marschall da aufgetischt hat …"

Etliche Minuten später hatte Özcan den Charlottenplatz Richtung Neue Weinsteige überquert und war in die Olgastraße abgebogen. Mangels Parkgelegenheit stellte er die schwarze Limousine an der Ecke Pfarrstraße quer auf den Bürgersteig.

Das maßgebliche Wohnhaus befand sich wenige Meter vor einem türkischen Grill. Die Kripobeamten suchten das Klingelschild des mehrstöckigen Gebäudes nach dem Namen ab. Doch der Name ‚Marschall' erschien nirgends. Zweifelnd sahen sich die beiden an.

„Dann ist er vielleicht in der WG?", sagte Özcan und klingelte.

„Als alleinerziehender Vater?"

„Vielleicht kann er sich keine eigene Wohnung leisten!"

Der Summer ertönte. Özcan nahm seine Sonnenbrille ab und versetzte dem Türgriff einen Stoß, die Tür schnappte auf. Vom ersten Treppenabsatz blickte ihnen ein junger, kauender Mann entgegen – Dreitagebart, offenes Hemd, verwaschene, knielange Jeans. Francesca zog ihren Dienstausweis aus der Gesäßtasche, Özcan fragte nach Peter Marschall.

Der junge Mann runzelte die Stirn, wies die Kripobeamten jedoch mit einer Kopfbewegung in den Flur.

Am Tisch der kleinen, düsteren Wohnküche saßen zwei weitere junge Männer, Bier trinkend. Sie blickten fragend auf.

„Peter Marschall", wiederholte Francesca ungläubig. „Der wohnt hier? Bei Ihnen?"

Der junge Mann, der ihnen geöffnet hatte, schluckte den Rest hinunter.

„Ausgezogen", antwortete er.

Bestürzt sah die Kommissarin ihn an.

„Ausgezogen? Wann?"

Hilfe suchend suchte der junge Mann die Blicke seiner Mitbewohner.

„Heute Mittag?" Und schickte die Erklärung nach: „Die beiden sind von der Kripo."

Einer der Biertrinker nickte.

„Weiß auch nicht, was mit dem los war. Hat ein paar Sachen geschnappt und bloß gesagt, er zieht aus."

„Wohin und wieso wissen Sie auch nicht?", fragte Özcan, ohne eine Antwort zu erwarten.

„Der hat sich sowieso kaum blicken lassen hier", sagte der Mann, der ihnen geöffnet hatte.

„Hatte er mal ein Kind bei sich?", fragte Francesca in die kleine Runde. „Ein Mädchen, so sieben ungefähr?"

„Hat er nie was erzählt von. War aber auch ständig unterwegs. Mitarbeiter bei 'ner Sicherheitsfirma", erklärte einer der Männer in der Küche, der bisher geschwiegen hatte. „Was hat er denn ausgefressen?"

„Das dürfen die doch nicht rauslassen! Laufende Ermittlungen und so", erklärte ihm der Mitbewohner mit dem Dreitagebart. Und zu den Beamten gewandt sagte er: „Sie wollen doch sicher sein Zimmer sehen …" Er wies ihnen den Weg und zog sich zurück.

„Von wegen alleinerziehender Vater!" Özcan presste die Worte hervor wie einen Fluch, als sie in dem engen Raum standen.

Francesca eilte zu dem einzigen Fenster und zog die Rollläden hoch.

„Ich dachte, Brettschneider hat den Mann überprüft!", stieß sie ärgerlich aus.

„Tja …", meinte Özcan gedehnt, ließ den Rest seiner Meinung aber in der Luft hängen und sah sich in dem kargen Raum um: Ein leerer Kleiderschrank Marke „Sperrmüll" – die Türen standen offen. Ein ungemachtes Bett. Ein Resopaltischchen. „Und das Kinderbett?", fragte er zynisch.

„Wohl kalte Füße gekriegt!", stellte Francesca fest und warf einen Blick zur Decke, von der an blanken Kabeln eine nackte Glühbirne hing.

„Na ja, wer ständig auf Achse ist, kann auf Wohnkomfort verzichten", kommentierte Özcan. „Aber warum kalte Füße? Nur, weil wir ihm heute Vormittag auf die Pelle gerückt sind?"

„Weil der mehr Dreck am Stecken hat, als wir wissen …"

„Fragt sich nur – welchen Dreck!"

„Das wird er uns sicher noch beichten, sobald wir ihn haben."

Özcan sah seine Kollegin zweifelnd an.

„Und warum hat er vorhin noch telefonisch angekündigt, er wolle zur Blutabnahme kommen?"

„Um Zeit zu gewinnen", erklärte die Kommissarin. „Um abhauen zu können, bevor wir Lunte riechen. Und wahrscheinlich war das Blut auch das Detail, das ihn unter Druck gebracht hat…"

„Das Blut…", überlegte Özcan laut. „Das Blut im Lieferwagen…"

„Deshalb machen wir jetzt noch mal die Nummer mit der Haarprobe!", grinste sie.

Verblüfft sah Özcan sie an. Zwei Sekunden später fiel der Groschen. Er zog ein Pergamintütchen aus seiner Lederjacke, legte sich auf den Bauch und schob sich unter das Bett, während Francesca ihr Handy zückte und mit Astrid Baisch den Fahndungsaufruf nach Peter Marschall besprach.

„Jetzt haben wir schon drei Flüchtige, nach denen wir fahnden", stellte sie seufzend fest, nachdem sie das Gespräch beendet hatte.

„Sobald drei Menschen zusammen sind, bilden sie eine Gruppe, hat Mao Tse-Tung einmal gesagt", ließ sich Özcans ächzende Stimme unter dem Bett vernehmen.

„Mao?"

„Chinesische Revolution. Mein letzter VHS-Kurs", erklärte er.

„Das hilft mir jetzt auch nicht weiter!", erwiderte Francesca genervt. „Bist du bald fertig mit Pilzsammeln da unten?"

„Will heißen, dass Marschall, Parlitschew und dieser Mirko einem und demselben Verein angehören."

„Sieht danach aus…"

Özcan kam wieder hervorgekrochen, stellte sich auf

die Beine und wedelte mit dem Asservaten-Tütchen vor Francescas Nase herum.

„Mit Haarprobe is nix", grinste er. „Aber dafür ein altes Heftpflaster. Mit echtem Blut dran!"

„Dann haben wir ja sogar eine Vergleichsprobe!", freute sich die Kommissarin und schickte sich an, das Zimmer zu verlassen. Da meldete sich ihr Mobiltelefon. Sie nahm den Anruf und die Information entgegen, legte wieder auf und sagte:

„Im Otto Hermann-Weg drei, Stuttgart-Feuerbach – weißt du, wer da wohnt?"

„Keine Ahnung", antwortete Özcan, „aber vermutlich nicht die angebliche Bekannte von Marschall – keine Julia Birkmann."

„Nein, die Generalagentur einer Versicherung."

„Der hat uns ja ganz schön gelinkt", sagte Özcan! „Von wegen kleine Tochter bei Bekannter untergebracht…"

„Aber weißt du, was mir die ganze Zeit schon durch den Kopf geht?", fragte Francesca.

„Mir auch. Mal sehen, ob es dasselbe ist…"

„Dann fang du an!", forderte sie.

Özcan kratzte sich am Ohrläppchen.

„Die Sache mit der Krankheitsvertretung des Lkw-Fahrers namens Marschall, der am fraglichen Tag den Zucker bei Ritter Sport angeliefert hat?"

„Genau. Marschall – angenommen, er hat auch mit dem Ritter-Sport-Fall zu tun – musste das organisieren, dass er exakt am Donnerstagnachmittag diese Krankheitsvertretung bekam…"

„Dann muss der Fahrer, der eigentlich Dienst hatte, sich vorher krank gemeldet haben…"

„Marschall konnte das nicht dem Zufall überlassen. Er brauchte ein genaues Timing, damit er denjenigen, der den Mord dann beging, rechtzeitig in die Lagerhalle einschleusen konnte."

„Eben", erwiderte Francesca. „Und der, den er vertreten hat, hat doch nicht zufällig Grippe gekriegt an dem Tag, oder?" Sie wählte Brettschneiders Nummer.

Sieh dir doch mal dieses herrliche Panorama an!", rief Francesca aus und hielt Özcan kurz am Unterarm fest, als sie mit ihm den Treppenaufgang aus dunklen Granitplatten zur Villa der Kunsthändlerin Sarowsky in der Stuttgarter Birkenwaldstraße emporstieg. „Nur eine kleine Verschnaufpause, bevor es wieder in den Kampf geht!"

Die Abendstimmung über dem Talkessel erschien ihr wie am vergangenen Donnerstagabend, als sie mit Andreas zur Vernissage eingeladen war, um die neuen Holzobjekte seines Schulfreundes und Bildhauers Matthias Erkenbrecht zu bewundern. Wieder die orangefarbenen Punkte der Straßenlaternen, wieder die Großbaustellen, die sich aus dem abendlichen Dunst schoben, wieder dieser weite Blick vom Neckartal bis zu den blauen Höhenzügen des Schurwalds.

Özcan wandte sich der Stadt zu und atmete für einen Moment wie befreit durch. Dann begann er schwelgend zu rezitieren:

„Lange lieb ich dich schon, möchte dich, mir zur Lust, Mutter nennen und dir schenken ein kunstlos Lied, Du, der Vaterlandsstädte Ländlichschönste, so viel ich sah."

„Hier oben scheinen ja alle Männer lyrisch zu werden!", lachte Francesca. „Schiller – stimmt's?"

„Hölderlin!", stellte Özcan richtig.

„Volkshochschule?"

„Na ja, eigentlich ist die Strophe ein Loblied an Heidelberg", räumte er ein. „Stuttgart in der Form, wie wir heute die Stadt kennen, gab es zu Hölderlins und Schillers Zeiten ja noch nicht. War ja bis Anfang des 19. Jahrhunderts lediglich herzogliche Residenz."

„Genug der Schulstunde!", sagte Francesca.

Als sie nach den letzten Eschen, Douglasien und einer mächtigen Edeltanne vor dem Jugendstilportal ankamen, hörten sie linker Hand gedämpfte Stimmen, denen sie folgten. Ein schmaler Seitenweg führte sie zu einer großzügigen Terrasse. Vor einem weißen Tisch mit Terrinen, Schüsseln und Schalen lehnten in luxuriösen Dining-Stühlen die Kunsthändlerin und ein hagerer Mann mit langen grauen, zu einem Pferdeschwanz gebundenen Haaren.

„Sofia Sarowsky", flüsterte die Kommissarin, „und einer ihrer Sammler. Holbein, heißt er, glaube ich."

Im selben Moment hatte die Kunsthändlerin sie entdeckt. Sie stellte ihr Sektglas ab, erhob sich und ging mit einem geschäftsmäßigen Lächeln auf die beiden zu.

„Frau Molinari!", rief sie affektiert und musterte Özcan mit einem zweideutigen Blick. „Heute in neuer Begleitung!?"

Noch ehe die Kommissarin etwas erwidern und sich wehren konnte, wurden sie und ihr Kollege mit Küsschen-Küsschen begrüßt, wobei Sarowsky nahtlos fortfuhr:

„Ihr Calderara, den Sie sich bei der Vernissage angesehen hatten, führt sie her, stimmt's? Sie haben es sich doch noch mal überlegt!"

„Ein Calderara schon", entgegnete Francesca. „Aber ein anderer …"

„Es handelt sich um il mare 1961, Öl auf Leinwand, 73 x 120 cm, gnädige Frau", erklärte Özcan ungerührt.

Als habe sie in einen sauren Apfel gebissen, verzog die Kunsthändlerin den Mund und hüstelte verlegen zur Seite. Mit einem Blick auf ihren Gast sagte sie:

„Vielleicht sollten wir das in meinem Büro …?" Sie wies mit der Hand zum Eingang.

Doch da war Holbein bereits hinter sie getreten. Offenbar hatte er begriffen, dass es um etwas Offizielles ging und die Kunsthändlerin den Smalltalk mit ihm nicht würde fortsetzen können. Ohne sich vorzustellen, entschuldigte er sich höflich mit den Worten, er sei sowieso im Aufbruch begriffen und wolle nicht weiter stören. Er kehrte zum Tisch zurück, leerte sein Sektglas und strebte – nicht mehr ganz schrittfest, wie es Francesca schien – der Treppe zu.

In der tief stehenden Abendsonne zeichneten die Zweige der umstehenden Bäume sanfte Schatten auf das Weiß des Tischtuchs.

„Darf ich Ihnen etwas anbieten?", fragte Sarowsky förmlich, hob ihr Sektglas und trank den Rest aus. „Ein Gläschen Schampus oder etwas Carpaccio vom marinierten Schwertfisch vielleicht?" Sie warf einen Blick auf die leere Sektflasche auf dem Tisch, schnappte sie und machte sich auf den Weg ins Haus.

„Moment, Moment!", rief Francesca. „Wegen uns brauchen Sie sich die Mühe nicht zu machen. Bitte nehmen Sie doch wieder Platz!"

Ungefragt nahm Özcan Sarowskys Stuhl ein, während Francesca der Kunsthändlerin ein paar Schritte nachlief.

Abrupt blieb die Kunsthändlerin stehen und schien kurz zu überlegen. Schließlich drehte sie sich um und schwenkte die leere Flasche in den Händen.

„Bitte – der Wunsch meiner Gäste ist mir Befehl!"

Während sich Francesca neben ihren Kollegen setzte, schlenderte Sarowsky mit demonstrativ lässigen Bewegungen wieder zum Tisch zurück.

„Bitte!", sagte Francesca und wies die Kunsthändlerin an, ihnen gegenüber Platz zu nehmen.

„Il mare …", sagte die Kunsthändlerin, als müsste sie ihrem Gedächtnis auf die Sprünge helfen. „Was kann ich für Sie tun?"

„Sie haben einem Joachim Guhl das erwähnte Bild verkauft“, begann die Kommissarin. „Der Name sagt Ihnen etwas?“

„Natürlich“, antwortete Sarowsky. „Ein Kunde von mir.“

„Und Sie wissen auch, dass es sich dabei um eine Fälschung handelte.“

„Moment, Moment!“, unterbrach die Kunsthändlerin mit einer abwehrenden Geste. „Die Vorwürfe Herrn Guhls sind mir zur Genüge bekannt und mir ist auch bekannt, dass er offenbar Opfer eines Mordfalls wurde. Das tut mir aufrichtig leid, aber ich verstehe den Zusammenhang nicht.“

„Es gibt auch keinen Zusammenhang“, sagte Özcan. „Höchstens insofern, dass das Bild aus seiner Wohnung verschwunden ist. Jemand hat es mitgenommen. Und zwar samt den ganzen Unterlagen.“

Özcan schob ihr die Kopie des Kaufvertrags über den Tisch.

„Sie meinen gestohlen?“, fragte Sarowsky, ohne das Papier eines Blickes zu würdigen.

Francesca nickte bestätigend.

„Jedes Kunstwerk!“, erklärte die Kunsthändlerin, „jedes einzelne Bild, das ich an den Mann bringe, jedes, dessen Schöpfer nicht mehr lebt, verkaufe ich nur, wenn die Expertise eines ausgewiesenen Experten mir seine Echtheit bestätigt. Sonst hätte ich meinen Laden schon längst dichtmachen können!“

„Ein teures Bild ohne Expertise ist so wenig wert wie ein Porsche ohne TÜV“, zitierte Özcan einen Satz, der ihm bei seinen eigenen Recherchen hängen geblieben war..

Sarowsky lächelte herablassend und tippte auf die Kopie.

„Außerdem müsste in den Unterlagen ja auch der Hinweis stehen, dass der Calderara ursprünglich von ‚De Angelis‘ stammt, einer angesehenen italienischen Privatsammlung. Seine Provenienz ist einwandfrei nachgewiesen.“

„Aber Guhl hat ja auch eine materialtechnische Analyse veranlasst. Und zwar bei einem renommierten Münchner Institut", wandte Özcan ein.

Wieder ließ der Kommissar eine Kopie über den Tisch gleiten – die Kopie des Gutachtens aus dem Koerner'schen Institut.

„Kenne ich", erwiderte Sarowsky – inzwischen offensichtlich gelassen. „Guhl hat mir das Gutachten vorgelegt. Aber die Münchner müssen sich geirrt haben. Auch ein renommiertes Institut macht Fehler!"

Francesca und Özcan warfen sich einen zweifelnden Blick zu.

„Wenn Sie es genau wissen wollen", fügte die Kunsthändlerin hinzu, „ich habe gegen die entsprechende Mitarbeiterin des Instituts Koerner Anzeige erstattet! Wegen Geschäftsschädigung. Wenn das die Runde macht…"

Die Kommissarin hob die Augenbrauen.

„Gut", sagte sie, „aber das ist inzwischen sowieso alles Schnee von gestern. Der Calderara ist nämlich inzwischen wieder aufgetaucht."

„Schön für Sie, aber davon weiß ich nichts."

„Sie pflegen doch sicher Geschäftsbeziehungen. Zum Beispiel zur Galerie ‚Seasons of Art' in Genf?"

„Ja, natürlich kennt man sich untereinander in diesem Business."

„Und Sie wollen nichts davon erfahren haben, dass Ihre Genfer Kollegin just diesen Calderara wenige Stunden nach dem Diebstahl bereits auf der Art Basel zum Verkauf anbot und das Bild weiterverkauft hat?"

„Was wollen Sie mir eigentlich anhängen?" Der Ton der Kunsthändlerin wurde scharf. „Dass ich mich im organisierten Kunstverbrechen engagiere?"

„Das hat niemand behauptet", versuchte Özcan die Wogen zu glätten. „Aber wir müssen nun mal in alle Richtungen ermitteln und dabei auch manchmal unangenehme

Fragen stellen", sagte er verbindlich. „Wir haben eher mit Ihrer Unterstützung gerechnet. Als Expertin …"

Die Kunsthändlerin atmete durch und wollte nach ihrem Glas greifen.

„Wirklich nichts zu trinken?"

Die Kommissare verneinten.

„Ist Ihnen dieser Mann schon einmal begegnet?", fragte Francesca nun und legte ihr das Fahndungsfoto von Dimitar Parlitschew vor. „Er wird verdächtigt, den Calderara-Diebstahl begangen zu haben."

Die Kunsthändlerin bemühte sich offensichtlich, sich das Bild genau anzusehen, schüttelte jedoch den Kopf.

„Und dieser Mann? Wir haben bisher nur ein Phantombild von ihm. Er soll häufig einen Lederhut dieser Art tragen. Er wäre Ihnen doch bestimmt aufgefallen – Sie kommen doch viel mit Menschen zusammen?"

Auch das Porträt des sogenannten Mirko besah sich die Kunsthändlerin offenbar eingehend, verneinte dann aber ebenfalls.

„Was wollte Guhl eigentlich von Ihnen in Amsterdam?", fragte Özcan.

Langsam hob Sarowsky den Blick, schien aber durch den Fragenden hindurchzusehen.

„Amsterdam?", fragte sie zurück, wie abwesend.

„Wir haben seine Handyverbindungen ausgewertet", erklärte die Kommissarin. „Letzte Woche, also eine Woche vor seinem Tod …"

„Ja, ja!", fiel die Kunsthändlerin ihr wieder ins Wort. „Guhl wollte endlich einmal die restaurierte ‚Nachtwache' sehen – im Rijksmuseum. Er rief mich an. Ich war beruflich zur selben Zeit dort. Er wollte mich treffen."

„Haben nicht vielmehr Sie *ihn* angerufen?"

„Möglich!"

„Was wollten Sie von ihm?", hakte Özcan nach.

„Wir haben uns getroffen, na und? Was er wollte? Sein

Geld zurück. Ich habe ihm natürlich klargemacht, dass ich es bis zum Äußersten kommen lassen würde. Schließlich stand meine Berufsehre auf dem Spiel – der Ruf meiner Firma."

„Zum Äußersten?", fragte Francesca. „Hat Guhl denn versucht, Sie zu erpressen?"

Die Kunsthändlerin verstummte. Schließlich deutete ihre Kopfbewegung eine Verneinung an und sie fuhr fort:

„Ich sagte ihm, ich sei bereit, die Sache durchzufechten bis zu einem Gerichtsurteil, aber es wäre mir natürlich lieber, wir könnten uns auf andere Weise einigen. Ich bat ihn, mir Zeit zu geben für ein alternatives Gutachten. Ich habe ihm angeboten, auf meine Kosten eine neue materialtechnische Prüfung durchführen zu lassen – bei einem anderen Institut natürlich. Das mit dem Gericht habe ich nicht wirklich ernst gemeint. Stellen Sie sich vor, so was kommt an die Öffentlichkeit. Dann kann ich zehnmal Recht bekommen – aber danach kann ich meine Sachen zusammenpacken!"

„Das kann ich nachvollziehen", antwortete Francesca nach einer Pause und machte Anstalten, sich zu erheben.

Sarowsky räusperte sich.

„Vielleicht brauche ich ja *Ihre* Unterstützung", brachte sie plötzlich hervor.

Erstaunt ließ sich die Kommissarin wieder auf ihren Stuhl sinken.

„Inwiefern?"

„Ich habe von Frau Koenig vom Museum Ritter von dem tragischen Unglück mit dem Hausmeister gehört", begann sie.

„Mirjam Koenig? Man kennt sich?", fragte Francesca.

Ohne auf den ironischen Unterton zu reagieren, fuhr Sarowsky fort:

„Frau Koenig hat mich auf die Sache mit dem Mondrian aufmerksam gemacht. Eine Sensation! Dieser Herr Timmermans aber wäre völlig überfordert gewesen, mit dieser delikaten Angelegenheit angemessen umzugehen. Er hätte das Werk ja sogar fast vernichtet! Ich habe ihm angeboten, eine wissenschaftliche Untersuchung anfertigen zu lassen. Ich konnte ihn überzeugen und er hat mir das Bild anvertraut. Das Rijksmuseum hat die Echtheit bestätigt …"

Francesca sah die Kunsthändlerin neugierig an.

„Und nun geht es um Ihr Geld?"

„Nein, nein, ich habe ja nur vermittelt. Zwischen dem Mondrian und dem Museum. Aber das Museum hat sich vorbehalten, den Kaufbetrag erst zu überweisen, wenn ein zweites stilistisches Gutachten vorliegt. Verständlich, bei so einer hohen Summe …"

„Elf Millionen", sagte Özcan.

„Ach – das wissen Sie auch schon?"

„Das wissen wir auch schon", bestätigte die Kommissarin.

„Es geht um meine Provision", ließ Sarowsky die Katze endlich aus dem Sack. „Sie haben das Bild offenbar beschlagnahmen müssen. Wann ist es denn wieder frei?"

Die Frage der Kunsthändlerin ignorierend fragte Özcan – und ein Lächeln umspielte seine Augen:

„Warum haben Sie den Mondrian denn nicht gleich in Ihrer Handtasche mitgenommen? Dann wäre das alles vielleicht gar nicht passiert?"

Sarowsky schluckte.

„Elf Millionen? In meiner Handtasche?"

Da hat uns die Koenig aber eine ganz andere Geschichte aufgetischt", sagte Özcan zu seiner Kollegin, als sie die Kunsthändlerin verlassen hatten und wieder die Treppen durch den Park hinab zu ihrem Wagen stiegen.

„Koenig hat einfach die Hälfte der Wahrheit weggelassen“, zischte Francesca. „Die stecken doch alle unter einer Decke!“

Die Nacht hatte sich über die Großstadt gelegt. Doch Francesca und ihr Kollege hatten kein Auge mehr für den grandiosen Ausblick von der Birkenwaldstraße. Kaum saßen sie wieder in ihrem Dienstwagen, zog Özcan vorsichtig ein zusammengerolltes Tuch aus der Jackentasche. Vor Francescas Augen zauberte er ein Sektglas hervor.

„Fingerabdrücke…“, erklärte er knapp. „Wer weiß, wofür's gut ist.“

„Hab ich gar nicht gemerkt, wie du das hast mitlaufen lassen!“, bemerkte Francesca verblüfft.

„Stefano liebt hochwertige Kristallgläser. Offenbar kennst du ihn noch nicht gut genug!“, antwortete er nicht ohne Stolz und sicherte das Glas in einer Plastiktüte.

Brettschneider meldete sich auf dem Handy der Kommissarin. Sie hob gerade an, ihm die mangelhafte Überprüfung Marschalls vorzuwerfen, da sagte der Kollege am anderen Ende der Leitung, sie solle in Deckung gehen, er würde gleich zwei Informationsgranaten abschießen. Francesca beschloss, ihn reden zu lassen und die andere Sache zu vertagen.

Erstens, berichtete Brettschneider: Er habe Ögünc, den Gabelstaplerfahrer von Ritter Sport, in der Taubenheimstraße verhört, um ihn unter Druck zu setzen – und ihm das Foto von Marschall vorgelegt. Er habe bestätigt, dass es sich um den Lkw-Fahrer handle.

„Das wissen wir doch schon“, wandte Francesca ungeduldig ein und stellte ihr Handy laut – zum Mithören.

„Habe ich ihm auch gesagt“, sagte Brettschneider und fuhr umständlich fort: „Aber entweder, habe ich ihm gesagt, die Mischspuren am Tatort zeigen, dass er als Spurenverursacher nicht auszuschließen ist – oder er habe den Mörder in die Halle gelassen.“

„Und?“, fragte Francesca, sah Özcan an und wackelte mit dem Fuß.

„Dann habe ich ihm das Foto mit diesem Mirko hingeknallt. Ich habe ihn tausendmal gefragt, ob er diesem Mann oder Marschall Informationen über die Arbeitsabläufe und über Guhls Aufenthaltsort in der Produktion gegeben hätte – aber nichts.“

„Entzückend!“, erwiderte Francesca lahm. „Aber deine erste Granate ist wohl eher ein Rohrkrepierer. Und was ist mit der zweiten?“

„Moment, ich bin noch nicht fertig!“, beschwerte sich Brettschneider. „Auch als ich ihm drohte, ihn als Mordverdächtigen dazubehalten, schwieg er stur. Verlangte nicht mal einen Anwalt. Ich habe ihn dann eine Weile schmoren lassen. Und dann, endlich, rückte er mit der Sprache heraus. Jemand habe ihn am Mittwoch am frühen Nachmittag angerufen und sich nach Guhls Schichtzeiten erkundigt.“

„Jemand?“

„Eine Männerstimme. Er habe sich als einen guten Bekannten von Guhl ausgegeben und gesagt, es handle sich um eine Überraschung. Und Ögünc hat ihm ahnungslos mitgeteilt, Guhl habe am Donnerstag Nachtschicht. Und dann wollte der Anrufer noch die Abteilung wissen, in der Guhl arbeitet. Auch diese Info hat er rausgelassen.“

„Deshalb hat Ögünc so lang rumgedruckst“, meinte Özcan. „Hat wohl Angst, dass wir ihn als Mittäter in Betracht ziehen würden.“

Francesca bedankte sich für die Hinweise.

„Jedenfalls klingt das nach Planung und ziemlich genauem Timing … Aber du hast ja noch eine zweite Überraschung auf Lager.“

„Ich habe mit dem Disponenten der Lieferfirma gesprochen, der die Fahrten einteilt“, fuhr Brettschneider fort. „Er sagte, Bauer mache öfter mal krank. Und schicke dann immer seinen Kumpel als Vertretung. Also Marschall. Das habe immer ganz gut geklappt bisher."

„Bauer?", fragte Francesca zurück. „Hat der auch so was wie einen Wohnsitz?"

Brettschneider gab die Adresse durch.

„Gleich hinterm Aldi-Süd, Stuttgart-West. Beim Stellwerk."

Francesca bat Brettschneider noch kurz, sich, wenn möglich, die Kontobewegungen der Kunsthändlerin anzusehen. Dann legte sie auf.

„Jetzt noch zu Aldi?", fragte Özcan.

Francesca lachte auf.

„Jetzt noch! Ist ja nicht so weit..."

Özcan startete den Wagen und stellte das Navi ein.

Einige Minuten später schon parkten sie vor einer der Mietskasernen an der L 1015 und nach zwei weiteren Minuten standen sie in einer engen, verrauchten Wohnküche. Eine große, kräftige Frau um die fünfzig hatte ihnen geöffnet. Sie trug einen fliederfarbenen Rollkragenpulli und streichelte ihren seitlich geflochtenen, dunklen Zopf.

„Sie wollen zu meinem Mann?", hatte sie mit misstrauischem Blick auf Francescas Dienstausweis gefragt und sie in die Küche gelassen.

Ihr Mann schloss gerade den Kühlschrank und ließ den Bügelverschluss einer Bierflasche mit einem „Plopp" aufspringen. Der untersetzte Lkw-Fahrer mit Halbglatze trug eine Designerbrille und ein ärmelloses schwarzes T-Shirt. Auf einem seiner kräftigen Oberarme prangte ein tätowierter Flammenkreis mit der Inschrift „Born to be wild". Hätte man jemandem nur seinen Kopf auf einem Foto präsentiert, würde man ihn eher für einen Lehrer oder einen Computerfachmann halten, dachte Francesca.

Verblüfft sah er die beiden Kripobeamten an, als sie sich ihm knapp vorstellten. Ohne Umschweife kam die Kommissarin zur Sache.

„Herr Bauer?“, erkundigte sie sich.
Der Mann nickte stumm.
„Wir ermitteln im Mordfall bei Ritter Sport. Sie waren am letzten Donnerstag krankgeschrieben?“
Stirnrunzelnd setzte er die Bierflasche ab.
„Infekt“, gab er an. „Aber am nächsten Tag war ich schon wieder fit.“
„Und Herr Marschall ist für Sie eingesprungen“, schloss Özcan an.
„Macht der öfters.“
„Das wissen wir schon“, sagte die Kommissarin. „Schön, wenn man so einen Kumpel hat…“
Bauer zuckte mit den Achseln.
„Ja – und?“
„Das geht so auf Anfrage? Das mit dem Krankwerden?“
Bauer wandte sich zum Kühlschrank und klammerte sich an seine Bierflasche.
„Wie – auf Anfrage?“
„Na ja“, erklärte Özcan. „Wir wissen von Herrn Marschall, dass er den Auftrag dringend brauchte.“
Der Mann genehmigte sich einen langen Schluck.
„Möglich. Er hat's ja auch nicht grade dicke…“
Er wischte sich mit dem Handrücken über den Mund.
„Und zwar genau an diesem Donnerstagnachmittag“, fügte Özcan hinzu.
Bauer sah die Kommissarin an.
„Was meint Ihr Kollege damit?“
„Was er meint, ist: Wie geht das denn, so auf Kommando krank zu werden?“
Bauer schüttelte den Kopf und wandte sich verlegen ab.
„Auf Kommando, sagen Sie?“
„Auf Kommando“, wiederholte die Kommissarin.
„Jetzt drück doch nicht so lange rum, Werner!“, fuhr seine Frau dazwischen, die im Türrahmen stehen geblieben war.

„Ich drück mich doch überhaupt nicht!“, protestierte er.

„Mein Mann …“, begann die Frau von Neuem. „Peter, also Herr Marschall, hat ihm dafür was gegeben …“

Bauer warf seiner Frau einen kalten Blick zu.

„Damit er an diesem Tag krank macht?“, hakte die Kommissarin nach und suchte den Blick des Mannes.

Bauer stellte die Bierflasche wieder abrupt auf dem Kühlschrank ab. Er blähte seinen Brustkorb auf, schob ihn nach vorne und baute sich vor Francesca auf.

„Na und?“, presste er hervor. „Wollen Sie mich jetzt verhaften?“

Francesca lächelte.

„Ich glaube eher, Ihr Arbeitgeber wäre nicht so erfreut darüber. Aber wir wollen uns da nicht unbedingt einmischen. Geben Sie mir mal bitte ihr Handy?“

„Wozu denn das?“, murmelte Bauer kleinlaut, drückte aber der Kommissarin brav sein Mobilgerät in die Hand. Francesca reichte es an Özcan weiter, der nur wenige Sekunden brauchte, um sich zu Marschalls Handynummer durchzublättern, die er sogleich auf sein eigenes Handy übertrug. Im Nachrichteneingang fand sich unter *Peter* die Botschaft „Grippe ist gut!“ Darüber die Zeitangabe „Mittwoch 11.6.“ Er gab das Mobiltelefon wieder seinem Besitzer zurück.

„Wie viel hat Marschall Ihnen denn gegeben für Ihren kleinen Freundschaftsdienst?“, fragte Francesca.

Bauer machte den Mund auf, doch da kam seine Frau dazwischen.

„Muss mein Mann denn diese Frage beantworten?“

Das Licht im Flur der Wohnung war längst erloschen. Erschöpft stützte sich Francesca mit einer Hand am Schuhschränkchen auf, streifte ihre Schuhe ab und ließ sie zu Boden purzeln. Ihre Jacke warf sie auf einen Stuhl, den Schlüsselbund hinterher. Alles war still. Ein Lichtspalt drang aus dem Schlafzimmer.

Francesca schob die Tür auf und sah auf Andreas. Er lag im Bett und las.

„Hat dein Kollege dich wieder gefahren?", fragte er und hob den Kopf.

Sie ließ sich auf die Bettkante auf seiner Seite sinken.

„Ich komme gar nicht dazu, den Wagen aus der Werkstatt zu holen."

Sie klappte den Buchdeckel seines Wälzers um.

„Noch immer deine Schiller-Biografie?"

„Ich komme ja immer nur auf ein paar Seiten abends", brummte er. „Und bei dir? Seid ihr vorangekommen?"

„Das Gestrüpp lichtet sich langsam, aber es lichtet sich. Wie war's mit den Kindern? Ich habe sie seit Tagen nicht mehr gesehen…"

„Da musst du deine Mutter fragen", erwiderte er und setzte sich auf. „Ich war doch den ganzen Tag in Stuttgart!"

„Deine Fortbildung, immer noch?", staunte Francesca.

Andreas wandte sich seufzend seinem Buch zu.

Francesca ging in die Küche. Wenig später kam sie mit einem kalten Saitenwürstchen zurück. Andreas sah sie stirnrunzelnd an.

„Ich bin den ganzen Tag nicht zum Essen gekommen!", sagte sie in einem Ton, als müsste sie sich entschuldigen.

„Denkst du an Salvatores Geburtstag am Dienstag? Er wird sechs."

Francesca knuffte ihn in den Arm.

„Danke, dass du mich daran erinnerst. Aber sein Alter kann ich mir noch merken!"

Langsam erhob sie sich und begann, sich zu entkleiden.

„Du bist mir noch eine Antwort schuldig!“, sagte sie und knöpfte ihre Bluse auf.

Andreas gab wieder ein Brummen von sich.

„Was hast du gefragt?“

„Deine Fortbildung...“

„Hab dir doch gesagt, die geht noch bis morgen.“

„Übers Wochenende hinweg?“

„Verlängertes Wochenende, meinetwegen. Was ist denn? Deine Mutter hat sich auch schon beschwert...“

Nachdenklich verließ Francesca das Schlafzimmer und ging duschen. Eine Fortbildung, die sich bis Montagabend hinzog? Vielleicht sollte sie ihrem Mann doch einmal genauer auf den Zahn fühlen...

Sie ließ das warme Wasser an sich abperlen. Wenn sie auch sonst immer das abendliche Duschen als etwas empfand, das sie genoss und das ihre Lebensgeister wieder weckte – heute Abend wollte sie nur noch in ihr Bett. Sie fror und zog sich ein paar Socken über die Füße. Anschließend schlich sie zurück ins Schlafzimmer.

Andreas hatte das Licht inzwischen gelöscht. Sie schlüpfte unter die Decke und legte sich auf ihre Schlafseite. Kaum war sie am Einschlafen, spürte sie heißen Atem an ihrem Ohr. Ein Flüstern. Francesca griff im Dunkeln nach dem Kopf auf ihrem Kopfkissen.

„Was ist denn noch“, murrte sie.

Jetzt machte sich eine Zungenspitze in ihrer Ohrmuschel zärtlich bemerkbar. Abrupt drehte sich Francesca weg.

„Ich bin todmüde!“, flehte sie.

„Ich denke, dir gefällt das!“, erwiderte Andreas gekränkt.

Plötzlich setzte sich Francesca kerzengerade auf.

„Seit Jahren versuche ich, dir vergeblich beizubringen“, sagte sie vorwurfsvoll, „dass ich es besonders gerne mag, wenn du mir ins Ohr flüsterst...“

„Ja – und wenn ich es mal mache, ist es auch nicht recht!“, konterte er.

„Weil du es ausgerechnet dann machst, wenn ich nicht in Stimmung bin, kapierst du das denn nicht!“

Wortlos wälzte er sich auf seine Seite.

Francesca aber war wieder hellwach. Ihr Ärger klopfte ihr im Hals.

Wenig später schnarchte Andreas bereits.

Das war früher auch mal anders, dachte sie und tastete im Dunkeln nach ihren Ohrstöpseln.

Özcan war, nachdem er Francesca vor ihrer Wohnung in der Planie abgesetzt hatte, mit dem Dienstwagen von Reutlingen wieder zu seinem Freund nach Esslingen gefahren. Er wollte ihn im „Krokodil“ treffen, einer der derzeit angesagten Kneipen in der Innenstadt, wo er im letzten Jahr mit Martin bei der Musiknacht die „Blackbirds“ gehört hatte.

Als er den Wagen abgestellt hatte, begann es zu stürmen. Die ersten dicken Regentropfen klatschten auf das Wagendach. Er zog die Lederjacke über den Kopf und flüchtete sich in die Kneipe. Ein Geruch von warmem Bier zog ihm entgegen. Er sah sich um. Kaum Gäste, dachte er, klar, Sonntagabend. Und von Martin keine Spur. Froh, sich seinen Platz heute aussuchen zu können, setzte er sich gegenüber den Zapfhähnen an den Tresen und bestellte sich ein Pils. Martin, ging es ihm durch den Kopf, schon wieder weg oder noch gar nicht da?

Der Vollbärtige hinter dem Tresen zapfte schweigend das Bier – langsam und bedächtig. Tomislav Özcan nahm sein Smartphone zur Hand und tippte auf der Kurzwahltaste Martins Nummer. Doch dieser hatte sein Mobilgerät offenbar ausgeschaltet. Özcan überlegte, ob er die Mailbox besprechen sollte, ließ es dann aber bleiben. Wofür besaß man ein Handy, mit dem man sich auch kurzfristig verabreden oder einen Termin auch absagen konnte, wenn man es nicht anschaltete.

Er beschloss, seine E-Mails aufzurufen. Aber außer Spam – nichts. Arbeit, Arbeit, Arbeit, dachte er. Wie sollte man da noch Kontakte pflegen? Er wischte sich mit dem Handrücken über die Stirn und damit den Anflug von Selbstmitleid fort. Störende Gedanken weiterziehen lassen, besann er sich auf seinen Yoga-Kurs.

Wortlos reichte ihm der Barkeeper das Glas über den Tresen. Özcan nippte und leckte sich den Schaum von den Lippen. Gedankenverloren starrte er in sein Bier. Vielleicht sollte er doch die Telefonnummer der hübschen Polizistin mit dem knackigen Hintern ausfindig machen, die in Edith Rosenfeldts neuer Wohnung Nachtwache gehalten hatte? Sie hatte zwar vorgegeben, ihn nicht zu beachten, aber das musste nichts bedeuten. Doch möglicherweise müsste er dann Francesca danach fragen, bei welchem Revier dieser Hase tätig war. Und die hatte gerade anderes im Kopf, als ihm zu einer neuen Flamme zu verhelfen.

Er spürte einen leichten Schlag auf der Schulter.

„Hey Alter, träumst du schon oder lebst du noch?"

Er schüttelte sich und drehte sich zu Martin um. Dieser hatte einen jungen Mann im Schlepptau.

„Hab euch gar nicht kommen hören …", nuschelte er.

„War schon mal da vor 'ner Stunde, aber du noch nicht. Wieder ein neuer Mordfall, was?"

„Zwei, genau genommen. Zwei Mordfälle."

Ohne näher auf Özcans Antwort einzugehen, deutete Martin mit dem Daumen auf den Mann neben ihnen.

„Sami", stellte sich dieser vor.

„Wie Sami Khedira", grinste Martin und streifte sich die langen, strähnigen Haare aus dem Gesicht. „Aus Istanbul. Studiert Informatik in Stuttgart."

„Ah, ’stanbul!“ Özcans Gesicht hellte sich auf.

„Und du?“, fragte Sami.

„Mein Vater“, erwiderte Özcan. „Mein Vater stammt aus ’stanbul. Ich bin hier aufgewachsen. Hier in Deutschland, im Ländle.“

„Özis Mutter stammt aus Kroatien. Deshalb lässt er sich lieber Tommy nennen.“

„Ja, ja …“, winkte Özcan ab. „Also nennt mich bitte Tommy und nicht Özi!“

„Völlig okay“, meinte Sami und setzte sich neben ihn, während Martin auf der anderen Seite Platz fand.

Schnell fand Özcan heraus, dass Sami – mit höflichen, umschreibenden Worten – offenbar seine politischen Ansichten austesten wollte. Er hörte ihm eine Weile zu, dann konstatierte er:

„Bei uns in Deutschland wäre ein Mann wie Erdogan schon längst weg vom Fenster. Ein Präsident, der die Bullen auf Demonstranten hetzt.“

„Bist du dir da so sicher? Bist doch selber Bulle!“, grinste Martin.

Özcan winkte gelassen ab.

„Er kann die Staatsanwälte, die gegen seine korrupten Freunde ermitteln, einfach verhaften lassen“, wagte sich Sami aus der Deckung.

„Und die ganze Sache mit dem Twitterverbot und dass sein Minister den Frauen das Lachen verbietet“, warf Martin dazwischen.

„Ich hoffe, dem wird das Lachen irgendwann noch vergehen“, sagte Özcan trotzig.

„Aber die Hälfte des Volkes hat ihn gewählt“, gab Sami zu bedenken.

„Hitler wurde auch vom Volk gewählt“, meinte Martin.

Özcan nahm einen Schluck von seinem Pils.

„Kann man nicht so direkt vergleichen“, sagte Özcan. „Ihr habt noch gar nichts bestellt.“

„Und die andere Hälfte?“, dachte Sami laut nach. „Die andere Hälfte des Volkes? Was macht die dagegen?“

„Wir werden sehen …“, streute Özcan ein. Er trank sein Bier mit einem Zug leer.

Der Barkeeper nahm die Bestellungen auf.

„Noch eins?“, fragte er Özcan und wackelte mit dem leeren Bierglas.

Özcan sah auf die Uhr. Die Zeiger standen auf 0 Uhr 25. Er hob die Handteller.

„Genug für heute!“, beschloss er.

„Du willst schon gehen?“, fragte Martin.

„Ich kann mir's nicht aussuchen …“

Er zahlte, verabschiedete sich per Handschlag und wandte sich dem Ausgang zu. Aus den Augenwinkeln sah er durch die spiegelnden Fenster eine Gestalt an der Kneipe vorbeiziehen. Parlitschew! – schoss es ihm durch den Kopf.

Als hätte ihn ein Skorpion gestochen, lief er auf die nasse Straße hinaus und sah in die Richtung, in der sich der Mann bewegt hatte. Aber der Gehweg war leer. Er rannte einige Meter weiter, um die Kübelpflanzen vor dem Lokal hinter sich zu lassen und freiere Sicht zu erhalten. Im Dämmerlicht der Straßenbeleuchtung gähnte ihm lediglich die Leere der Nacht entgegen. Er rannte bis zur nächsten Straßenecke – aber die Gestalt blieb verschwunden.

Um dem üblichen Montagmorgenstau auf der Aichtalbrücke zu entgehen, hatte Özcan Francesca am nächsten Morgen eine Stunde früher als notwendig von zu Hause abgeholt.

„Ich glaube, ich habe gestern den Bulgaren gesehen“, begrüßte Özcan seine Kollegin, als sie sich zum ihm ins Auto setzte. „Diesen Parlitschew."

„Glaubst du?", fragte Francesca und warf die Wagentür zu.

„Bin mir nicht ganz sicher", erwiderte er. „Vielleicht habe ich mich auch getäuscht, schließlich habe ich ja nur das Fahndungsfoto im Kopf. Und es war dunkel..."

„Und du hast nichts unternommen?"

Özcan fuhr los.

„Hätte eh nichts gebracht..."

Die Kommissarin wiegte bedenklich den Kopf.

„Das sagst du so einfach... Und wo?"

Özcan fühlte sich verpflichtet, seiner Kollegin die Situation vor der Kneipe im Detail zu schildern, obwohl er sie viel lieber gefragt hätte, ob sie wisse, wie er diese Polizistin wiederfinden könne. Ein Traumfetzen schwamm in ihm hoch. Männerhände – seine Hände – zogen Jeans von einem knackigen Frauenhintern und...

Er schüttelte den Kopf und seine aufkeimende Erregung ab.

„Alles in Ordnung?", fragte Francesca.

„Oh, ich kann diesen Satz nicht mehr hören!", stöhnte er übertrieben und sprach schnell weiter. „Ist dir schon aufgefallen, dass sie in Fernsehfilmen in jedem zweiten Satz die Leute fragen lassen ‚Alles in Ordnung?' Selbst jemand, der schon tot am Boden liegt, wird danach gefragt, ob alles in Ordnung mit ihm ist."

„Reg dich doch nicht so auf – so kenne ich dich ja gar nicht!"

Özcan sah starr geradeaus auf die Fahrbahn, auf der die letzten Pfützen trockneten. Der Morgen schien einen strahlenden Tag zu versprechen.

Francesca bemerkte, wie seine Wangenmuskeln arbeiteten. Nachdem sie eine Zeit lang stumm auf seine Antwort gewartet hatte, sagte er plötzlich:

„Ich will dich mal was fragen, Francesca. Aber ohne, dass du gleich einen deiner spöttischen Kommentare von dir gibst."

„Ich?", entgegnete sie mit gespielter Ironie. „Jeglicher Spott ist mir fremd ..."

Özcan warf einen Blick zu ihr hinüber. Beide mussten lachen.

„Gleich, warte ...", sagte Francesca schließlich. „Aber ich glaube, es ist doch besser, wenn wir den Zielfahndern unserer Truppe einen Tipp geben. Selbst wenn du dich geirrt haben solltest mit Esslingen. In der Zwischenzeit haben sie bestimmt schon versucht, Parlitschews Unterschlupfmöglichkeiten auszukundschaften."

Mit einer lässigen Geste stimmte Özcan zu. Doch im selben Moment meldete sich der Funk mit der krächzenden Stimme der Polizeisekretärin.

„Ein Hinweis aus der Bevölkerung", ließ Astrid Baisch verlauten. „Dimitar Parlitschew und dieser Mirko wurden angeblich dabei beobachtet, wie die beiden angeblich versucht haben sollen, die Wagentür eines geparkten Fahrzeugs aufzuhebeln. Angeblich sind die beiden überrascht worden und haben wieder das Weite ergriffen."

„Angeblich, angeblich, angeblich!", murmelte Özcan genervt.

„Und wo?", fragte Francesca zurück.

„In Oberesslingen."

„Im Industriegebiet?"

„Ja, angeblich."

Francesca verzog den Mund.

„Und angeblich weiter?", hakte sie nach. Musste man der Frau heute Morgen denn jedes Wort aus der Nase ziehen?

„Die örtliche Polizei ist alarmiert und unsere Zielfahndung ist eingeschaltet."

„Die sollen vorsichtig sein. Die Männer sind brandgefährlich! Halten Sie uns bitte auf dem Laufenden!"

Francesca beendete das Gespräch.

„War doch nicht so falsch mit Esslingen", sagte sie anschließend zu Özcan und bemühte sich, den Vorwurf in ihrer Stimme zu unterdrücken.

„Warten wir's erst mal ab", antwortete dieser durch die Zähne.

Ihr Gespräch verebbte. Um den Faden wieder aufzunehmen, sagte Francesca schließlich:

„Du wolltest mich etwas fragen – vorhin?"

„Ach, vergiss es!", erwiderte Özcan. Es klang nicht sehr entschieden.

„Ich lache auch nicht. Versprochen!"

Özcan griff sich an sein Ohrläppchen.

„Mit geht noch was ganz anderes durch den Kopf – die ganze Zeit schon…"

Francesca sah ihn fragend an.

„Also diese ganzen Fälschungen, die da auf dem Markt sind, die muss doch jemand gemacht haben", begann er. „Und das muss jemand sein, der sein Handwerk versteht. Im Fall Beltracchi war das so, dass seine Frau über ein ganzes System von Hinter- und Mittelsmännern seine Fälschungen verscherbelt hat… Aber wie konnte das so lange gut gehen? Wie konnte er so lange unentdeckt bleiben?"

„Einen kleinen Moment", unterbrach Francesca. „Bevor du weiter machst. Wir haben noch einiges mit Melinda Rosenfeldt zu besprechen…"

„Stimmt", überlegte Özcan. „Dann nehme ich die nächste Ausfahrt nach Aichtal."

„Weil Galeristen, Kunsthändler, Museumsleute und selbst die großen Auktionshäuser nicht so genau hingesehen haben und vielleicht auch nicht wollten", knüpfte die Kommissarin an seine Frage an. „Vielleicht auch, weil sie ganz ordentlich dabei mitverdient haben."

„Aber es gibt doch sogenannte Werkverzeichnisse. In

den Kunstkatalogen. Da wird jedes einzelne Werk eines Künstlers penibel dokumentiert. Für alle Ewigkeit."

„Ich sehe, du hast dich kundig gemacht."

„Das wusste ich auch vorher schon", lächelte Özcan geschmeichelt.

„Selbst die Hinterbliebenen eines verstorbenen Künstlers können sich täuschen", fuhr Francesca fort. „Und auch die sogenannten Künstlerwitwen können ein Interesse daran haben, Werke ihres berühmten Mannes, die sie vorgelegt bekommen, als echt zu bestätigen. Vorschnell vielleicht manchmal – wenn sie selbst einen Nutzen daraus ziehen."

„Du hast auch schnell dazugelernt", stellte Özcan anerkennend fest. Er war nachdenklich geworden. Er verließ die Schnellstraße nach Stuttgart und bog Richtung Aichtal ab. Schließlich sagte Özcan:

„Beltracchi war in seiner Jugend selbst Künstler. Begabt, aber erfolglos. Bis er sich aufs Fälschen verlegte. Selbst international renommierte Kunsthistoriker wie Werner Spies sind auf ihn reingefallen. Vor Gericht hat Beltracchi sogar noch angegeben damit, wie raffiniert er alle gelinkt hat."

„Wurde später nicht sogar ein Film mit ihm gedreht?"

„Ja – ich hab ihn gesehn. Es ist irgendwie ... Irgendwie ist es auch genial, wie er das hinkriegt mit den Bildern – so rein handwerklich ..."

„Aber letztlich legen wir diesen Sumpf nur trocken, wenn wir dem Fälscher auf die Spur kommen", sagte Francesca. „Und von dem ist bisher weit und breit nichts zu sehen."

Sie drückten lange an Melindas Klingel, unten, am zentralen Eingang der Wohnanlage *Am Waldrand* in Waldenbuch. Zweimal, dreimal, viermal.

„Vielleicht ist es noch zu früh?", meinte Özcan.

„Vielleicht hätten wir sie auch unter Polizeischutz stellen sollen", antwortete Francesca. „Solange dieser Mann mit dem Hut noch flüchtig ist."

Özcan machte eine verneinende Bewegung, als schnitte er mit der Handfläche die Luft.

„Er war doch nur an den Kopien interessiert – nicht an der Frau selbst!"

Endlich ertönte der Summer. Francesca drückte die Haustür auf, blieb aber stehen.

„Was ist?", fragte Özcan.

„Ich überlege mir gerade, ob es nicht besser ist, du wartest im Wagen. Wegen der Fahndung. Falls sich Frau Baisch wieder meldet. Sie kann mich zwar auch mobil erreichen, aber mir ist es lieber, ich werde während des Gesprächs mit Frau Rosenfeldt nicht gestört."

Özcan lachte auf.

„Ach, kommt jetzt wieder deine Von-Frau-zu-Frau-Nummer?"

„Nenn es, wie du willst!"

Abrupt machte Özcan auf dem Absatz kehrt und begab sich zurück zum Wagen.

„Hübsch haben Sie es hier", meinte Francesca wenig später, als sie Melindas Wohnung betreten hatte und ihren Blick durch das große, helle Wohnzimmer streifen ließ. „Wo haben Sie denn diesen Spiegel her?" Mit der Handfläche glitt sie über den fliederfarbenen Rahmen.

„Ach", erwiderte Melinda gähnend und zurrte den Gürtel ihres Morgenmantels fest. „Den gab's mal günstig bei Ikea." Sie bot der Kommissarin Platz in ihrem Clubsessel an.

„Tut mir leid. So früh. Hab ich Sie aus dem Schlaf geholt?" Sie setzte sich und sah sich weiter um.

„Schlaf kann man das wohl nicht nennen“, antwortete Melinda und schob sich eine Stirnfranse hinters Ohr. „Der Hausmeister hat mir noch Samstagnacht, ich hab ihn rausklingeln müssen, den Zweitschlüssel für die Wohnung gegeben. Mirko hat ja noch immer meinen Schlüsselbund. Ich hab die letzten zwei Nächte kein Auge zugemacht, obwohl ich zweimal abgeschlossen habe und den Schlüssel stecken ließ.“

Hellhörig geworden blickte Francesca Melinda an.

„Ihren Schlüsselbund ... Besitzen Sie einen Zweitschlüssel zur Wohnung Ihres Vaters?“

Melinda sah sie fragend an.

„Ja, wieso?“ Doch da wurde ihr auch schon selbst der Zusammenhang klar.

„Deshalb fanden wir keine Einbruchspuren ...“, erklärte die Kommissarin.

Melinda kratzte sich am Unterarm und starrte ins Leere. Als käme sie plötzlich wieder von einer gedanklichen Reise zurück, schüttelte sie sich und fragte:

„Kaffee vielleicht?“

„Gerne.“

Während sich Melinda in der Küche zu schaffen machte, streifte Francescas Blick die orangenfarbenen Gardinen, die das ziselierte Glas der Badezimmertür umfassten.

„Ihren Sinn für Ästhetik!“, rief sie Melinda zu. „Den haben sie wohl von Ihrem Vater?“

„Was Wohnungseinrichtung angeht – eher Mutter!“, rief Melinda zurück. „Obwohl sie ja zu Hause, was das betrifft, nicht viel Spielraum mehr hatte bei den vielen Bildern.“

„Aber Ihre Wände sind ja noch völlig kahl“, rief Francesca wieder, während sie sich umsah.

„Ja, ich weiß noch nicht!“, schallte es aus der Küche zurück. „Ich werde ja einen Teil der Kunstwerke erben. Aber ob ich mich mit den alten Sachen noch belasten will? Das eine oder andere vielleicht schon.“

„Haben Sie denn kein Lieblingsbild?“

„Doch, den Jawlensky in der Wohnung meines Vaters. Ich weiß nicht, ob Sie den gesehen haben?“

„Der würde mir auch gefallen“, erwiderte Francesca.

„Schenk ich Ihnen!“

„Nein!“, rief Francesca.

„Doch, warum nicht? Schließlich haben Sie mir ja das Leben gerettet!“

Überrascht von Melindas Angebot, dachte die Kommissarin einen Augenblick nach. Da erschien Melinda mit einer Thermoskanne in der Hand, in der anderen hatte sie die Henkel zweier Tassen über den kleinen Finger gehängt.

„Oh, warten Sie!“

„Geht schon ...“

Irgendwie schaffte es Melinda, alles auf den Glastisch zu stellen. Sie goss ein, fragte nach Milch und Zucker.

„Nur Milch bitte.“

„Kommt gleich.“

Noch einmal verschwand Melinda in der Küche. Als sie mit der Milchtüte zurückkehrte, sagte Francesca:

„Ihr Angebot ehrt mich. Aber wissen Sie, was der Jawlensky wert ist? Den müsste ich abgeben. Das würde sonst als Beamtenbestechlichkeit gelten.“

Melinda prustete.

„Bestechung? Vielleicht ist der ja auch gefälscht, wer weiß. Aber mal ehrlich. Also, das braucht ja niemand zu wissen. Oder wir machen es nachher, wenn Sie den Mörder meines Vaters gefasst und Ihren Fall abgeschlossen haben. Aber Sie haben Mirko und diesen Bulgaren noch nicht erwischt, oder?“

„Deshalb bin ich ja hier“, sagte Francesca und trank einen Schluck des köstlich duftenden Kaffees. Sie wollte nach der Marke fragen, doch stattdessen sagte sie: „Ich fürchte nämlich, ohne Ihre Unterstützung komme ich nicht wirklich weiter. Selbst wenn wir die beiden fassen – wir haben noch immer keine heiße Spur ..."

Verblüfft sah Melinda die Kommissarin an.

„Keine heiße Spur?"

„Wie gut kennen Sie diesen Mirko eigentlich. Und ist das überhaupt sein richtiger Vorname?"

Ein Verlegenheitsrot schoss in Melindas Gesicht.

„Ich weiß nicht ...", stotterte sie. „Ich hab einmal mit ihm geschlafen ..."

„Aber deshalb brauchen Sie sich ja nun nicht zu schämen ..."

Melinda hatte sich der Kommissarin gegenübergesetzt und rieb sich die glühenden Wangen.

„Nein, nicht deswegen. Das ist es nicht. Das ist alles etwas kompliziert ..."

„Dann erzählen Sie doch einfach mal", bat Francesca ohne die Erwartung, eine befriedigende Antwort auf all ihre offenen Fragen zu erhalten. Aber vielleicht war die junge Frau ja bereit, ihr wenigstens einen Teil der Wahrheit anzuvertrauen. Ihr fiel das rekonstruierte Passfoto ein. Sie zog das Asservaten-Tütchen aus ihrer Handtasche und reichte es Melinda über den Couchtisch.

Ohne die Tüte zu ergreifen, streifte Melinda das Bild mit einem Blick. Die Kommissarin legte es vor ihr ab und sah sie fragend an.

Melinda schloss die Augen und begann zu erzählen. Wie sie als Jugendliche vor ihrem Vater von zu Hause weggelaufen war. Wie sie sich durchgeschlagen hatte nach Amsterdam und dort an der Waterlooplein bei einer bunt gemischten Gruppe junger Leute Unterschlupf gefunden hatte. Sie berichtete von der kurzen Liebschaft mit Mirko und, dass er ihre Not ausgenützt habe für eine Dummheit, die sie bereue.

Als Melinda auf ihre Kurierfahrt nach Lodz zu sprechen kam, merkte Francesca auf. Bis dahin hatte sie ihr still zugehört wie eine zugewandte Therapeutin. Doch im selben Moment zwang sie sich zur Zurückhaltung. Ihr Gefühl sagte ihr, dass es nicht angebracht war, den Erzählfluss der Zeugin zu unterbrechen. Falls es irgendeine Querverbindung zu Parlitschew geben sollte – sie würde es erfahren. Auch als Melinda von ihren Beobachtungen auf dem Schrottplatz berichtete und von dem Überfall, der sich an dem abgestellten Lieferwagen in der Ul. Techniczna ereignet hatte, zwang sie sich weiter zum Schweigen.

Allerdings erschien ihr noch nicht alles vollständig nachvollziehbar, was nach Melindas Rückkehr von Amsterdam nach Waldenbuch geschehen war, ihre Flucht vor Mirko bis hin zu den Schüssen in der Tiefgarage.

„Mirko suchte offensichtlich nach kopierten Unterlagen, die beweisen, dass der Calderara meines Vaters eine Fälschung war. Das habe ich Ihnen ja schon in der Tiefgarage erzählt“, sagte Melinda schließlich. „Ich verstehe nur noch nicht, wie er darauf gekommen ist.“

„Eine entsprechende Notiz fand sich in einem Ordner Ihres Vaters. In seine Wohnung wurde ja eingebrochen – allerdings erst unmittelbar nach seiner Ermordung. Am späten Donnerstagabend …“

Eine Pause trat ein. Fieberhaft bemühte sich Francesca, den zeitlichen Ablauf der Ereignisse zu rekonstruieren. Schließlich fragte sie:

„Sie sagten, dieser Mirko sei schon am späten Donnerstagvormittag in Ihrer Wohnung aufgetaucht?“

Melinda nickte.

„Zu diesem Zeitpunkt konnte er doch von diesen Kopien noch gar nichts wissen …“. Zweifelnd sah die Kommissarin hinüber zu der jungen Frau. „Können Sie sich einen Reim darauf machen?“

Melinda überlegte kurz.

„Ich glaube, er hatte noch ein Hühnchen mit mir zu rupfen, von Lodz her“, antwortete sie.

„Ein Hühnchen …“, wiederholte Francesca und betrachtete Melinda mit einem bohrenden Blick.

„Ja, dass er mir auf den Zahn fühlen wollte. Irgendwas musste ja schiefgegangen sein in Lodz. Sonst hätte es ja nicht den Überfall auf den Mann gegeben, der den Lieferwagen abholen wollte. Ich hatte Ihnen das ja vorhin geschildert, wie ich mich auf dem Schrottplatz versteckte und alles mitbekam. Ich glaube, er befürchtete, dass ich Zeugin geworden sein könnte … Ich habe ja nicht umsonst die ganze Zeit nach meiner Rückkehr von Amsterdam in Angst vor ihm gelebt und mich in diese Wohnanlage zurückgezogen. Auch wenn ein paar Monate dazwischenliegen – man weiß ja nicht, irgendwie kann dieser Punkt ja auch später erst für ihn – oder die ganze Bande – brisant geworden sein …“

Die Kommissarin ließ Melindas Worte auf sich wirken. Das wäre durchaus ein plausibles Erklärungsmodell. Wenn es zutraf, hatten sie es mit einem Motivwechsel des Täters zu tun.

„Also, um da jetzt einen Knopf drunter zu machen:“, sagte sie schließlich. „Mirko erschien am späten Donnerstagvormittag hier in Ihrer Wohnung. Sie sind ihm dann entkommen. Und erst am Freitagmorgen hat er sie in dem Gartenhäuschen in Glashütte aufgespürt?“

Melinda bestätigte.

„Dann muss er in der Zeit zwischen dem Einbruch in die Wohnung Ihres Vaters und seinem Auftauchen im Schrebergarten aber nochmal in Ihre Wohnung zurückgekehrt sein, um nach den Kopien zu suchen“, überlegte die Kommissarin.

Sie setzte Melinda nun in groben Zügen über den Stand der bisherigen Ermittlungen ins Bild. Auf die Frage, ob sie Mirko einen Mord zutraue, verzichtete sie. Schließlich hatte dieser mit den Schüssen, die er auf sie abgefeuert hatte, genügend kriminelle Energie bewiesen.

„Die Beerdigung“, sagte Melinda schließlich und nippte an ihrem kalten Kaffee.

„Sie meinen, wann wir die Leiche Ihres Vaters freigeben können?“

Melinda nickte stumm.

„Sicher in den nächsten Tagen“, erklärte Francesca. „Sie bekommen Bescheid.“

„Glauben Sie, es war Mirko?“

„Möglich. Aber bisher kennen wir ja noch nicht einmal seinen Namen…“ Sie wies erneut auf das rekonstruierte Passfoto in dem Asservaten-Tütchen hin und fragte: „Ist Ihnen das bekannt?“

„Das hat Mirko mir in Amsterdam hinterlassen. Zum Andenken. Eine Art Warnung nach Art der Mafia, schätze ich.“

Die Kommissarin bedankte sich. Langsam erhob sie sich aus dem Clubsessel.

„Da wäre noch etwas“, fiel ihr ein.

„Ja?“

„Weiß Mirko das mit der Haselnussallergie Ihres Vaters?“

Melinda starrte sie an.

In diesem Augenblick klingelte es Sturm.

„Das wird mein Kollege sein“, rief Francesca aus. Mit schnellen Schritten war sie am Eingang, drückte den Knopf des Öffners und öffnete die Tür.

Sekunden später stand Özcan im Rahmen.

„Sie haben den Bulgaren geschnappt!“, rief er aus.

„Und diesen Mirko?“, wollte Francesca wissen.

„Der ist den Kollegen wieder entwischt…“

„Dann haben wir wenigstens einmal einen von den dreien“, konstatierte die Kommissarin und wandte sich zu Melinda um.

Wie erstarrt stand die junge Frau im Raum, bleich.

„Als ich in dieser einen Nacht mit ihm zusammen war“, sagte sie mit monotoner Stimme, „da habe ich ihm mein halbes Leben erzählt, wahrscheinlich auch von dem Gartenhäuschen der Hohlochs." Sie geriet ins Stocken.

Özcan machte einen Schritt ins Zimmer und wollte etwas sagen, doch Francesca legte den Zeigefinger auf die Lippen. Özcan verstand.

„Mein Vater – er wäre ja fast gestorben", fuhr Melinda leise fort, fast flüsternd. „Als wir von der Allergie noch nichts wussten. Er hatte ja schon lange bei Ritter Sport gearbeitet, und da war nie was passiert. Es geschah beim Kaffeetrinken. An einem der seltenen Sonntage, an denen wir zu Hause waren, meine Mutter hatte einen Nusszopf gebacken. Normalerweise machte sie immer einen Gugelhupf. Aber an diesem Tag eben dummerweise einen Nusszopf. Er biss hinein und erlitt einen Erstickungsanfall. Gott sei dank war der Notarzt schnell da … Na ja, ich habe mein Leben vor Mirko ausgebreitet in dieser Nacht, und irgendwie kamen wir auf meinen Vater zu sprechen, und dann … Jetzt bin ich auch noch schuld!" Sie raufte sich die Haare und brach in Schluchzen aus.

Francesca ging auf Melinda zu und legte den Arm um sie.

„Sie wissen, dass Sie nicht schuld sind!", versuchte sie zu trösten. „Aber für uns ist diese Information entscheidend!"

Alles verdichtet sich auf den Mann mit dem Hut, oder?", fragte Özcan seine Kollegin, als sie wieder im Wagen saßen.

„Sehe ich auch so", erwiderte Francesca und teilte ihrem Kollegen ihre neuen Erkenntnisse über die zeitlichen Zusammenhänge mit und über den Motivwechsel, der bei dem Verdächtigen offenbar im Verlauf des Einbruchs in

Guhls Wohnung eingetreten war. „Dieser Mirko könnte der große Unbekannte sein. Marschall hat dafür gesorgt, dass er für Bauer einspringen kann, um ihn auf das Betriebsgelände einzuschleusen, und …"

„Moment!", unterbrach Özcan und informierte Francesca seinerseits über die Nachricht von Marschall, auf die er auf Bauers Handy gestoßen war und die sie selbst nicht gelesen hatte. Nach dem Abend in Esslingen, in der er glaubte, den Bulgaren gesehen zu haben, hatte er nicht mehr daran gedacht, sie über den Inhalt dieser Nachricht in Kenntnis zu setzen.

„Also schon am Mittwochabend war für Marschall klar, dass Bauer am Donnerstag blau machen und er seine Fahrt übernehmen könnte – als Krankheitsvertretung", erwiderte die Kommissarin. „Er hat Mirko eingeschleust. Und Mirko könnte mit Hilfe von Ögünc, oder wie dieser Gabelstaplerfahrer heißt, heimlich in die Lagerhalle gekommen sein. Vielleicht hat er diesen Mann auch nicht einmal dazu gebraucht. Er hatte die notwendigen Informationen ja bereits aus dem Telefonat. Er wird der Anrufer gewesen sein, der sich Ögünc gegenüber als Guhls Freund oder Bekannter ausgab."

„Angenommen", setzte Özcan den Gedankengang fort und fuhr los, „also nur mal angenommen: Guhl hat der Kunsthändlerin damit gedroht, alles, was er über sie wusste, an die Öffentlichkeit zu bringen – er konnte die Fälschung seines Calderara ja nachweisen. Dann hätte Sarowsky ein Motiv gehabt, ihn zum Schweigen zu bringen …"

„Mirko hätte also in ihrem Auftrag gehandelt … Und um den Zusammenhang zwischen dem Mord und der Kunsthändlerin zu verschleiern, war er auch beauftragt, den Kaufvertrag und das Gutachten aus München verschwinden zu lassen, das bewies, dass es sich bei dem von Sarowsky verkauften Bild um eine Fälschung handelte. Da Sarowsky wusste, dass Guhls Calderara gefälscht war, hat sie dafür gesorgt, dass nicht nur die Unterlagen und Guhls PC verschwanden, sondern auch das Bild selbst."

„Bei dem Einbruch ist Parlitschew dann darauf gestoßen", analysierte Özcan weiter, „dass es von den Unterlagen noch Kopien gibt – und zwar mit dem Hinweis, dass sie sich im Besitz von Melinda befinden mussten. Also haben sich Mirko und er nach Guhls Tod an Melinda herangemacht. Dass sie allerdings den gelben Zettel mit dem Hinweis liegen gelassen haben, dürfte wohl ihr schwerster Fehler gewesen sein."

„Erst am Samstag gelang es ihnen, Melinda endlich zu erwischen", vervollständigte Francesca die rekonstruierten Abläufe, „und dann sind wir ihnen im entscheidenden Augenblick in der Tiefgarage zuvorgekommen."

„Aber alles klug durchorganisiert", stellte Özcan fest. „Auch, wie Mirko sich den Weg in diesen abgeschotteten und mehrfach gesicherten Betrieb geebnet hat. Ohne Marschall und Ögünc wäre er da nie herangekommen."

„Glaubst du denn, dass Marschall eingeweiht war?", fragte Francesca. „Ich meine: Dass er wusste, was Mirko beabsichtigte?"

„Ögünc wurde, glaube ich nur benutzt. Und von Marschall hätte ich das vielleicht auch angenommen. Aber nachdem er auch in den Fall um Timmermans verwickelt ist und offenbar ebenfalls Dreck am Stecken hat? Sieht doch alles nach Organisiertem Verbrechen aus …"

Erschöpft und nachdenklich ließen sie sich in ihre Sitze sinken und Özcan wandte seine Konzentration wieder der kurvenreichen Strecke zu.

Nach einer Pause des einvernehmlichen Schweigens sagte Francesca:

„Damit ich's nicht vergesse. Mein Jüngster. Er hat morgen Geburtstag …"

„Wie alt wird er denn?"

„Sechs."

„Dann kommt er bald in die Schule?“

„Im Herbst. Aber ich weiß noch nicht. Vielleicht lassen wir ihn noch ein Jahr zurückstellen. Er ist noch so verspielt.“

„Ist vielleicht besser. Mein Neffe, also von meinem Bruder Achmed der Sohn ...“

„Was ich eigentlich sagen wollte“, fuhr Francesca ihm ins Wort. „Könnten wir nicht schnell auf dem Weg ins LKA noch auf der Königsstraße vorbei? Ich hab noch kein Geschenk. Und wer weiß, ob ich später noch dazu komme.“

„Nullo Problemo“, antwortete Özcan. „Das einzige Problem – der Parkplatz.“

„Probier's doch hinten in der Kronenstraße, da findet man immer was.“

Zwanzig Minuten später fanden sie sich in Stuttgarts Innenstadt wieder. Özcan navigierte den Wagen am Schlossplatz-Tunnel vorbei und rangierte ihn auf den Kleinen Schlossplatz, wo er ihn mitten auf einem Fußgängerweg zum Stehen brachte.

„Hier willst du parken?“, fragte Francesca skeptisch.

„Wieso nicht? Ich bin doch Polizei!“, grinste er und holte sein Handy hervor. „Da vorn ist gleich Wittwer. Oder Hugendubel, wenn du willst, um die Ecke. Oder Steinkopf. Ich warte.“

Kaum hatte Francesca schulterzuckend den Wagen verlassen, startete er eine neue Runde „Quizduell“. Irgendein Mitspieler ließ sich im Internet immer finden.

Francesca suchte eine Kinderbuch-Abteilung auf. Sie war sich nicht ganz sicher. Salvatore ließ sich noch gerne vorlesen, aber Bilder sah er sich genauso gerne an. Sie würde sich beraten lassen müssen.

Die Buchhändlerin schleppte einen ganzen Stoß von Büchern an. Um sich die alle gewissenhaft anzusehen, dachte Francesca, ist Mittag. Dennoch schlug sie jede Empfehlung auf, prüfte die Bilder und las die ersten Sätze. Schließlich entschied sie sich für das Buch „Fußball-Freunde" von Andreas Kirchgäßner, ließ es als Geschenk verpacken und verließ die Buchhandlung.

Als sie nach dem Dienstwagen suchte, traf ihr Blick auf ein Paar, das Händchen haltend und mit merkwürdigen Schritten über den Schlossplatz tänzelte, so als würde es sich im Rumba-Rhythmus fortbewegen. Sie musste sich täuschen. War das nicht Andreas? Mit der Handfläche schirmte sie die Augen gegen die Sonne ab und sah genauer hin. Klar – ihr Mann! Oder hatte er einen Doppelgänger? Nein, er hatte doch gesagt, er würde heute noch mal in Stuttgart sein. Von wegen Fortbildung. Das war also seine Fortbildung, die sich bis in den Montag hineinzog! Diese Frau, die sich da offenbar angeregt mit ihm unterhielt – sie hatte sie doch auch schon mal gesehen! Bei der Ausstellungseröffnung bei Sarowsky letzten Donnerstag. War diese Junge mit dem fülligen, langen schwarzen Haar, das da nun in der Vormittagssonne über ihren großen Schritten wogte, nicht ein und dieselbe Person? Womöglich trug sie auch wieder ein so verführerisches, tief dekolletiertes Kleid.

Dieser Mistkerl hat mir die ganze Zeit was vorgemacht, dachte sie. Deshalb war er vorgestern Abend so gut drauf, als er so spät angeblich von seiner Fortbildung zurückkam. Und das Hemd, das hätte er sich wenigstens vorher noch in die Hose zurückstecken können!

Plötzlich schossen ihr Tränen der Wut in die Augen. Das Paar verschwand in der Menge der Fußgänger. Sie holte ein Papiertaschentuch und tupfte sich die Augen. Mein Make-up, dachte sie. So kann ich doch unmöglich zurück zu Özi in den Wagen steigen!

Tief atmete sie durch. Kurz überlegte sie, ob sie Andreas anrufen sollte. Und dann? Er konnte ihr viel erzählen – mit sicherem Abstand. Nein. Ob sie wollte oder nicht, sie würde ihre Beobachtung bis heute Abend für sich behalten müssen. Und ihn dann zur Rede stellen. Unter vier Augen würde er ihr nicht ausweichen können!

Sie zog sich zu einem der Schaufenster zurück, holte ihren kleinen Schminkspiegel aus der Handtasche und prüfte ihr Make-up. Na ja – es ging … Und jetzt: Zähne zusammenbeißen und durch, befahl sie sich.

Doch kaum hatte sie sich wenig später wieder auf dem Beifahrersitz niedergelassen, glaubte sie Özcans fragenden Blick zu spüren.

„Was guckst du denn so?“, ging sie zum Angriff über.

Özcan zuckte ein wenig zurück.

„Dasselbe könnte ich dich fragen!“, gab er ihr zurück. „Hier“, fügte er hinzu und machte sie auf irgendetwas an ihrem linken Auge aufmerksam.

Wieder kramte sie nach ihrem Spiegel – und entdeckte die einsame Träne, die sich in ihren Augenwinkel verflüchtigt hatte.

„Ist dir ’ne Laus über die Leber gelaufen, oder was?“, fragte er.

„Fahr doch bitte endlich!“, herrschte sie ihn an.

Özcan warf den Motor an und wendete.

„Fragen wird man wohl noch dürfen!“, sagte er kleinlaut.

„Aber keine Antworten erwarten auch!“, entgegnete sie.

Im LKA, ließ Francesca ihren Kollegen ohne ein weiteres Wort stehen und rannte, als sei sie auf der Flucht, durch die langen Gänge ihrem Büro zu. An der Tür prallte sie fast auf die Sekretärin, die ihr jedoch im letzten Moment ausweichen konnte.

„Frau Molinari?“, versuchte Baisch sie aufzuhalten, doch

Francesca preschte an ihr vorbei und schlug wütend die Tür hinter sich zu.

Verdattert sah Baisch nach unten. Da schlenderte Stefano auf sie zu.

„Was ist?“, fragte er.

„Ich weiß nicht… Vielleicht können Sie mal…“, antwortete sie verschüchtert und drückte dem Kriminaltechniker ein Dossier in die Hand. Mit dem Daumen wies sie auf die Tür.

„Frau Molinari?“, fragte er verwundert. „Warum geben Sie ihr das nicht selbst?“

Außer Achselzucken und Schweigen erhielt Stefano keine weitere Antwort. Ohne anzuklopfen, öffnete er vorsichtig die Tür, trat ein und machte sie hinter sich wieder zu.

Die Arme über den Kopf geschlagen lag Francesca mit ihrem Oberkörper bebend auf dem Papierberg ihres Schreibtischs. Die Handtasche lungerte neben ihr auf dem Boden. Besorgt trat Stefano neben sie, wollte sie an der Schulter berühren, zog die Hand aber wieder zurück.

„Was ist passiert?“

Langsam wandte Francesca ihm ihr verheultes Gesicht zu.

„Ach – du hast doch den Kopf voll mit anderen Dingen…“, schniefte sie.

Stefano reichte ihr ein Taschentuch.

„Nicht, wenn es dir schlecht geht“, erwiderte er sanft.

Francesca schnäuzte sich.

„Gleich wieder vorbei…“

„Jetzt komm schon…“

„Dieser scheinheilige Typ, dieser blöde…“, brach es nun aus ihr hervor.

„Dein Mann?“

„Ja – wer sonst…“

„Stress?“

Francesca verdrehte die Augen, knüllte das Taschentuch zusammen und äffte seinen Ton nach.

„Stress?"

„Jetzt sag doch schon!" Stefanos Stimmlage wechselte ins Ärgerliche.

Francesca setzte sich aufrecht und straffte sich. Als sie begann, ihre Beobachtung vom Schlossplatz zu schildern, wechselte der Kriminaltechniker zu Özcans leerem Stuhl und hörte ihr zu, ohne sie zu unterbrechen.

„Besprech das heute Abend mal mit deinem Mann", sagte er sachlich, als sie geendet hatte. „Vielleicht ist ja alles nur ein Missverständnis."

Francesca entzerrte das Papiertaschentuch und schnäuzte sich noch einmal.

„Und wenn nicht?"

„Dann, dann ..." Stefano zögerte. „Dann lade ich dich morgen zu einem Kaffee ein, was ich ja schon immer wollte. Du trennst dich und wir ..., wir fahren nach Venedig!"

Francesca musste lachen und warf ihm das Taschentuch ins Gesicht.

„Du spinnst ja!"

Stefano duckte sich weg und schenkte ihr ein Lächeln – halb ernst, halb ironisch.

Sie hatten nicht bemerkt, dass jemand die Tür geöffnet hatte. Özcan stand im Raum und räusperte sich. Hinter ihm erschien die Sekretärin, die sich sofort in ihr Zimmer schlich.

Francesca drehte ihrem Partner ihr verheultes Gesicht zu, Stefano sah aus dem Fenster.

„Ich will ja nicht stören", erklärte Özcan betreten, „aber Brettschneider wartet auf dich, Francesca. Der Bulgare. Er wollte ihn vernehmen, aber er kommt nicht klar mit ihm."

„Brettschneider? Der ist doch immer spitzenmäßig drauf mit seiner Verhörtaktik! Aber gut. Muss mich nur kurz frisch machen!", erwiderte Francesca.

Wenige Minuten später stand sie, frisch geschminkt, vor der Einwegscheibe des Verhörzimmers.

„Halbe Kuppe hat sich aufs Schweigen verlegt“, sagte Brettschneider zu ihr. Wie ein gefangener Tiger ging Parlitschew in dem kleinen Raum auf und ab. „Ich habe ihn mit Melinda Rosenfeldts Entführung konfrontiert und mit seinem halben Fingerabdruck, den er außen an Guhls Wohnungstür hinterlassen hat. Aber er schweigt. Verlangt nicht einmal einen Anwalt – wie dieser Ögünc.“

„Was ist eigentlich mit dem Staplerfahrer“, wollte Francesca wissen. „Habt ihr ihn wieder laufen lassen?“

„Wir haben ja nichts gegen ihn in der Hand.“

„Und das Bargeld, mit dem er seine Schulden bei dem Gebrauchtwagenhändler beglichen hat?“

„Das einzige, das er rausgelassen hat, war die Behauptung, er habe sich das Geld zusammengespart, weil er den Banken misstraut. Seit der Finanzkrise. Solange wir ihm nicht das Gegenteil beweisen können …“

Francesca gab ihm mit einer Handbewegung zu verstehen, dass sie die Informationen verstanden habe.

„Aber unsere Kerle hier haben dafür ganze Arbeit geleistet“, ließ Brettschneider die Kommissarin wissen.

„Nur halbe Arbeit“, korrigierte ihn einer der Zielfahnder, die ebenfalls ratlos im Raum standen. „Der andere Verdächtige war schneller …“

„Trotzdem gute Arbeit“, lobte Francesca.

Die Fahnder bedankten sich, ohne eine Miene zu verziehen, mit einem angedeuteten Kopfnicken und verließen den Schauplatz.

„Und jetzt?“, fragte Brettschneider.

Francesca trat an die Scheibe und warf einen Blick auf den Delinquenten. Dimitar Parlitschew saß inzwischen auf einem der roten, abgeschabten Stühle am Tisch und starrte gegen die Wand. Zum ersten Mal konnte sie den Mann genauer betrachten: Ein kantiges Gesicht, rötliche Stoppelhaare, im rechten Ohr glänzte ein kleiner, silberner Ring. Ein weißes, verschmutztes, ärmelloses T-Shirt bekleidete seinen untersetzten Oberkörper, die großen Hände lagen verschränkt unter dem hervortretenden Bauch auf den mit einer hellen Jeans bekleideten Oberschenkeln.

„Auf dem Fahndungsfoto hat er besser ausgesehen", grinste Francesca. Und, wieder ernst: „Als Mörder von Guhl kommt er ja nicht in Betracht. Und falls er Timmermans nicht auf dem Gewissen hat, soll sich die polnische Polizei um ihn kümmern. Schließlich hat er diesen Kunsthändler in Lodz umgebracht..."

„Adam Kaczmarek, ja...", sagte Brettschneider. Nachdenklich war er stehen geblieben. „Das heißt, du verzichtest auf einen weiteren Vernehmungsversuch?", wollte er wissen. „Immerhin könnte er wenigstens dazu beitragen, etwas Licht ins Dunkel seiner Organisation zu bringen, der er mit Sicherheit angehört. Von alleine wird der ja nicht auf die Idee gekommen sein, ein wertvolles Gemälde verschwinden zu lassen und seinen Kompagnon Mirko durch die Gegend zu chauffieren." Er ballte die Fäuste. Am liebsten hätte er die Hintermänner aus ihm herausgeprügelt.

„Warum sollte ich bei ihm mehr Glück haben als du?", erwiderte Francesca und dachte bei sich: Heute ist mit mir sowieso nichts mehr anzufangen...

„Weil du eine Frau bist, vielleicht?" Brettschneider grinste sie an.

„Na ja", antwortete Francesca und grinste zurück. „Normalerweise würde ich dir zustimmen. Aber bei dem da?"

Das geheimnisvolle Reich der Molekularbiologin Eva Reineke und ihrer Mitarbeiter befand sich tief im Keller des Landeskriminalamts. Das Kriminaltechnische Institut hatte im Vorjahr weit über dreißigtausend Spuren analysiert und bewertet. Textilspuren, Werkzeugspuren, Sperma, Blut. Allein die DNA-Datenbank wies über fünfzehntausend Spurendatensätze auf. Neue forensische Verfahren wie die Gesichtserkennung, die Biometrie, erweiterten die Möglichkeiten zur Identifizierung von Straftätern.

Auch im Falle von „Mirko“ hatten Lichtbildexperten auf der Grundlage der von Melinda Rosenfeldt gelieferten Beschreibung das Phantombild analysiert und in akribischer Kleinstarbeit mit den Bildern von bekannten Straftätern verglichen. Häufig konnten in der Vergangenheit selbst in solchen Fällen, in denen andere Ermittlungsansätze nicht zu Erfolg führten, Straftäter identifiziert und verurteilt werden. So hatte man es auch auf der LKA-Website dargestellt. Nur, was „Mirko“ betraf, war man ins Leere gelaufen.

Nun aber ging es um Piet Mondrian. Um eine Vorstudie, die der Maler angeblich für sein berühmtes Gemälde *Komposition Nummer 2 mit Blau und Gelb* aus dem Jahr 1930 angefertigt hatte und das bei dem Auktionshaus Christies derzeit für 12402500 englische Pfund zur Versteigerung anstand. Eine Vorstudie, die einem Hausmeister namens Arjen Timmermans laut Angaben der Kunsthistorikerin Mirjam Koenig als Erbe in die Hände gefallen sein sollte und deren Echtheit ein Gutachten des Amsterdamer Rijksmuseums bestätigt hatte.

Als Francesca das Laboratorium unter der Erde betrat, das für sie in der Fantasie schon immer etwas Mystisches besessen hatte, sah sie sich als Erstes mit der schlagartigen Entmystifizierung ihrer Vorstellungen konfrontiert. Ein klinisch reiner und in das helle Licht von Halogenlampen getauchter, weitläufiger Arbeitsraum bot sich ihrem Auge dar. In Reihen standen technische Geräte, die Francesca in ihrer Form und Ausstattung an ihre Besuche beim Zahnarzt und in Kliniken erinnerten – vernetzt mit Computern und Bildschirmen.

Eva Reineke musste das Erstaunen im Gesicht der Kommissarin sofort aufgefallen sein, denn sie folgte deren Blick auf ihr Reich nicht ohne einen gewissen Stolz.

„Ich könnte Ihnen natürlich jetzt erst mal eine Führung anbieten oder einen dreitägigen Vortrag halten, aber dafür fehlt uns beiden wohl die Zeit“, begrüßte sie die Kommissarin.

„Schade“, meinte Francesca. „Das würde mich schon mal alles näher interessieren. Schließlich leistet Ihre Abteilung einen entscheidenden Beitrag zur Aufklärung unserer Fälle!“

„Na ja, man kann ja auch mit einem einzelnen Objekt mal einsteigen fürs Erste. Und der Mondrian bietet sich ja dafür geradezu an.“

Reineke führte Francesca zu einem der Untersuchungstische, auf der die Vorstudie lag.

„Also, womit soll ich anfangen?“, sagte die Molekularbiologin mehr zu sich selbst. „Vielleicht mit dem Karton, der als Grund für das kleine Ölbild dient?“

Francesca stand unter Hochspannung und kratzte sich am Handrücken.

„Also der Karton ist echt“, stellte Reineke lapidar fest.

„Das ist ja schon mal was“, antwortete die Kommissarin.

„Ja, aber“, schränkte die Wissenschaftlerin sogleich ein, „den kann sich ein Fälscher auch besorgt haben. Beltracchi hat …“

Sie sah Francesca fragend an.

„Ich kenne den Fall“, beeilte sich Francesca zu sagen. „Zur Genüge.“

„Ja, der Fall Beltracchi wird deshalb so viel diskutiert“, erklärte Reineke, „weil an seinem Beispiel das erste Mal offengelegt wurde, mit welch ausgeklügelten und handwerklich überzeugenden Mitteln gute Fälscher ans Werk gehen."

„Gute Fälscher!", entwich es der Kommissarin.

Ohne auf den zynischen Unterton zu reagieren, sagte Reineke:

„Beltracchi hat für seine Malunterlagen Flohmärkte durchstöbert und Haushaltsauflösungen durchforstet."

Mit der Fingerspitze zeichnete sie kleine Kreise über der Fläche des Bildes, ohne diese dabei zu berühren, und schien jetzt entschlossen, in medias res zu gehen.

„Wir haben Proben der Vorder- und Rückseite der Arbeit entnommen und so die Pigmente der Malschichten und Grundierungen mit Hilfe von Lichtmikroskopie und Röntgenmikroanalyse, Röntgendiffraktometrie und Hochflüssigkeitschromatographie bestimmt."

„Aha ...", war das Einzige, was Francesca dazu einfiel.

„Aber Sie sind ja sicher schon gespannt darauf, was sich dabei herausgestellt hat?"

„Klar", erwiderte Francesca. „Aber nun bekomme ich langsam eine Ahnung davon, wie aufwendig solche Untersuchungen sind ..."

„... und warum es so lange dauert", ergänzte die Mikrobiologin.

Francesca lächelte.

„Um es kurz zu machen: Dieses Weiß hier, das so etwas ins Grau wechselt, enthält Titanweiß. Titanweiß wurde aber erst ab Mitte der Dreißigerjahre des letzten Jahrhunderts industriell hergestellt. Das Bild jedoch datiert aus dem Anfang der Dreißiger."

„Das heißt, das wäre ein Beweis dafür, dass es sich um eine Fälschung handelt!", stellte die Kommissarin fest.

„Auch der Klebstoff des Aufklebers hinten ..." Reineke unterbrach sich, um Nylonhandschuhe anzuziehen und das Bild umzudrehen. „Auch der Klebstoff des Aufklebers war zum Zeitpunkt des Todes von Mondrian 1944 noch nicht erfunden."

„Ach …!"

Francesca schob das Gesicht näher an die Rückseite des Bildes, um die Aufschrift des Aufklebers zu entziffern.

„De Angelis", sagte sie. „Das ist ja mal interessant …"

„Der Name einer Galerie oder einer Sammlung", antwortete Reineke. „Ist mir aber bisher nicht untergekommen."

„Nach Aussage von Sarowsky eine renommierte italienische Privatsammlung."

„Da muss ich mal recherchieren", erwiderte die Kollegin. „Aber zurück zu unserer Analyse. Außerdem enthält der Aufkleber nämlich noch Koffein. Ein seit Beltracchi bekanntes Mittel, um auf künstlichem Wege Alterungsprozesse vorzutäuschen."

„So wie Sie das bereits an der Faserspur von dem Nagel, an dem Guhls Calderara hing, nachgewiesen hatten?"

„Genau … Und wenn Ihnen das noch nicht genug ist …"

Reineke verwies auf einen nebenstehenden Bildschirm und zeigte mit ein paar Mausklicks das kompositionelle Grundschema des Bildes an.

„Der Fälscher hat das Sujet des bekannten Ölgemäldes kopiert, meinetwegen auch aus dem Internet, hat es verkleinert und dann auf den Karton projiziert, um sicherzustellen, dass die Proportionen der Flächen und die Dicke der schwarzen Rasterung exakt den Proportionen des bekannten Originals entsprechen."

Francesca atmete durch.

„Beeindruckend!", kommentierte sie. „Und dann wurde das Ergebnis einfach als Vorstudie deklariert."

„Ja, beeindruckend, mit welcher Präzision so ein Fälscher …"

„Nein, nein", unterbrach Francesca ihre Kollegin. „Ich meine: beeindruckend – Ihre Arbeit!"

Der Hauch eines Lächelns erschien auf Reinekes Zügen. Sie sagte aber bescheiden:

„Ohne diese ganze Technik hier wären wir aufgeschmissen."

Francesca schloss die Augen, um die Informationen zu verarbeiten. Schließlich fragte sie:

„Das heißt also letztlich, die Gutachterin des Rijksmuseums hat sich geirrt."

„Das würde ich so nicht sagen", entgegnete Reineke. „Sie hat das Bild einer stilistischen Überprüfung unterzogen und sicher auch mit dem bekannten Ölgemälde verglichen. Ich habe die Studie übrigens auch einer Freundin vorgelegt – sie hat über Mondrian dissertiert – und sie hätte das Bild ebenfalls als echt deklariert. Es ist so ... ich möchte mal sagen, so raffiniert gefälscht, dass auch ein Experte darauf hereinfallen kann. Das bloße Auge erfasst die Malweise, die Textur der Farbe, die Pinselführung, den Duktus. Aber damit allein ist eine Fälschung eben nicht zu erkennen. Und man geht ja davon aus, dass sich Tausende von gefälschten Kunstwerken in Umlauf befinden, deren anscheinende Echtheit mit Stilanalysen belegt wurde."

„Was geschieht eigentlich, wenn etwa ein Sammler ein Bild zur Prüfung einliefert, bei einem Museum oder einem Institut wie dem Koerner'schen in München, und die stilistische oder auch materialtechnische Untersuchung eine Fälschung nachweist?"

„Das ist ein großes Problem", erläuterte Reineke. „Es gibt ja keine einheitliche Datenbank, in der Fälschungen aufgelistet sind ..."

„Das heißt, solche Fälschungen können auch danach wieder auf den Markt gebracht werden, ohne dass jemand von den bereits vorliegenden Untersuchungsergebnissen erfährt ..." sinnierte Francesca. „Deshalb konnte diese Genfer Galerie auch das Wagnis eingehen, den Calderara auf der Kunstmesse wieder anzubieten – und nur der Zufall wollte es, dass sein ehemaliger Besitzer Lunte gerochen hat."

In diesem Moment ging die Tür auf. Brettschneider sah sich in dem weitläufigen Raum um und strebte, als er sie entdeckt hatte, mit großen Schritten auf Francesca zu.

„Ich störe wahrscheinlich – aber es ist dringend!", stieß er aus und übergab der Kommissarin eine Kopie.

Stirnrunzelnd überflog Francesca das Papier in ihrer Hand.

„Sarowsky", erklärte Brettschneider. „Wir haben mal die Geldbewegungen auf ihren Konten unter die Lupe genommen. Hat etwas gedauert. Sie besitzt ja Dutzende davon."

Auf Anhieb wurde Francesca der Zahlenmix auf den kopierten Kontoauszügen nicht klar. Neugierig sah sie den Kollegen an.

„Hier!" Brettschneiders Zeigefinger schob sich auf das Papier. „Eine Überweisung. 100000 Euro. Betreff: Calderara."

„Das bedeutet, Sarowsky war am Verkauf des Calderara in Basel beteiligt!", stellte Francesca fest. „Aber ich verstehe trotzdem nicht ganz. Das Bild wurde doch beschlagnahmt?"

„Aber offenbar ist das Geld schon vorher geflossen."

„Und woher stammt die Überweisung?"

„Cayman Inseln", sagte Brettschneider. „Eine Bank in George Town. Kontoinhaberin ist eine Firma. Sunny Universal S.A. Die Kontonummer ist allerdings anonymisiert."

„Aber das Bild war doch an eine Investmentfirma auf Malta verkauft worden?"

Reineke, die Francesca über die Schulter geblickt hatte, sah auf.

„Bei so hohen Verkaufssummen haben wir häufig eine ganze Reihe von obskuren Zwischenfinanzierern, die die Herkunft der Gelder verschleiern sollen."

„Und dubiose Zwischenfinanzierer finden sich in allen

Steuerparadiesen. Hongkong, Monaco, Panama …", fügte Brettschneider hinzu.

„Entzückend!", stieß Francesca aus. „Du hast hoffentlich sofort alle ihre Konten sperren lassen?" Sie sah Brettschneider skeptisch an.

„Selbstredend …"

„Stehen wir hier nicht länger herum", entschied die Kommissarin. „Schlagen wir zu!"

Wir hätten schon längst Sarowskys Telefonate abhören sollen!", sagte Özcan zu Francesca. Schneller als das angeforderte Einsatzkommando hatten sie sich auf den Weg zur Birkenwaldstraße gemacht und durchquerten Stuttgart mit Blaulicht.

„Ein Lauschangriff?" Francesca gab ein kehliges Lachen von sich. „Den hätten wir gestern doch noch gar nicht genehmigt gekriegt. Außerdem glaube ich nicht, dass das wirklich was gebracht hätte. So jemand wie diese Kunsthändlerin, die mit allen Wassern gewaschen ist, arbeitet vorausschauend und dürfte sich gegen polizeiliche Maßnahmen abgesichert haben. Über das Festnetz mit ihrer offiziellen Büronummer wird sie ihre legalen Aktivitäten abwickeln und für die illegalen gibt es ja bekanntlich andere Möglichkeiten."

„Und du?", fragte Özcan, als sie hinter Cannstatt in einen Stau gerieten und die Fahrzeuge vor ihnen nur mühsam den Weg räumen konnten. „Hast du dich wieder eingekriegt inzwischen?"

Francesca stieß einen tiefen Seufzer aus.

„Tut mir leid vorhin das auf dem Schlossplatz, das war nicht fair, wie ich dich angeraunzt habe …", entschuldigte sie sich.

„Ich hab ein dickes Fell“, erwiderte ihr Partner. „Hauptsache, du konntest dich bei Stefano ausweinen!“

„Ach lass mich doch mit dem in Ruhe!“, stieß sie verärgert aus. „Glaubst du etwa, ich will was von dem?“

„Aber er von dir vielleicht?“

„Ich habe gerade andere Probleme, als mich gleich dem nächsten an den Hals zu werfen …“

Özcan hätte gerne weitergebohrt, beschloss aber, seine Kollegin nicht zu bedrängen. Außerdem würde der bevorstehende Einsatz ihre volle Konzentration erfordern.

Als sie sich trotz Blaulicht mühsam durch den Verkehr gequält hatten – immer in Funkkontakt mit dem Einsatzleiter des nachkommenden Kommandos – und endlich in der Birkenwaldstraße ankamen, entstiegen sie dem Dienstwagen und schnallten sich ihre Holster um.

„Keine Ahnung, wo sie ihren Maserati hat“, sagte Francesca und sah sich die parkenden Wagen an den Straßenrändern an. Am Rand des Grundstücks zur Straße hin befand sich eine ganze Reihe von Garagen. Die edlen, weißen Türen waren bis auf eine geschlossen.

Sie stürmten die Granittreppen hoch in einem Tempo, das an durchtrainierte Hindernisläufer erinnerte. Der Preis dafür war, dass sie oben am Jugendstilportal der Villa innehalten und durchatmen mussten.

Eine heftige Windböe brachte die Äste und Zweige der Douglasien zum Schaukeln.

„Ich dachte, du bist so fit durch dein Yoga!“, spottete Francesca mit halber Stimme.

Özcan verzichtete auf eine Entgegnung. Stattdessen wies er seine Partnerin auf die nur angelehnte Eingangstür hin. Sie holten ihre Waffen aus den Holstern. Vorsichtig drückte Özcan die Tür auf, mit entsicherten Polizeipistolen schoben sie sich – Özcan voran – vor in die geräumige Halle.

Der große Saal, der am Donnerstagabend noch Gemälde, Zeichnungen, Skulpturen und Objekte beherbergt hatte, war wie leergefegt – bis auf eine dicke, offenbar noch unbenutzte Rolle Noppenfolie, die am Boden lag. Die beiden Kripobeamten ließen ihre Waffen sinken.

„Der Vogel ist ausgeflogen!“, sagte die Kommissarin trocken. „Lunte gerochen und kalte Füße gekriegt.“

„Lunte gerochen?“, überlegte Özcan. „Gut, wir haben die Kunsthändlerin gestern ein bisschen ins Schwitzen gebracht…“

„Aber wenn es stimmt, wenn wir mit unserer Diagnose richtig liegen, dass es sich bei unseren Verdächtigen um eine organisierte Gruppe handelt, dann war es aus ihrer Sicht höchste Zeit, einen Abgang zu machen. Außerdem: Alleine hat sie gewiss diese große Ausstellung nicht abgebaut. Und sie weiß, dass nach Mirko und Marschall gefahndet wird. Vielleicht hat sie auch schon erfahren, dass der Bulgare unsre Schwedischen Gardinen von innen sieht… Also an ihrer Stelle wäre ich schon längst über alle Berge.“

Sie durchquerten die Halle, wobei sie in jede einzelne der leeren Kojen einen Blick warfen, umrundeten die kleine Bühne und stießen auf eine Wendeltreppe, die ins erste Obergeschoss führte, wo sich offenbar die Wohnung der Kunsthändlerin befand. Die Wohnungstür war geschlossen.

„Plastikkarte?“, grinste Francesca.

„Wenn die Tür nur zugezogen ist…“

Özcan nahm seinen Dienstausweis zur Hand, schob ihn in die Fuge zwischen Zarge und Tür auf der Höhe des Schlosses und rüttelte. Nach dem dritten Versuch sprang die Tür auf.

Das Erste, was ihnen in der Wohnung der Kunsthändlerin auffiel, waren die erlesenen Einzelstücke von Möbeln.

„Die Umzugsfirma war aber noch nicht da“, stellte Özcan launisch fest.

Sie sicherten einen Raum nach dem anderen. Als schließlich feststand, dass sich keine andere Person in der Wohnung aufhielt, begann Özcan, die Räume zu inspizieren, während Francesca zielsicher zum Schlafzimmer marschierte.

Der massive Eichenschrank, der eine ganze Wand einnahm, stand offen – leer. Die Kommissarin riss sämtliche Schubladen auf. Ein paar Handschuhe, Stofftaschentücher mit Initialen, eine golden glänzende Nagelschere, einige Kunstzeitschriften, ein vergoldeter Kugelschreiber. Aber kein Schmuck. Das Bett ungemacht, wie gerade verlassen, nur ein paar Winterklamotten lagen zerstreut auf der exklusiven Damastbettwäsche.

Das Badezimmer bot ein vergleichbares Bild. Die notwendigsten Dinge des alltäglichen Gebrauchs – Zahnbürste, Kosmetika, Medikamente – fehlten. Auch der Zustand der anderen Räume ließ auf einen überstürzten Aufbruch schließen. Nur die Bücherwand im Wohnzimmer schien weitgehend unangetastet.

„Kommst du mal?“, hörte sie Özcans Stimme.

Als sie das helle und geräumige Bürozimmer betrat, eröffnete sich ihr ein Anblick wie nach einem Einbruch. Unterlagen, Papier, Ordner, Kunstkataloge lagen am Boden verstreut. Kein PC, kein Bildschirm. Die Schreibtischplatte blank – bis auf ein tragbares Telefon.

„Also auf den ersten Blick“, stellte Özcan fest, „hat sie auch sämtliche Speichermedien mitgenommen. Ist ja klar. Aber pass mal auf…!“

Aus einem der Schränke zog er einen schwarzen Laptop und stellte ihn auf dem Schreibtisch ab.

„Für den hat es wohl nicht mehr gereicht…“, meinte er.

„Oder sie hatte kein Interesse mehr an dem Teil…“, gab Francesca zu bedenken. „Starte ihn mal. Ich möchte hier an Ort und Stelle wissen, was es mit dem Gerät auf sich hat.“

Özcan klappte den Deckel des Laptops auf und folgte der Aufforderung.

„Wenn sie nicht alles gelöscht hat“, meinte er skeptisch, während das System hochfuhr.

Francesca zog den Schreibtischstuhl zu sich heran und setzte sich vor das Gerät.

„Verlangt nicht mal ein Passwort…", murmelte sie und öffnete den Ordner „Dokumente".

Özcan blickte ihr über die Schulter.

Unterordner mit Namen wie „Fruhtrunk", „Piene" und „Jawlensky" tauchten auf.

„Da! Klick mal Jawlensky!", rief Özcan mit wachsender Erregung. „Du weißt doch noch – ein Jawlensky hängt in Guhls Wohnzimmer und war auf der Website der Kunsthändlerin als verkauft markiert!"

Francesca tippte auf das Touchpad.

Der Unterordner enthielt lediglich eine einzige Textdatei mit dem Namen „Gedanken zu einem großen Maler. docx".

„Unter C ist nichts aufgelistet", sagte Francesca.

Unschlüssig ließ sie den Mittelfinger über dem Touchpad kreisen.

„Geh doch mal in die Bilddateien", schlug Özcan vor.

Francesca tippte auf den Ordner „Bilder" – es erschien ein einziger Ordner mit dem Namen „Kunstsammlung". Wieder ein Klick und der Bildschirm präsentierte ihnen eine lange Reihe von Platzhaltern. Wie aufgehende Blütenknospen im Zeitraffer öffnete sich ein Bild nach dem anderen – die Fotografien von Kunstwerken.

Von unten waren Stimmen und Geräusche zu hören.

„Unsere Jungs sind da", erklärte Özcan. „Was soll ich ihnen sagen?"

„Sie sollen einen Moment warten", antwortete Francesca. „Oder nein! Sie sollen sich schon mal den Keller vornehmen."

Özcan gab dem Einsatzleiter Bescheid und wandte sich wieder dem Bildschirm zu.

„Da, ganz oben!", rief Francesca aus. „Unser Calderara!" Sie sah Özcan an und vergrößerte das Bild. „Das ist doch der, der gestohlen wurde, oder nicht? Ich hab die Abbildung auf dem Fax der Basler Kantonspolizei ja nur flüchtig gesehen. Aber ich glaube, das ist er, oder?“

„Ja, schau doch mal! Guhl hat seine Bilddateien akribisch mit Namen versehen“, antwortete Özcan und verwies auf die oberste Textzeile auf dem Bildschirm. „Hier steht's doch: Calderara, il mare 1961, Öl auf Leinwand, 73 x 120 cm!“

Für einige Augenblicke betrachteten beide das Bild – fast andächtig.

„‚Il colore liberto dal peso di essere materia si decanta in luce‘“, flüsterte Francesca vor sich hin. „Nur zwei Flächen. Der Himmel, das Meer. Ganz still. Und doch so, als würde das Bild leise atmen ...“

Özcan räusperte sich.

„Schon etwas Besonderes, oder? Und colore ... Was bedeutet das?“

Francesca wandte sich zu ihm um.

„Habe ich in der Ausstellung gelesen. Ein Ausspruch des Malers. Die freie Farbe läutert die Schwere der stofflichen Existenz in Licht ... Schon irgendwie verstehbar, dass einen so ein Kunstwerk nicht mehr loslässt ...“

„Kann ich nicht beurteilen“, antwortete Özcan. „Jedenfalls ist das mit Sicherheit Guhls Computer. Und die Sarowsky hat es nicht einmal für nötig befunden, die Festplatte zu löschen.“

„Oder sie ist in der Eile nicht mehr dazu gekommen“, gab die Kommissarin zu bedenken. „Vielleicht hat sie den Laptop auch schlichtweg vergessen. Wo hast du ihn denn gefunden?“

„Na, in diesem Schrank da – aber ganz hinten.“

Francesca schloss die Dateien und Ordner wieder, fuhr den Laptop herunter und klappte den Deckel zu. Erschöpft ließ sie sich in die Rückenlehne kippen.

„Den Laptop nehmen wir mit zu Stefano“, sagte sie und

stand auf. „Hier können wir nichts mehr tun ... Mal sehen, was unsere Jungs unten machen."

Kurz darauf kam ihnen am Fuß der Wendeltreppe der Einsatzleiter mit einem kleinen grauen Karton entgegen.

„Raten Sie mal, was da drin ist?", fragte er mit einem jungenhaften Lächeln und hielt den beiden Partnern den offenen Karton vor die Nase.

Francesca und Özcan warfen zuerst einen Blick in das verschmitzte Gesicht des stämmigen Mannes, dann sahen sie in den Karton. Ein Sammelsurium von Handys aller Farben und Marken bot sich ihnen dar.

„Immer flexibel bleiben und nie lange dieselbe Telefonnummer benützen", kommentierte Francesca. „Und die SIM-Karten?"

„Die müssten Sie dann extra anfordern", grinste der Einsatzleiter. „Die liegen wahrscheinlich im Neckar – oder in der Handtasche der Gesuchten. Aber rufen Sie sie doch einfach mal an?", erlaubte er sich einen Scherz.

Francesca ging lächelnd an ihm vorbei und rief Brettschneider an.

„Unsere Kunsthändlerin hat die Fliege gemacht! Schicken Sie einen Fahndungstrupp auf den Weg zum Flughafen in Echterdingen", forderte sie. „Und an alle Polizeidienststellen Beschreibung und Kennzeichen des silberfarbenen Maserati Ghibli – die Daten liegen ja vor!"

Während das Einsatzkommando wieder abzog, hatte Özcan den Wagen auf der Birkenwaldstraße gewendet. Über die Türlenstraße und vorbei an den von Abrissbaggern angefressenen Resten des Hauptbahnhofs ging es wieder zurück Richtung Bad Cannstatt.

„Dieser silbergraue Maserati, den Sarowsky fährt", überlegte Özcan, „ist so auffällig, dass wir den Wagen unbedingt in die Zeitungen bringen müssen – im Zusammenhang mit dem Fahndungsaufruf."

„Wenn sie den überhaupt benützt", gab Francesca zu bedenken. „Außerdem erscheinen die Zeitungen erst morgen wieder und bis dahin ... Bei dem Zeitvorsprung, den sie hat, sitzt sie wahrscheinlich schon lange im Flieger ..."

„Aber Fernsehsender und Radiostationen", wandte Özcan ein. „Und außerdem wird Interpol eingeschaltet."

Auf der Höhe der Wilhelma meldete sich Brettschneider über Funk.

„Das mit der stillen SMS hat funktioniert. Wir konnten diesen Marschall orten."

Francesca hob den Daumen. Özcan aber musste im selben Augenblick scharf abbremsen. Ein Wagen vor ihm hatte, ohne Zeichen zu geben, plötzlich die Spur gewechselt. Als der Wagen wieder einscherte, griff seine Hand nach dem Funkgerät und schaltete die Lautsprecher lauter.

„Die Kollegen von der Zielfahndung sind mit ihm bereits auf dem Weg. Sie haben ihn in Feuerbach geschnappt, auf dem Roserplatz, vor dem Baumarkt", knarzte Brettschneiders Stimme.

Erst seit wenigen Jahren verfügten die Sicherheitsbehörden über eine neue, digitale Überwachungstechnologie. Der IT-Spezialist der Soko hatte Marschall eine Kurzmitteilung ohne Text geschickt, die auf dem Handy des Empfängers nicht angezeigt wurde, jedoch beim Mobilfunkanbieter Verbindungsdaten auslöste. Auf diesem Weg konnte der Verdächtige geortet und ein Bewegungsprofil erstellt werden.

Özcan grinste in sich hinein. Francesca aber sagte zu Brettschneider.

„Den knöpf' *ich* mir aber diesmal vor!"

Keine dreißig Minuten später traf die Kommissarin den

Security-Mitarbeiter im Vernehmungsraum des Landeskriminalamts in der Taubenheimstraße wieder.

Marschall saß allein hinter der Einwegscheibe, die Beine gespreizt, die Unterarme auf die Schenkel gestützt, die Hände gefaltet. Als murmelte er mit geschlossenen Augen ein stilles Gebet, bewegten sich lautlos seine Lippen.

Als Francesca und Özcan das Verhörzimmer betraten, sah er kurz auf, schien dann aber sofort wieder in seine Andacht zu versinken. Während Özcan an der Tür stehen blieb, schaltete Francesca das Aufnahmegerät an, setzte sich ihm gegenüber, stützte die Ellbogen auf der Tischplatte ab und faltete ebenfalls die Hände.

„Ich weiß, ich hab Scheiße gebaut“, sagte Marschall ungefragt und leise zu seinen Fußspitzen.

„Das ist, gelinde gesagt, eine maßlose Untertreibung“, erwiderte die Kommissarin. „Aber Sie stecken drin. Und zwar ganz schön tief.“ Gab er sich nur so zerknirscht, fragte sie sich, oder war das nur der einleitende Satz zu einer neuen Lügengeschichte, die er ihr auftischen würde?

„Sie haben ja 'ne tolle Schau abgezogen. Von wegen alleinerziehender Vater mit siebenjähriger Tochter. Von wegen von der Schaukel gefallen und eine Bekannte hat mich angerufen.“

„Das war 'ne Notlüge …“

Francesca lehnte sich zurück.

„Aus welcher Not sollten Ihre Lügen Sie denn befreien?“

„Ich weiß ja nicht mal, was Sie mir vorwerfen …“, murmelte er.

Sollte das seine Taktik sein, überlegte Francesca. Erst einmal herauszubekommen, welche Ermittlungsergebnisse sie in der Hand hatten, um sich dann darauf einstellen und ein neues Lügengespinst weben zu können? Gut, das konnte er haben!

„Reden wir erst mal über Ihren Fahrerjob“, sagte sie.

„Vergangenen Donnerstag sind Sie für Ihren Kumpel Bauer eingesprungen. Die Zuckerlieferung für Ritter Sport."

„Und?" Zum ersten Mal hob der Befragte kurz den Kopf, um jedoch nur Özcan an der Tür mit einem knappen Blick zu streifen. „Habe ich das nicht schon Ihrem Herrn Soundso bestätigt?"

„Wie viel haben Sie denn Herrn Bauer dafür bezahlt?"

Marschall gab ein Geräusch von sich, ein Gemisch aus Husten, Hohn und dem Ansatz eines Lachens.

„Der ist öfter mal krank. Und ich bin froh, wenn ich seine Fahrten kriege. Ist übrigens alles mit dem Disponenten abgesprochen. Es funktioniert seit Jahren."

„Was dabei besonders gut funktioniert", erwiderte Francesca mit einem Lächeln auf den Lippen, „ist Ihr Timing." Sie wartete auf Marschalls Reaktion.

Nun sah der Verdächtige sie zum ersten Mal an. Fragend.

„Timing?"

„Herr Bauer verfügt über eine wunderbare Begabung", fuhr sie fort. „Über die Fähigkeit, sozusagen auf Bestellung an Grippe zu erkranken. Und in diesem Fall konnte er den Krankheitsverlauf sogar so günstig beeinflussen, dass er sich am Freitag wieder selbst in den Sattel schwingen konnte."

„Ich stand unter Druck ..."

„Das kann ich mir schon vorstellen ..."

„Na also!"

„Ihr Druck bestand darin, dass sie an diesem Donnerstagnachmittag eine zweite Person mitnehmen und aufs Betriebsgelände schmuggeln mussten. Diese Person hatte natürlich nicht vor, sich vorher beim Empfang anzumelden. Und auch der Werkschutz durfte keinen Verdacht schöpfen. Aber es ist Ihnen gelungen!"

„Das ist jetzt 'ne reine Spekulation Ihrerseits!", erwiderte Marschall, in dessen Körper nun Bewegung kam. Er rutschte auf seinem Stuhl vor und presste die Hände an die Tischkante.

„Machen wir's kurz", sagte Francesca und schob ihren Oberkörper ebenfalls vor an den Tisch. „Es gibt zwei Möglichkeiten: Entweder Sie hatten jemanden dabei, der sich nachmittags in die Lagerhalle schlich, um später den Mord an Guhl zu begehen – oder Sie waren es selbst, der sich in die Halle gestohlen und dann die Tat verübt hat!"

Marschall sah die Kommissarin entsetzt an. Einige Sekunden lang saß er starr, bis er endlich langsam den Kopf schüttelte und ein verlegenes Grinsen zeigte.

„Also Sie glauben, ich parke meinen Zuckerlaster hinter der Halle", gab er mit höhnischem Unterton zu verstehen, „lasse den Motor laufen, bringe jemanden um und spaziere wieder raus?"

Nun kam Bewegung in Özcan.

„Diese Person hat, nachdem die Paletten mit dem Zucker abgeladen waren, den Lkw von Ihnen übernommen – und hat mit ihm das Betriebsgelände wieder verlassen …", behauptete er.

Mit einem Ruck drehte sich der Verdächtige zu dem Kommissar um und warf ihm einen düsteren Blick zu.

„Ich lass mir von Ihnen keinen Mord anhängen!", rief er aus.

Özcan ging zum Tisch und legte Marschall das Phantombild von Mirko vor.

„Sie müssen sich entscheiden", sagte Francesca. „Er oder Sie!"

Schweißperlen waren auf Marschalls Stirn getreten. Offenbar rang er um seine Fassung.

„Eine gute Zeichnung", presste er hervor. „Aber ich kenne diesen Mann nur aus der Zeitung."

„Wie Sie wollen", erwiderte Özcan. Er zog sich wieder an die Tür zurück.

Francesca sagte nichts. Sie wollte abwarten. Der Verdächtige saß in der Falle und er musste sich selbst überlegen, wie er sich da wieder herauswinden wollte. Sie ließ ihre Augen auf Marschall ruhen, der sich nun grübelnd zurücklehnte. Offenbar wusste er nicht, wohin mit seinen Händen, die an den Schenkeln entlangstreiften, um schließlich unter ihnen auf dem Sitz zu verschwinden. Plötzlich straffte er sich wieder.

„Und die dritte Möglichkeit?“, erhob er seine Stimme, „die haben Sie wohl noch überhaupt nicht in Erwägung gezogen?“

Francesca suchte und fand erstaunt seinen Blick.

„Ja, dann helfen Sie uns, wenn Sie glauben, es nützt Ihnen was!“

„Dieser Gabelstaplerfahrer“, führte Marschall an. „Er hat mir die Tür geöffnet und die Paletten abgeladen. Der kannte Ihr Opfer. Der kannte seine Gewohnheiten. Der hätte doch am besten gewusst, wie er vorgehen muss, ohne Spuren zu hinterlassen. Sie haben die Spuren doch sicher untersucht und …“

Francesca fiel ihm ins Wort.

„Sparen Sie sich das. Sie glauben ja wohl nicht im Ernst, dass wir diesen Mann nicht überprüft hätten!“, sagte sie verärgert.

„Außerdem“, fügte Özcan hinzu, „ein Handtuch wie der wäre schon rein körperlich nicht in der Lage gewesen, einen großen, kräftigen Mann wie Guhl niederzuzwingen … Im Gegensatz zu Ihnen! Und offenbar wussten Sie auch, was Ögünc weiß.“

Marschall sank in sich zusammen. Ein Schweißfleck wurde unter den Achseln auf seinem dunkelgrünen Hemd sichtbar.

„Verlassen wir mal den Schauplatz bei Ritter Sport“, sagte Francesca nach einer Pause. „Wechseln wir zu den Ereignissen auf der Rastanlage ‚Sindelfinger Wald‘. Wenn Sie nicht in den Mord bei Ritter Sport verwickelt sein wollen, dann erwarte ich wenigstens im Fall Timmermans etwas mehr Kooperationsbereitschaft."

Francesca ließ die Worte im Raum hängen und sah den Verdächtigen abwartend an.

„Wieso Fall?" Marschall blickte auf. „Was ist mit Arjen?"

„Das würden wir ja gerne von Ihnen wissen!", ließ sich Özcan vernehmen.

„Ja, er ist tot, ich weiß, aber warum? Was ist ihm passiert?", hakte Marschall nach.

Entweder er ist ein sehr guter Schauspieler, dachte Francesca. Oder er hat tatsächlich keine Ahnung ...

„Warum sind Sie abgetaucht?", fragte sie. „Sie hatten doch noch vorgegeben, zur Blutabnahme erscheinen zu wollen. Aber stattdessen sind Sie verschwunden."

„Ich habe Angst ..."

„Vor wem?"

„Ich hatte einen Auftrag ...", deutete Marschall an. Als müsste er mühsam nachdenken, hob er die Rechte und ließ langsam den Handrücken über seine Bartstoppeln gleiten.

Francesca und Özcan warfen sich einen knappen Blick zu.

„Nachdem wir auf der Rückfahrt von Amsterdam den Engelberg-Tunnel passiert und uns auf die A8 Richtung München eingefädelt hatten, bat ich Arjen, an der Raststätte ‚Sindelfinger Wald' eine Pause einzulegen", führte Marschall aus. „Ich musste auf die Toilette."

„Das kann ich mir schon selber denken!", unterbrach Francesca ungeduldig. „Unter welchem Vorwand sollten Sie ihn sonst zu der Pause genötigt haben. Welchen Auftrag hatten Sie?"

„Als ich von der Toilette zurückkam, war Arjen gerade dabei, die Tür des Laderaums zu schließen. Er war in heller Aufregung. Irgendwo hatte er sich geschnitten. Er blutete am Unterarm. Ich fragte ihn, was passiert ist. Er sprach von zwei Männern, die plötzlich aufgetaucht waren. Sie hätten ihn gezwungen, den Laderaum zu öffnen. Ich dachte sofort an einen Überfall, dass es jemand auf das wertvolle Bild abgesehen hatte ..."

„Aber das Bild war doch noch da!", fiel Özcan ihm ins Wort.

„Jetzt hören Sie mir mal zu, Herr Marschall!", sagte Francesca und stand auf. Sie war nicht länger bereit, ihren Ärger zu zügeln. „Wenn Sie noch überhaupt die geringste Chance haben wollen, Ihren Kopf aus der Schlinge zu ziehen, dann müssen Sie uns die Wahrheit sagen. Es geht hier nicht nur um das Bild. Es geht um Mord!"

Schlagartig schienen Marschalls Züge einzufrieren.

„Arjen?", stammelte er. „Timmermans ...?"

„Als er in Waldenbuch eintraf, rang er bereits mit dem Tod!", schleuderte Francesca ihm entgegen. „Und Sie sagen mir jetzt, was sich auf dem Rastplatz abgespielt hat. Genauer gesagt, im Laderaum des Lieferwagens!"

Francesca gab Özcan ein Zeichen. Dieser löste sich von der Tür und warf die Asservaten-Tüte mit dem Heftpflaster auf den Tisch. Sie schlitterte Marschall entgegen, der sie gerade noch auffangen konnte.

„Ja, schauen Sie nur genau hin!", sagte Francesca, nun wieder in scheinbar gelassenem Tonfall. „Das haben wir nämlich unter Ihrem Bett gefunden."

„Sie waren in meinem Zimmer?" Marschalls Stimme zitterte.

„Wo glauben denn Sie, dass wir einen Verdächtigen zuerst suchen?", gab Özcan zurück.

„Das Blut auf dem Heftpflaster ist dasselbe, das wir im Laderaum gefunden haben. Wo haben Sie sich denn verletzt?"

Marschall hielt den rechten Unterarm hoch. Ein schmales Pflaster zog sich zwischen Handgelenk und Ellenbeuge entlang. Er atmete durch und ließ die Arme seitlich fallen.

„Ich hatte den Auftrag, ihn auf den Rastplatz zu lotsen

und abzulenken. Das schien mir auch zu gelingen – zunächst. Als ich von der Toilette zurückkehrte, fragte ich ihn, ob er nicht auch noch pinkeln gehen wollte. Er schien sich darauf einzulassen. Ich behielt ihn im Auge, bis er in der Anlage verschwand. Dann tauschten wir das Bild aus ..."

„Sie tauschten das Bild aus?" Özcan verließ seinen Platz und baute sich vor dem Verdächtigen auf.

„Ja, das Bild sollte ausgetauscht werden. Fragen Sie mich nicht, warum. Das falsche gegen das echte oder das echte gegen das falsche."

„Wer: wir?!", fragte die Kommissarin scharf.

„Die bringen mich um!" Marschall ballte seine Fäuste und stieß sie gegeneinander. „Auch wenn Sie mich in den Knast schicken! Die haben überall ihre Leute!"

Ohne auf seine Bemerkung einzugehen, schob Francesca nach:

„Timmermans hat Sie überrascht!"

Verzweifelt traktierte Marschall mit seinen Fäusten die Stuhllehnen.

„Irgendwie musste er Lunte gerochen haben. Plötzlich stand er hinter mir im Laderaum. Ich hielt ihn fest. Er wehrte sich natürlich. Aber ich habe ihn doch nicht umgebracht!"

Argwöhnisch sah die Kommissarin den Verdächtigen an.

„Aber Sie haben sein Handy verschwinden lassen und haben sein Spray gegen ein Testmodul ausgetauscht", erwiderte sie.

Marschall wollte etwas entgegnen, doch die Kommissarin fuhr unbeirrt fort und beschloss, ihre letzte Karte auszuspielen.

„Sie wussten, er war schwer herzinfarktgefährdet. Irgendwie ist er Ihnen entkommen oder Sie haben ihn laufen lassen – schließlich sollte er das ausgewechselte Bild ja noch anliefern. Aber das Testmodul enthielt nur eine Kochsalzlösung. Es war wirkungslos."

„Sie wollen mir einen zweiten Mord anhängen?“, brüllte Marschall.

„Was haben Sie mit dem Handy gemacht?“, fragte Özcan.

„Das Handy habe ich zertreten und in einen Abfallbehälter am Rastplatz geworfen, ich habe die SIM-Karte vernichtet, das gebe ich ja alles zu!“, schrie Marschall außer sich und stand auf. „Aber von diesem Testmodul weiß ich nichts!“

Özcan trat auf ihn zu und drückte ihn auf seinen Sitz zurück.

„Das können Sie dem Richter erzählen“, sagte Francesca. „Aber wenn Sie auch nur die geringste Chance haben wollen, dann lassen Sie endlich raus: Wer auf dem Rastplatz hat das Bild ausgetauscht?“

Marschall schwieg. Er schwieg und faltete seine Hände, saß auf seinem Stuhl wie zu Beginn des Verhörs und sah zwischen seinen Schenkeln auf den Boden. Nur sein schneller Atem war hörbar.

Im Stillen beglückwünschte sich Francesca zu ihrem Vorgehen. Die beiden Kommissare verschränkten die Arme vor der Brust und sahen abwartend auf ihn herab.

„Auf dem Rastplatz“, gab er endlich zu. „Das war eine Frau. Ich kenne Sie nicht. Aber der Mitfahrer bei Ritter Sport, diese zweite Person …“

Marschall tippte auf das Phantombild.

„Die zweite Person ist der, nach dem Sie suchen. Der Mann mit dem Hut.“

Wir haben nun zwar die Bestätigung für unsere Vermutung, dass dieser Mirko der Täter im Fall Guhl sein muss", sagte Francesca zu Özcan, als sie in ihr Büro zurückkehrten. „Ob die Aussage von Marschall vor Gericht als alleiniges Beweismittel Bestand haben wird, wage ich allerdings zu bezweifeln."

„Aber Mirko weiß doch von Guhls Haselnussallergie", wandte Özcan ein. „Dennoch könnte man", fuhr er fort, „dagegen vorbringen, ein Bandenmitglied versuche sich zu entlasten, indem es das andere Bandenmitglied belastet, und das wäre ja nicht das erste Mal."

„Doch Marschalls Hinweis auf Mirko bedeutet ja keine Entlastung", wandte Francesca ein. „Dass Marschall nicht als Täter, sondern allenfalls als Mittäter in Frage kommt, wussten wir ja schon vorher. Und eine Mitwisserschaft können wir ihm ja auch nicht wirklich nachweisen. Aber er ist die einzige Person, die bezeugen kann, dass Mirko sich illegal auf dem Betriebsgelände aufgehalten hat."

„Dass den keiner der Mitarbeiter gesehen hat …", überlegte Özcan.

„Wieso? Wenn er sich unter der Lkw-Plane hinter den Paletten versteckt hat, konnte er ohne Probleme unerkannt bis vor die Halle kommen. Und während Ögünc mit seinem Gabelstapler den Lkw entlud und die Zuckersäcke reinfuhr, gab's ja sicher eine Möglichkeit, unerkannt in die Halle zu witschen und sich irgendwo zu verstecken. Das muss dieser Ögünc oder jemand anders gar nicht mitgekriegt haben."

„Und diese Frau am ‚Sindelfinger Wald', die Marschall erwähnt hat …"

„Sarowsky?"

„Mit aller Wahrscheinlichkeit, ja …", antwortete Özcan. „Oder es gibt noch weitere Unbekannte, die in diesem Team mitspielen. Aber was sollte das heißen, sie hat das Bild ausgetauscht?"

Francesca sah eine Zeitlang nachdenklich vor sich hin. Schließlich antwortete sie:

„Versuchen wir es mal, Schritt für Schritt aufzulösen, und gehen dabei davon aus, dass Marschalls Aussage stimmt."

Özcan sah sie erwartungsvoll an.

„Der Mondrian, der in Waldenbuch ankam, war gefälscht. Das bedeutet, dass das Bild, das von Amsterdam bis zum ‚Sindelfinger Wald' mitfuhr, das echte war."

„Das heißt, Sarowksy oder meinetwegen auch ein anderes Mitglied der Bande hat das echte aus dem Wagen gestohlen …"

„Und die Fälschung wollten sie dem Museum andrehen."

„Dann hätten sie mit dem Mondrian gleich zweimal absahnen können!", rief Özcan aus. „Das ist ja durchtrieben! Das Museum kauft eine Fälschung für elf Millionen und irgendein anderes Museum oder irgendein ahnungsloser Sammler kauft das echte Bild und legt noch mal elf Millionen hin …"

Fassungslos schüttelte der Kommissar den Kopf.

„Glücklicherweise hat das Museum ja die Überweisung zurückgehalten", fiel Francesca ein. „Allerdings weiß Mirjam Koenig ja noch gar nichts von ihrem Glück. Oder hast du sie zwischendurch mal informiert?"

Özcan verneinte.

„Ob die Dame es allerdings als Glück empfindet, wenn sie erfährt, dass es sich bei der Vorstudie von Mondrian um eine Fälschung handelt, wage ich zu bezweifeln", erklärte der Kommissar. „Schließlich hatte sie ja ihre Finger mit im Spiel."

„Und sie war wahnsinnig scharf auf das Bild. Als ich es beschlagnahmte, fiel sie fast in Ohnmacht. Ich schätze, dass sie von Sarowsky eine dicke Provision erwarten konnte."

„Ich weiß zwar nicht, ob sie als Museumsangestellte in diesem Fall der Schweigepflicht unterliegt", gab Özcan zu bedenken, „aber die Tatsache, dass sie die Kunsthändlerin über den sensationellen Fund des Hausmeisters informierte…" Er überlegte. „Also ein Straftatbestand ist das ja nicht…"

„Nein, und es ist auch nicht meine größte Sorge im Moment", erwiderte Francesca. „Meine größte Sorge ist – ich muss noch meinen Bericht an Blöchle schreiben. Sonst steigt der mir morgen aufs Dach. Kannst du mich nachher wieder nach Reutlingen mitnehmen?"

„Klar!", lächelte Özcan. „Ich lass dich jetzt in Ruhe. Aber wenn du eine Frage hast…"

Francescas Handy machte sich bemerkbar. Sie griff nach dem Gerät, sah auf das Display und runzelte die Stirn.

„Anonym", signalisierte sie Özcan und nahm das Gespräch an. Sie hörte aufmerksam zu. Wenige Sekunden später schon ließ sie den Arm sinken.

„Was ist passiert?", wollte Özcan wissen.

Sie hat nur zwei Sätze gesagt", hatte Francesca Özcan erklärt, nachdem die Kunsthändlerin ihren Anruf beendet hatte. „Der erste Satz hieß: ‚Ich bin bereit, mich zu stellen!' Und der zweite: ‚Und ich bin bereit auszusagen, was meine Mitwirkung am Handel mit gefälschten Kunstobjekten angeht. Aber nur unter der Bedingung, dass Sie meine Person ab sofort aus Ihren Mordermittlungen heraushalten! Mit dem Mord an Herrn Guhl habe ich absolut nichts zu tun!'"

„Das waren jetzt aber schon mehr als zwei Sätze", hatte Özcan eingewandt.

„Nach Bebenhausen!", hatte Francesca lediglich hinzugefügt und weitere Erklärungen erst nachgeliefert, nachdem sie ihren überstürzten Aufbruch bereits hinter sich hatten und Özcan den Dienstwagen in Richtung Tübingen leitete. „Sie hat da offenbar eine Zweitwohnung. Allerdings will sie, dass ich alleine komme. Und sie sagt, sie hat Angst…“

Özcan nahm die gewohnte Strecke über Waldenbuch. Er hatte noch überlegt, ob er versuchen sollte, seine Partnerin von einem Alleingang abzubringen, doch schließlich siegte sein Erfahrungswissen. Wenn Francesca von der Notwendigkeit ihres Vorgehens überzeugt war, würden sie auch tausend Hinweise auf die Gefahr, in die sie sich begeben würde, nicht abhalten können.

Eine halbe Stunde später kam im grauen Licht des Abends das Ortsschild des Tübinger Teilortes in Sicht. Francesca bat ihren Partner abzubremsen und wies auf den Blitzer vor der Kreuzung hin.

Özcan lächelte in sich hinein und bog hinter dem „Waldhorn“ in die Schönbuchstraße ein.

„Und wohin jetzt?“, fragte er und versetzte den Wagen ins Schritttempo.

„Ich weiß nicht“, erwiderte Francesca. „Ich war schon lange nicht mehr hier.“

„Ich auch nicht“, sagte Özcan und hielt am Straßenrand an.

Unter der Straße hörten sie den Goldersbach rauschen.

„Sie will sich in der Klosteranlage mit mir treffen“, erklärte Francesca.

„Ich dachte, in ihrer Wohnung.“

„Bei irgendeinem Brunnen.“

Ohne ein weiteres Wort lenkte Özcan die Dienstlimousine in eine Einfahrt, die sich rechter Hand öffnete, und durchfuhr den anschließenden Weg bis zu einem Parkplatz, wo er den Wagen abstellte.

„Ich hab hier mal ’ne Führung mitgemacht mit der VHS“, erklärte er. „Da vorne, die Treppen, das ist der kürzeste Weg nach oben.“

Sie verließen den Wagen und sahen sich um. In der fortgeschrittenen Abenddämmerung wirkte die erhabene Anlage des ehemaligen Klosters wie eine Burg. Hinter den großen, alten Bäumen ragte die filigrane Turmspitze der Kirche in den dunklen Himmel.

„Um diese Zeit ist hier nichts mehr los", bemerkte Özcan mit Blick auf die wenigen Kraftfahrzeuge, die sich über den kleinen Parkplatz verstreuten. „Tagsüber jagt hier eine Touristengruppe die andere."

„Aber halte mir jetzt bitte keinen Vortrag über die Klostergeschichte", bat Francesca.

Özcan wollte sich eine Entgegnung ersparen, konnte es sich jedoch nicht verkneifen, das gotische Kreuzrippengewölbe im ehemaligen Sommerspeisesaal der Mönche zu erwähnen – seiner Meinung nach das Herzstück der Anlage.

Das im späten 12. Jahrhundert von Pfalzgraf Rudolf von Tübingen gegründete und später vom Zisterzienserorden übernommene Kloster gilt als eines der besterhaltenen in Süddeutschland. 1684 – nach der Reformation – wurde es aufgehoben. Allerdings begeisterte die malerische Lage in den Wäldern später auch die Könige Württembergs, die Teile des Klosters im 19. Jahrhundert zum königlichen Jagdschloss umbauen ließen. Das letzte württembergische Königspaar, Wilhelm II. und Charlotte, erhielt nach dem Ende der Monarchie 1918 lebenslanges Wohnrecht in Bebenhausen.

Özcan strebte voraus über den Parkplatz auf den Treppenaufgang zu, der zu der gemauerten Umfriedung führte. Sie bot Einlass in einen dunklen Aufgang, dessen ausgetretene Stiegen weiter empor durch das dicke Gemäuer führten. Özcan drückte seiner Kollegin eine Taschenlampe in die Hand.

In diesem Moment ließ sie ein Geräusch innehalten. Sie blieben stehen und lauschten. Das Geräusch wiederholte sich – jetzt war es als das Klicken des Verschlusses eines Fotoapparats einzuordnen. Kurz darauf schob sich eine Gestalt ins Dämmerlicht im Rundbogen des Ausgangs. Francesca knipste die Taschenlampe an. Der Strahl erfasste das asiatisch aussehende Antlitz eines kleinen Mannes. Francesca rief ihm eine Entschuldigung entgegen und ließ den Strahl stattdessen über die Treppenstufen gleiten. Mit einem Grinsen zog der Tourist mit seiner Spiegelreflexkamera an ihnen vorbei.

Als sie die ersten Schritte oben auf den Innenhof setzten und sich umsahen, fielen ihre Blicke linker Hand auf einen steinernen Trog, dessen Wasser sich aus einer schmiedeeisernen Säule speiste. Francesca steckte die Taschenlampe in ihre Jackentasche.

Kein Mensch war zu sehen. Aus dem Sommerrefektorium gegenüber wehte gedämpfte Klaviermusik, klassisch. Francesca ging die wenigen Schritte hinüber auf die Tür zu und drückte die schmiedeeiserne Klinke – geschlossen. Dann ging sie zu Özcan zurück und schlug ihm vor, einen Schritt zurück ins Dunkel des Aufgangs zu treten, während sie zu der verabredeten Stelle vor dem Brunnen gehen wollte. Özcan sollte das Umfeld im Auge behalten. Wenn die Kunsthändlerin nicht binnen weniger Minuten auftauchen sollte, wollte sie den Einsatz abbrechen. Nach den ersten Schritten entschloss sie sich aber entgegen ihrer ursprünglichen Absicht, einen Blick in den Ostflügel der Klausur zu werfen, dessen Eingang sich ihr erst jetzt offenbart hatte.

Im nächsten Augenblick stand sie in einer Halle, deren Decke von mächtigen Eichenbalken gestützt wurde. Rechts befand sich eine figürliche Plastik, so viel war zu erkennen. Jemand räusperte sich.

Francesca fuhr herum. Gegenüber zeichneten sich die Umrisse einer weiblichen Gestalt im dämmrigen Gegenlicht ab.

„Frau Sarowsky?“, fragte die Kommissarin mit gedämpfter Stimme in die Halle hinein.

Die Gestalt kam auf sie zu.

Die Kunsthändlerin trug eine kurze Pelzjacke und hatte die Arme über die Brust geschlagen.

„Da sind sie ja endlich“, zischte sie. „Aber ich war mir nicht sicher, ob Sie es sind.“

„Wer soll es sonst sein“, antwortete Francesca. „Außer mir ist hier keine Menschenseele.“

„Ich dachte, wir wären hier sicher. Aber ich werde das Gefühl nicht los, beobachtet zu werden.“

Francesca beschloss, die Äußerung der Kunsthändlerin zu ignorieren. Stattdessen fragte sie:

„Was ist mit dem Deal?“

„Ich habe mit dem Mord an Guhl nichts zu tun!“, behauptete Sarowsky.

„Das sagten Sie bereits“, erwiderte die Kommissarin. „Was haben Sie mir denn anzubieten zu Ihrer Entlastung?“ Sie beschloss, sich erst einmal anzuhören, was die Kunsthändlerin vorzubringen hatte.

„Hören Sie, ich sage Ihnen alles, was ich weiß. Aber einen Mord werden Sie mir nicht anhängen – einverstanden?“

Francesca zögerte einen Moment.

„Das kommt auf Sie an, Frau Sarowsky. Sie müssen mich überzeugen! Aber sollten wir nicht langsam mal rausgehen, es wird allmählich sehr dunkel hier …“

Sarowsky stand eine Armlänge von Francesca entfernt und sah sich ständig nach den vier offenen Eingängen der Halle um.

„Nein, nein!“, lehnte sie den Vorschlag ab. Es klang fast flehend. „Hier fühle ich mich sicherer!“ Sie legte eine kurze Pause ein. „Die Privatsammlung ‚De Angelis‘ existiert nicht“, kam es schließlich von ihr.

Francesca musste in den Ermittlungsprotokollen in ihrem Kopf einige Sekunden blättern, bis ihr der Zusammenhang wieder klar war. Bei ihrer letzten Befragung in der Birkenwaldstraße hatte die Kunsthändlerin ausgesagt, die seriöse Herkunft von Guhls Calderara sei dadurch belegt, dass das Bild von jener renommierten italienischen Privatsammlung stamme.

„Das ist ein bisschen dürftig", gab sie knapp zur Antwort.

„Ich fange doch gerade erst an", beteuerte die Kunsthändlerin. „Diese Privatsammlung – ich habe sie erfunden. Und ich gebe zu, dass ich Herrn Guhl diesen Calderara verkauft habe, ohne dass die Provenienz des Bildes wirklich nachhaltig geklärt gewesen wäre."

„Nachhaltig ...", wiederholte Francesca.

„Außerdem – dieser Calderara war nicht das einzige Werk. Ich habe ..."

Die Kunsthändlerin fischte aus der Tasche ihrer weiten Hose ein zusammengefaltetes Stück Papier, trat einen Schritt auf die Kommissarin zu und streckte es ihr entgegen.

„Hier ist eine Liste mit weiteren Werken, deren Herkunft nicht völlig gesichert ist. Ich habe sie inzwischen aus dem Programm genommen."

„Den Jawlensky auch, den Sie Guhl verkauft haben?"

„Den kleinen von 1916? Der scheint echt zu sein."

Francesca nahm das Papier an sich und entfaltete es. Doch das spärliche Licht ermöglichte es ihr nicht, die Buchstaben zu entziffern. Um das Gespräch nicht zu unterbrechen, verzichtete sie auf die Taschenlampe, faltete die Liste kurzerhand wieder zusammen und steckte sie ein.

„Das ist ja alles recht und gut. Und Sie werden sich dafür rechtfertigen müssen", sagte Francesca. „Aber das hilft mir im Moment alles nicht weiter. Mein Problem ist nämlich: Welches Motiv hatte der Mörder von Guhl?"

„Haben Sie ihn denn schon gefasst?"

Francesca ließ die Frage unbeantwortet. Schweigen breitete sich zwischen den beiden Frauen aus. Schließlich sagte Sarowsky:

„Vermutlich ist es derselbe Mann, der mich bedroht hat. Eines Nachts stand er plötzlich vor mir. Im Garten der Villa. Er wollte mich erpressen. Entweder hat er von Guhl direkt oder aus einer anderen Quelle erfahren, dass mit dem Calderara was nicht stimmt. In der Dunkelheit konnte ich nur die Umrisse seines Huts erkennen ..."

In Francesca arbeitete es. Wenn etwas an ihrer Aussage wahr war, dann ... Ja, warum sollte dieser Mirko dann Guhl getötet haben? Dass sie sich bedroht fühlte, auch jetzt während ihres Gesprächs, nahm sie der Frau ab. Aber offensichtlich wollte sie ihr glauben machen, dass er als Täter in Frage komme. Warum? Tatsache war allein, dass sie ihn offenbar kannte – woher auch immer. Und das war neu!

„Nach unseren Erkenntnissen wurde der Mord an Guhl von langer Hand vorbereitet", ging Francesca nun in die Offensive. „Und wer immer ihn begangen hat – er tat es nicht aus freien Stücken, nicht aus einer persönlichen Motivation heraus. Er kannte Guhl nicht einmal ... Außerdem wurde von Anfang an versucht, unsere Ermittlungen mit einer mysteriösen E-Mail in eine falsche Richtung zu lenken."

„Eine falsche Richtung?"

„Auch der Tatort war entsprechend gewählt. Ein Mord bei Ritter Sport, wie sollte man denn da auf einen Zusammenhang mit Kunstfälschungen kommen?"

„Und worauf wollen Sie nun hinaus?" Sarowsky flüsterte.

„Es war ein Auftragsmord. Und Sie sind die Einzige, die ein Motiv hatte, Guhl aus dem Weg zu räumen. Ich kann Sie also nicht einfach aus der Sache heraushalten, selbst, wenn ich es wollte ..."

„Aber ich werde mich doch nicht ins eigene Fleisch

schneiden. Guhl war ein guter Kunde …“, wand sich die Kunsthändlerin.

„Bis auf den Tag in Amsterdam. Sie haben selbst ausgesagt, dass er sich weigerte, auf Ihren Vorschlag einzugehen und Ihnen Zeit zu lassen für ein alternatives Gutachten. Sie haben selbst gesagt, sie wären ruiniert, wenn Guhl mit der Angelegenheit an die Öffentlichkeit gegangen wäre. Wenn das kein Motiv ist, weiß ich auch nicht!“

Nach dieser Konfrontation schwieg die Kunsthändlerin. Schließlich entgegnete sie:

„Wenn Sie Beweise hätten für diese Unterstellung, dann hätten Sie mich doch schon längst verhaftet!“

Das ist immer das letzte Argument der Verdächtigen, dachte Francesca, wenn sie sich in die Enge getrieben fühlen. Aber den letzten Schuss würde sie erst am Ende abgeben. Ohne auf den letzten Satz der Kunsthändlerin einzugehen, fuhr sie fort.

„Erzählen Sie mir lieber, was Sie auf der Rastanlage ‚Sindelfinger Wald‘ zu suchen hatten!“

„Woher haben Sie denn dieses Märchen!“, zischte Sarowsky.

„Ich denke, Sie sind bereit, alles offenzulegen?“, erwiderte die Kommissarin. „Sie waren doch von Frau Koenig über die Umstände des Kunsttransports von Amsterdam nach Waldenbuch informiert. Kennen Sie Marschall?“

Schemenhaft nahm Francesca das Kopfschütteln ihres Gegenübers wahr.

„Sie haben den Mondrian ausgetauscht“, fuhr Francesca fort. „Aber dann ist Ihnen Timmermans in die Quere gekommen. Er hätte später der Polizei gegenüber eine Beschreibung Ihrer Person liefern können. Vielleicht sogar das Kennzeichen Ihres Wagens. Zumindest die Marke. So viele silbergraue Maserati fahren hier ja nicht herum in unserer Gegend. Marschall hat Ihnen gesagt, dass Timmermans herzkrank war. Sie haben ihm sein lebenswichtiges

Medikament weggenommen und sein Nitrospray heimlich gegen ein nutzloses Testmodul ausgetauscht…"

Unter der Salve der Beschuldigungen hatte die Kunsthändlerin begonnen, leise in sich hinein zu wimmern.

„Aber ich habe diesen Timmermans doch noch nie zuvor gesehen!", beteuerte sie.

„Mir haben Sie beim letzten Mal erzählt, Timmermans habe Ihnen den Mondrian zur Prüfung anvertraut. Sie hätten in seinem Namen ein Gutachten des Rijksmuseums eingeholt. Natürlich nicht ohne entsprechende Gegenleistung, nehme ich an?"

Francesca wartete auf die Antwort. Als die Kunsthändlerin ihr diese schuldig blieb, beschloss sie nachzulegen.

„Außerdem haben Sie in der Birkenwaldstraße etwas liegen lassen. War wohl doch etwas zu überstürzt, Ihr Aufbruch…"

„Liegen lassen?", kam es spontan zurück.

„Guhls Laptop…"

„Das ist nicht möglich!", stieß die Kunsthändlerin hervor.

„Unser Kriminaltechniker hat mir durchgegeben, dass er nicht nur die Fingerabdrücke des Opfers auf dem Laptop gefunden hat, sondern auch die Ihren identifizieren konnte. Und außerdem: Wer bewahrt denn massenweise Handys in einem Karton im Keller auf? Also ich kenne das nur von Leuten, die ständig Handys und SIM-Karten wechseln, damit ihre Gespräche von der Polizei nicht abgehört werden können…"

Noch ehe die Kommissarin eine Reaktion ihres Gegenübers abschätzen konnte, peitschte ein Schuss durch die sie umgebende Stille und hallte in den alten Gemäuern wider. Sarowsky schrie auf. Francesca warf sich auf sie und riss sie mit sich zu Boden. Als sie weiter brüllte, presste ihr die Kommissarin die Hand vor den Mund, sah sich um und – sah, wie eine männliche Gestalt mit Hut sich gegen das Restlicht der Dämmerung am Eingang gegenüber abzeichnete.

„Verräterin!“, rief die Gestalt, die jetzt den Arm zu heben schien.

Ein zweiter Schuss durchschnitt die Stille.

Die Gestalt geriet ins Wanken und torkelte auf die am Boden liegenden Frauen zu. Dann sackte sie auf die Knie.

Im selben Moment war Özcan heran. Mit einem Handkantenschlag schlug er dem Mann die Waffe aus den Händen und versuchte, ihn zu überwältigten.

Ein Hut rollte so nah an Francescas Gesicht, dass sie für einen Augenblick das Leder riechen konnte. Sie spürte eine warme Flüssigkeit an ihrer Hand.

Der Mann stürzte auf den Bauch und stöhnte, als der Kommissar ihm Handschellen verpasste.

Der Mann wandte den Kopf.

„Diese Frau“, zischte er. „Diese Frau …“ Seine Stimme erstarb. Sein Kopf, auf dem Steinboden, kippte zur Seite.

Francesca rappelte sich auf. Das Blut an ihren Händen sah im Halbdunkel der Halle schwarz aus. Sie packte die Kunsthändlerin an ihrem Pelzkragen und brachte sie zum Stehen.

Sarowsky wimmerte.

Francesca begutachtete die blutende Hand der Kunsthändlerin.

„Glück gehabt“, stellte sie fest und drückte ein Taschentuch auf die Wunde. „Streifschuss. Können Sie die Finger bewegen?“

„Steckschuss in die Schulter“, diagnostizierte Özcan, der jetzt neben dem Verletzten kniete. Er holte ein Päckchen Verband aus seiner Jackentasche und begann mit der Erstversorgung des Bewusstlosen. Natürlich gehörte Verbandsmaterial nicht zur Pflichtausstattung von Ermittlern. Aber seit dem Outlet-Fall, bei dem er auf der Schwäbischen Alb die Schusswunde eines angeschossenen Täters mit seinem Hemdärmel versorgen musste, hatte er immer ein Päckchen Mull in seiner Jackentasche. Und man konnte ja auch nie wissen, ob man nicht einmal einer Kollegin rasch helfen musste.

„Setzen Sie sich auf den Boden, sonst kippen Sie mir auch noch um!“, befahl die Kommissarin Sarowsky, nachdem sie die Beweglichkeit der Finger der Verletzten überprüft hatte. Dann alarmierte sie den Notarzt.

„Die Tübinger Kollegen müssten gleich hier sein“, erklärte Özcan. „Ich habe sie schon vorhin alarmiert. Bevor das alles geschah. Vorsichtshalber. Und unsere Leute aus Stuttgart sind auch unterwegs.“

„Bleibt uns nichts anderes übrig, als zu warten“, antwortete Francesca und sah auf die neben ihr auf dem Steinboden lungernde Kunsthändlerin hinab.

Özcan bat um die Taschenlampe und begann, die Taschen des Bewusstlosen zu untersuchen. Aus der Gesäßtasche zog er den Ausweis.

„Ein Michael Stahl“, las er vor. „Geboren 17.1.1986. Gemeldet in Esslingen.“

Das leise Gewimmer der Kunsthändlerin zog die Aufmerksamkeit der Kommissarin auf sich.

„Eines beschäftigt mich schon die ganze Zeit über“, sagte sie zu Sarowsky. „Sind Sie eigentlich verheiratet?“

Voller Hohn lachte die Kunsthändlerin auf.

„Natürlich habe ich einen Mann!“

„Und verraten Sie mir vielleicht auch, wo er sich derzeit befindet?“

„Schon mal was von den Caymans gehört?“, antwortete die Kunsthändlerin. „Er besitzt dort ein Haus an der Küste der Karibik …“

Özcan war nicht entgangen, dass das Klagen in ihrer Stimme einem Klang stillen Triumphes gewichen war.

„Und, was treibt er so?“ Francesca bemühte sich, die größtmögliche Beiläufigkeit in ihre Frage zu legen.

Özcan, neugierig auf ihre Antwort, unterbrach seine Durchsuchung und richtete den Strahl seiner Taschenlampe gegen Sarowkys Gesicht, auf dem nun ein fratzenhaftes Grinsen erschien.

„Was soll er dort machen? Er frönt seiner Leidenschaft…"

„Seiner Leidenschaft?"

„Er malt…", erwiderte die Kunsthändlerin mit unschuldiger Stimme.

Entgegen dieses letzten zynischen Aufbäumens im Ostflügel der Klausur war der Widerstand der Kunsthändlerin bei der Fortsetzung der Vernehmung im Polizeibus, den die Tübinger zur Verfügung gestellt hatten, endgültig zusammengebrochen. Die These der Kommissare, dass Sarowsky den Auftrag an dem Mord an Guhl erteilt hatte, würde von Michael Stahl alias Mirko bestätigt werden. Dieser Erkenntnis konnte sich auch die Kunsthändlerin nicht mehr entziehen. Denn Stahl würde gegen sie aussagen, so viel war klar, allein schon um sich zu entlasten. Außerdem besaß er kein persönliches Motiv.

Dass er versucht hatte, sie zu töten, und sie des Verrats bezichtigt hatte, konnte als Indiz dafür gewertet werden, dass beide Teil einer Organisation waren, eine Theorie, die durch die Verflechtungen mit Marschall und Parlitschew noch untermauert wurde.

Was Timmermans zielgerichtet herbeigeführten Tod betraf, waren sich Francesca und Özcan im Klaren darüber, dass die Beweise gegen Sarowsky und Marschall zu dünn waren. Wenn Marschall von der Festnahme der Kunsthändlerin erfahren würde, könnte sich zwar eine vergleichbare

Dynamik wie zwischen Stahl und Sarowsky entwickeln. Diese Dynamik könnte dazu führen, dass Marschall die Kunsthändlerin ebenfalls als Auftraggeberin enttarnen und ihr die Idee mit dem Testmodul anlasten könnte. Aber auch das würde nicht ausreichen, eine Tötungsabsicht zu belegen – übrigens auch nicht im umgekehrten Fall. Und vor Gericht schon gar nicht.

Lange nach Mitternacht zogen polizeiliche Einsatzkräfte und Rettungswagen wieder von Bebenhausen ab. Erschöpft und schweigend brachte Özcan Francesca endlich nach Hause.

„Cayman Inseln, das Steuerparadies", brach Özcan mit spöttischem Ton das Schweigen, als sie sich auf der Schnellstraße nach Reutlingen befanden. „Ich will mir nicht vorstellen, wie Sarowskys Alter vor seinem Haus am Meer sitzt, E-Mails durchs Darknet jagt und ein Bild nach dem anderen malt, die seine Frau dann in Europa verhökert."

„Wie Beltracchi?", ließ sich Francesca vernehmen.

„Wie Beltracchi …"

„Jetzt hat es mir heute wieder nicht gereicht, meinen Volvo vom Autohaus Leibssle abzuholen", sagte Francesca müde, als Özcan den Wagen schließlich in die Reutlinger Planie lenkte.

„Hätte doch auch dein Mann erledigen können", meinte Özcan, „der ist doch den ganzen Tag zu Hause …"

„Ach der!", winkte Francesca ab.

„Nimmst du morgen frei?", fragte er.

„Klar. Salvatore hat doch Geburtstag", antwortete sie beim Aussteigen.

„Moment noch!", rief Özcan. „Fast hätte ich es vergessen!"

Francesca beugte sich unter den Türrahmen.

„Hier!", sagte er und drückte ihr ein kleines, mit Geschenkpapier umschlagenes Päckchen in die Hand. „Für Salvatore."

„Von dir?“, wunderte sich Francesca.

„Von Frau Baisch“, erklärte er. „Irgendwie muss sie das mitbekommen haben mit deinem Kleinen…“

„Ja, das weiß ich, ist nett von ihr“, sagte Francesca, winkte Özcan kurz zu und warf die Wagentüre zu.

Bedächtig ließ Özcan die Dienstlimousine, die er so gerne steuerte, wieder anrollen.

Nachdenklich sah Francesca den roten Rücklichtern nach. Leise begann es zu nieseln. Das Schwerste steht mir heute noch bevor, dachte sie. Der Wagen verschwand in der Nacht. Um es vor dem Regen zu schützen, schob sie Salvatores Geschenk tiefer in die Handtasche und zurrte den Reißverschluss zu. Sie ließ die Arme sinken. Die Handtasche baumelte über dem gepflasterten Boden, auf dem sich im gelblichen Schein der Straßenlaterne die ersten dunklen Regenflecke zeigten. Ihre Beobachtungen auf dem Schlossplatz am vergangenen Vormittag traten vor ihr Auge wie eine rasch geschossene Sequenz von Detektivfotos. Eine Mischung aus Enttäuschung, Wut und Ohnmacht riss als physischer Schmerz etwas im Inneren auf, ein Stich in der Herzgegend, der für einen Moment so gewaltig war, dass sie sich plötzlich unter die Brust fasste und sich nach vorn beugte. Dann richtete sie sich wieder auf und atmete tief durch.

Nachdem sie eine halbe Minute in dieser Position am Straßenrand verharrt war, wandte sie sich entschlossen dem Haus zu. Während sie sich der Haustür näherte, spürte sie, dass die Kraft wieder zurückkehrte. Sie fingerte den Haustürschlüssel aus ihrer Jackentasche und schloss auf.

Als sie wenig später den dunklen Flur ihrer Wohnung betrat und Licht machte, warf sie einen Blick auf ihre Armbanduhr. Die Zeiger standen auf 1 Uhr 44. Sie ließ die Handtasche neben das Flurtischchen auf den Boden gleiten, passierte die angelehnte Schlafzimmertür, schloss sie hinter sich, machte Licht und setzte sich neben Andreas auf die Bettkante.

Wie immer schlief ihr Mann um diese Zeit tief und fest. Mit angezogenen Knien lag er auf der Seite, eine Hand unter die Wange geschoben, das Gesicht zum Nachtkästchen gerichtet.

Mit beiden Händen rüttelte Francesca an seiner Schulter.

Andreas gab ein Brummen von sich und leckte sich über die Lippen.

Wie konnte er es fertig bringen, hier, in seinem Bett und völlig entspannt sich dem Schlaf des Gerechten hinzugeben, während sie ... Und von wegen „des Gerechten"! Es war einfach ungerecht, hinter ihrem Rücken ...

Um die Kinder nicht zu wecken, unterdrückte sie den wütenden Schrei, der sich in ihrer Kehle formte, und trommelte stattdessen mit den Fäusten gegen seine Oberarme.

Andreas blinzelte und drehte sich auf den Rücken.

„Was ist denn?", nuschelte er verschlafen. „Ist was passiert?"

Francesca riss ihm das Kissen unter dem Kopf weg.

„Ja!", rief sie jetzt, ohne auf die Lautstärke ihrer Stimme zu achten. „Das will ich von dir wissen, was passiert ist!"

Mit einem Ruck setzte sich Andreas auf und schob seinen Körper nach hinten an die Kopfbegrenzung des Bettes. Verwundert sah er in die Funken sprühenden Augen seiner Frau.

„Duscht du dich wenigstens, wenn du von ihr zurückkommst, bevor du wieder mit mir in die Falle steigst?", fuhr sie ihn an.

Sie riss ihm die Bettdecke weg. Andreas ließ sich über

die andere Seite des Bettes rollen, wo er aufstand und sie noch immer wortlos anstarrte.

„Wer? Wieso?“, stammelte er.

Nun war auch Francesca aufgestanden und verschränkte die Hände vor der Brust.

„Ich hab euch gesehen! Auf dem Schlossplatz! Von wegen Fortbildung, die sich übers Wochenende hinzieht!“

Ein breites Grinsen erschien auf seinem Gesicht.

„Ach – das …“, sagte er und schüttelte den Kopf.

„Ja, das!“, schleuderte sie ihm entgegen. „Grins nicht so blöd!“

„Jetzt Moment mal …“

„Nichts Moment mal! Wie lange geht das schon mit euch?“

„Jetzt pass mal auf, das ist alles ein riesiges Missverständnis!“, erklärte er und machte Anstalten, zu ihr herum um das Bett zu gehen.

Seine Gefasstheit brachte sie noch mehr in Rage.

„Bleib, wo du bist!“, herrschte sie ihn an.

Andreas gehorchte und blieb an der Tür stehen.

„Missverständnis!“, höhnte sie. „Das sagen meine Verdächtigen auch immer zuerst, wenn sie sich in die Enge getrieben fühlen. Mit mir brauchst du das Spielchen erst gar nicht anzufangen! Ich hab euch schon letzten Donnerstag beobachtet, diese rassige Schönheit mit dem tiefen Ausschnitt, bei der Ausstellungseröffnung, zehn Jahre jünger als ich, oder?“, quoll es aus ihr hervor.

Andreas öffnete den Mund, um etwas zu sagen, aber da ergoss sich schon eine weitere Wortkaskade über ihn.

„Ich bin ja so doof!“, rief Francesca. „Und für genauso doof hältst du mich auch, ja? Vertrauen? Schon mal davon gehört? Oder ist das inzwischen ein Fremdwort für dich? Weißt du, ich bin es ja gewöhnt, dass man mich hinters Licht führen will. Das ist mein täglich Brot als Kommissarin. Dass mich die Täter für dumm verkaufen wollen.“

Sie unterbrach sich, um Luft zu holen. Andreas nutzte den Moment.

„So, wie du dich aufführst, könnte man geradezu meinen, du hast mich in flagranti mit einer anderen im Bett erwischt! Jetzt komm mal wieder runter, ja?“

„Im Bett? Das wäre ja noch schöner! Ich will jetzt wissen, was Sache ist! Und lüg mich nicht an!“

„Ich geb ja zu, dass ich diese Frau ...“, setzte er an.

„Ach, dann gibst du es also zu – schön! Aber dann musst du auch die Konsequenzen tragen!“

Ohne ein weiteres Wort marschierte sie auf ihn zu, drängte sich an ihm vorbei und öffnete die Tür.

„Hör auf, dich wie eine Furie zu benehmen!“, stieß er aus.

Francesca schob ihr Gesicht nah an das seine heran.

„Furie?“ Ihre Stimme zitterte. „Furie, sagst du? Die kannst du haben!“

Sie lief wieder zurück auf seine Seite, griff sich sein Bettzeug, schleppte es zur Tür und warf es hinaus auf den Flur.

„So – und jetzt du!“, forderte sie, zeigte auf die Türöffnung und machte den Weg für ihn frei.

„Mit mir nicht!“, sagte er ruhig und bestimmt. Er schwang sich aufs Bett zurück und setzte sich mit angezogenen Knien hin. „Das letzte Wort hat der Angeklagte. Und jetzt bist du mal für eine Minute still und lässt mich ausreden, ja?“

Unschlüssig stand Francesca mit hängenden Armen an der Tür und sah auf ihre Fußspitzen. Als sie den Blick wieder hob, hatte sich ihr Gesichtsausdruck verändert. Offenbar schien sie die Fassung wieder zurückgewonnen zu haben – so sah es zumindest aus. Mit einem tiefen Seufzer machte sie die Tür wieder zu.

„Das letzte Wort hat der Angeklagte ...“, sagte sie schließlich gefasst. Sie verschränkte wieder die Arme vor der Brust und sah ihn abwartend an. An ihren Wangen zeichneten sich die Bewegungen der Kaumuskulatur ab.

Andreas stieß die Luft aus.

„Eigentlich sollte es ja eine Überraschung werden …"

„Eine Überraschung, ja? Die ist dir ja hervorragend gelungen!" Entgegen ihrer eigentlichen Absicht, ihn reden zu lassen, war sie ihm doch wieder dazwischengefahren.

Andreas hob beschwichtigend die Hände.

„Ich hab einen Tanzkurs gemacht."

„Was hast du?", fragte sie ungläubig.

„Einen Tanzkurs. Erst in der Gruppe, am Wochenende. Tanzschule Burger-Schäfer. Standardtänze. Rumba, Cha-Cha-Cha, Slow-Fox, Langsamer Walzer. Und am Montag noch mal eine Einzelstunde. Extra zum Führenlernen. Du kennst doch mein Problem. So lange ich selber so mit meinen eigenen Schritten beschäftigt bin, kriege ich das mit dem Führen nicht hin. Das hast du mir doch schon oft genug vorgeworfen …"

Francesca schluckte. Dann gab sie sich einen Ruck und setzte sich zu ihm.

„Die junge Frau, die du auf der Ausstellungseröffnung gesehen hast, ist Christina. Meine Tanzlehrerin. Sie hatte beobachtet, wie ich mit dir rumgestolpert bin, und mich nachher angesprochen. Sie hat mich geworben, sozusagen. Und da kam ich auf die Idee …"

Auf allen Vieren krabbelte er zu seiner Bettseite hinüber und holte einen Briefumschlag aus seiner Nachttischschublade.

„Und jetzt kommt's, pass auf!"

Er zog ein bedrucktes Blatt Papier aus dem Umschlag und reichte es seiner Frau über das Bett.

Francesca nahm das Blatt an sich und wischte sich eine Träne aus dem Augenwinkel.

„Ein Gutschein. Für eine Doppelstunde Tanzunterricht. Für uns beide. Den wollte ich dir eigentlich morgen erst schenken …"

Francesca ließ das Blatt sinken und schniefte.

„Und du wolltest vorher üben sozusagen. Für dich alleine. Damit du dich nicht so dumm anstellst, wenn wir zusammen ..."

Sie sprang auf, lief um das Bett herum und stürzte sich auf ihn.

Andreas schloss sie in die Arme.

„Tut mir leid! Tut mir leid, dass ich dich verdächtigt habe", sagte sie und verteilte tupfenartig kleine Küsse auf seinem Gesicht. „Und es tut mir leid, dass ich so ausgerastet bin vorhin."

Sie stand auf und holte sein Bettzeug aus dem Flur zurück. Sie zog ihre Jacke aus und schlüpfte unter seine Decke.

„Wahrscheinlich hatte sich sowieso zu viel angestaut bei mir", überlegte sie laut und wandte sich ihm wieder zu.

Andreas küsste sie und schob seine Hände unter ihr T-Shirt.

„Jedenfalls", begann sie zu stöhnen. „Der Angeklagte ist hiermit freigesprochen."

Mama!!", wurde sie von einer leisen, aber fordernden Kinderstimme geweckt. Ihr kam es so vor, als wäre sie nur kurz eingenickt und würde nun plötzlich mitten auf einer Zeitreise in eine weit entfernt liegende, paradiesische Welt jäh in die raue Realität zurückgebeamt. Als sie jedoch den schlafwarmen Körper ihres Jüngsten neben sich spürte, der vorsichtig zu ihr unter die Decke gekrochen war, verflog dieser kurze Schreck. Wehmütig dachte sie daran, wie Lisa und dann Silvio, als sie kleiner waren, das sonntägliche Ritual, morgens zu ihren Eltern ins Bett zu schlüpfen, eines Tages nicht mehr weiter pflegten. Von einem Tag auf den anderen konnte dies also aufhören – und Salvatore war nun ihr Letzter.

Ungeduldig rieb Salvatore mit der Hand an ihrer Wange.

„Ich habe nämlich heute Geburtstag!“, sagte er stolz, als müsste er sie extra darauf aufmerksam machen.

„Ich weiß doch, mein Schatz!“, antwortete sie und drückte ihm einen Kuss auf die Stirn. „Aber bleib noch einen Moment ruhig liegen. Mama muss noch was nachdenken.“

Salvatore presste die Lippen aufeinander und schlug demonstrativ die Arme lang auf die Bettdecke.

Francesca versuchte, sich an ihren Traum zu erinnern, und schloss die Augen. Hermann Blöchle, ihr Vorgesetzter, ein runder, dicklicher Mann Anfang fünfzig, hatte sie vorwurfsvoll angesehen und einen Hub aus dem Testmodul genommen. Dann hatte er die Arme ausgestreckt und begonnen, seine Hüften kreisen zu lassen und mit Sarowsky Rumba zu tanzen. „Ihr bringt mich alle noch um“, hatte er gesungen – auf die Melodie von *I've Got You Under My Skin* und die Kunsthändlerin hatte ihre Pelzjacke ausgezogen und Blöchle ihren blutenden Bauchnabel präsentiert.

Francesca riss die Augen auf. Warum träumte sie denn ausgerechnet von Blöchle? Weil sie gestern nicht mehr zu ihrem schriftlichen Bericht gekommen war?

„Bist du jetzt fertig mit Denken?“, fragte Salvatore.

„Ja, mein Lieber“, antwortete sie und sah zu Andreas' leerer Bettseite hinüber. „Hast du Papa schon gesehen?“

„Der ist mit Oma in der Küche und macht Frühstück. Aber ich darf nicht reinkommen.“

Der Junge schwang sich rittlings auf ihren Bauch, schob sein Gesicht an das ihre heran und blies ihr eine Haarsträhne aus den Augen.

„Spielst du mit mir Auto?“

Er griff nach dem Polizeiwagen, den er auf Francescas

Nachttisch zwischengeparkt hatte, und ließ ihn über ihren Bauch rollen.

Beherzt griff Francesca in seine Hüften und kitzelte ihn.

Der Junge bäumte sich auf und ließ sich lachend nach hinten kippen.

Ihr Handy klingelte.

Salvatores Körper erstarrte sofort. Im nächsten Moment sprang er auf und ortete es in ihrer Jackentasche.

Auch Francesca machte Anstalten, sich zu erheben, doch der Kleine war schneller.

„Hallo?"

Seine Mutter streckte die Hand nach dem Telefon aus.

„Die liegt noch im Bett", erklärte der Kleine. Er nickte zu dem Apparat hin und gab ihn schließlich weiter.

„Ach du bist es, Özcan!", rief sie verwundert aus.

„Du brauchst nicht mehr Bescheid zu geben, ich hab das schon geregelt mit deinem Urlaub", ließ der Kollege am anderen Ende verlauten. „Und ich soll dich von Blöchle grüßen. Aber was ich dir eigentlich sagen wollte: Der Bulgare wird morgen an die polnischen Behörden übergeben..."

„Aber deshalb rufst du doch nicht an, oder?"

„Nein, dieser Stahl – also Mirko – wurde gestern Abend noch in der Uniklinik Tübingen operiert. Davor hat er, bereits auf dem OP-Tisch, das Bewusstsein zurückerlangt und soll Sarowskys Namen genannt, diese noch mal als Verräterin bezeichnet und davon gefaselt haben, sie sei diejenige, die an allem schuld sei..."

„Entzückend!"

„Doch das Beste kommt zum Schluss. Brettschneider hat seine Panne ausgebügelt. Er hat Marschall endgültig weichgeklopft. Vor ein paar Minuten ist er im Verhörraum zusammengebrochen und hat gestanden, Timmermans Nitrospray gegen den Tester ausgetauscht zu haben. Brettschneider hat natürlich nachgehakt. Hat ihm eine entsprechende Brücke gebaut..."

„Zu Sarowsky?"

„Ja, er hat ausgesagt, in ihrem Auftrag gehandelt zu haben. Also diese Frau hat offenbar sämtliche Fäden im Hintergrund gezogen – und für das Grobe hatte sie ihre Leute. Marschall hat früher schon immer mal wieder Kunsttransporte für sie begleitet. Und diesen Stahl, alias Mirko, hat er dann mit ins Boot geholt, während Stahl wiederum Parlitschew ins Spiel gebracht hat. Ich dachte, das erleichtert dich ein bisschen."

Francesca atmete auf und bedankte sich.

„Das ist natürlich gut, das gleich zu erfahren", bestätigte sie. „Sonst hätte ich mir wahrscheinlich doch noch den ganzen Tag über Gedanken gemacht."

„Siehst du – ich kenn dich doch", antwortete Özcan. „Aber noch was anderes. Etwas Gutes. Melinda Rosenfeldt. Sie hat angerufen wegen deines Bildes."

„Welchem Bild?"

„Na, dein Jawlensky..."

Salvatore zerrte an ihrem Nachthemd.

„Warte bitte einen Moment!", sagte sie zu dem Jungen.

Salvatore zog seine Hand zurück und entdeckte seinen Polizeiwagen auf der Bettdecke. Er krabbelte aufs Bett und imitierte leise ein Motorengeräusch.

„Nein, nicht du sollst warten, das galt Salvatore. Aber diesen Jawlensky, den will sie mir immer noch schenken, ja?"

„Ja, sie sagt, nach der Beerdigung ihres Vaters will sie versuchen, ihr Leben neu zu ordnen und mit den alten Sachen abschließen. Du sollst den Jawlensky kriegen, weil du den Mörder ihres Vaters ermittelt hast. Ihre Mutter darf sich noch aussuchen, was sie von Guhls Kunstwerken behalten will, sie selbst wird einige ihrer Lieblingsbilder in ihrer neuen Wohnung aufhängen und den Rest veräußern."

„Egal ob er gefälscht ist oder nicht."

„Genau. Egal."

„Aber den Jawlensky, du weißt doch, was der wert ist, den kann ich unmöglich annehmen."

„Ich würde ihn auch zuerst von Abby Sciuto auf Echtheit prüfen lassen. Aber du kannst ihn auch in unser Büro hängen, wenn dir das lieber ist. Die Wände sind sowieso alle so kahl."

„Und du?", fragte Francesca.

„Was: ich?"

„Dir müsste Melinda doch auch dankbar sein. Ohne dich hätten wir den Mörder ihres Vaters doch nie geschnappt …"

„Also ich hänge mein Bild zu Hause auf, das ist mal klar."

„Dann hat sie dir also auch eins angeboten."

„Du wirst Blöchle doch nichts verraten?"

„Was denn für eins?"

„Sie sagt, ich darf mir was aussuchen …"

Francesca pfiff durch die Lippen.

„Mama, ich muss aufs Klo!", rief der Kleine.

„Dann geh doch! – Nein, nicht du, Özcan. Aber ich glaube, ich muss jetzt Schluss machen!"

Francesca beendete das Telefonat und ging in die Küche.

Andreas stellte gerade einen Marmorkuchen mit sechs brennenden Kerzen auf den Tisch. Dann drückte er unter dem Blick von Maria seiner Frau einen knappen Kuss auf die Wange.

Francesca umarmte ihre Mutter und ließ ihre Augen über den gedeckten Küchentisch gleiten.

„Schön habt ihr das gemacht. Aber warum frühstücken wir nicht im Wohnzimmer? Das machen wir doch immer so an Feiertagen?"

„Salvatore wollte unbedingt in der Küche essen – weil das gemütlicher ist", meinte ihre Mutter. „Und weil Nick es sich hier auch schon bequem gemacht hat."

Francesca warf einen Blick auf den schwarzen Junghund in seinem Bastkörbchen, der jetzt schwanzwedelnd zu ihr aufsah. Sie bückte sich und ließ ihm ein paar Streicheleinheiten zukommen.

„Okay. Und wo sind meine Großen?"

Sie verließ die Küche. Auf dem Flur kam ihr Silvio entgegen. Mit einem düsteren Blick nuschelte er einen knappen Morgengruß.

Francesca hielt ihn am Arm fest.

„Du hast es noch nicht verdaut, oder?", fragte sie. „Das mit dem Toten."

„Ach das", erwiderte er. „Das war ja schon ziemlich krass, wie der da hing... Aber ich hab gestern 'ne Fünf rausgekriegt. In Mathe."

„Na ja, die kannst du doch ausgleichen, oder?"

„In Deutsch und Englisch steh ich ja nicht so schlecht", antwortete Silvio und trottete weiter zur Küche.

Aus Lisas Zimmer drang leise klassische Musik. Francesca klopfte an, kurz darauf wurde die Tür geöffnet.

„Ach, du bist's", wurde sie von Lisa begrüßt. „Ich hab schon gedacht, dich gibt's gar nicht mehr."

Francesca trat ein.

„Ja, wir haben uns seit Tagen nicht mehr gesehen...", antwortete sie. „Seit wann stehst du auf Klassik?"

„Nur so", erwiderte Lisa, ließ sich aufs Bett fallen und starrte an die Decke. „Aber wie Nigel Kennedy das macht, ist das geil. Und der spielt ja auch nicht nur Bach und so..."

Francesca war im Zimmer stehen geblieben und betrachtete ihre Tochter nachdenklich. Sie wird mit jedem Tag hübscher, dachte sie. Und beachtlich, der Horizont weitet sich.

„Und welches Stück läuft da gerade?", fragte sie schließlich.

„Vivaldi, ‚Il Prete Rosso', Vier Jahreszeiten."

Francesca schüttelte skeptisch den Kopf.

„Vier Jahreszeiten?"

„Na ja, dass ist eben Kennedys eigene Interpretation. Ziemlich speziell, oder?"

Lisa fasste neben sich und streckte ihr ihre Kopfhörer entgegen.

„Damit hört sich's noch viel toller an!"

„Ich glaube, Salvatore wartet schon ungeduldig."

Durch die Musik hindurch meinte Francesca ihr Handy klingeln zu hören. Sie machte kehrt und marschierte ins Schlafzimmer, wo sie das Telefon auf dem Bett fand. Das Display zeigte Özcans Nummer an. Sie nahm das Gespräch an.

„Tommy?"

„Ich hab noch was vergessen, ich wollte dich noch was fragen", sagte er schnell. Dann war plötzlich Pause.

„Bist du noch dran?"

„Ja … Ich … Was Privates."

„Jetzt drucks doch nicht so herum …"

„Also …", sagte Özcan gedehnt. „Diese Polizistin, die in der Wohnung der Witwe Nachtwache hielt, du erinnerst dich?"

„Der du auf den Hintern gestarrt hast?"

„Dir entgeht wohl gar nichts!"

„Immer auf der Suche nach 'ner Puppe, was? Und jetzt willst du wissen, wo sie arbeitet?"

„Ja, weil vom Böblinger Revier ist sie nicht."

„Nein, nein, die ist in Tübingen stationiert. Das weiß ich, weil …"

„Danke!", fiel Özcan ihr ins Wort und legte auf.

Als sie kurz darauf die Küche betrat, saßen alle Familienmitglieder bereits auf ihren Plätzen. Salvatore klopfte mit seiner Gabel auf den Teller.

„Jetzt!", rief Andreas.

Salvatore blähte die Wangen und blies die Kerzen aus.

„So und jetzt wird erst mal gefrühstückt!", sagte Andreas und hob seine Kaffeetasse.

Francescas Mutter warf ihrem Schwiegersohn einen strengen Blick zu.

„Also, ich glaube, das können wir dem Kleinen nicht antun!“, meinte sie.

„Ja, erst die Geschenke!“, war auch Francescas Meinung.

„Schon überstimmt!“, grinste Silvio seinen Vater an und Salvatore rutschte bereits von seinem Kinderstuhl.

Andreas nahm schnell noch einen langen Schluck aus seiner Tasse.

Als alle Geschenke ausgepackt waren, fiel Francesca das Päckchen in ihrer Handtasche ein. Rasch holte sie es aus dem Flur.

Salvatore riss das Geschenkpapier auf.

„Ein Pinguin“, sagte er lahm und legte ihn beiseite.

„Von unserer Sekretärin“, erklärte Francesca. „Vielleicht nicht mehr ganz altersgemäß ...“

Maria nahm das Spieltier an sich und strich ihm mit den Fingern über den Bauch.

„Filzt sie selber?“, fragte sie und sah Francesca an.

„Wie ein Weltmeister!“, gab Francesca zu verstehen.

„Sag mal, was wir jetzt machen!“, forderte Andreas Salvatore auf.

Der Kleine begann im Kreis zu hüpfen.

„Aileswasensee!“, rief Salvatore begeistert.

„Aber danach fahren wir von Neckartailfingen weiter zu Ritter Sport!“, forderte Silvio und sah seine Mutter an. „Du hast es versprochen!“

„Wenn’s nach dem Schwimmen noch reicht“, meinte Francesca und wandte sich zur Tür. „Bin gleich wieder da!“

Begleitet von erstaunten Blicken verschwand Francesca aus der Küche, um die letzten Reste Schokolade aus ihrem Geheimfach zu holen – und war froh, dass keine ihrer Naschkatzen ihr Versteck inzwischen heimlich geplündert hatte. Zurück in der Küche, warf sie eine Hand voll Minis auf den Tisch.

„Zur Überbrückung!", rief sie aus.

Schneller, als sie sehen konnte, griffen sämtliche Hände zu.

„Aber heute Abend", fuhr Salvatore fort, „liest mir Mama eine Gute-Nacht-Geschichte vor. Dann liest mir Oma eine vor und dann liest mir Papa eine vor. Drei Geschichten", plapperte er weiter. „Ich kann nämlich schon zählen. Bis auf hundert. Soll ich mal bis auf hundert zählen, Mama? Eins, zwei, drei ..."

„Und heute Abend?", fragte Francesca in die Aufzählung des Kleinen hinein und ging auf Andreas zu.

Dieser legte seinen Arm um ihre Hüften.

„Ich hätte da schon eine Idee ...", sagte er.

„Macht es nur nicht so spannend!", meinte Maria.

Francesca drückte ihrem Mann einen spitzen Kuss auf die Nase und sagte:

„Tanzen! Insieme si può!"

„Was heißt denn das jetzt wieder?", fragte er zurück.

„Ein Motto des LKA: Gemeinsam schaffen wir es!"

Dank an:

Familie Ritter
Elke Dietrich, Ritter Sport
Nicolai Storz, Esslingen
Heidrun Storz, Reutlingen
Dr. Ulrich Knödler, Stuttgart
Elga Lehari-Reichling, Krefeld
Gabriele Schäfer-Lehari, Reutlingen

Homepage des Autors:
www.bernd-storz.de